有爱的青春陪伴者

小河山

长宇宙 著
[日]

花山文艺出版社

图书在版编目（CIP）数据

小河山 / 长宇宙著. —石家庄：花山文艺出版社，2019.2
ISBN 978-7-5511-4515-2
Ⅰ．①小… Ⅱ．①长… Ⅲ．①长篇小说－中国－当代 Ⅳ．①I247.5
中国版本图书馆CIP数据核字(2019)第020956号

书　　名：	小河山
著　　者：	长宇宙
统筹策划：	张采鑫
特约编辑：	廖晓霞
责任编辑：	卢水淹
美术编辑：	胡彤亮
责任校对：	齐　欣
装帧设计：	刘　艳　西　楼
封面绘制：	那　泓
出版发行：	花山文艺出版社（邮政编码：050061）
	（河北省石家庄市友谊北大街330号）
销售热线：	0311-88643221/29/35/26
传　　真：	0311-88643225
印　　刷：	长沙鸿发印务实业有限公司
经　　销：	新华书店
开　　本：	880×1230　　1/32
印　　张：	10.5
字　　数：	411千字
版　　次：	2019年5月第1版
	2019年5月第1次印刷
书　　号：	ISBN 978-7-5511-4515-2
定　　价：	38.00元

（版权所有　翻印必究·印装有误　负责调换）

目 录
Contents

第一章 /001　　　雁北飞

第二章 /027　　　稚始鸣

第三章 /061　　　春雷动

第四章 /098　　　鹊还巢

目　录
Contents

第五章 /150	温风至
第六章 /208	地物冻
第七章 /276	元鸟归
番　外 /319	顺顺记

第一章

雁北飞

雁城，2010年。

今天是春节。

腊月二十八那天下了一场大雪，路上被融雪剂弄得泥泞不堪，哪里都是灰突突的。

恰逢出门高峰，环桥堵车，一辆辆车都像蜗牛般缓慢地挪动着，叫人心生烦躁。

二丫坐在车里，无聊地用手指刮着玻璃上的霜，见桥下商铺家家挂红贴福，不由得冻得缩脖子叹气：" 唉——"

又要过年了。

上午在和平招宾馆有个会，商务贸易洽谈。年下，翻译人手不够，二丫去打"野工"，一场跟下来给两千块钱，这钱不挣白不挣。

她原是个半吊子翻译，当年高考成绩不好不坏，顶尖的学府够不上，普通一本大学倒是能挑挑，问她想学啥，她说啥都行。家里人给她出主意，继承你爷爷老本行，读工科？她一翻身，懒得像头驴，只说，不爱算术。大家又说，那学财会吧，小姑娘毕业了做财务工作，稳定。她又一翻身，头往被里一蒙，说不爱数钱。

说了好几个，姑奶奶上嘴皮碰下嘴皮——否决，最后家里人摔了课本，这也不干那也不干，真是没人能管得了你了。

头上绑着冲天鬏、穿着花裤子的二丫从床上翻身而起，抄起当年报考手册胡乱一指，对着外国语学院说："我要学这个。"

稀里糊涂混入大学生队伍，天天早上眼睛还没睁开就被人从被窝拉起来晨读，寒冬腊月蹲在图书馆背单词语法，二丫万万没想到当初无心选择的专业能让她这么遭罪，她开始后悔啊、难过啊，双眼饱含泪水天天扒艺术系窗根儿想转系去学画画啊，奈何家里就是不同意。

原话是这么讲的："供你吃供你喝，学校自己挑的，专业自己选的，我们谁都没干涉你，现在你也是大人了，大人嘛！就得为自己的行为负责！"

数九天，二丫抽着鼻涕，抱着一盆刚从水房收回来的衣服边走边哭。

负啥责啊负责，她上学比别人早一年，生日都没过呢。可哭归哭，第二天顶着俩核桃眼睛还是得老老实实去上课。晚上打着小台灯在宿舍看漫画，她还安慰自己：算了算了，既来之则安之吧。

就这么稀里糊涂念完了大学，身边同学大抵是出国深造或者备考公务员想去机关抱个铁饭碗，这样一来就显得竞争颇为激烈了。

二丫站在人潮洪流中左右观望，抄起小椅垫，拍拍屁股做了个决定——回老家！

大城市竞争着实惨烈，吾等归乡投身建设方是大计。

就这么着，她做起了交传翻译的行当。

雁城是个二线重工业城市，经济发展相对落后，竞争力也小一些，何况这行的圈子就这么大，翻译嘛，业务能力都差不多，用谁都是用。二丫出挑就出挑在名校毕业、形象好，又有股机灵劲。

所谓机灵，就是会看眼色、晓大局。

像他们这种挂在中介公司没有固定饭碗的翻译，多是由人介绍，某某饭局上提起哪里有业务，提一句"哎，我认识个人，××学校毕业的，博览会我们展台连续几年都是她在做，能力很强"，说完，趁热打铁将对方名片或者联系方式推荐给雇主，还要在耳边低声补一句"你放心，我们公司常年与她合作，你就说是我让你联系她的，比外面那些翻译公司价格要低"……

都是跑江湖借人情的买卖，见二丫来了，对方也会说一嘴，之前刘姐将你介绍给我，说你不错，可要好好干哪。

二丫和雇主谦虚地笑着，嘴上答应着一定一定，待事后拿了报酬，就会抓住机会买个礼物，送给这位帮她联系业务的中间人。

有时是一瓶香水，有时是一条丝巾。

送的时候，她还蛮会说，也不明着感谢人家帮忙介绍这单生意，只和对方讲美容，说天气，一来二去，关系近了。两人坐在咖啡厅里，人家觉得她还算是个情商高的,就会说些家长里短的亲近话。

什么老公不做家务、孩子又是叛逆期不听话呀,什么婆婆难伺候不给好脸色啊,二丫一个在家里好吃懒做的姑娘,连正经男朋友都没有,哪里能真正理解这些处于"上有老下有小"的中年烦恼,听了,只会配合着点头。人家叹气,她也叹气;人家抹眼泪,她就及时递过两张纸巾。

待人家倾倒完心理垃圾,就会反问她,你家里父母是做什么的呀?你是外语学院毕业的,怎么没想过留在大城市?

这时,二丫则忧愁地皱起眉,很伤感的模样:"我父母在我小时候就没了……"

寥寥几句,就给对方勾画出一个年幼失了双亲,全凭自己双手奋斗闯出一片天的积极小青年形象,说得对方同情心泛滥,临走时,还不忘挽着手鼓励她:"你放心,我们会展中心这样的对外招商每年都有,遇到合适的机会我帮你多推荐,但是你也得自身努力,把水平再提高提高,人家问我,也好说得出口。"

从业两年,攒下些资源,虽没出人头地,可二丫的小日子过得倒也滋润。有刚入行的同事眼红,私下骂她谄媚,难听话说尽:年纪轻轻的小姑娘,忒会人情世故,一身市侩气,呸!

都是些刚走出大学校门的学生,初出茅庐,都清高好面子,观念里自己仍是世界中心,尚未把人与人之间的相处感受划入重点。

殊不知,那些窝在办公室的"老油子"心中道:你们这些娃娃呀,人家能左右逢源是心胸,至于市侩,那是本性。

在社会这样的大熔炉里,自身能力过硬是敲门砖,更能吃得开的,可不就是二丫这样嘴甜会来事儿的姑娘?

可提起这二丫,这些老油子心里也纳闷儿。

固然她性格开朗,可这个年纪,那张能说会道的伶俐小嘴,那双沉静流转的灵动眼睛,确实有着超出同龄人的成熟和世故。

这样的孩子,要么就是家中父母做生意,从小耳濡目染;要么,就是从小吃过大苦,逢人讨眼色,心里自卑哪!

"阿嚏——"

一个惊天动地的大喷嚏硬是被二丫捂着嘴生生憋了回去。

她扭身用纸巾揉了揉鼻子,心想,这是哪个又在背后念叨我?

这一日上午召开的洽谈会是与航空方面有关的贸易合作,为答谢外商投资中午有个冷餐招待,一桌的凉菜甜点。二丫吃不惯这些西式玩意儿,端着盘子咂咂嘴,没啥胃口,腻腻歪歪地只等着散会回家。

按照惯例,每年除夕她都去她爷爷家守岁,一大家男女老少敛巴敛巴凑上十来口子,好不热闹。

好不容易挨到结束,二丫从宾馆出来吹着口哨,喜气洋洋地开着自己那辆小红车回家了。

说起她这辆车,当时还鸡飞狗跳折腾了好几天。

起因是她坐公交车崴了脚,脚踝肿得小馒头高,天天在家疼得泪眼汪汪,她爷爷看孙女可怜,脑子一热,就提了句:"要不,给你买辆车?"

二丫原本愁眉苦脸的,一听这话,眼睛锃亮。

但是车这个东西,越看越超出预算,原本想着搞一辆三四万块的车代步,最后看着看着,就变成了落地将近十万的简约舒适型车。

存折里没那么多啊,二丫又是个抠门儿的性格,哼唧了半个多月,最后她爷爷心脏受不了了:"哎哟,快别盯着路上看了,买吧,买吧。不够,我给你添。"

二丫一拍大腿,心想,我就等您这句话呢!

就这么着,祖孙俩合资买了一辆小汽车,才上路几个月,二丫很是宝贝。

从外环桥下来,拐进一条两侧都是老旧黄墙的宽敞路。这条路通往郊区的学校家属楼,因为这条路少有人烟,等红绿灯时,二丫警觉地瞥了眼后视镜,发现身后还跟着一辆车。

相较她这辆脏兮兮的车,那是辆很低调的黑色大众,车身锃亮,十分干净。

大概是察觉到前头有人在看,黑色轿车方向盘一拐,停到她并排的车道上,落下车窗。

只见驾驶座的人裹着迷彩大棉袄,一身朴素,正微笑着看她。

二丫连忙也把车窗降下来,嘴里呵出团团冷气:"你怎么才回来?"

那人笑容灿烂,似乎与她很熟:"单位抓壮丁,跟领导一起送温暖去了。你干什么去了,打扮得可够'热闹'的?"

二丫嘿嘿一乐,知道他指的是她车屁股上贴的那副小春联:"今年本命年,要搞点红冲冲灾。"

是了,她今年二十四岁,属虎,正是本命年。

绿灯亮。

坐在车里的人朝她颔首:"你先走,我跟着你。"

二丫点点头,开车先蹿出去,紧接着,身后那辆车像给她护航似的,俩人一前一后驶进路尽头的家属区大门,停在一幢灰色楼前。

二丫的家庭情况有些复杂,可要理顺了讲,又很简单。

每每有人问起她,她总是颇为得意地说:"我可是出身书香门第!"

说"书香门第"这四个字的时候,她腰板也直了,胸脯也挺起来了,仿佛是一件多骄傲的事。

她闺密姚辉啐她:"鬼的书香门第,你们家往上数三代,也就出了你爷爷那么一个知识分子,别仗着祖荫往自己脸上贴金了!"

二丫想要辩驳,姚辉又极了解她,向下压了压手:"想说你父母是吧?你遗传半点了吗?"

二丫像只泄了气的皮球,迅速蔫下去,不吭声了。

无非就是一个祖孙三代和乐融融的普通人家。

她爷爷杜嵇山曾是一名总工程师,年轻时当过铁道兵,参与修建过几条重要铁路,后来部队撤编转业,又给编到下属相关单位搞工程,从事材料研究几十年,到了年龄离休后,被雁城大学聘请回来做了理学院荣誉教授。

杜嵇山这一辈子,和老伴共育有四个儿子。

前三个,分别是二丫的大伯、二伯和三伯。

这几个儿子成家立业后,又给老爷子添了一窝孙子。

众人都说杜嵇山有福气,家里男丁多,将来个个都是顶梁柱,谁知每到年节聚会时,杜嵇山忧心忡忡看着家里一大帮秃小子,就悲从中来。

他老伴去得早,眼见着自己年龄越来越大,啥时候这几个儿子能争争气,也让他闭眼之前抱上孙女。

这个愿望日想夜想,终于在杜嵇山六十大寿那年,让他家老四实现了。

时间再度拉回二十四年后的今天——

两辆车一前一后地停在雁城大学家属楼前,刚熄了火,就有人从楼里出来微笑着迎接。

"你俩倒是赶得巧,一块办事去了?"

二丫笑嘻嘻提着大包小裹下车:"没有,跟小胡哥在家门口碰上的。"

"三伯,过年好啊。"

"过年好。"杜希依旧是淡淡笑着的模样,很有长辈风度,"快进屋吧,他们都念叨你一上午了。"

"好,这就去。"

目送着二丫钻进楼道,一直跟在她身后那辆车里的人才开门下来。

两人目光相对,他先叫了杜希一声。

"爸。"

"哎。"杜希和蔼地答应下来,背手站在原地,始终很稳。

打过招呼,年轻男人绕到车后,掀开后备厢开始往下一箱箱搬东西。

杜希见状道:"怎么又拎东西,都说了家里什么都有。"

年轻男人动作没停,又钻进去捞了个蛮沉的箱子:"不值钱,托朋友给爷爷弄了箱酒,还有点水果,总不能空手来。"

杜希上前帮忙关上后备厢的盖子,这才露出几分关切之色:"走,进屋,进屋说。"

一老一少边走边说话，看得出小的很疼老的。

五六箱年货摞在一起，硬是没让杜希伸手帮忙，不肯让他吃一点儿力。

杜希为他拉开屋门，边走边询问："工作都办完了？"

"办完了。"进了大门，年轻男人将东西堆在墙边，低头换鞋，"您这几天也全休？"

看得出是个十分有规矩、有教养的人家。

一双双鞋子摆在门口，谁都没乱扔，全放在架上码得整整齐齐。

"初二、初三去值班，过年放鞭炮出事故的年年都不少。"

杜希是搞医的，雁城医科大学某附属医院的急诊科主任。

不知是否与职业关系懂得保养有关，杜希看起来十分年轻，身上有一种沉静气质，那种在医院能够让病人信服、在家里能让人尊敬的气质。

而与杜希说话这人，刚才与二丫一路回家的，正是杜希的继子——

胡唯。

说起杜希这半生，也蛮传奇。

他今年五十出头，结过两次婚，至今没有子女。

第一任妻子与杜希结婚没几天就离了，拿着"初恋"从美国寄给她的信声泪俱下，说对不起杜希。杜希能说什么呢，闷声和人办了离婚手续，窝在当时医院分配的筒子楼里发起高烧，好几天没出过门。

都说这件事情对他打击沉重，要不怎么会单身十多年不愿意再娶？

直到杜希遇上第二任妻子。

是一位知名歌舞团的舞蹈编导，也是胡唯的亲生母亲，名叫胡小枫。据说女方是杜希去外地开研讨会时朋友介绍认识的，认识时间不长，两人就决定一起生活。

当时杜家上下一片反对。

且不说那女人是个离异的，她孩子都那么大了，自己岁数也不小了，你娶她还能再生吗？你图漂亮？是，很有气质，但是年轻漂亮的哪里没有？就非得是她？非要给别人的孩子当爹？你——

可杜希是吃了秤砣铁了心，谁说都无果。

就这样，胡小枫放弃了在歌舞团的工作，带着和自己前夫的孩子嫁进了杜家，成了专职太太。

那是一个非常优秀的女人，上得厅堂、下得厨房；不常言语，可肚子里的学问不见得比杜希少，甚至更多。

那年，二丫爷爷病了，住在杜希工作的医院里，老爷子身边缺个能照顾的人，身为儿媳的胡小枫主动提出来每天给老爷子送饭，料理生活琐事。

老爷子在病房里搞工作，胡小枫就帮他放好桌子，铺好图纸，不动声响地出去。等工作弄完了，她已经把午饭用保温饭盒装好提了来。

就是那段时间，胡小枫得了杜家众人的敬佩和认可。只恨天妒红颜、在杜希和胡小枫共同生活的第三年年初，胡小枫去世了。

胡小枫去世以后，家里就剩下杜希和她留下的儿子胡唯。

当着自己母亲的墓碑，胡唯披麻戴孝，当场咣咣咣给杜希磕了仨响头，说："我妈带着我来您家这几年，您待我不薄，把我当亲儿子。从今以后，您要是不嫌弃我，我就跟着您过，孝敬您，什么时候您想再成家，不方便了，我胡唯二话不说，马上就走。不管多远，您用得着我的时候知会一声，我还回来。"

杜希搂得胡唯哭得老泪纵横，说："我都这个岁数了，再不找了，再不找了，从此咱们爷俩相依为命。"

父子痛哭。在场人无不沉默，心中不禁暗想，这胡小枫可真不是个普通人哪，活着的时候收人心，死的时候伤人心，连带她这儿子也非善类，年纪轻轻聪明得很，懂得审时度势。亲妈这一走，于情于理他这是从哪儿来回哪儿去，万万没想到拴上了杜希的心，抓着他没儿没女这根软肋，心甘情愿寄人篱下，为自己将来谋个好前程。

你要说杜希不是胡唯的亲生父亲，确实不是，两人没半点血缘关系。可要说不是，一起生活了十年，逢场作戏是万万做不来的，父子俩那股互相敬着、互相惦记着的感情，胜似亲生。

今天雁城很冷，进了屋也难掩一身寒气，胡唯脱了外面穿的棉袄，又单手解开里头的外套，主动跟正在下象棋的大伯、二伯打招呼。

二伯杜甘听见胡唯拜年头也没抬，挂着腮帮子专心下象棋，有些心不在焉："好长时间没看见你小子了，忙什么呢？"

胡唯将外套随手搭在一张椅背上："瞎忙。"

大伯杜敬笑呵呵地说："跟你们主任去给家属送年货了吧。"

杜敬搞政工工作二十年，虽跟胡唯不在一个系统，但也算了解。

"哎呀——忙人，都是忙人，胡唯忙，二丫也忙。就咱们这些老东西来得早，他们都有自己的事。"杜甘叹气，端起茶杯呷了口茶水。

二丫从卫生间洗手出来，听见自己的名字有些莫名其妙："我又没惹你，好端端说我干吗？"

"谁说你了，钱哪天挣不行，非得大过年去办？"

脱了棉衣的二丫里头穿了身黑套装，白衬衫，颇有些银行窗口柜员的范儿。听了这话，她嘿嘿干笑："临时救场……也没挣多少。"

二伯杜甘是个生意人，说话财大气粗："没挣多少就更不该去了，就应该在家里老老实实陪你爷爷。"

话罢，他压低声音，恨恨点着她，骂二丫不开窍："你哥不回来，他心里就盼着你一个。"

二丫听了不作声,转身就往楼上跑。

杜甘在楼下一瞪眼:"没规矩,我话还没说完你干啥去?"

二丫也不理他,清脆地丢下句话:"给爷爷磕头!"

楼上,杜嵇山正在床上闭目养神,听见有人敲门,行动迟缓地扶着床头坐起来。

二丫站在门口,先是探进一颗脑袋瓜,笑容可掬:"爷爷,我回来了。"

杜嵇山戴上老花镜,仿佛就在等她似的:"快进来。"

"外头冷吧?"老人拉开床头柜抽屉,端出个发旧的铁皮盒子给她,"年前离休办往家里送了点水果,有你爱吃的草莓,一会儿让人给你洗洗。上午的事都忙完了?"

"都忙完了。"二丫在椅子上端坐,见杜嵇山想去捞水杯,她先一步把杯盖旋开,递到他手上。

"都忙完就好,年轻得有点自己的事情做,可别像杜跃似的,见天没个正经工作……"

杜跃是二丫的小堂哥,因家境优渥,整日花天酒地,老爷子很看不惯。

杜嵇山温暾地喝了水,从枕头底下摸出块蓝手绢,四角展开,是个红包。

"就等你回来呢,趁着几个哥哥都不在,今年本命年,爷爷多包一些压岁钱,祝你新年平平安安的。"

看见红包,其实二丫心里早就乐开了花,可面上还要装得忸怩一些:"爷爷,我不要了,几个哥哥上大学以后都没拿的。"

杜嵇山疼爱地拍了拍她的头:"跟你爷爷还搞这一套?多大了在我眼里你也是孩子。"

二丫捏着分量不轻的红包,微垂着头,一副听话乖巧的模样。

杜嵇山望着二丫始终是慈祥和蔼的,却又有一种说不出来的伤怀,看着她,又像是透过她在想着别人。

之前曾提起过。

杜嵇山和二丫的奶奶这一生共有四个孩子。

之前的三个儿子,刚才都在楼下见过了。

大伯杜敬,二伯杜甘,三伯杜希。

至于一直没提起的杜家老幺,杜小满,也正是二丫的父亲。

如果说她三伯这半生命运坎坷,婚姻不幸,那她父亲就更值得讲一讲了。

杜希与杜小满原是一对双胞胎,先后间隔半分钟出生,杜嵇山当时知道悲喜交加。喜,喜一次得了两个孩子,都身体健康;悲,原想是个女儿,没想又是儿子,而且还是两个,家里生活实在拮据。

于是老三起名随着老大和老二,老四则起名叫小满,意为"日子圆满,到此为止"的意思。

杜小满在几个兄弟中最受宠,也最聪明。

20世纪八十年代考入西安知名大学物理系念书,毕业后留校,娶妻结婚,对象是他研究生时期的同学。两人同属知识青年,有理想有抱负,结婚后一起住在单位分配的宿舍里,婚后一子一女相继出生,凑齐个"好"字。

只可惜在二丫五岁那年,杜小满单位组织踏青集体登山,结果遇上暴雨山体滑坡出了事故,二丫妈妈坠崖,杜小满情急去抓,夫妻二人双双丧命,被找到时,丈夫抓着妻子的手,面目全非,场面惨烈,见者落泪。

这下,各位看官该明白了。

二丫——

原是个孤儿。

二丫姓杜,单名一个豌字。

不是琬,也不是婉,是豌,豌豆的豌。

只因当年她母亲怀她时,见了一园子绿油油、毛茸茸的豌豆苗儿。至于为什么大家都叫她二丫,则因为她头上还有个亲哥哥,杜家女孩儿又少,她是个稀罕物儿,所以大家见了,都"丫丫、丫丫"地叫,久而久之,反倒不习惯念大名了。

这里一直有她的屋子,是杜嵇山要求留的,从二丫上小学一直留到现在,偶尔大伯、二伯的孩子来,要是没地方住,也去她那屋凑合一宿。

"呼——"进了自己的小闺房,二丫长舒了口气,急忙解开衬衫脖领处的扣子。

上午去和平招宾馆翻译时穿的是正装,冻腿不说,还勒得人上不来气儿。

丝袜、衬衫、西服、窄裙,一件件被二丫随性地甩到沙发扶手上,又将盘在脑后的小发髻松开,她赤脚去柜子里翻了两件东西出来——

一件是宽腿的缎子衬裤,月牙白的颜色,有松紧的裤腰,套在身上滑溜又舒适;另一件,是件夹棉的绿袄,旗袍样式,七分袖,尼龙面料,脖子、腋下及小腿处松松地缝上一排吉祥团扣,内里怕跑棉花,还镶了藏蓝色的里子。

中午最盛的阳光透过窗照进这间小闺房,印着牡丹花的浅色床单,女人半裸的身体,因为坐在床沿,腰线凹凸,骨肉匀称,皮肤细腻。

如果现在时间静止,用慢动作将镜头拉长,仿佛画面演绎成了旧上海时期一支旖旎的唱曲儿,春色风光,无限婉转。

可——

很快,一只手拿起那件夹棉的绿袄,做贼似的将身体迅速遮掩进去,及时将风景打破。

不由得让人暗呼,大煞风景!大煞风景!

只见换好了夹袄的二丫歪着身子坐在床边,龇牙咧嘴揉着腿:"可累死我了……累死我了。"

看吧,她就是这样没有情调的人。

以前姚辉和她一起洗澡时曾说过,扁平扁平的小体格,这脱了衣服才发现,看头十足哇。

当时二丫站在淋浴头下哗啦啦浇着热水,闻言低头偷瞄了自己两眼,想一想,再瞄瞄,最后不耐烦地一挥手,继续冲着头上的泡沫:"都长一个样,能有啥看头。"

姚辉一口气没倒上来差点背过去,咬牙骂她:"朽木不可雕也!"

此时,这块朽木正抄着一本《孙子兵法》倚在床头,想躲躲清净。

也不知是谁看了扔在柜子上的,虽然都是文言文,但是她看得还蛮认真,正讲到"火攻"这一节,她不禁想这孙武可真不是一般人,连放把火都要讲究天时地利人和。

这要换成她,哪里讲究那么多,只叉腰站在山头朝敌人一声怒吼"给我上",待万箭齐发,管它是东风还是西风。东风固然最好,若是西风,死了倒也壮烈。

她这一蹙眉,伴着冬日下午懒洋洋的太阳,倒生出几分"林妹妹"的神态。

弱风扶柳的体格,一张鹅蛋脸,细细弯弯两道眉,再往下,挺翘的鼻子,随着她呼吸两翼轻扇,微张的嘴,则是二丫生得最灵的地方了。

这页读通了,再翻一页,偶尔动一动,用右脚脚趾轻蹭左脚脚背,沉浸其中。

也不知过了多久,看得直犯困时,楼下有人仰头大声喊:"开饭了!"

混沌意识被惊醒,二丫这才合上书,想起来要吃年夜饭了。

开饭时,大伯的儿子杜炜、二伯的儿子杜跃,也都从外面回来了。

杜稽山被搀着走到桌边,笑呵呵地让大家坐:"老规矩,老大你带着两个弟弟坐对面,你们几个小的在我旁边。"

毕竟年纪大了,就喜欢一家人热热闹闹簇拥着自己的氛围。

就连座位,也是能看出老人用心的。

仨儿子在对面,离自己远些,方便碰杯喝酒;儿媳妇们挨着自己,在左手,表示老爷子对她们的高度尊重和认可;剩下的孙子孙女在右手,依次是胡唯、二丫、杜炜、杜跃。

早在胡唯母亲去世时,杜稽山就曾说过:"既然胡唯跟着杜希过,不管他姓什么,那就是咱们家的孩子。既然是咱们家的孩子,那就跟别的孩子待遇一样,甚至更好。"

不知杜稽山是怕外人说闲话,还是真的喜欢胡唯,总之对胡唯,是和另外两个孙子不同的。

每每酒盅斟满,他都笑眯眯地端起来,商量着问胡唯:"咱爷俩喝一杯?"

胡唯听了，脸上挂着笑容："哪能让您跟我喝，我敬您。"

杜希担忧着父亲的身体，也担忧胡唯，揪心道："行了，差不多就行了，晚上还开车呢。"

"哎——你不喝还不让你儿子喝，晚上你开回去一样。没看出来吗，爸今天高兴。"杜甘有些吃味地紧盯着胡唯，在弟弟耳边小声说，"老三，你这儿子，养得可真值啊……"

杜甘、杜希两兄弟从小就不和睦，杜甘做生意三教九流什么人都接触，没上过多少学，很瞧不起杜希优柔寡断的脾气，他也毫无道理地不喜欢胡唯，总私下骂这小子心眼儿多，喂不熟，因此话中时时不忘嘲讽弟弟的失败婚姻。

杜希向来不和他一般见识，微微一笑，只装听不见。

一顿家常年夜饭，热热闹闹吃到晚上八点，才纷纷起身撤桌。

孙辈的男孩儿们在帮着抬桌子、收椅子，干体力活儿。

厨房里，两个儿媳还有一直照料杜稽山生活的保姆赵姨在洗洗涮涮，这下，只剩下二丫一个闲人。

她也不好意思做个甩手掌柜，站起来要去帮忙洗碗，结果被她大伯母笑着推出去："哪里用得上你，快去外面玩吧。"

得了令，她说上几句俏皮话哄得两个伯母喜笑颜开，就去客厅看电视了。

二丫喜欢看《春晚》。与大多数拿这台晚会当背景乐的人不同，她喜欢看，就是很认真在看，像是一定要完成新年里某种仪式似的，听到小品里的荒诞话，往嘴里送颗草莓，还跟着傻呵呵笑两声。

她吃草莓的方式也蛮娇气，只吃尖，水灵灵、红艳艳的小山尖，蕴藏着整颗草莓最甜的地方。

不是娇生惯养的坏毛病，只因她小时候曾被送到姥姥家生活过一段时间，姥姥家在北方的一个县城，冬天冷，供暖差，很多菜都存不住。老人又节省，东西烂了也不舍得扔，只能拣好的地方吃。

比如香蕉发黑，一般都不是从芯里黑，剥皮，白的地方还是很甜的。

苹果有了虫眼，一般都是从内往外坏，洗净，周边的地方依旧脆生。

几年下来，就给二丫养成了这么个吃啥都留一截儿的毛病，长大了也改不掉。

"杜豌，我新弄了两部电影，过来一起看啊！"身后有人粗鲁地推了推二丫的肩膀。

"一边去，看电视呢。"二丫不耐烦地挣脱了下，手抓起一块花生糖，撕开，眼睛始终不离电视。

小堂哥杜跃觉得没劲，摆弄着她的头发："这有什么看的，明天后天还有重播呢，走走走。"

"哎呀——"二丫急了，"你别抢我遥控器。"

论起年龄，杜跃只比二丫大几个月，虽是她堂哥，两人也最没大没小。热脸贴个冷屁股，他觉得怪没趣。

见胡唯朝这边走过来，杜跃侧身坐在沙发背上提议："小胡哥，咱一会儿支张桌子打牌吧，杜豌不跟我玩，没劲透了。"

胡唯双手抄在裤兜里，闻言将目光投向二丫，见她无动于衷，便爽快答应下来。

"行啊。"

"看看人家小胡哥，再看看你！"杜跃用手指重重弹了弹二丫的后脑勺儿。

二丫皱眉原本想骂杜跃，一回头，发现杜跃手里握着一部新手机，顿时被吸引了注意力："哎？你那是什么宝贝？"

杜跃是杜甘的独生子，从小娇生惯养，钱堆里长大的，大学毕业后不肯工作，从他爹手里借了笔钱和人合伙开了个电子会所。

所谓的电子会所，用二丫的话说，就是个高级"网吧"。

一个供众多无所事事富二代消遣的地方。

搞些国外进口的电脑设备，安装最流行的网络游戏；再放两张他爸店中卖的进口家具，一张台球桌，几个酒柜，就算开了张。

二丫虽然不齿这种盈利行为，可也没少占杜跃的便宜，从他那里"顺"东西。

杜跃不给她看，故意举高："你求我，我就给你看。"

"没大没小，还敢让我求你？"二丫一声怒喝，猴儿似的从沙发上跃过去，作势要抢。

她二伯杜甘嫌两人吵，不耐烦地说："杜跃你就把那玩意儿给你妹妹吧，她喜欢。"

"她叫声哥我就给！"

"想得美，就不叫！"

"不叫就不给你玩！"

二丫死死搂住杜跃的脖子，蹿到他背上："你给我看看，就一眼。"

杜跃顺势背着她在屋里转圈，驮着二丫一口气转了几十下，转得二丫哇哇直叫。

晚饭时喝了不少白酒，胃里烧得慌，胡唯想找点什么东西压压。

茶几上的杂物堆得跟小山一样。

什么零食包装、面巾纸团、花花绿绿的人民币，零的、整的，装在红信封里的，也有成捆明晃晃的，乱七八糟地铺着。

先将那些撕开的零食包装和纸团扔进垃圾桶，又将碍事的几捆百元大钞撂到一边，才露出一只盛放水果的碗。

谁知捞过来一看。

嚯!

这算是个什么吃法?

只见整整一碗挂着水珠的草莓此刻全都被"腰斩",最鲜最甜的尖尖被咬掉,剩下的全是半红不红的部分,不扔没法吃,扔了又可惜。

最可气的是这每一口咬得都十分标准,带着牙印,像猫啃的。

而从杜跃那里抢了手机的二丫还浑然不知自己浪费的恶行被抓了个正着,正玩得欢。

手机清晰的摄像头在屋里移动,她还当了个背景旁白。

"这是我大堂哥,还有我的堂嫂,还有侄子禾禾,来,跟我打个招呼。"

周岁大的宝宝被妈妈握着小手懵懂朝镜头晃了晃。瞥见姑姑,宝宝露出牙床稚嫩一笑:"猪猪……"

镜头晃动,二丫一本正经地纠正:"是姑姑。"

宝宝咧着牙床笑得更灿烂:"猪!"

她一只手伸到镜头前捏了把宝宝的脸蛋儿,换了拍摄对象。

"这是我的爷爷,还有大伯、二伯、三伯。"

杜嵇山穿着毛坎肩笑呵呵看着镜头,喝了酒的缘故,满面红光。

镜头再一转,透着门缝,看到厨房里面。

"这是我大伯母和二伯母,你们两个在说什么悄悄话?"

温柔大方的大伯母朝厨房外挥了挥手。

二丫笑嘻嘻地走开了。

镜头最后定格在电视机前的沙发里。

先是松枝绿的裤角,两条腿敞着,坐姿随意。

镜头渐渐向上。

浅绿色袖口卷了两圈,是他的两只手,指甲修得很短,骨骼分明,手背能看到微凸起的青筋脉络。

他左手手指夹着半根烟,右手轻轻捏着一颗草莓的尾巴,漫不经心。

镜头最后上移。

是一对干干净净的衬衣领子,领口微敞。

领口向上依次是喉结、下颌、嘴唇。

然后——

胡唯端端正正完完整整地出现在镜头里。

他头发很短,漆黑,与眉毛、眼仁,如出一辙。

剑眉星目,正气十足。

他对着镜头微笑时,身上的英武气淡了,又多了些孩子顽劣。

此时,二丫手有些抖,不知道是举着手机的时间太长,还是屋里热的,她

咽了下口水,在镜头后说:

"这是胡唯。"

胡唯始终坦坦荡荡地坐着,大方地面对镜头。

大概气场太强,未等他开口说话,二丫先心虚地扣了手机镜头,讪笑着:"小胡哥,留个影,别见怪。"

其实,二丫有点怵胡唯。

也说不出什么具体的原因,可能是因为两人见面次数不多,关系不像和杜跃、杜炜那样亲近。饶是她脸皮厚,在面对胡唯时,也觉得有几分拘谨。

二丫小时候是跟着姥姥长大的,大学是在外地念的;而胡唯和母亲搬到雁城以后,胡小枫恐他和杜希生活不习惯,干脆狠心地把他送进了寄宿学校,后来母亲没了,他就去当了兵。

两人还是最近这几年才熟悉起来的,每年,也就逢春节国庆这样的大日子才见面。他们对对方了解也不多,二丫对胡唯是一知半解,胡唯也只记得二丫是个翻译,至于做什么、在哪里工作,都不清楚。

说起她的工作——

胡唯为了缓解尴尬,主动问起:"二丫,你是学什么的?"

二丫抓起一个苹果咬下去,眼睛牢牢盯着电视:"英语。"

"现在还做翻译?"

"唔……"提起这个二丫也很苦恼,猴儿似的抓抓脸,"没办法,想做别的也不会啊。"

胡唯唇间衔着烟:"这行挣钱吗?"

二丫警惕起来,眼睛瞄着桌上摞成捆的压岁钱:"你要干吗?"

胡唯知道她心里的小九九,给她吃了一颗定心丸:"放心吧,不管你借。"

说来也奇怪,杜家家风正派,教育孩子向来大气,兄弟姐妹间从来不为钱计较,而长辈又疼爱小辈,红包从未吝啬,不管是给谁的,大家都不藏着掖着,统统堆在那里,谁要出去买瓶醋、打个牌,随手抓两张,图的就是个高兴。

偏偏这二丫是个小钱串子,盯钞票盯得紧,那眼神中透着渴望,像小孩子过年时望着盘里的糖果、墙边的饮料。

家里众人可怜她,谁也不和她争抢,待守岁结束各自回家时就假装忘了,等她趴在沙发上喊"哥哥,你们红包忘拿啦",大家纷纷招手表示,鞋都穿好了就不进屋了,给你了,给你了!

见胡唯只是纯粹好奇,二丫有些不好意思,为拉近关系朝他的方向凑了凑:"你要有用钱的地方不好跟三伯说,跟我讲。"

胡唯轻描淡写地笑了笑,没说话。

"我们这行……还行吧。"二丫盘着腿打开话匣子,"笔译看字数,我们看时长和经验,也包括会议规模和企业大小,以前上学的时候赚外快,几百块也是有的,现在做一场,最多两千块。逢休息节日给得更多,老外心情好时还有美金小费。"

胡唯表示有些吃惊:"那不少。"

二丫一副"你不知民间疾苦"的忧愁表情:"不是每个月都有活儿给你干的,如果生意好,就算每周一次吧,一个月最多也就这个数。"

她伸出根指头。

"那怎么找你们?"

"大多都是熟人介绍,哪儿缺人手会联系你,也有固定客户,保持长期合作关系。"

说完,二丫便忽然没头没脑地笑起来。

殊不知她脑子里想的是,好好一个工作,经她这么一讲,活像个搞特殊职业的。

杜跃在那头支好了牌桌,喊胡唯落座。胡唯应了一声,不再和她胡侃,伸手将烟掐灭在烟灰缸里,起身过去。

一家人在一起玩牌混个时间,不算钱,输赢在脸上贴纸条儿。

家里长年伺候老爷子生活起居的保姆赵姨在厨房泡了茶水端出来,十分周到:"来,喝点茶解解酒,你们几个刚才都没少喝。"

"谢谢赵姨,辛苦了,您快去歇着吧。"

杜炜、胡唯、杜跃几个小辈纷纷起立,自己把茶水端下来。

杜家男人多,女人少,从小教育也好,后天培养也罢,总之,他们对长辈,对女性是十分尊重的。

赵姨系着围裙,乐呵呵:"你们别管我,我愿意干这个,一年到头聚在一起能几回,为你们忙活我高兴。"

等各自拿了茶水,众人坐在远处休憩端详,就会发现端倪。

杜炜爱喝大红袍,醇厚中回味甘朴。

杜跃爱喝甜饮,火气重,贡菊里兑了勺蜂蜜。

胡唯爱喝绿茶,明前龙井,根根直立,先是在滚烫滚烫的开水中漂浮,直到逼出澄清鲜亮的汤色。最后,韬光养晦,慢慢沉底,越泡越香。

只见他右手端着玻璃杯,眼盯着牌,轻吹开,最后浅抿,一举一动中,将这个人的脾气秉性说了个通透。

沉静、清淡,待人又是那样认真、热情。

只是——

那一身气质,那抬眉垂眼的不动声色,与这个家,与这个家里的孩子,是不同的。

不知谁先说了一句:"胡唯也不小了吧?怎么样,现在谈没谈朋友呢?"

这话不是对胡唯说的,是冲着他爹杜希说的。

杜希回头瞥了胡唯一眼,郁闷地叹气:"谁知道呢,天天窝在单位,也没合适的。"

"怎么没合适的,你们医院那么多小姑娘还没个合适的?再说我看咱胡唯这条件,找个医学生,不过分吧?"二伯杜甘哼着小曲儿,手上转着一张八筒,"你要舍不得就说舍不得,别往孩子身上推。再说老三,儿大不由娘,知道你们爷俩感情深,该分开也得分开,你不是还没给孩子攒够彩礼吧?没攒出来你跟我说,胡唯,跟二伯说,二伯有。"

听了这话,杜希不咸不淡道:"我儿子用不着你操心,你要是钱多没地方花,大街上撒。"

"嘿,你抬杠是不是?"杜甘眼睛圆睁,将八筒重重拍在桌上,"听不出好歹呢!"

"你少说两句。"杜甘的妻子听出兄弟二人话中的火药味,赶紧打圆场,"胡唯,二娘记得去年好像听你爸提过,说你不是跟……谁家的闺女谈来着?"

胡唯如今二十七岁,是个中尉。

他高中毕业那年就去当兵了,第二年转了班长,第三年因为一场大比武拿了冠军被选送参加考试去了军校进修,毕业后直接被雁城军区机关要走成为一名干事。

起初不起眼,因为他懂电脑会制图,给安在了营房科。后来机关开大会他被借去帮忙布置会场,领导对他开始有些印象了。

小伙子一米八的个头,眉眼英俊,站有站相坐有坐相。话虽不多,办起事来却不含糊,条理清晰、逻辑性强,懂得平衡各部门的关系。关键时刻冲得上前,为难时刻低得下头。

看准他以后,也没有声张,军区的政治主任找人通电话了解胡唯在连队时,包括他在学校念书时的表现和成绩,心中多少有了肯定。后来有意在开会时,或组织活动时点名让他参与,便于进一步考查。大概过了一个月,找他谈过话之后,胡唯就正式调进组织科专门负责各类会议和讲话稿了。

一个年轻且有发展的小伙子,开始有人盯住他想给他介绍对象了。

最先跟他提出这事的是单位里负责与地方搞联谊的一个宣传干事,只说××团退休的老团长有个女儿,一心拥军,正好你也是单身,如果有空去见见?

胡唯当时听到这事先是犹豫了一下,有点磨不开面子,经不住干事口若悬河地劝说,第二天就准时去了。

刚开始接触得不错,一样大的年纪,胡唯性格内敛,女方脾气爽朗,两人十分互补。

可接触了一段时间说起胡唯的家庭情况,被坦诚告知后,女孩儿有点打退堂鼓。

一是胡唯家里没有婚房,结婚后可能要和公公住在一起。如果不住一块,要胡唯倒插门她家,那样的傲骨,是不可能愿意的。

二是万一胡唯的亲生父亲找上门来,赡养问题也是个隐患。

于是在两人又一次见面时,女方委婉地表达了以后还是当朋友的想法,胡唯从容答应。

如今又将这么桩陈芝麻烂谷子的事提起,胡唯兴致缺缺:"性格不合适,早就分开了。"

"啧,怎么分手了?其实条件挺好,听说女方家里有人在你们那儿当官,没准结婚以后能沾光。"

二伯母是个见人说人话见鬼说鬼话的主儿,很会算计。

胡唯听到"沾光"这两个字时微扯了扯嘴角。

这一笑,没被别人看见,倒是被细致贤惠的大伯母撞进眼里。

"胡唯,还年轻,不着急,你喜欢什么样的跟大伯母说,回头我们单位有合适的,帮你留意着。"大伯母笑道。

这时,胡唯则是真心真意笑了。

他伸了个懒腰,乖得像人家亲儿子:"我不挑,您看中什么样儿的我就喜欢什么样儿的。"

这一句话,说得大伯母心花怒放。

提起对象——

杜甘忽然来了这么一句:"胡唯是个男孩儿,不着急,咱家二丫有合适的是不是也该考虑考虑了?"

一句话说完,全场寂静。

打牌的几个男孩儿不作声了,唠家常的几个长辈也不言语了,大家齐刷刷望向客厅电视机的方向。

等了半天,见她还没吭声,众人纷纷纳闷儿:"这孩子哪儿去了?怎么没动静了?"

待凑近一瞧,只见二丫歪在沙发上,裹着小绿袄,脚丫微蜷,睡得不知天上还是地下。

一阵低笑。

"给她盖上件衣裳,别感冒了。"

窸窸窣窣一阵响动,有人抄起之前不知谁随手搭在椅背上的棉衣盖在她身上。

二丫憨睡,浑然不觉,身体还往那件棉袄里缩了缩。

梦中,二丫化身曹操,有人疯狂敲她的船舱:"主公,主公,快跑啊,着火了！"

混沌中，二丫胡乱挥了挥手："莫慌莫慌，我读过《孙子兵法》，今日西风，这火会反吹到周贼那里。"

小厮还在狂拍："主公，主公，今日东南风，我军人马粮草已然失守，速速逃命吧！"

画面一转，二丫看见是扇子、戴着头巾的周瑜与人指点她河上失守江山。

二丫气馁愤恨，银牙咬碎，在船上疯狂跺脚，我与周贼势不两立！

眼看着火烧屁股，二丫眼一闭心一横，纵身跳进水中，忽听一声"轰隆"巨响——

"爆炸了？"

吓醒的二丫"咕咚"一声坐起来，浑身冷汗。

保姆赵姨笑呵呵："睡傻了？那是禾禾在外面放炮仗呢，原本想叫你一起，怎么拍都不醒。快十二点了，起来吃饺子。"

这一觉睡得酣，满身是汗，二丫傻眉愣眼地坐了会儿，想去阳台醒醒神，一低头，发现身上盖着一件棉袄。

二丫摸了摸，然后轻轻掀开。

透过阳台的窗子，能看到楼下院子里胡唯、杜跃正带着禾禾放礼花。

礼花放在花坛的台阶上，禾禾被人抱着在远处，欢呼雀跃："小叔叔加油！"

胡唯回头朝禾禾笑了一下，按动打火机。火苗吞噬着引线越来越短，胡唯利落跑开，接过禾禾让他骑在自己脖子上。

礼花在小院里炸开，五颜六色。禾禾仰头欢呼，稚嫩童声清脆响亮："过年喽，过年喽！"

新年钟声敲响，预示着新一年的彻底来临。

鬼使神差地，二丫忽然抬起手，用手指在玻璃上涂抹着什么。

寥寥几笔，是幅简笔图画，像幼儿园小朋友的涂鸦。

她年轻丰润的脸庞被大红灯笼映照着，饱满纯真。

绿夹袄的扣襻松了两个，衣襟微敞，露出一道春光。

一头半长蓬松的黑发散着，散在她耳边、颈窝，缱绻无限。

她看着窗外的眼神是欲望，是浓烈的渴望，又是那样执着、认真。

画罢，二丫揉了揉眼睛。

两滴眼泪无声无息地掉下来，小姑娘在这个万人欢庆的深夜里，想她的爸爸妈妈了。

过了年，天气很快转暖。猛烈地刮了几天大风，温度从零下直蹿零上。

二丫今天回公司上班，说是上班，其实就是个翻译中介，挤在玉熙路的一排留学咨询机构中间。

公司老板姚辉是二丫的同学兼闺密，家境不错，以前和她一样是个翻译，后来这行干腻了，干脆自己开了个中介公司，专门对接有业务需求的外企展商之类。

一进门，几个同事正围在一起。公司里小李过年回来换了部新手机，美国货，苹果3GS，听说花了几千块。

这一年，苹果手机才刚刚在城市中悄然兴起。

二丫也凑过去看热闹，小李得意地在屏幕上滑来滑去："这东西，没买之前是个稀罕物，买了之后……也就那么回事吧。"

"不错，不错。"二丫拎着包连手都没敢伸，站在人堆儿里连连点头肯定，"多少钱？"

小李比了个五。

二丫咋舌："这么贵？"

"这还是托人买的呢。"

二丫低头看看自己口袋里的诺基亚，默默走回座位，开始打水擦桌子。

"哎，杜豌，你也买一部呗，你不是一直都挺喜欢手机嘛，我亲戚在店里能给优惠。"小李隔着工位挡板殷勤地劝她。

"我？"二丫脱了大衣，就穿了一件驼色的高领羊绒衫，袖子推到手肘处，用力拧着湿毛巾，"不买，五千能换一台笔记本了。"

小李撇撇嘴，坐回位置上。

二丫在小李身后擦着桌子，间隙用目光偷瞄他桌上的手机一眼，过一会儿，又偷看一眼，心里痒痒的。

中午，在公司对面的快餐店里。

二丫苦哈哈地看着窗外叹气，眉毛皱起来。过一会儿，她身子往窗边微侧，换了个姿势，又是一声："唉——"

姚辉端着餐盘疾步走来，风风火火："总唉声叹气像个病秧子似的，看着丧气。"

二丫打不起精神来："本来就是个病秧子，难受着呢。"说着，她掏出一张纸巾，用力擤了擤鼻子。

"难受也没见你耽误吃。"姚辉落座，将筷子细心剔掉木刺递给她，"老规矩，你的大碗加肉。"

瞥见肉，二丫身体往前蹭了蹭。

姚辉匪夷所思："你也挺瘦，饭量怎么这么大呢？"

"你小时候没受过穷，我这是先天不足后天补。"

"得了吧，谁也没亏你，别说得像吃糠咽菜长大的。我真的没跟你开玩笑，抽空去医院查查，脸色也不好，这么吃，可能是甲状腺有问题。"

二丫嘴被塞得鼓鼓的："都跟你说了没事，前一阵折腾的。"

大年初三那天，二丫自驾去了几百公里外的晖春县城看姥姥。她在老太太身边待了七年，还是上初中时被杜稷山接回来的。接她回雁城那天，老太太踩着缝纫机，戴着老花镜，一声不吭。

二丫的大伯有些为难，提着水果补品站在身后："大娘，把杜豌接回去，她能跟她哥哥在一块，还能好好读书。上中学正是要紧的时候，家那边的学校条件比咱们县城要好很多。"

老太太虽没有大文化，心里清亮："你们老爷子当初说把孩子给我就给我，现在说接就要接？杜豌是他孙女不假，可她妈更是我女儿，她也是我外孙女！"

老太太干了半辈子裁缝，手快，嘴也不饶人："你们家重男轻女，当初杜豌和她哥哥两个，你们指名要把男丁带走，杜豌那时年纪小不明白，可现在长大了，你以为她不清楚你们怎么想的？要那个，不要这个。将来遭报应哟。"

"大娘，您也知道，我母亲走得早，家里都是男人，丫丫确实没个信得过的人来带。您是她亲姥姥，把她交给谁都不如交给您放心。而且那时小满和吴青刚没，老爷子本意也是想留个孩子在您身边宽慰您，而且……不是我们不要，是您坚持要留杜豌的不是？"

"咔嗒嗒"作响的缝纫机忽然停下。

二丫大伯的心都要提起来了——

半响，老太太叹气，耷拉着眼皮："我知道你们杜家都是大知识分子，想让孩子出人头地，但是杜豌去了你们家，我不求她学习能多好，只吃喝别短了她。她淘气了，不听话了，更别打她。女娃娃是最碰不得的，碰一下，她以后都记着，没尊严哪……"

杜敬悬着的一颗心放下，郑重保证："您放心，别说她爷爷舍不得了，要是对她不好，怎么对得起她父母。"

老太太拿着刚才一直做的活计，是条蓝底白花的棉裤。

将裤子对折，老太太又转身寻了一个袋子将它装进去："四点放学，学校就在路口。"

给外孙女做的棉裤交到她大伯手上，老太太背过身，蹒跚进屋去了。

从那以后，每年大年初三，二丫都会回晖春看姥姥。

一晃十多年过去了，老太太因为年龄大了身边没人照料，被送去了当地条件最好的敬老院，身体还算硬朗，只是有些糊涂了，有时认人，有时不认得。

前些天，二丫开了五六个小时的车去看她，老太太就正糊涂着。刚开始只是睡，睡醒了，见二丫坐在她床边，就小孩子一样地笑，拉着二丫的手把二丫当成了敬老院的护士，一会儿讲午饭盐放多了，一会儿又嫌弃床单不是橘色的。

二丫给她换好床单,抱住姥姥开始轻晃,姥姥啊,姥姥啊,你啥时候能认得我呢,我是杜豌啊。

老太太在二丫怀里睡着了,二丫也困倦得睡着了。

她在敬老院陪了姥姥五天,直到初八才回来。

临走时为了让老太太滋润些,二丫还包了几个红包上下打点一番,她这人不会说场面话,只讪笑着将红包塞进照顾老太太的人手里:"给您添麻烦了,添麻烦了。老太太要是想吃什么要什么,劳您跑腿,别让她饿着、渴着。她要是发脾气了,你们也别往心里去,哄哄就是。"

收了答谢礼的小护士自然高兴:"你就放心吧。"

说是放心,怎么能放心呢?回雁城这一路二丫都在想,听说市里哪个医院新成立了一个老年疗养中心,设施条件都比晖春的要好,除了费用高些。

不想这事还好,一想起来,二丫又愁眉苦脸:"快一个月不开工了,没活干啊。"

姚辉低头吃饭:"没事干休息休息还不好,等开春博览会招商,忙得你脚不沾地。"

二丫是个钱串子,隔段时间没收成,心里发慌。这也是姚辉认识她这么长时间最看不透她的地方。

"你说你平常也没少挣,可也没见你怎么花,你攒钱到底干什么?买房?"

二丫托着腮帮子,有一下没一下戳着碗里的面条,心不在焉:"反正……有大用处。"

至于有多大的用处,只有二丫自己知道。

忽然,手机"丁零"一声响,姚辉阅过短信,才想起来对二丫提:"对了,咱班班长章涛你记得吗?来雁城出差,想晚上聚一聚,特地跟我说要过去,老同学好几年没见了,去呗。"

"章涛啊……"提起这个人,二丫有些抵触,"我不想去。"

章涛,北二外他们那一届的知名人士,大学四年的班长。

在英语学院里,尤其是女生多的班级,男班长就像众星捧月般的存在。女孩子有什么事都爱示弱找他,而作为班里挑大梁的男生,也就格外喜欢出头逗意气。

章涛成绩优秀,家境富裕,因此人缘相当不错。

本该是老同学相见两眼泪汪汪的戏码,可惜就可惜在章涛曾经追过二丫,两人有过那么一小段情窦初开,可惜没能圆圆满满,闹了个不欢而散。

毕业那天,章涛和班里每位同学拥抱告别,唯独漏了她。

二丫坐在小树下抠着草儿,遥望同学们有说有笑,好不郁闷。

姚辉劝道:"知道你心里别扭,但是毕业这么长时间了,人家特意说要咱班同学在雁城的都来,还点了你的名。不去显得你气量太小,还挂记着上学那些事,让他多想。"

二丫一想,姚辉说得对。本来就是学生时代的窘事,人家也没别的意思,同学叙叙旧,她太小家子气反而不好。

见她有所动摇,姚辉擦擦嘴,拎包站起来:"那就这么定了,晚上'应园春',下班一块去。"

乍暖还寒的午后。

雁城军区机关后楼训练场。

冻人不冻水的天气,郝小鹏穿着训练服匍匐在地,屁股撅得老高。

胡唯裹着棉袄抄着手,绕着铁网一圈一圈地转:"你倒是动啊,趴在那要光合作用哪。"

春季考核在即,郝小鹏给自己加练,把低姿匍匐的铁网加长了三倍,足有一百米长。

郝小鹏两条手臂肌肉凸起,脸都憋红了:"不行,不行,实在没劲儿了。"

胡唯啧啧摇头:"那你搞这么大的阵仗。"

郝小鹏沉下一口气,最后向前冲刺:"我知道好汉不提当年勇,你现在不练了,但是人得有个目标,有点奔头,你就是我的奔头。"

当年胡唯在连队还是列兵时,两分三十六秒是他创下的百米低姿匍匐最高纪录。

"你光知道那两分三十六秒是我最高纪录,后来怎么了你知道吗?"

"怎么了?瘫了?"郝小鹏喘着粗气到达终点,趴在地上问胡唯,"多少?"

"三分十八秒。"胡唯大拇指精准地卡住暂停键,"比瘫可丢人多了,爬到终点眼前一片黑,起来的时候铁丝钩住头皮,这就是那时候留的。"

胡唯低头,露出后脑勺儿的疤给他看:"一大摊血,把当时的教导员吓坏了,缝针出来,他冲着我就踢了三脚。"

那是胡唯待的第一个连队,教导员是出了名的"惜兵爱兵",听说三班胡唯挂了彩,慌里慌张冲到团部卫生室。

胡唯被班里战士架着出来,后脑勺儿的血还顺着脖子往下流,教导员敞着衣襟,左手叉腰,右手恨恨点着他:"都说了注意安全,注意安全!咱们连输了赢了都不怕,最怕什么?最怕你们豁出命去比赛斗狠!"

胡唯年轻,牛犊子似的体格,还有心情开玩笑:"教导员,咱连也有第一了。"

"是有第一了!第一个在训练场上挂了大彩的!"教导员听了气不打一处来,上去照着他的屁股给了三脚。踢完,从裤兜掏出手绢一脸痛心地告诉旁人,"去弄点热水,给他擦擦,回去一定趴着睡。"

"你说你那时候那样拼,是为了什么?想当班长、想出名,让连长和指导员记住你?"

想起旧事,胡唯仰头望天,无比惆怅:"是不知道除了那些,你还能干什么。"

每天睁开眼重复同样的事情,早操、训练、开饭,青春时期男孩儿所有的旺盛精力、想入非非,全都贡献在了那片单调的训练场上。

所以他发泄,他争抢,渴望成为第一,豆大的汗珠从精短的黑发中流淌,淌进眼睛,冲走他对外头世界的憧憬;淌进衣襟,打消他对花花世界的渴望。然后精疲力竭地望着太阳,脑中勾勒着将来自己的辽阔河山。

郝小鹏叹息,最后看了看眼前这一片空地,也做了一回哲人:"胡干事,说句从来没跟你说过的,我总觉得……你不是这里的人。"

胡唯掸了掸靴子上的灰,心不在焉:"不是这儿的,那我该在哪儿啊?"

"反正不在这儿,你不像这里的人。你心里是有大想法的。"郝小鹏又说了一遍。

胡唯咧了咧嘴。

心里有大想法,这世界上有多少人心里都有着大想法,可有几个人能付诸实践?之所以有大想法,是因为你不甘于现状。

而胡唯是个很珍惜当下的人。

郝小鹏见他不搭腔,忽然蛮伤感:"我就要走了。"

胡唯有些惊讶:"这么快?"

"嗯。"郝小鹏低头甩了甩汗珠,捡起衣服穿上,"拖了好长时间了,等这个星期新派的驯犬员来了就走。"

郝小鹏是机关后勤的司务长,在部队服役九年了,本该赶去年秋天那批退伍,因他一直饲养照料的军犬病了,才又推迟了几个月。

"回去了怎么办?"胡唯递给他一瓶水。

"不知道,自己找点事儿干呗。"郝小鹏接过来,拧开,"先陪陪老娘。"

"老娘还摆摊?"

郝小鹏笑了笑:"摆,怎么不摆?每天早上五点半,下午四点半,雷打不动。"

他家里贫苦,老爹腿脚不利落,全靠母亲每天去农贸市场卖下饭小菜为生,以前他当兵一个月有津贴尚能贴补,现在回去了,眼下是要找个活儿再挣份工资。

"胡干事,我走以后,麻烦你多去看看黑子。"郝小鹏望着远方犬舍,眼中有些落寞,"倒不是说新来的不好,就是——这心里惦记着。"

"我知道。"

每天在一块的人突然要走,胡唯心里空落落的。

可这地方不就是这样吗,人走人留,哪天睁开眼,广播室忽然响起送战友的歌曲,你静静躺在床上就知道,有些人你这辈子都不会再见了。

他是个讨厌离别,又适应了离别的人。

下午，军区有一场关于年度训练计划的汇报会，而且这次会议还有总部首长参加，目的是要有针对性对计划进行调整修改。下午一点半开会，胡唯提前一个小时就去了会场。

现场已经有几个干事正在各座位前放装订好的文件，胡唯找到蔡主任的位置，将他一会儿要用的讲话稿搁上去。

原本这活儿是和他一个办公室的宋勤在做，后来胡唯调来了，工作被分走一半，宋勤心中始终有想法。

宋勤旁敲侧击地打听了很多人胡唯到底是什么路数，可问谁谁都说不知道，宋勤对他的态度也是不冷不热。这个不冷不热，就是明着不过分招惹，暗中也没少拿出老人儿姿态挑毛病。

偏偏小胡爷是个洒脱大气的人，知道宋勤对他有意见，也从来不跟宋勤较劲，始终尊重着宋勤。每每有任务分配，他也不抢，宋勤想要表现的，就让宋勤表现；宋勤不想表现的，扔给他，他也没废话。

见胡唯将昨天自己已经送上去的讲话稿又拿回来，宋勤快步走过来："怎么回事，昨天董秘不是已经拿走了吗？"

胡唯一派淡定："有两个地方说要再改改。"

宋勤不信任胡唯，也毫不掩饰："什么时候送来的？我怎么不知道？"

"上午你去小南楼送文件的时候。"

宋勤没再说什么，还多事地拿过来要再审查审查："我看看——"

这时正好蔡主任的秘书进来了，风风火火的样子："正好，我还找你们呢，准备得怎么样了？昨天那讲话稿改了吗？首长要提前开始。"

好巧不巧地，讲话稿正在宋勤手里，他率先上前两步："改了，中午加班弄出来的，您再看看。"

董秘接过来翻了两页，微蹙眉，镇定地发问："这是谁改的？"

董秘这个人平日是出了名的要求高，宋勤心里"咯噔"一下，生怕稿子里有什么不合适的地方，赶紧抢在前头："上午我没在，胡唯写的。"

说完，董秘抬头看了宋勤一眼，又看了胡唯一眼。

胡唯始终从容站在宋勤身后，单手抄兜，静静的。

"写得挺好。"一声简短认可，董秘将文件夹重新放回去，"我先下楼了。"

待董秘下楼，两人相对无言，宋勤脸上有些局促。

会议提前半个小时开始，大门推开，一声命令："起立——"

后排拿着本子做记录的各位训练主官齐刷刷起立，紧接着从门外陆续进入几位首长模样的人，步伐铿锵，颇有大将之风。

开会之前，有短短一两分钟准备时间，坐在会议桌首位的人忽然想起了什么似的，忽然向坐在他右手边的蔡主任问了句话。

蔡主任先是表现出了些意外，随即目光在场下不露痕迹寻找了一圈，又微微探身，和那人说了句什么。

那人点点头，没再继续问，只十分有涵养地微笑发话："那就现在开始吧。"

这场会下午一点一直开到将近四点。

结束之后，胡唯又整理了一些记录和资料，下班时天已经黑了。

胡唯从大楼里出来，身后有人喊他，脚步急急追过来："你下班后有事吗？"

"没什么事。"说完，胡唯猛然想起自己车里还有一袋药是之前杜希嘱咐他要送到杜嵇山那里的，他又改口，"不行，有事。"

"有事也放到明天办，晚上一起出去吃饭吧。"两人一起下楼梯，"今天开会有个参谋是我中学同学，好多年没见了，他大老远来的，找个饭馆。"

胡唯不想掺和："你同学，我也不认识，去了不方便。你俩吃吧。"

"别，一起，咱都是××学院出来的，没什么不方便的。"

邀请胡唯这人是楼下办公室的孟得，和胡唯差不多大，两人关系很好。再拒绝不合适，胡唯就应下来了。

订的饭馆名叫"应园春"，是个专门做杭帮菜的地方。打电话订完座位，孟得还要和胡唯解释："顺顺口味淡，他妈妈是杭州人。"

胡唯听了没说话，只专注路况，潇洒地向右打着方向盘。

馆子是个好馆子，只是地方不太好找，绕了两圈才在一条不起眼的巷子里发现。巷子窄，车不能开进去，外头左右两片空地又都满了，胡唯停车又花了番工夫。

小馆儿门口挂着两个红灯笼，古色古香的风格，一进去，没想到裴顺顺已经先到了。

只见他要了一小壶龙井，跷着二郎腿，十分自在地看着手机，嘴角漾笑。

孟得一招手："顺顺！"

裴顺顺脸上的坏笑立刻收了，将手机放到桌上，走下两步台阶来迎："等你们半天了。"

孟得欲介绍："这是——"

"我知道的，胡唯。"裴顺顺打断他，笑着伸出手，"你好，我是顺顺。"

只见小胡爷换了身便装，在衬衫外面套了件低调的藏蓝毛衣，他虽不常参加这样的饭局，做戏却比谁都周到。他也挂着笑，一副礼貌洒脱的样子："你好。"

两个小爷们儿的手一握——

此刻在这间不大不小的饭馆里，镜头分别照进三处。

一处是靠近门口，相互握手的胡唯与裴顺顺。

一处是大厅中央，正在与朋友推杯换盏的年轻女人。

另一处，则是最东侧隔着屏风，紧跟随着姚辉走进包房的二丫。

小馆中不知哪里传来一阵敲锣打鼓声，二楼红木铺的空场鱼贯走出几个身着戏服的花脸。

伴随着咿咿呀呀节奏渐快的唱腔，预示着这场好戏——

即将开场！

第二章

稚 始 鸣

裴顺顺是个妙人。

抛开风度翩翩的模样、一举一动的矜持,单从名字上讲,也是得了上天眷顾的。

之所以叫顺顺,是因为他爹娘太宠爱他了,希望他从娘胎里一钻出来就顺风顺水,无病无灾。

偏偏这个裴顺顺还很争气,生了个绝顶聪明的大脑,从小就是神童。一闭眼,任何数字加减乘除法张嘴就来,心中算盘打得噼里啪啦响。

餐桌上服务生端来一道开胃的老醋花生,盛在翠绿的瓷碟儿用陈醋和蜂蜜浸着,眼睛一扫,筷子轻拨,裴顺顺老毛病就又犯了。

"这花生豆儿有三十六颗——"

"哎哟!"孟得把面巾纸团成团砸到裴顺顺脸上,"你这毛病,还没改哪?"

裴顺顺对胡唯抱歉地欠了欠身:"实在对不起,从小就有这个毛病。"

胡唯倒觉得他这毛病挺有意思:"看一眼就能知道是多少?"

裴顺顺谦虚得很:"八九不离十吧。"说着,他拿起桌上的牙签盒撬开盖子,瞥一眼,又自信地放回去,"六十九根。"

胡唯心想这可奇了。

"他这是强迫症,医生说这就跟那挤眼睛一样,是心理暗示,治不好。"孟得替他解释。

胡唯说:"这毛病别人想得还得不上呢,治它干什么。"

"你不知道。"裴顺顺筷子拈起一颗花生送进嘴里,"小时候我妈带我去公园玩儿,看见人家卖气球的,我就跟在人家屁股后头数,想看看这气球到底有多少,结果差点跟着人家走丢了。我妈找到我之后当场就给了我俩嘴巴,第二天就带我看医生去了。"

说起裴顺顺这个"特异功能",倒让孟得忽然想起一个人。

"胡唯,你觉不觉得他跟一个人特像?"

胡唯问:"像谁?"

孟得怪他烂记性:"啧,你那妹妹——"

遥想那是去年冬天,也是快过年,孟得要给胡唯送一些东西,胡唯在外头还没回,两人约好在家楼下碰面。孟得到得稍早了些,就坐在车里边抽烟边等,等着等着,从胡唯家楼道里钻出来一个姑娘。

可能是天儿太冷,那姑娘戴着帽子围巾,把自己捂得十分严密,几乎看不见脸。

姑娘低头匆匆走过孟得的车,孟得还特意打量了她一下。

身量纤纤,个头高挑,穿着一件浅粉色棉袄,就是不知长得怎样——

想着想着,那姑娘在他车屁股后忽然站定,回头看了一眼,然后像是做心理斗争似的,磨蹭着,又转身回来敲了敲孟得的车窗:"哎。"

孟得在一片烟雾缭绕中把车窗降下来:"有事啊?"

姑娘把脸缩在围巾里,冻得睫毛上都是冰珠:"这车牌是你的吗?"

孟得活了这么大还从来没见过有人敢在大马路上堵着他这么问,一时口气很冲:"你要干吗啊?"

"不干吗,你就说这牌子是不是你的。"那姑娘讲话也不怯场,十分爽利。

孟得"嘿"了一声,直接倾身从储物箱里摸出两个本本:"妹妹,瞧好了,行驶证和驾驶本。我叫孟得,车是我前年买的,牌子也是正规上的,有什么话今天得说清楚。你要说不明白,我可不让你走。"

那姑娘还真低头瞥了他行驶证一眼,好像在确认真假。

看完了,她站在车外,双手揣在口袋里:"给你提个醒,今天下午玉山路上,××的白色轿车,跟你这个牌子一模一样。"

说完,那姑娘头也不回地走了,留下孟得一人在车里发蒙,在后头连声喊她:"哎,哎……"

那姑娘走得很快,孟得追了两步,见她拐了个弯,又拦住一辆车,然后是一样的情况,车窗半降,像他和她刚才一样,那姑娘弯着腰冲里头说着什么,摆摆手,然后快步离开。

待胡唯回来,孟得把东西交到他手里,有意提起:"刚才在路口你跟谁说话呢?"

"我四叔的女儿,来家里拿点东西。"

胡唯这么一说，反倒让孟得有些不知所措。本来以为那丫头片子是碰瓷或者骗钱的，谁知道还跟胡唯沾亲带故。

这事过了没两天，孟得白天上班的时候，忽然冲到楼上亲切地拉着胡唯握手，激动得连家乡话都飘出来了："胡唯，替我谢谢咱妹妹，告诉她，以后她就是我亲妹子嘍——"

小胡爷刚上完厕所提溜着皮带出来，一头雾水。

孟得把前几天在胡唯家楼下发生的故事原原本本讲给他听，说完痛心疾首："八百多块钱的罚款啊，我之前就纳闷儿，那些违停闯红灯都是哪里来的，结果去查，这龟孙都挂我车牌号一个多月了。"

孟得再次表达感谢："谢谢，谢谢。帮我把话带到，改天一定请她吃饭。"

有了这宗事儿，孟得有事没事就喜欢午休的时候往胡唯办公室钻："你说她也奇，大马路上那么多车，她怎么就能记住，还偏偏是我的？"

小胡爷左腿叠着右腿，打着"贪吃蛇"。

"你说是不是缘分。"

"她以前就有这毛病。"胡唯把手机扔在桌上，往椅子后一仰闭目养神，"凡是成串的数字都记，车牌、手机号，记了过不了一半天，全忘。"

越说孟得越感兴趣，男大当婚，他也着实动了想让胡唯牵线的心思："哎，咱四叔四婶都是干什么工作的？她是干什么的？"

中午灿烂的大太阳啊，透过三楼窗子照进窗台，照在胡唯的脸上，只见小胡爷轻睁开眼，盯着孟得，直到看得孟得心里直发毛，小胡爷又慢条斯理转过头，望着窗外——

"她父母没了。"

一声沉重的叹息。

如今孟得再度借机提起，小胡爷淡淡的态度，没说像，也没说不像。

裴顺顺顶会察言观色的一个人，看看胡唯，又看看孟得，"哎哟"一声，装作十分热络的样子："我以为天底下就我自己有这毛病呢，没想到这还能有'亲人'。小胡哥，有机会你可得介绍我俩认识。"

裴顺顺紧盯着胡唯，追问了一句："是你亲妹妹？"

胡唯迎上裴顺顺探询的眼神。

裴顺顺心中"咯噔"一下，暗呼自己性急，坏了事。

今日戏台上唱的是棋盘山，逢幕后窦仙童上场，英气的刀马旦耍得一手好花枪，乐队开锣打鼓。

锵锵锵锵锵！

裴顺顺跷着二郎腿，静等胡唯开口，脸上还是那样友好地笑着。

胡唯则将目光从裴顺顺脸上移开，落在二楼的戏台上。

正说到忠义堂下有人禀报：罗通抓了大当家攻上山来。

仙童怒目,唇红齿白:"有这等事,待我将他捉了来!"
台上女子戎装披挂,头系螺丝黑狐尾,身穿金子锁甲胄,怒眉若柳叶,脸似春桃粉,唇红齿白,好不俏丽。
那样生动的模样。
胡唯收回目光,看着裴顺顺:"不是,家里就我一个。"
不是就好啊!不是就好!
裴顺顺一直跟随锣鼓声不断敲击椅子的手指终于停下来,心里狠松了口气,面上还要假装热络亲切:"幺妹,上菜吧!"

与此同时,"应园春"一楼东侧的包厢走廊内。
姚辉仰头看着一扇扇门牌,终于找到"梅弄"这一间,回头催促着跟在身后的人:"你快点啊!"
二丫低眉,有些忸怩:"要不,要不你去吧,我先回了。"
姚辉深知她乌龟脾气,照着她屁股就是一脚:"少来吧你!"
二丫猝不及防扑到门上,没想到包厢大门没关死,门一下就被她扑开了,场面变得十分尴尬。

最先入眼的,就是主桌上最中间的章涛。
除了他,还有另外两男一女。
愣了几秒,章涛反应极快地系上西装扣子迎过来,先是笑着给姚辉一个拥抱:"哎哟,姚辉,老同学!咱俩可是老交情!搭班四年的团支书。"
姚辉硬着头皮微笑回抱,朝二丫挤眼睛。
二丫傻跟在姚辉身后,像个串门的。
"各位,这就是我们班当年最漂亮的女生,姚辉,姚大美女。"
曾经在学校穿白运动服、李宁运动鞋的风云男孩儿,现在鸟枪换炮一身西服革履,头发不知道抹了多少发胶梳到背后,一派海归范儿。
同章涛一起来的三个人都是他的同事,供职于某外企猎头公司。
"章涛,光跟我们介绍这位,那位美女是谁?"
"啧,把最重要的这位给忘了!"章涛一拍手,满脸写着怠慢了,赶紧上前把二丫拉到自己身边,"这位……"
见了生人,二丫蛮端庄,面带微笑,对章涛怎样介绍她还有点紧张。
她正期冀着,只听章涛高声说:"这位是我们三班知名女壮士,学院运动会蝉联三年铅球冠军获得者——杜豌。"
二丫笑容渐渐僵在脸上,心里无声骂了一句——
你奶奶哟。

二丫心想,什么相逢一笑泯恩仇,同学相见泪汪汪,全是骗人的!

如果要是往前追溯，章涛算得上二丫的"初恋"。

遥想那是大二，校运动会锣鼓喧天鞭炮齐鸣地召开在即，教务处下达通知，各学院快点报项目，英语系尤其要出人，别每次组织一堆女生出个啦啦队糊弄人！运动会，运动会，主要是带动你们这些青少年强身健体，思想积极向上。

二丫那天起来晚了，等班长宣讲完，项目落实到班级时，什么跳远啊、五十米啊，纷纷被人抢夺一空，只剩下一个铅球和三千米长跑了。

班里同学纷纷劝她，杜豌，选铅球吧，三千米太难了，跑不下来中途下场没面子，让班长上。铅球嘛，女孩子扔不动很正常，你力气又大，没准还能拿名次。

二丫又扭头望着时任班长的章涛。章涛摊手，十分绅士："你先选，选剩下的我来。"

二丫眼一闭，心一横："那就铅球吧！"

等到真正上场那天，二丫充分发挥小时候和姥姥一起扛白菜搬水缸的实力，在学院一众被"逼上梁山"弱风扶柳的女孩儿中格外扎眼，毫不意外拿了个第一。

而拿第一的代价就是，胳膊脱臼了。

那时章涛远没有现在这样讨厌，还是有着同情心的阳光好少年，见她歪着胳膊慢吞吞从草坪边上移，还停下来问："你怎么了？"

二丫手保持着推出铅球的姿势，如同钢铁雕塑般坚毅的表情："扭着了。"

章涛气喘吁吁地叉腰，胸前后背用别针别着红色号码牌："能动吗？"

二丫试着动了动，疼得泪珠在眼眶里打转转："不能。"

"唉……走吧，走吧！"章涛扶着她暂时下场，喊来班里两个人陪她去医务室。

就是那时，章涛才对杜豌这个人，存了些好感和喜欢的。

下铺室友问章涛喜欢杜豌啥，章涛躺在上铺跷着二郎腿，吹着风扇，将她细细想了个遍。

喜欢她的长相？

嘘——

彼时杜豌是个只知道吃饱喝足不挂科的学生，她那么懒，体形微胖；皮肤倒是好，白白嫩嫩像块藕，可也实在谈不上漂亮。

想了半天，章涛也没憋出句话来："是啊，喜欢她什么呢？"

下铺室友打着"魔兽"目不转睛，呵呵笑："喜欢她扔铅球。"

把喝空的啤酒罐"丁零哐啷"扔下去，章涛也不厚道地笑了。

得知这件事是真的，晚上来赴宴的人纷纷感慨"杜豌同学女中豪杰，深藏不露"。眼看着二丫脸色越来越冷漠，有扭头就走的趋势，章涛忽然伸手重重搂住她的肩膀，往自己的方向带了一把："好了，刚才那是非官方说法。现在正式介绍,这位是我们英语学院的尖子生,专攻交传,参加过外交部组织的峰会合作论坛,还和非洲领导人握过手呢。"

众人颇为严肃地"哦"了一声,再看二丫,神情果然尊重起来。

这踩一脚又把人捧上天的行为,让二丫十分不好意思。

"哎呀,你别胡说八道。"她动了动肩膀想甩开章涛搂着她的手,对他同事解释,"那是学校组织的夏令营……"

"哎,夏令营也是看见了,握了手合了影的。"章涛不容她反驳,一只手揽着二丫推她上座,另一只手拉着姚辉,心里暗骂她情商低不开窍。

他说这么多,无非不就是想告诉别人,让他们别轻慢了你?

落座后,有服务员上菜,转着桌子将精致菜肴一一摆上来,二丫瞄着那道"炸响铃",眼睛一亮。

加了高汤的肉馅用韧头十足的腐皮裹了下油锅,个个金黄饱满。

这道菜,她很小的时候吃过一次。好像是个夏天,家里只有她和三伯母在,她那时刚从县城搬回杜稽山这里,整天不说话。

隐约记得是个中午,她趴在桌上写作业,有位年轻窈窕的女人拨开门口防蚊的帘子进来,二丫握着铅笔,抬头看她一眼,眼神怯怯。

女人穿着淡蓝色的纱裙,摸摸她的手,温柔地问她:"你是丫丫?"

二丫头上梳着一个朝天鬏,穿着姥姥做的花衣裳,不作声地点点头。

女人也不生气她不答话,拉过一旁的椅子坐下,征求她的意见:"带你吃好吃的,去不去?"

二丫停下写作业的笔,忽然抬起头:"吃啥?"

年轻女人笑起来,她笑起来可真好看啊,比自己妈妈还好看,像县城桃花一夜开放之前的那场春雨。

那是二丫人生中第一顿肯德基,第一次知道什么是可乐。年轻女人牵着她在时下城中最著名的商业街闲逛,给她买气球,买漂亮的裙子和发卡。

晚上回家时,二丫爷爷指着漂亮阿姨对二丫说,玩了一天还不知道她是谁吧?傻孩子,这是你三娘。

从那以后,三伯母就成为二丫每天最期待的人。

三伯母没有工作,不像大伯母、二伯母那么忙,每天中午,会给二丫和爷爷做一顿丰盛的午饭。有好多菜是二丫连名儿都叫不出来的,爷爷不许她吃饭没规矩,她又心急,就躲到厨房蹲在三伯母脚边。三伯母将锅里炸好的金黄的、油汪汪的"响铃"捞出来,她就伸手抓一个偷着吃。

肉馅里和着豆腐和香菇,咬下去层层叠叠渗着鲜美汤汁,小姑娘毫无城府地夸赞:"真好吃。"

三伯母一顿,手里拿着筷子良久没动。

她低眉温柔地看着她,像看着自己的孩子:"三伯母家里还有个小哥哥,等他放假了,我就带他过来一起跟你玩,你就不寂寞了。"

二丫嘴里塞得满满的,连连点头说好。

可这句话说完没几天,三伯母就再也没出现过,二丫一连盼了好几天,忽然有人告诉二丫,以后你三娘都不来了,她去世了。

那天雁城下了场秋雨,阴郁得让人无端想哭。

二丫趴在自己小闺房的窗台上望啊望,她以为过了这场雨,三伯母还是会打着太阳伞,穿着那件淡蓝色的纱裙出现在门口。

一晃,过去十多年了,久到记忆里的印象都已经模糊了。

二丫夹起一个"响铃",不作声咬下去。

腐皮很干,肉馅里也没有豆腐和香菇,味道不对。她蹙了下眉,心中有些失落。

包厢外的公共就餐大厅内。

胡唯、孟得、裴顺顺聊得正欢。

因为三人的工作性质相似,共同话题蛮多,一顿饭吃得很愉快。席间说起下午开会的事情,孟得对裴顺顺发牢骚:"宋勤这个人啊,心细是真的,天天叽叽歪歪。你没看见今天董秘出去之后那个脸色,也不腺得慌。"

裴顺顺听后眉头紧蹙:"今天开会站在门口那个?有点印象。"

戴了副瓶底那么厚的眼镜,会场内有什么风吹草动,他第一个站起来。哪个领导的茶杯空了要倒水,哪个窗户敞大了要关窗,是个忒仔细、忒殷勤的人。

裴顺顺不喜欢这样的人。

"以前一直负责领导的讲话稿,胡唯调来之后,俩人一个屋,没少较劲。"

裴顺顺是这次一起跟来的作战参谋,与胡唯年龄相差无几,却比他高了一级。他目光瞥向胡唯的肩头,若有所思:"你这个岁数,不该是——"

话没说完,让胡唯一通电话给打断了。

打电话的人是杜希。

原本是想嘱咐他别忘了把药给杜嵇山送去,听说胡唯在外吃饭,杜希连说不打扰,只告诉他高速出了连环车祸,晚上自己得在医院加班,让他别太晚回家。

电话挂了,孟得对裴顺顺撇嘴:"他爸爸在医院忙得脚不沾地,还把他看得像个大姑娘,回家有门禁。"

裴顺顺问:"是个医生?"

孟得点点头:"是个人物啊,医科大附属医院有名的医生,想当初在心内科时,排他一个号要熬夜去等,黄牛也要抢破头。"

裴顺顺听了肃然起敬,有些崇敬的样儿,嘴里轻咂嗦着:"医生就是这样,累得很,累得很。"

胡唯把手机揣回裤兜，笑一笑站起来："你们先坐，我去个洗手间。"

盯着胡唯走远了，孟得才逮住机会上前给裴顺顺倒了杯茶："顺顺，咱俩算算，也快十年没见了，真没想到你还能记得我。"

裴顺顺漾着笑："你可是我的老同学，我记得上高中那时总和你们班一起打篮球。这次也是开会遇得巧，要不，还真不知道你在这儿，来几年了？"

孟得见到裴顺顺如同他乡遇故知般亲切："毕了业就来了，有些年头了。"

"胡唯也是和你一届的？"裴顺顺从烟盒倒出一根烟，也不抽，一下一下地在指间转着。

"他比我晚两年。"

"按理说他这个年龄，不该是这个级别。"

听出裴顺顺意有所指，孟得有些遗憾："他不是军校生，在沈阳当了几年兵，选送来的，倒可惜了。反正，怎么跑，都是绕着关外打转转。"

自古这山海关是道坎儿啊。

裴顺顺听出孟得话里隐隐的优越感，心中冷笑。

往往这应届瞧不上往届，硕士瞧不上本科，人还真分起三六九等来了。

殊不知天天在黄土太阳的泥地里摸爬滚打，还能沉下心去读书的，才是有大韧性的人。

裴顺顺一直很佩服这样的人。

想着想着，裴顺顺垂下眼，无限惆怅的样儿。

"应园春"这地方，装修得有格调，连洗手间也要搞出点花样。

翠绿竹子砌成的屏风，洗手的水池雕成了莲花。

胡唯从里头拐出来，对门口服务生示意："二十四桌，买单。"

服务生一翻记录，很有礼貌："先生，单已经买过了。"

"什么时候？"

"在您之前有位先生，来的时候就买过了。"

胡唯心里明镜似的。

裴顺顺今天这顿饭，说是和孟得老同学间叙旧，只怕是醉翁之意不在酒。三句话有两句是冲着自己来的，两人不认不识，却装出一副熟络的样儿。

小胡爷两只手抄在裤兜，边想边走，意兴阑珊。

洗手间在一串包厢的尽头，走出这条走廊，才是外面的大厅。

正是晚上饭口，各个房间里觥筹交错的声音不绝于耳，乱哄哄的，前头不远一处包厢门口，有两个人在说悄悄话。

为什么说是悄悄话呢。

男的将女的虚罩在自己怀里，一只手抵在她耳边，低头正在讲些什么。

女孩儿有点紧张，两只手扭在一起，背在后头。

成年男女谈恋爱调个情,这都很正常,胡唯走过时,出于礼貌只匆匆一瞥就移开了目光。

走了两步,小胡爷眉头一皱,觉得有点眼熟,遂又回头。

这一看可倒好!

小胡爷心里"嚯"了一声,好家伙,妆化得像个小鬼儿似的,难怪刚才没认出来!

只见二丫被章涛圈在角落,两人的姿势不知道是刚接完吻,还是即将要吻。

小胡爷紧盯着浑然不知的两人,内心斗争得紧哪。

按理说,他这身份,没什么资格干涉太多。

万一这小浑蛋在谈恋爱,反而怪自己多事。

可再想想,好歹是个女孩儿,和自己沾亲带故,看见了,总不能不管。

念此,胡唯站定,严肃叫了她一声:"杜豌——"

二丫冷不丁听见自己的名字,脑子"嗡"的一声,炸了。

二丫不常饮酒,但酒量相当惊人。

不知道她随谁,仿佛天生身体有了免疫似的,喝酒就像喝凉水。

那年杜豌大学毕业,拎着行李卷回家,家里杜稔山带着她几个伯伯做了一桌子丰盛菜肴,说要庆祝。席间,二伯开了一瓶白酒,给她倒了一小盅。

"哎呀,也是大姑娘了,今天高兴,喝一点儿,就抿一点儿,是个意思就行。"

二丫捏起小酒盅,闻闻,舌尖蘸一点儿,咦?味道怪好哩!一杯喝下去,晃晃酒瓶,又给自己倒满。

那顿饭,喝得她大伯面带微笑目光涣散,二伯打着酒嗝钻到桌子底下不肯出来,只有她盘腿剥着花生壳,像个没事人似的。

从那以后,二丫仿佛打开了新世界的大门,开始嗜酒。

她能喝,却不爱应酬,更不喜欢当着外人喝,她喜欢偷偷地喝。

有时下班早了,或者哪单生意挣了美金,她就去小乾桥下的熟食店买只烧鸡,回到家里,砰砰地拉开啤酒罐拉环,美美地庆祝一番。

可是章涛不知道杜豌同学有这样的海量啊,更不知她不喜欢红酒。

席间,聊天胡侃,二丫待得有些腻烦,她总觉得这葡萄酿的酒没有粮食酿的香,一旦酒不对胃口,她干什么都提不起兴趣。

于是,她中途找了个借口,起身去洗手间。

万万没想到章涛也找理由跑出来,在门口把她堵了个正着。

"干吗,有话你站直了说。"二丫嫌弃地皱眉,用手支着他胸口不让他离自己太近。

章涛呵呵笑:"都几年了,还恨我哪?"

二丫说话爽脆:"恨,怎么不恨,我记仇你又不是第一天才知道。"

好歹是初恋情儿,章涛拿捏她的脾气很准:"你要这么恨我,我可当你心里对我还有情,那咱俩就得换个说法再谈了。"

二丫果然收回手,一本正经起来。

"我说真的,有机会去我们那儿发展吧,总跟姚辉在一块有什么意思?"

二丫机灵鬼儿似的促狭一笑:"为了挣钱,都算计到同学头上了?"

这一年,希腊主权债务全面升级,美国高盛面临欺诈危机;这一年,俄罗斯一场森林大火烧高了国际粮价,国内房价迎来了意外疯狂飙升。

这一年,资本主义市场动荡,部分专业人才的流失让猎头公司抓住机会,倾巢出动。

章涛就是在这批市场动荡中成长起来的人物,什么人物呢,赚得钵满盆足的小人哪!

他听了十分不满:"别说得这么难听,我真是为了你好。在雁城这地方窝着,一辈子能看到头。"

二丫不纠结他的初衷,只问:"你们这样的猎头公司,介绍一个人,能赚多少钱?"

章涛深吸一口气:"得,我也不瞒你。"

他伸出手比了个五。

二丫十分有原则地摇摇头:"你们这生意我不做,跟人贩子有什么区别。"

章涛眉毛拧起来:"杜豌,时代在进步,你思想能不能也跟着进步进步?我们是介绍人才给相应需求企业的正规猎头,都是管理级别的职位,这不比你在姚辉那个小中介公司强得多?她那是什么,说好听点,是翻译中介,难听点,就是个蓝领服务中心,该收你的钱她一分都没少。这年头会说英语的人一抓一大把,你真当自己有什么优势吗?"

二丫最听不得别人讲她朋友的坏话,顶仗义地反驳:"不许你这么说姚辉!"

姚辉这几年和她好得像一个人似的,要是没姚辉,她也不会过得这样舒坦。

章涛失笑,不知道该说她死脑筋还是说她没重点,半响才舒了口气,转头盯着别处:"你跟以前一样,一点儿没变。"

这下,二丫才觉得红酒的劲儿此时有些上头,晕晕乎乎的。

她这个人,脑筋死板,原则分明,最不怕的就是别人跟她算账。可也有弱点,就是怕煽情,小时候缺乏家庭关怀,有些自卑,谁要跟她说旧事,她就哑巴了。

听了这话,二丫低眉,有些委屈的样儿。

章涛细细打量了她一番。

印象里的杜豌,学生时期有点土,眉眼间也没现在这样婉转,永远素面朝天。

她垂着眼,两道乌黑的眉,睫毛小扇子似的颤啊颤,看得章涛脑子一热,忽然对她说道:"当年那事,我欠你一句道歉。挺不懂事的,不该当班里同学说那句话,让你下不来台。"

原本这件事在二丫心里是个结,见不到章涛还好,见了面,心里有怨,可听到他这么说,她又释然了。

她还是之前低眉小媳妇的样儿:"嗯……"

这一声"嗯",当真是百转千回,让章涛心神荡漾!

他想借着酒劲亲她一下,二丫知道他想什么,心里咚咚打鼓。要推开他,好不容易缓和的关系就又僵了,不推,她又不太情愿。

胡唯撞上的,就是这个时候。

那一声杜琬,当真叫得二丫魂儿也飞了,酒也醒了,脸涨得通红。

活了这么大,第一次在外头和男人鬼鬼祟祟却被抓了个正着,二丫羞得恨不得钻进地缝里。

胡唯倒是淡定得很,站在不远处跟她点了点头:"来吃饭?"

二丫局促地绞着手指:"同学聚会。"

胡唯还是抄着裤兜站在那里,先是看了看章涛,又看了看她,一脸欲言又止。

章涛因为喝了酒,衬衫扣子松了两颗,领带歪歪扭扭,被二丫推开,还靠在墙边满脸疑惑的样儿。

胡唯尴尬挠挠眉心,尽量挑着合适的词儿:"完事了就……早点回家。"

话罢,他假装什么都没看见抄兜走了。

二丫心中哀号,捂脸默骂自己,可真是丢死人了!丢死人了!

胡唯从洗手间回来后,和孟得、裴顺顺又坐了一会儿,快到晚上十点钟时才散伙。出了饭馆大门,孟得说顺路,要打出租车送裴顺顺回招待所,胡唯落了单,独自去停车场取车,待走到附近,胡唯心里骂了句娘。

不知道谁的宝贝坐骑,直接横停在他车头前,把路堵死。

风挡玻璃前也没留个联系电话,胡唯只能再回饭馆,向前台服务员打听:"麻烦您帮我问问,在这吃饭的有没有7171的车主。"

等服务员去里边问的工夫,胡唯在外头倚着车门点了一根烟,边抽边等。

烟抽了小半截儿,有个女人穿着高跟鞋从饭馆大门走出来,朝胡唯一扬手。

"嘿,不好意思啊,久等了。"

女人打扮得很时髦,大冷的天,黑色羊毛紧身裙、高筒靴,露着一截儿腿。哪怕是耽误了别人,她的步伐也是不疾不徐,优雅风情。

胡唯弹了弹烟灰,懒洋洋地将目光移到别处,拉门上车。

没想到他能无视自己的歉意,女人微讪,心中十分不快。

"小春儿,怎么了?"有人扶着大门探头出来问。应该是和她一道的朋友,还颇为不善地瞪了眼胡唯。

女人连忙按了下车锁:"没事,我挪个车,挡着人家了。"恨恨坐进驾驶座,她咕哝着挂了倒挡,心中十分不快,"不就堵着你了吗,破大众,牛什么啊……"

红色跑车向后倒出一小块距离,很刁钻,给胡唯堪堪留出位置,如果他手法生疏,刮蹭在所难免。

胡唯看向车里的女人,未等,只觉得脑仁"刺"一下,像扯到了哪根神经似的钻心疼。他一蹙眉,再看这个女人——

女人还朝他一耸肩,表示"我水平也就这样,过不过随便你"。

胡唯缓过脑仁这阵痛,开动汽车,尾灯亮起,不晓得多嚣张地离去。

女人朝他离开的方向做了个大鬼脸,也不记仇,直接把跑车停在他刚才空出来的地方,呵着气小跑回饭馆。

没跑两步,忽然从前方胡同的阴影里走出一个人:"小春儿!"

女人吓了一大跳!

她抚着胸口谨慎看着前方,厉声问:"谁?"

只见原本早就应该和孟得离开的裴顺顺从阴影里踱出来,满面春风。

被叫作"小春儿"的女人似乎和他是老相识,走近后嗔怪着砸他一拳:"装神弄鬼的,你吓死我了。怎么还没走?"

裴顺顺笑嘻嘻没个正行:"我这不是不放心你一个人嘛。你那帮狐朋狗友,闹起来可什么事儿都干得出来。"

"少来了你。"晚上风寒,吹得这名叫小春儿的女子卷发飞舞,鼻尖发红,吹得裴顺顺心里满是怜惜。

她搓搓手呵着热气:"你这趟不是来找岳叔的——"

她话还没说完,饭馆里又有人出来催:"小春儿,跟谁说话呢你!"

被打断,小春姑娘不悦地皱眉,呵斥道:"催什么催!老子娘等我接生哪?"

裴顺顺倒不介意,还是那样随和地看着她:"没事儿,你先进去吧。等回去了找机会再聊。只是你为人医表,在外头可要注意点形象。"

小春姑娘什么都好,只是爱应酬,喜烟酒这个习惯让裴顺顺心中颇有微词。

"不信你听听她那个沙哑嗓子,指不定今天抽了多少烟!喝了多少酒!"

"少管我,你知道我最讨厌别人管我。"女人排斥地皱眉,"我先去了,刚才没说完话,改日再聊。"

小春姑娘裹着外套又小跑着回去了。

留下裴顺顺在原地哀伤,小春儿啊小春儿,殊不知你关心你惦念那人,在刚才就已经见过了呀!

二丫已经提心吊胆好几天了,说不出来为什么,总是没由来地心慌。

她起初以为自己是饿得发虚,可噎个面包下去,还是慌。

姚辉路过她的工位，走过去，又走回来，拽着她椅子把她拉近自己："你干吗呢？"

二丫正对着镜子往眼皮上贴白纸："左眼跳财右眼跳灾，我这几天运气不好，粘张纸让它白跳。"

姚辉撇撇嘴："封建迷信要不得。"

"宁可信其有，不可信其无。"

二丫拿着一沓资料去复印机复印，在复印机"咔嚓咔嚓"走纸的时候，她忽然想明白自己到底在慌什么了。

她在慌胡唯。

她怕胡唯把那天在饭馆碰见自己的事情说出去，她更怕他告诉家里人，自己在外面跟男孩子鬼搞。

本质上讲，二丫有点"较真"。这个较真不是指性格，而是指在某些大事小情上。

她不管对外还是对内，给人留下的印象，向来是本本分分的孩子，虽然有点钻钱眼的小毛病，但也无伤大雅。这回给人遇上，她唯恐自己落下个不正经的口实，想她多胆小的一个人哪，要被扣上这样一顶帽子，可真是说不清了。

她越想越堵，甚至还带了点"小气"。

气自己不该没见过世面似的，让章涛两句话就哄得脑子发昏；气那天胡唯不该出现在那里，吃饭也不挑个地方。

就这样纠结了半天，二丫最后还是选择相信胡唯。

凭直觉，他不像那样多事的人。

他和自己关系又不亲近，和个外人没两样，也没有管自己的道理不是？

想通了，一块大石头也就放下了，二丫觉得心里通畅许多。

正好家里来电话，要她下了班回去一趟。

电话里，保姆赵姨乐呵呵的，好像家中有什么喜事："你都一个多月没回来了，你爷爷想你，记住了啊，下班就来，你不来我们晚上不开饭。"

二丫歪头压着手机，捧着厚厚一摞资料："好的，我下了班就去，需要带什么吗？"

赵姨拿着电话回头看了一眼，开心得很："不用，不用！你来了就知道了！"

下了班，二丫回家这一路都纳闷儿，到底发生啥了呢？

待敲门进屋，望见餐厅那道背影，二丫才捶胸顿足地醒悟！

中圈套了哇！中圈套了哇！

是个约莫三十岁的男人，瘦高个头，斯文面相，风尘仆仆的，脸上倦色明显，鼻梁上还架着一副无框眼镜，伴随着他低头吃面的动作，面条热气蒸上近视镜的镜片，挂着层雾。

二丫和杜稔山并排坐在男人对面,直勾勾地盯着他。

杜稔山满是关心:"够不够?不够锅里还有,再给你盛个鸡蛋?"

男人少话,也不抬头:"够了。"

过一会儿,杜稔山说:"少吃点,晚上给你煮饺子,你最爱吃的白菜馅。"

男人又是一声:"嗯。"

换成往常,有人敢对杜稔山这样不抬头地说话,早就被骂没规矩了。可杜稔山偏偏不在乎,看着他的眼神,比对二丫还疼爱,还关心。

老爷子还数落二丫:"你倒是说两句话啊,怎么也不吭声?"

二丫不情不愿地挪了挪屁股:"我给你倒杯水吧。"

"不用。"这时男人倒是停住筷子,从纸巾盒里抽出张纸擦嘴,"还在姚辉那儿上班,忙不忙?"

"就那样呗。"

"什么叫就那样?"男人不满意她的回答,蹙起眉严厉道,"说话也没精神,我看还是不忙,闲得日子发慌。"

二丫抱着腿,翻了个大白眼。

吃饱喝足了,男人靠在椅子里,开始和她诡异对视。

二丫也不怕他打量自己,就坐在那儿大大方方让他看,怕他看得不清楚,还把头发往耳后捋了捋,一副死猪不怕开水烫的样儿。

杜稔山见怪不怪,还站起来把空间留给两人:"你俩坐,我去看看阳台那花儿,该浇水了。"

这下,餐厅就剩下二丫和男人。

看了半天,男人先问:"回去看过姥姥了?"

"嗯。"

"最近钱还够花吗?"

"够。"

"现在外头还冷,别穿露脖子的衣服,回头哮喘犯了遭罪的是你自己。"

"啊。"

男人怒了,伸手啪地重拍桌子。二丫没准备,吓得跟王八似的一缩脖子。

"我跟你说话呢,你什么态度!"

二丫也急了:"什么什么态度?你看看自己什么态度!审犯人哪?"

杜稔山从阳台直起身来,一手拎着一株花苗,隔着玻璃直揪心:"你俩好好说话,好好说话!"

气焰被老爷子压下,短暂停战。

男人摘下眼镜,开始低头擦镜片:"你现在大了,有些事爷爷想管,也是心有余力不足,但是你不能因为没管束,就随心所欲。"

二丫虽然有些莫名其妙,但没反驳。

"尤其是在一些事情上,你得学会自己保护自己。"

嘎?

"女孩子在外头,跟男朋友相处,也得适度。"

"你到底想跟我说什么?"

多新鲜呢,半年多没见面,见了面就给自己上课,说的还都是不着边的事情。二丫心里不大痛快。

男人见她态度不友好,心头火又拱起来:"你也不用跟我装傻充愣。我知道我管不了你,你也不听我管,二十四岁了,在外头谈恋爱这很正常,但是要注意形象……"

二丫眼神开始飘忽,在桌子上找来找去。

"你找什么呢?"

找到了!

二丫拿起一瓶杜嵇山平日里吃的大脑保健药,倒出两粒推过去。

男人一愣:"干什么?"

二丫很认真地看着他:"你该吃药了。"

男人倒抽一口凉气,拧眉怒目,猛地又一拍桌子:"杜豌!"

二丫不甘示弱,抓起一根擀面杖,也学着他在桌面猛敲了一下:"杜锐!"

男人没预料到她来这手,惊得脸一颤。

二丫哈哈大笑起来。

她一笑,被她叫作杜锐的人恨道:"姑娘家家不知羞!"

"我怎么不知羞了?我没偷没抢,行得正坐得端,哪里不知羞了!"她嚷嚷得震天响,脸憋得通红。

"你知道羞大晚上的和人在饭馆外头搂搂抱抱瞎嘀咕?"

二丫心里"咯噔"一下,依旧气焰嚣张:"你是看见了,还是听见了?那是我同学!我跟我同学说两句话怎么了?"

"你胡说八道!要是都跟同学那么说话还了得!欠管教!"

二丫气得呜呜直哭:"我就是欠管教!从小没爹没娘哪有人管我?一张嘴只知道说别人不知道说自己!我就是跟男人在外头搂搂抱抱那也是自由恋爱,我喜欢,我高兴。不像你,三十多岁人了连个女朋友都没有,邋遢得要人命,发际线秃到头顶上!"

杜嵇山听了急急从阳台扔下花跑出来,痛呼:"杜豌——怎么这样说你哥哥!"又说,"杜锐,你……你也不该这样说你妹妹!"

老爷子着急上火啊!

本来是一对亲兄妹,该是这天底下最亲最近的关系。都怪他啊,让两个孩子从小分开,这十多年了隔阂还是在,再见面,还是像仇人似的。

都说小孩子吵架不能当真,可这兄妹是真的句句都往人心窝子里捅,这可如何是好……

杜嵇山情绪激动,这当哥哥的,不晓得维护妹妹的面子;这当妹妹的,也不知道哥哥的心哪!

之前提过,杜家老四有一双儿女。

如今和二丫吵得面红耳赤这位,就是她一直没露面的亲哥哥,杜锐。

兄妹俩差着六岁,往二十年前追溯,也算是一对相亲相爱的小兄妹。

那时在西安,已经是大孩子的杜锐牵着杜豌,带着她在小院里逛啊走啊,抱着她看楼下大人打麻将听树上蝉儿鸣,别人逗一逗,问:"这是谁家的娃娃啊?"

杜锐就会攥紧了她小手很护食的样儿:"这是我妹妹。"

爸爸妈妈带着他俩去钟楼买三毛钱一根的雪糕,杜豌脸蛋上蹭着奶油,也曾在夏天烈日下甜甜地管他叫哥哥。

后来,父母没了。

小杜豌天天蹲在家门口抠石头,看见有年轻时髦的女人骑着自行车走过,她就仰头问:"哥哥,那是妈妈吗?"

再后来,雁城来了人接,二丫被姥姥抱走,她两只胖手扒着门框哭得撕心裂肺:"哥哥哇哥哥……我要哥哥……我要妈妈,也要爸爸。"

她手腕上系着一只小虎头,缀着银铃,她一晃,银铃就哗啦啦地响,那是杜锐对儿时妹妹最后的印象。

杜锐再从县城回来,兄妹俩都已经变了模样,关系很生疏了。

杜锐在老爷子这里教养得已然成为一名小学究,鼻子上卡着近视眼镜,整日只知道写算术题,很少说话。

杜豌也在小县城里自由自在成了野丫头,行为举止与别人格格不入。

大伯母、二伯母哄她,丫丫,你也跟你哥哥亲近亲近,多说两句话啊,哥哥总念叨你呢。

二丫拿着作业本去找他,扭捏地找话题:"哥哥这道题我不会算,你帮我写好不好呀?"

杜锐转过头,严肃地一推眼镜:"我可以给你讲,但是你要自己写。"

杜豌撇着嘴想哭,声如蚊呐:"你给我写吧,写不完老师要罚站的,我想睡觉。"

"不行,要不自己写,要不我教你。"

杜豌一面揉着眼睛听着题,一面偷偷地想:我哥哥才不是这样的。

兄妹俩仇人似的怒目,二丫越想越生气,越想越难过,最后一跺脚,扭身就跑。

杜嵇山捂着心脏,朝杜锐吼:"看着我干啥?抓回来啊!包了那么多饺子,她不在家,怎么吃得完哟!"

一家子老老少少追着二丫到门口,恰逢被杜嵇山叫来的几个小辈也回来了。

二丫跑得冲,"咣当"一声撞在胡唯刚推开的车门上,撞得眼冒金星。

杜嵇山和杜锐站在台阶上,心急大喊:"抓着她!"

胡唯尚没弄清情况,恐她撞坏,下意识地拦了一把:"哪儿去?"

四目相对,看得胡唯心头颤三颤!

二丫仰着头,眼中含泪,额头被磕出通红的包,那一双泪水盈盈的眼,写满了倔强,写满了委屈,好像在说,我算是看错你了!看错你了!

"你走开!"二丫恼羞成怒,使了牛劲甩开他的胳膊,还气壮山河地骂他——

"叛徒!"

这一声气壮山河的叛徒,唾沫星子差点溅进胡唯的眼睛里。

想他堂堂七尺男儿,思想素质过硬,原则立场坚定,也是个经得住诱惑考验的人,如何就给他安了一个叛徒的罪名!

小胡爷也气啊,也摸不着头脑,可再气,还蛮有风度地站在那里:"要不,我去看看?"

杜嵇山叹气,背手佝偻着背:"算了,算了,不追了,由她去吧。"

晚上饺子开锅,全都围在一起吃饭时,杜跃忍不住问:"大哥,这次又是为什么,怎么又吵起来了?"

杜锐也后悔:"前阵子我同事吃饭时碰上她了,回到单位跟我讲,说她在外头跟男朋友很亲密的样儿,我回来问了她两句,就跟我急了。"

"你同事还认识杜豌哪?"

杜锐没吭声。

怎么不认识,他办公室里摆着她的照片,穿着学士服的毕业照,逢人来了都会说:"哟,杜工,这是你女朋友啊,漂亮的哩!"

他也逢人就解释:"不是,是我妹妹,在雁城,特别不省心。"

几年下来,单位都知道了杜工有个妹妹,他很疼爱着。

"那话也不该这么讲,你关心她,总得照顾着她是个女孩儿的面子,哪能问得这么直白。"杜嵇山情绪不似往常,惆怅地拿起筷子,又放下,"你这回在家能待几天?"

"明天上午的飞机,这回只是路过。"

用外头的话讲,杜锐是个有铁饭碗在体制内的人,学材料出身,常年在外场做实验。年纪三十出头,看着却比同龄人沧桑很多。虽然待遇丰厚,但他并不注重吃穿,过得很朴素,一年到头就那么几身工作服,一件衬衫穿破洞了才舍得换。

家里人聚会时,他在外地风吹日晒地工作,下了班窝在单身宿舍里,还要熬夜写论文,搞研究。

单位的人都笑话他,大师兄,咱们单位宿舍打更的大爷都换俩了,你什么时候能搬出去啊?杜锐听了,穿着旧旧的绒线衣捧着方便面呵笑,笑容宽厚。

他很少话,每天大部分时间都是对着同组的人,说着专业领域里繁杂的名词和数据;他也没什么朋友,干什么事业就接触什么圈子,周遭除了领导就是同事。

长年累月下来,就给杜锐造就了这样的性格。

老派、闷、说话不会拐弯,俗称:情商低。

谁都知道,他是跟在杜嵇山身边,让杜嵇山一手培养起来的,怎么培养?当成亲儿子似的培养呗。

老爷子拿他当自己下半生的寄托,好像看着他,就能看见自己早逝的小儿子。

看着他如愿考上大学,如愿学了自己当初的专业;看他毕业念硕士念博士,被某个研究单位签走;看他评上工程师,和自己在书房里针对某个研究课题侃侃而谈,杜嵇山心里特别欣慰。

记得去年春节,杜锐有五天探亲假回家,当时他所在的小组实验遭遇瓶颈,整日闷闷不乐。

晚上众人话家常时,他就躲到外面吸烟。

最先发现他的,是大伯家的儿子杜炜。

杜炜见他吸烟很吃惊,扔了垃圾袋,过来蹲在他身边:"大哥,有烦心事儿?"

杜锐不好意思地咳嗽了两声,有些无所适从:"啊,屋里太闹,出来想点事情。"

"是工作?"

杜炜和杜锐年龄相当,当时他妻子怀孕,已经戒烟了好长时间。杜炜知道杜锐心里压抑,就陪他抽了一根:"以前也没见你有这习惯。"

杜锐举着烟头:"倒不是怕影响身体健康,只是这烟一旦吸上了,就是一笔大开销。"

当时杜炜听了心里不震惊是不可能的!

这就是他们几个孙辈的头头,他们家的大哥,心细到什么程度,又克制自己到什么程度!

杜炜是个细腻的人,听了这句话,看看杜锐的愁容,鼻子一酸,差点掉眼泪。

于是,他扯嗓子一喊:"杜跃!"

"哎,来了!"杜跃趴着窗台,"干吗啊?"

杜炜朝他一招手："下来，叫着胡唯，咱哥四个打雪仗。"

杜跃兴高采烈地答应，杜炜笑着对杜锐说："这小子有钱，兜里揣的都是好烟，今天也削他一回。"

大半夜，四个小老爷们儿蹲在树下，吞云吐雾，各自想着各自的哀愁。

忽然，杜跃说："大哥，你这日子过得这么不高兴，回家得了。"

杜锐摇头，饱含无奈："爷爷年岁大了……"

另外三人皆是一愣——

合着，你这全是为了别人活着哪？

"我父母没了对他是个打击，他嘴上不说，心里已经垮了。这人啊，活着的时候不想也不问，没了的时候就后悔。我不走我父亲这条路，他觉得这家里还是缺一个，将来真有百年那天，也闭不上眼。再说……"杜锐笑了笑，无尽包容，"我辛苦一点儿，二丫就自由一些。女孩子还是无拘无束，多一点儿快乐好。"

就是因为这席话，原本之前不愿和他亲近的兄弟，在那天都对杜锐有了新的认识，也打心底里敬佩他。

只是杜锐心中的苦、心里的怨，不能对他妹妹提一个字。

兄妹俩还是见了面就掐，说不上几句话就打。记得最过分的那次，二丫硬生生揪了杜锐一撮头发下来。

当时杜锐嘴抽搐着，指着她连说："你你你……"

他的头发啊！杜锐虽然不讲究吃穿，可还是很爱惜自己的形象的。搞科研本来就比别人费精力、熬心血，这头发是什么，是精气神儿啊！

二丫也吓坏了，惊恐地看着那撮头发："我我我……"她哆嗦着把那一小撮头发放回去，高举双手，"我放回去了啊，我没动，我真的没动……"

想起这些，大家就哭笑不得。

"不对啊。"杜跃倏地抬起头，冲胡唯说，"她跟大哥生气，骂你是叛徒干啥？"

胡唯当然是知道为什么，八成把自己当成告密的呗。

他靠在椅子上，一只手拨弄着水杯，很随意的态度："谁知道呢。"继而想到什么似的，他呵呵笑起来，"她疯起来不是逮谁骂谁。"

杜跃也吃过她的亏，十分认同："说得对，她心里要是不痛快了，路上看见只狗都能跟人家犟一会儿。"

说着，仿佛那幅画面就在眼前似的。

屋里几个男人一阵低笑。

这边，二丫怄气了整整一宿啊。

连夜里做梦都还是在"应园春"那些事，她起床咬牙切齿地想，跟这个地方犯冲,以后再不去了!就是拿八抬大轿抬我,我都不去了!"

早上出门时,杜锐穿件厚夹克,提着行李袋,正在树下等。

这房子是二丫租的,说自己住有很多方便。

问哪里方便,这第一就是喝酒方便,关起大门管你是吃鸡还是吃鱼,只管随性喝个痛快,没人劝,更没酒桌上那么些寒暄和牢骚。

这第二就是,等到了夏季,独自在家时不用穿内衣。

以前在爷爷家时,一入了夏,她就得时刻注意着自己的穿着。天晓得雁城七八月份的时候有多热,三十七八摄氏度的高温,如果在衣裳里再加一件紧巴巴带着钢圈的东西,勒得人能昏死过去。

不像自己住,不用担心有客来访,不用担心有人进屋,站在淋浴下用热水浇个通透,在床铺上洒圈花露水,可以穿条花裙子躺在床上让晚风吹个畅快。

有了这两条便利,就是谁劝二丫回家,她都是不肯的了。

见到杜锐,二丫并不意外。早在昨天杜稽山就打来电话跟她讲过:"你哥哥不是故意的,也是他的同事看见你就传了那么一嘴,他也是不想让外人看扁了你……你在外头有喜欢的人了,这很正常,不用怕爷爷知道,也不用不好意思,我们都支持你。"

二丫握着听筒,想掉眼泪。

看见杜锐,她温暾蹭到他面前,有些不情不愿。

杜锐也没说话,蹲在地上拉开行李袋,开始一袋一袋地掏东西,什么椒盐核桃、五香熏鸡、塑封好的猪蹄、装在瓶子里的辣椒。

"一会儿的飞机,马上要走。前几天去西安出差给你带了点东西。你小时候不是最爱吃熏鸡吗,也不知道是不是那家了,时间有限,买得也着急,昨天没来得及往外拿,你上楼看看,有漏的、坏的,就赶紧扔了。"

杜锐将那些东西一股脑塞进二丫怀里,将行李袋往肩上一背:"我走了啊。"

二丫抱着那堆东西讷讷往前走了两步,跟屁虫似的:"你这就走了?"

"走了,说好机场集合,这都要来不及了。"

二丫闷得像个葫芦,一脚也踹不出个声响来。

让她说对不起比登天还难,能这样低眉耷眼地站在你面前,就相当于跟你道歉了。

都是一个妈妈肚里钻出来的,哪能那么较真。杜锐摸摸她的头顶:"行了,该干什么干什么去吧。"

杜锐独自走出小区,站在街口,拦了一辆车。

出租车停下,载着他直奔机场。

载着哥哥的出租车在视线中渐行渐远,二丫望着远方,望到车整个儿不见了,才不舍地回家。

一连好几天过去,二丫在某天下午"哎呀"一声,忽然重重拍脑袋,想起要给胡唯道个歉。

她错怪他了。

那天情绪激越,印象里自己好像打了他,还骂了人。如果这件事情不讲清楚,日后该怎么见面,多难为情。

她找遍了手机的通讯录,发现没有胡唯的电话号码。她灵机一动,打给了正在医院上班的三伯。

杜希正在病房里。

二丫开门见山,声音清脆:"三伯,我想要小胡哥的电话号码,找他有点急事。"

杜希给身后医生们做了个继续的手势,快步走到病房外:"你找他能有什么事?"

"哎呀,反正就是有事要讲,蛮着急。"

杜希呵呵笑:"还不想跟我说。你拿笔记一下。"

二丫拧出一支笔,做好记号码的准备:"你说吧。"

杜希报出一串数字,二丫"嗯嗯"两声,没等杜希问她点别的,先一步把电话挂了。

可是胡唯正在开会哪。

最近在搞信息化的培训,拟培养全电子信息环境下专业作战指挥人才,听说还要组织一批人去虬城集训。

腿上放着本子,一支钢笔记得飞快,手机在裤兜里"嗡嗡"振个没完没了,胡唯停下动作,微伸直了腿从兜里将手机摸出来。

是个陌生号码。

正巧会上说到某个关键处,工作下派到科室,领导忽然点名:"胡唯,你把这些材料收集收集,整合意见,然后报给我。"

"是。"身穿军装的胡唯站起来,手指也顺势按下拒接键。

二丫这下可气坏了。

没想到胡唯的心胸这么狭窄,连她的电话也不肯接?不晓得那天自己是不是真的把他打疼了、惹急了,二丫的脸皱在一起像个包子。

她是个顶讨厌把事情想得太细的人,想得越细,烦恼越多。

算了算了,不接就不接吧,她快刀斩乱麻地一挥手,搞不好在忙,不方便也说不定。

晚上,杜希又加班,在医院忙到十一点才回家。

他的房子在三环里,六七十平方米的大小,只有他和胡唯住。家里两个爷们儿在一起,偏偏杜希是个医生,有些洁癖,任何东西都要收拾得干干净净。又偏偏胡唯是个兵,强迫症一样地注重细节。

这样的两个人生活在一起,就显得这个家里缺了点人味儿。

刀,用过之后要干干净净、整整齐齐地码在架子上。

屋里的床睡过之后,要把被子方方正正叠在枕头上,就连被子的大小也要和枕头一样,让四个角对齐。

一辆车乘着夜色停在杜希家楼下,女人熟练地拉紧手刹:"杜老师,我就送您到这儿,回去早点休息。"

晚上八点是杜希的交班时间,急诊忽然送来一位老太太,心源性休克,杜希在没来急诊科之前曾是心内科的副主任,对待这样的病人更有经验。从抢救到观察前前后后忙了两个小时,离开医院时恰好有原来科室的医生也要走,就顺了他一程。

杜希拎好自己的公文包,站在窗外:"谢谢你了,小苏,回去注意安全。"

"杜老师,我看您脸色不太好,是不是哪里不舒服?"都是医生,凭着职业知觉,苏燃关心地多问了一句。

杜希笑了笑:"没什么大事,忙了一天,有点累。"

苏燃今年三十八岁,和杜希一个科室共同工作了九年,他还是她的博士导师,有同事情,有师生情,更有成熟女子对心仪男性的倾慕之情。

"您可千万注意身体,前阵子赵主任那班人倒下了两个,在急诊就是这点不好,精神高度紧张,体力消耗大。"

杜希招招手,想赶她早点回家:"放心吧,我有分寸。"

一直目送着苏燃的车开远了,杜希才转过身,捂着心口慢慢坐在马路牙上。

他这毛病已经很长时间了,自胡唯母亲去世之后就有。但是很少发作,有时一年也不见得犯一次,只是最近频繁了些。

缓过那一两分钟不适,杜希沉口气,一使劲,起身上楼。

胡唯正在家里做饭。

军装外套和领带搭在沙发上,人站在厨房里,衬衫袖子推至手肘,左手拿烟,右手执筷,眯眼正在锅里搅着。

听见开门声,他探出半个身子:"爸?"

"哎。"杜希没想到他在家,又在做饭,有些意外,"这么晚还没吃饭?"

"给您做的。"将火调小,胡唯连忙把烟头掐进垃圾筐,把汤倒出来。

杜希脱了外衣,坐在桌前感慨:"今天也算过节了,平常吃你一顿饭可难。"

油锅里刺啦啦烙着饼,胡唯熟练地翻勺,被烟呛得直咳嗽:"今天下班早,惦记着给您弄顿好的,谁知道您这个时候才回来。"

一大碗酸辣汤、一盘炒饼,另外端上两碟素菜,胡唯往杜希面前搁了一双筷子:"您尝尝。"

他做饭的手艺是在部队学的,一个班里的战士天南海北什么地方的人都有,食堂吃烦了,就躲在训练场哪块大石头背后想家乡。

小四川说:"我来来(奶奶)的酸辣汤,豆腐要先烫,用水把鸡蛋搞匀,撒上辣椒,最后才棱(能)用油锅浇,辣(那)味道……"

小河南说:"俺家的饼才香咧!"

一直用帽子盖脸睡觉的毛壮壮翻个身,露出一只耳朵。

有人用脚踢了踢他:"小老坦儿,你家有什么宝贝?"

毛壮壮半天才把帽子从脸上抓下来,一张嘴就是唐山口音:"我啊,现在啥也不想,就想我家院子里那两棵老酸梨树。"

"这天天吃土喝土,嘴里没味儿啊。"

毛壮壮爬起来问:"班长,你是哪儿人呢?好像就没听你说过。"

当时二十出头的胡唯是班里年纪最大的,因为刚刚结束训练,热得脸颊泛红。

他盘腿坐在几个人面前,手里捏着根草儿,心想,他是哪里人呢?记不起来了,和母亲一样,是杭州人?算不得,母亲离家时还没他呢。

笑一笑,年轻腼腆的小胡班长说:"我是雁城人。"

"哎呀,雁城,雁城那地方好啊,大城市,商场可多。"

后来,连里季度考核,三班和六班训练成绩不相上下,总是暗中较劲,因为六班人说了些猖狂话,惹了三班战士不高兴,在射击场上掐起来。

连长恼火他们窝里斗不团结,一怒之下重罚两个班的班长。

那天下午有暴雨,三班和六班的战士趴在窗台上,看自己的班长背着负重在操场上狂跑,看得眼睛越来越红,看得拳头越来越紧,最后怒吼声脏话,一窝蜂儿地冲出去。

连长站在雨中暴跳如雷:"好!好!你们三班团结啊,睡觉都一个被窝!"

雨停了,大家也跑不动了。

胡唯和六班班长一前一后趴倒在地,咬牙切齿地骂。骂过了,脸贴着塑胶跑道又互相望着对方咧嘴笑,先是傻笑,最后是开心地、出了声地笑了。

一个个被人搀着回去,还要较劲。

三班的人说:"班长,是我们先冲出去的,比他们快呢。"

胡唯身上训练服湿答答地滴着水,肩上扛着四五个背包,也累得够呛:"我还得表扬你们?"

几个战士脖子一缩,不讲话了。

过了食堂晚饭时间,小战士们饿得饥肠辘辘,全都躲在被子里装睡。

胡唯换了身干爽衣服,独自去后厨,炊事班长正在搞卫生,见到他:"哟,英雄来了。"

年轻的小胡班长满脸讨好,用商量口吻道:"刘班长,借您厨房用用。班里崽子没吃饭,饿得紧。"

"用倒是可以,但没什么东西了。"

小胡班长找了一圈,指着面袋子:"它就行。"

"呵呵,好,你用吧,用完可得给弄干净了。"胖胖的刘班长摘下围裙递给他,"那我去外头抽根烟,完事了你喊我。"

胡唯殷勤地递上两根烟。

快到熄灯时间时,有人吸着鼻子从被窝探头:"班长怎么还不回来?"

"洗澡去了?"

"热水早没了,也不能洗这么长时间。"

"咣"的一声,门被踢开。

"班长!"

胡唯赶紧嘘了两声,手里端着个大盆,指挥人:"去把门关上。"

离门最近的小四川就穿了一条裤衩,从床上跳下去,动作迅速。

一大盆烫嘴的酸辣汤,里面囫囵搅和着鸡蛋、木耳、胡萝卜,还有些牛肉边角料。他又从怀里掏出一个纸包,里面装着十几张烙煳了的面饼。

胡唯从床底下拉出小马扎,坐在窗下:"第一次弄,也不知道对不对,厨房用料有限,凑合吃,吃完睡觉。"

几个弟弟样儿的小战士蹲成一圈,吃得狼吞虎咽。吃完,几人拍着肚皮感慨,奶奶哎,这是我今年吃过的最香的一顿饭。

再后来,没过多长时间,胡唯就走了。

他走的那天,还是几颗剃得青白的脑瓜扎在窗前看,只是再也没有人下楼去追。

那道瘦高背着背囊的身影在连队院里渐渐消失。

有人说:"哭啥,班长去上学了,是好事。"

有人附和:"是呢,全集团军就俩名额,咱三班可出名了。"

有人问:"那我们还能再见到班长吗?"

四下无声,没人说话。

年轻小战士们揉着眼睛,努力不哭,他们知道,他们再也不会见到班长了。

如今一模一样的饭菜,杜希哪里知道这其中寓意,吃得很满足。他向来饮食清淡,现在也不在乎那些了,埋头对胡唯说:"去把冰箱的辣椒酱拿来。"

胡唯依言去取来,拧开盖子,放在他手边。

父子俩面对面坐着,胡唯看着杜希吃饭,似乎有话想说。只是这话不知如何开口,让他很为难。

看那姿势就知道了——低着头,双手撑在椅子两侧,那眼中的纯净分明,情意深重。

忽然，杜希"哦"了一声："今天二丫向我要你的电话，很着急的样子，找你到底有什么事？"

胡唯这才反应过来，原来上午开会时那通电话是她打的。

能有什么急事，无非是她想起那天的恶行想跟他道歉。他猜她，就像透过大缸看那藏在清水里的鱼，一摆尾，一钻头，活蹦乱跳的，全都在脸上。

"我上午不方便，她也没再打，等明天我去问问。"

杜希又喝了一口汤："别忘了就行，这丫头平时不求人，别是有什么要紧事给耽误了。"

胡唯点头答应："好。"

杜希又问："上回我让你给你爷爷送去那药，送去了？"

胡唯倒是把这件事忘得一干二净了，本该和裴顺顺吃饭那天就该送去的。

"还没送，这几天有事儿耽搁了，那天大哥回来去家里吃饭就想着要带去。"

"结果……"

结果让二丫一脑门儿结结实实撞在他车上的事给惊着了。

"哦。"杜希也没责怪他，"那这两天抽空送去吧，那药不能断。"

"好。"

良久。

"爸——"

又是一声爸。

如果杜希心细，就该发现今天的胡唯与往常不大一样。可他偏偏没多想，擦擦嘴，站起来："吃完了，味道不错，我今天有点累，想早点睡下了。"

胡唯只能陪着站起来："您去吧，这儿别管，一会儿我收拾。"

杜希提着公文包回到房间，轻轻关上了门。

这间卧室就像那楚河汉界，硬生生将这父子隔成了两个世界。胡唯是至死不愿意踏进那屋子一步的，为什么？

因为他母亲当初就是躺在那屋里，那张床上，收拾得漂漂亮亮走的。

杜希是除了医院，大部分时间都在那间卧室里的，为什么？

因为他躺在那里，就能想起胡小枫。那是他心中最大的痛苦，他思念着、愧疚着，怎么也不肯原谅自己哪。

胡唯在餐桌前又静静地吸了一根烟，独自出神，烟灰烧得老长，扑簌簌落了一身，他惊醒，立刻将剩下的半截儿烟揉灭在烟灰缸里。

已经是深夜了，他拿起车钥匙，想去外面逛逛。

胡唯开着车在路上瞎转,手指敲着方向盘,往右拐,是回单位;往左拐,是去二环外。

杜嵇山上了岁数,有心脑血管方面的老年病,常年服药。已经耽搁了这么多天,白天他没时间,又是在半路上,胡唯想了想,改道奔左拐。

车停进家属院里的时候,小楼一片寂静,只有门口亮着两盏照明灯。

杜嵇山休息得很早,通常晚上看了《新闻联播》,七点半就上楼睡觉了。

胡唯轻手轻脚进屋,将药放在茶几上,觉得有些口渴,于是想去厨房喝杯水再走。

推开拉门,厨房灶台上放着几盘菜和一碗饭,为了保温,还用盘子倒扣住,胡唯心里有点不是滋味。

平常保姆做顿饭,就老爷子自己吃。人老了饭量也跟着小,他就让人将还没端上桌的饭菜各拨出一半留着,保不齐家里谁回来还饿着肚子。

晚上下班回来一直在家里等杜希,光忙着给他弄饭,自己没顾上吃,这会儿还真有点饿了。

手碰一碰碗碟,已经放凉了,开火有声响,胡唯拎起暖水瓶,往米饭里兑了半碗热水进去。

开水泡饭,以前训练回来晚了,赶不上食堂,他们常这么干。

杜嵇山披着开衫下楼的时候,就见胡唯站在厨房昏黄灯下,端碗囫囵吃着。老爷子扶着楼梯栏杆,不太确定地问了一声:"是胡唯回来了吗?"

胡唯直起身,忙放下碗:"是我,爷爷。"

"哎哟,你这孩子,怎么不热热再吃。"杜嵇山连忙走下楼梯,也没惊讶他怎么大半夜的来,瞧见胡唯碗里泡的开水,很心疼。"都凉了,吃了要闹肚子。"

"没事儿,这么吃挺好。"

"晚上在单位加班了?"杜嵇山摸了摸胡唯的衣服,还是责怪,"穿得还这少,你呀你呀……"

"我吵着您了?"

"不不,我下来喝水。"

胡唯拿过一个玻璃杯,递给杜嵇山:"我来给您送药,放在茶几上了,您记得按时吃。"

"我知道,这你别操心。"

胡唯搀着他:"那我送您上去,您睡下我再走。"

原本被搀着往前走的杜嵇山一停,微愣地看着胡唯:"还走,不走了,这都几点了,回头告诉你爸今天就住这儿了。"

"不晚,也没多远,我不回他该惦记了。"

"你净蒙我,等你折腾回家都几点了?还能睡多一会儿?就这么定了。"

送到楼梯口,杜嵇山挣开胡唯的手:"你去吃饭吧,我自己上去行。"

杜嵇山都这么说了，胡唯再走难免惹他不痛快，一个人在厨房把吃过的碗筷洗了，掀起客厅沙发两个靠垫枕在脑后，仰躺在上头。

没过几分钟，楼上的灯又亮了，杜嵇山"啧"了一声："我就猜你睡这儿了。"

胡唯只得又起来："怎么？"

"上楼，睡二丫那间屋子，躺在这里算怎么回事。"

他就猜到这小子没上楼，心里忌讳着楼上闲着的那间屋子是二丫的。

一个小老爷们儿睡女孩子的屋，好说不好听。

胡唯在这些事情上是顶有礼貌的，有分寸的。

"咱家没那么多讲究，快。"

爷孙俩大晚上不睡觉像猫捉老鼠似的互相猜着对方心思，胡唯呵笑，一个鲤鱼打挺坐起来，无奈，还得妥协——

"得，这就去。"

上楼轻拧开房门把手，胡唯在门口站了一会儿。

屋子应该很长时间没回来过人了，温度明显比客厅还要低些，里头是四四方方的布局：门正对着两扇窗，窗帘没拉，也不算黑。左边的墙上立着两开门的衣柜，有些年头的家具了，柜门上还镶嵌着老式山水画的镜子。柜子旁边是一张双人木床，铺着浅绿色牡丹花样的床单，被子整整齐齐地叠在床头。

这屋子也忒干净简朴了些。

胡唯挠挠眉毛，有些出乎意料。

他原以为二丫那样的姑娘，那样的个性，房间不该是这样。

走到床边，发现床上倒扣着一本书，胡唯随手捡起来，就着窗外月光低头一看，线装本的《孙子兵法》。

倒扣着的那页正读到"火攻"。

胡唯失笑，没看出来，这小祖宗心胸这么宽阔，都开始研究起兵法了。

将书原封不动扣在床头柜上，胡唯也没乱翻乱动，直接和衣躺下，只占了个床边，连被都没盖。

这床的长短睡二丫正好，躺胡唯，脚丫子还伸在外头。

小胡爷一声叹息，仰望着天花板，静静躺着，手指随着屋里墙上的钟表一圈一圈敲在腿侧，好不悠闲。

这床上有股香味儿。

不是香水刺鼻的香，像那种泡在洗衣粉里经过太阳暴晒后的香，像女人用的洗发水的香。

胡唯脑子里天马行空地想：这男人和女人之间区别还真大。

他们男人管一身汗津津，冒着馊水的衣服叫男人味儿。

她们姑娘呢，整洁，爱干净，好像一颦一笑都带着娇气。

那股香味萦绕鼻间,伴随着一呼一吸从枕边直往心里钻,仿佛能想象到这屋子主人宜喜宜嗔的脸。

那两道眉,那一张嘴。

那湿漉漉的发和湿漉漉的眼。

半长不短的发梢成串成串滴着水珠,水珠又顺着衣领滑……

咳咳,想哪儿去了。

胡唯意识到自己思维有些跑远了,在心里骂自己,干脆闭上眼,直挺挺地睡起觉来。

其实,也不怪他。

小胡爷这些年的日子跟这屋子差不多,可以用"朴素"二字来形容,物质生活与大家大同小异,甚至更优越些。可精神生活嘛,就差别大了。

十九岁当兵之前,接触的课外生活除了打球,就是花花绿绿的小人书和龙珠卡片,认识的女孩子也仅限于那一楼层的同学。要说情窦初开,那时连什么叫"情"都不知道,审美只分为"好看"和"不好看"两种。

当兵之后呢,思维最跳跃荷尔蒙最旺盛的那几年,连姑娘的边儿都没摸着,躺在铺上听的是班里此起彼伏的呼噜声,手里握的是八一杠和土坷垃,日复一日,习惯了,也就不想了。

现如今从小兵熬出了头,过的也是普通作息常人生活,小胡爷却把这形形色色的花花世界看淡了。

第二天一早,为了昨晚那通胡思乱想胡唯早起出去跑了两圈,回来的时候浑身湿透了,发梢滴着汗。

杜嵇山正好坐在餐桌前要吃早饭,见他穿着短袖,吓一跳:"就这么出门了?"

胡唯拧开水龙头冲洗着:"出去跑两圈,这阵儿犯懒,骨头都要锈住了。"

杜嵇山舀出一碗白粥,啧啧感慨:"仗着年轻,身体好哇!"

这话说完没隔两天,胡唯就感冒了。

二十多年头一遭。

先是上午打了几个喷嚏,下午就开始发高烧。

他去机关卫生室看病,想拿点药。卫生室的赵医生先是给他讲感冒的原因,又从身体素质讲到中医医理,听得胡唯快睡着了。

"风从外入,易引起恶寒,从皮表进肺,进而高热,咳嗽……"

胡唯捂着脑袋头痛欲裂:"哎哟,你就说你能不能治吧!"

"能啊,怎么不能。"赵医生唰唰在处方笺上写医嘱,"回去喝点姜水,这药早一粒晚一粒,没多大的事。"

胡唯捏着纸包的感冒药从卫生室出来,心想以前他们说卫生室那句话还真对。

卫生室这个地方吧,有它没用,没它不行。

甭管你什么毛病,就一句话——大病治不了,小病多泡脚。

今天夜里是他值班,吃了感冒药的胡唯反而觉得更难受了,隔壁同事来跟他说话,他一吸气,咳得脸通红。

同事脸色凝重:"去医院看看吧,这茬流感严重,搞不好会死人。"

"感冒能有多大事。"

"啧,就是感冒才要重视。前几天楼下小张儿他岳父,就是因为这个,大意了,结果搞成肺感染,ICU待了三天人就没啦。"说着,他拉开胡唯的抽屉,摸出一支体温计,"量量,量量。"

胡唯满脸抗拒,向后一躲:"我抽屉里有什么怎么你比我还清楚?"

同事嘿嘿笑:"来你这儿摸过火儿,快,身体要紧。"

胡唯不情不愿地将体温计塞进衣服里,放在灯下一看,嚯,四十度还出头!

"都这样了自己不知道?"

胡唯皱眉:"倒是有点冷。"

只是没想到烧得这么高,看来最近确实少锻炼,要不怎么出了身汗,风一吹就这样了?

"那你帮我盯一会儿,打了针就回。"

胡唯没去他爸的医院,故意绕道去了另一家。夜里挂号的人不少,推着老人的,抱着孩子的,皆是满脸焦急之色。

胡唯跟着人群排队,他下车时怕衣服惹眼,特意脱了外套,外面套了一件深灰色的夹克衫。这样低调,还要时不时被人插一杠:"哥们儿,我家姑娘,烧得厉害,帮帮忙?"

那人眼尖瞄着他的军裤,眼中透着恳求。

胡唯回头一看,两三岁的娃娃被妈妈抱在怀里,脑袋上贴着退热贴,可怜巴巴。

他向后让了让。

年轻父亲对他连连道谢。

挂号看诊,验血结果拿到跟前,医生头都不抬:"挂水吧,先把烧退了。"

胡唯只得又去排队交钱,拿着一堆票据和药,拐进急诊静点室,他推门,里面的人拉门,脑子不知在想些什么,也不看路,一头扎进他怀里。

"不好意思。"撞他的那人声音有气无力,弱风扶柳的。

胡唯也没在意,侧了侧身:"你先——"

二丫原本病恹恹地低着头,一听见这声,机警地抬头:"小胡哥?"

这一声"小胡哥"当真清脆到了心坎儿里。

她关切地拉着他,情真意切地问候:"你怎么了呀?"

胡唯倒是很镇定:"我没事儿,你又怎么了?"

"我我……我肚子疼。"二丫模棱两可地说道。她哪好意思对胡唯讲自己贪嘴吃坏肚子得了急性肠炎,在马桶上蹲了半宿。她一低头,瞥见胡唯手里攥着的一堆票据,瞥见"高热"两个字。

发烧?发烧可是大病,搞不好烧坏脑子的。

二丫刚拔针,因为打点滴的原因手又僵又凉,也不知道她哪根筋搭错了,忽然踮脚伸手钩过他脖子。

胡唯猝不及防地前倾,"咚"的一声——

脑门儿对着脑门儿。

呼吸闻着呼吸。

胡唯手就那么僵在半空中,想扶住她,可……不能扶,不敢扶啊!

二丫抵着胡唯的额头,眨着眼,睫毛翘着,嘴儿微张,是那样认真地感受着他的体温。

"是很烫……"她咕哝着和他分开,心中忧愁,"这个季节就是这样,说不准什么时候就感染了细菌病毒。"

正巧护士推着小车来打针,站在门口喊:"胡唯?胡唯是谁?"

胡唯和她分开,还缓不过神的样儿,咳嗽一声,对护士示意:"我是。"

"快,过来。"

胡唯单手抄兜,戳在那里问二丫:"你怎么来的?"

拉肚子连抬眼皮的力气都没了,她当然是打车来的。

这下,又让胡唯犯难了。

遇都遇上了,让她回家,大半夜的,不安全;让她留在这里等自己送她回去,一个病号,矫情起来不知道又要怎么叽歪。

没等他想出一个合适的办法,二丫已经替他做出了决定。她拽着他,往注射室里走。

胡唯拉她问:"哪儿去?"

她说:"打针去。"

"我是问你。"

她又说:"我陪着你呀。"

"我这么大的人了,还用你陪。"

她又犟:"那你……那你要上厕所怎么办?我帮你举着瓶子。"

胡唯笑起来:"我上厕所你能跟进去吗?"

二丫语塞。

她并不想走,她也很关心他。

别人不知道一个人看病的孤独,她很清楚。人家都有爱人子女或父母陪着,或守在旁边,或等在门外,心里是踏实的,是有所牵挂的。

要是你自己一个人坐在那儿,冷冷清清的,有人路过,目光落在你身上,心里会"哦"一声,然后唏嘘,真可怜。

她不怕别人说自己可怜,但她不想让人觉得胡唯可怜。

俩人就这么僵持着,她不走,胡唯也不进去。最后,他把车钥匙递给她:"车里等我,把暖风开着,我一会儿就出来,送你回家。"

针扎进静脉,胡唯左腿叠右腿,在窗下静坐着。他挑了个很靠后的位置,在角落里,不大引人注意。

他目光空空地盯着某一处,似乎想什么想得出神。

他这样,与周围环境有些格格不入。明明是在病着,却没见他说一句,那双眼是那么纯净。他专心地想着、思考着,然后低一低眼。

他心里装的事太多了。

桩桩件件,哪一桩哪一件都是情债。

要人命啊!

二丫在停车场找到胡唯的车,钻进去。

车里很干净,没有铺花里胡哨的坐垫,没挂任何坠饰。她依言拧开空调,缩在副驾驶室等。

这几日是惊蛰的节气。惊蛰,众人都知道,春雷响万物长,预示着雨水季节来临,可大多人不清楚,这惊蛰还分三季。

一季,桃花开;二季,雏鸟鸣;三季,鸠鹰飞。

雁城也终于在这一夜迎来了春雨,预示气候变化。

雷声滚过,隆隆震耳,玻璃上溅起细细密密的水珠。可这雨下得不痛快,像是有什么东西在暗处蛰伏,只等那个时间,才能酣畅淋漓倾盆而下。

车里的暖风与窗外的寒冷潮湿形成反差,渐渐在玻璃上升起一层雾。

二丫坐着坐着,觉得有些无聊,便伸出手指头在车窗上画画。

先画个身高腿长的小人儿,再画上头发,画上衣服。画着画着,她猛然想到这不是自己的车子,像怕人看见,又攥成小拳头胡乱把那画儿擦了。

胡唯从急诊大门里快步出来,雨已经停了,地面潮湿。

他走到车旁,没急着进去,先弯腰趴在窗外往里看了看,二丫已经睡着了,头顶在副驾驶室的门边上,两只手对着塞进袖筒。

胡唯轻轻拉开车门,坐进去,夹杂一身湿气,又轻轻把门关上。

他叫她:"杜婉——"

二丫不耐地"啧"了一声,歪了歪身子,很厌烦被吵醒。

胡唯摇摇头,从后座捞过自己的军装外套蒙在她身上,把车往医院外的主路开。

这时快凌晨三点了,天是要亮不亮的颜色。

路上遇见一家二十四小时的粥铺,胡唯把车靠边停下。老板正在打盹儿,见有客人掀开防雨的门帘进来,晃晃头,打起精神:"您看看吃点什么?"

胡唯在柜台前站定,瞧着一桶桶还冒着热气的粥。

老板殷勤介绍:"这个时候,夜宵不夜宵,早餐不早餐,还是喝点粥好,都是刚熬没几个小时的,菠菜猪肝粥、番茄牛腩粥,素一点儿的还有小米粥。"

胡唯点点头:"就它吧。"

"好嘞,一碗小米粥,您是在这儿吃还是带走?"

"带走。"胡唯掏出钱包要付账,想了想,又对老板说,"等会儿,盛两碗吧,放一个盒里就行。"

打包了两碗小米粥、一份水煮青菜,胡唯拎着纸袋返回车里。

二丫已经醒了,身上蒙着他外套睡眼惺忪地问:"小胡哥,你干什么去了?"

胡唯把纸袋递过去:"快早上了,回家吃吧。"

这一路她肚子咕噜咕噜叫,在医院问她怎么了,她含糊其词地说肚子疼,胡唯就知道搞不好又是胡吃海塞了什么东西才往医院里钻。

二丫接过来,还很腼腆地道谢:"你不吃?"

"别管我,一会儿回单位值班,去食堂。"

胡唯再度发动车送她回家。二丫偷瞥胡唯扶着方向盘的样子,不禁心里有些难过。

他这样的人,不该配这样的车子。

这辆老大众车原来是杜希的,他上班代步。后来胡唯被分到雁城,杜希很高兴,就将这辆车给了他,说他单位离家远,有了车路上不遭罪。

明明生得一张好面庞,端端正正的五官,挑不出什么错处;站着不驼背坐着也不弯腰;不常言语心却谁都细,笑着看你的时候,眼神直接,写满了包容。

想着想着,二丫悲悯的情感涌上来,闷闷着不说话。

胡唯间隙看她一眼,见她低着头,以为她不舒服,也没主动找话。

就这样一直送她到家楼下,二丫忽然没头没脑地问:"小胡哥。"

胡唯盯着前方:"嗯?"

"那天我给你打电话,你怎么不接呢?"

死钻牛角尖的性格让她到底把这个问题问出来了哇,不问,她憋得慌,她得把这件事一直放在心里。

胡唯这才意识到她在说前几天他没接电话的事,不由得失笑,微侧了侧身面对着她,耐心地解释:"我那天在开会呢,不知道是你的号码。"

二丫抬起头来，认真地看着他："开会？"

"嗯。"他点头，不瞒她，"真是开会，最近在搞培训，我当时如果知道是你，会给你再打回去的。"

说罢，胡唯反将她一军："那你找我到底什么事？这么着急？"

二丫像被踩了尾巴的兔子，身体一挺。

这个道歉的话，不见面时好说，真见了面，"对不起"三个字怎么也说不出口。她哼唧着，直说天太冷，要快点上楼钻被窝。

"再见，你路上小心！"

车门"砰"的一声关上，这只窝囊兔子撒欢了似的跑进楼里。

胡唯却没走。

他将车窗降下一半，摸出一根烟衔在嘴里。

打火机在手里转啊转的，最后咔嗒按出了火苗。

嗓子干涩，烟雾刺激得他一阵不适，又是剧烈咳嗽，咳得惊天动地，脑仁生疼。

楼上，二丫咕咚咕咚干掉小米粥，钻进被子里。

被子严严实实地围在脖子周围，她闭着眼，安沉地呼吸。

这是她睡得最踏实的一觉。

而所有人，都希望她这一觉能睡得长一点儿，再长一点儿。

因为这一觉醒来之后，雁城即将迎来一场暴雨。

就要变天了。

三伯杜希突发急病，被推进手术室，命悬一线，生死攸关。

杜嵇山坐在手术室门外，老泪涟涟，这个原本和睦热闹的家庭仿佛一夜间就垮了。

二伯杜甘眼睛通红揪着胡唯怒气冲天，连连骂他狼心狗肺。

杜家乱成一团，哭的哭，喊的喊，劝架的劝架，沉默的沉默。

这还不是让人最痛苦的呀。

最让二丫伤心绝望的，是有人告诉她——你小胡哥要走了，从此，他再也不是杜家的人了。

他亲爸爸找上门来，要把儿子领走哪！

不仅他亲爸爸来了，那些身后跟着的男男女女，都是要把他带走的人，哪一个都不容小觑。

他家本不在雁城，是在那千里之外的虬城！

虬城！

"轰隆"一声巨响,二丫梦中的城塌了。

她细细地蹙着眉,呜呜咽咽地哭,嘴里不停喊着小胡哥。

楼下守着她的胡唯一根烟毕,开门将烟头扔进小区楼下的垃圾桶里。

他踏着清晨满地露水,挺拔消瘦的身影在冷风中无比孤独。他低着头望着小区里湿漉漉的草地,绿油油的苗苗,纤细柔软的身段,绿得生机勃勃,绿得春意盎然。

胡唯纯净的眼含着不舍,含着挣扎,最后……

是干脆利落的决绝。

第三章
Chang Yu Zhou Works
春 雷 动

那些被胡唯搁在心里的,桩桩件件牵绊他的事情,无论怎么讲,归根结底都是绕不开一个人的。

杜希。

他最近在愁一件事。

之前曾说过,近期机关在搞信息化培训,打算送一批人去虬城培训驻扎。所谓培训,就是学期半年到十八个月不等,由专业信息化人才授课,全方位培养全电子环境下的作战指挥人才。

胡唯本没太放在心上。

第一,这件事情跟他无关。

他一个在办公室耍笔杆子写讲话稿送文件的人,跟"信息化"这样抽象的词挨不着边,要是说哪里有公文撰写培训,他倒是可以报名。

第二,这个培训应该是有人选的。

楼下的孟得,专业通信工程,没人比他更合适。

孟得早在前段时间就表现出了对这场培训的期待和兴奋,俩人在食堂吃饭的时候,他歪头瞅着盘里的回锅肉嘴角上翘,笑得人直发毛。

胡唯踢他一脚:"不吃饭乐什么,看着瘆人。"

孟得殷勤地将回锅肉夹两片给他,啧啧摇头,美滋滋道:"珍惜吧,以后咱吃的可就是学生灶喽。"

胡唯从餐盘中抬起头问:"啥意思?"

孟得大口扒饭:"过几天虬城有信息方面的培训,学期制,毕业以后参加考试重新打乱分配,有回原单位意愿的,或者原单位有指定要求的,可以派回。没有的就看调函往哪里下了。"

胡唯隐隐猜出孟得的想法:"你哪儿来的消息?"

"顺顺,你不记得他?他是这次培训的老师之一。"

"他是搞电脑的?"

"清华大学读计算机的高才生呦,特招入伍。像他这样聪明的人,去哪里都是宝。"

看来,是在"应园春"那顿饭之后,孟得和裴顺顺一直保持着联系。在雁城这几年,孟得父母催过他多少次要安身立命,早点考虑自己的事情。可他就是不肯买房,始终住在宿舍。

明眼人都知道,他这是不甘心。

孟得不喜欢雁城,不看好这里的发展,他的心始终在外头,他喜欢大城市。如今终于有了机会,不知道心里有多高兴。

胡唯点点头:"这样挺好。"

孟得好事将近,也不防备胡唯,他的想法可以都告诉胡唯:"当然好,我和你不一样,你家在这里,我离父母太远,回一次,路上就要折腾两天。如果能留在虬城,或者再往南走一走,心里踏实啊。"

后来,没过几天就开会说了这事,孟得笔记记得十分认真,还洋洋洒洒写了几大篇的报告。报告里阐述了他的实际情况、对培训的看法、打算以及想要学习的决心,交给胡唯,手还往那沓纸上重重拍:"拜托你了。"

他又问:"怎么样,这次申请的人多不多?"

"你是最后一个。"胡唯敲了敲办公桌上摞着的小山,"都来势汹汹啊。"

二三十个人的申请,孟得有些不太爽快,平常收集些什么材料、什么意见,一个个都拖着,电话打过去苦口婆心地问,都说"哦,我这边忙啊,现在没时间",现在,涉及自身发展了,动作比谁都快。

但是,孟得对自己是有信心的。

胡唯把衬衣袖子放下来,系好纽扣,正了正领带:"我现在送过去。"

原本就是跑趟腿的工夫,却没想到,胡唯这一去一上午都没回来。这边,孟得还等着他吃中饭给自己报信儿呢。

且说胡唯去了南楼,蔡主任的通信员把他带过来的东西递进蔡主任的办公室。汇报了文件内容后,蔡主任放下手里的电话,问:"这是什么?"

通信员立正:"组织科送过来的关于培训申请人员报告。"

蔡主任"哦"了一声,心里对自己安排下去的工作十分清楚:"这事是胡唯在弄吧,他人呢?"

"在外头,应该还没走。"

"让他进来。"

通信员小李关上门,对还在走廊的人招手:"胡干事?"

胡唯正靠着三楼楼梯扶手往下看,听见人喊他,忙回头:"怎么?"

通信员小李往里比了比,摸不准胡唯这趟是福是祸,小心翼翼地说:"让你进去呢。"

胡唯心里也忐忑,但面上还是很镇定:"好。"

敲开门,蔡主任正在看递上来的报告,一只手举烟,一只手翻阅,眉头紧锁。听见胡唯进来,他头也不抬:"这次有多少人?"

"二十九个。"

"嗯……"又是一阵纸张翻页的声音,他又问,"你的呢?"

胡唯双手笔直扣在裤缝上,站得像根电线杆子:"我没写。"

蔡主任一顿,往烟灰缸里磕下烟灰:"你为什么不写?"

胡唯被问住,一时不知怎么回答。

他写?他怎么写?写了,又要怎么说?

"哦,我知道了,你是认为这件事和你没关系对吧?一个小排长,指挥系出身,本应该在哪个连里带班长、抓思想。结果被我要到这儿来,每天对着电脑敲敲讲话稿,搞搞会议,摆一摆椅子,这个名牌放在哪里,水杯对应搁在哪个手边,不能有一点儿差错。"

蔡主任这个人,生气都是和颜悦色的。你猜不出他下一句想跟你说什么,有可能是和风细雨的两句话,提醒你工作哪里有错处,也可能下一秒就暴跳如雷对你大发雷霆。

这样的领导是让人畏惧的,因为他看得准手下每一个兵。只一眼,他就能掌握你最近的思想动向。

胡唯戳在那里,不吭声。

蔡主任的手指铿锵有力地敲在那摞报告上:"关于这件事,你有什么想法没有?"

"报告,没想法,服从组织一切安排!"

听听,多么洪亮坚定的一句报告。

领导嗓门儿大,兵娃娃们有样学样,吼出来的话都是带着骨气的。

蔡主任呵呵笑了,把烟头熄灭,端起茶杯喝了口水。他有咽炎,杯子里常年泡着胖大海:"没想法就好啊。月底就要安排订车票了,回去准备准备,也收拾收拾行李。名额不多,坦克团的张副团长、九连的连长,咱们这头……你去吧。"

胡唯震惊。

他知道去这趟的意义,要不孟得也不会这么上心。看孟得那信誓旦旦的样儿,孟得一直认为是板上钉钉的事情,只是,怎么就是他?怎么就选了他?

胡唯踟蹰:"我……"

"有难处?"

"我想知道为什么是——"

"为什么是你,不是孟得对吧?"

胡唯微微挺直腰板,神情严肃:"是。"

蔡主任端坐桌后,还是笑呵呵的:"让你去自然有让你去的道理,不让孟得去也有不让他去的原因。从一切客观条件来讲,孟得都比你合适,学历在那儿,资历在那儿,专业又对口。是啊,可为什么就不是他呢?"他微露出一个遗憾的表情,"他坐不住板凳,他也太想离开这儿了。"

蔡主任和其他领导有些不大一样,他很瘦,骨骼精干,额头外凸,便显得一双鹰眼格外犀利。

"一个太想离开这里的人,我是不会让他走的。"蔡主任站起来,走到窗边,看着楼下一列列士兵走过。"把机会变成跳板和把机会变成经历,是两码事。"

老蔡同志还是个战士时,他的连长就对他说过,蔡喜啊,现在我怎么对你们,你将来也要怎么对你的兵。

那时还年轻的小蔡扳着脚,看着连长给自己挑脚上的水泡,头发被汗水雨水浇得贴到额头上。

"连长,我没你有出息,我干不了你这个。"

连长用帽子抽他一下,恨铁不成钢。

直到后来,老蔡同志才明白那句话的深刻含义。

没当过兵的人,一辈子都不知道兵是怎么想的。

你永远看不懂那些年轻娃娃黄昏时坐在训练场单杠上的背影,看不懂他们从医务室出来坐在台阶上独自抹泪的眼神。

这就是孟得和胡唯最大的不一样。

孟得高校毕业,是新时代年轻军人,手里掌握技术,脑里牢记知识,这样的人朝气蓬勃、恃才傲物,好归好,只是眼睛里缺了点东西。

缺了点慈悲。

老蔡同志很喜欢胡唯,准确地说,他喜欢胡唯在来雁城之前的那段经历。一个真正体验过基层生活并且甘愿为之努力奋斗的人,才是真正的目标坚定,才能做一名合格的指挥官。

他该有一次这样的机会。

只是这些话,老蔡同志不想对胡唯讲。

大天地,是由他自己出去闯,去领悟的。

"那您容我想想,回去跟家里人商量商量。"

老蔡同志眉毛拧起来:"蹬鼻子上脸——谁要你跟家里商量?部队上的命令还能由得你商量?服从安排!"

"是！"

胡唯理顺着这突如其来的千头万绪，转身往外走。忽然，老蔡同志在他身后问："你这一去，还愿意再回来吗？"

胡唯一顿，回头朝老蔡同志露出灿烂笑容，还是那句话——

"我服从命令。"

一句四两拨千斤的话，老蔡同志唏嘘。

这有娘和没娘的孩子不一样。有娘的孩子有底气，什么事都敢去争，想要什么都直接开口去要；这没娘的孩子，想要什么不敢说、不愿要，顾忌的事情太多，从根上说，是自卑啊。

胡唯回了办公室，没去食堂吃饭，也没下楼找孟得。

他不知道该怎么面对孟得，这话也没法说。

可消息在这栋不大不小的楼里传播，先是一个办公室的宋勤知道了。最具威胁的同事要走，管他高升还是下调，都是好事，接连几天，他对胡唯都是客客气气的。

宋勤知道了，楼下的人，也包括孟得，自然也就知道了。他听说之后先是不满，气冲冲地去找了蔡主任。结果话没说两句，他就被老蔡给撵出来了，告诉通信员："还有规矩没有？什么人都敢闯我办公室，你干什么吃的？"

通信员拽着孟得欲哭无泪："孟干事，求你了，回吧！回吧！"

孟得扯着衣领又气冲冲地回来，杀到胡唯门口，刚要敲门，又犹豫了。

胡唯这样不见他，就是不知道该怎样跟他说，要是换了心里有鬼的人，早就虚情假意来对自己解释一番，可胡唯没有，他什么都没说，却又用沉默什么都说了。

原本想把自己即将去虬城的事情告诉杜希，可又有另一件事绊住胡唯。

就是他那天回家早，想提前做一桌饭，结果在阳台上看见了送杜希回家的医生苏燃。

苏燃对杜希有情，胡唯一直都知道。

大概之前某次去医院找杜希时，胡唯就发现了端倪。

在杜希的休息室，父子俩没说几句话，苏燃拿着两件衣服进来了。

"杜老师，衣服我给您洗好了——"

门被推开，胡唯回头，和苏燃撞个正着，她的脸腾地红了。

苏燃没想到胡唯会在，捧着衣服一时不知道是进来还是出去。是杜希站起来把衣服接过来的："谢谢你了，小苏。"

"没有，顺手的事情，那……那您先忙，我回去了。"穿着白大褂的苏燃连门都没进，礼貌地冲胡唯点点头，又轻轻掩上出去了。

杜希怕胡唯多想，还一通解释："那天抢救动脉出血的病人，衣服上沾了很多,换下来也没时间处理,苏燃路过,看我没在,好心帮我洗了。"

他解释得小心,生怕胡唯不高兴似的。

这让胡唯很尴尬。

他宁愿杜希对他讲"我就是喜欢她了,想和人家谈恋爱,我一把岁数也渴望有人关怀",而不是现在这样,任何事情都要思虑他的感受。

不说他和苏燃两个人年龄差距大,光是给胡唯找小后妈这一条,就够让人想入非非。

这让胡唯在这个家里怎么待。

在阳台那匆匆一眼,胡唯及时收回了身影,他总觉得杜希不该在他面前这样没有秘密,没有作为长辈、作为继父的尊严。

因此,胡唯也就错过了杜希捂着心口旧疾发作的那一幕。

他在楼上还想呢,等杜希回来,干脆找个机会把这件事情说开。告诉杜希,其实他这个岁数,追求精神丰富和感情生活也没什么错,人家联合国都说了,四十九岁到五十九岁算是中年人,七十岁还兴离婚再娶呢。

可话到嘴边几次,看着杜希吃饭的样子,他就是没法说出口。

于是胡唯想了几天,打定主意,他想借着工作需要去虬城驻扎培训作引子,离家一段时间,一来,委婉地告诉杜希自己的态度和立场;二来,父子两个每天生活在同一屋檐下,相互牵绊着,相互顾忌着的事情太多了。

两人都需要卸下沉重的亲情包袱,不再费神费力经营这段父子关系,更自由地去追求一些东西。

可偏偏上天像把这些事情一步一步都安排好了似的,阴错阳差让杜希误会了胡唯。

胡唯刚对他讲完自己即将要去虬城培训的事情,杜希听了,没说同意,也没说不同意,只是有些不太高兴。

"去几天。"

"七八个月吧。"

"哦,那要小一年了。"

"是。"

一阵沉默。

杜希问:"是个什么培训?"

胡唯回答:"关于信息化的……"

"我也听不懂,既然要去,命令都下来了,那就去吧。家里这边你别担心。只是我刚才听你说,这课上完,学期结束,有可能还不回来了?"

又是一阵沉默。

然后是打火机按动的声音。

"有这个可能,不过具体要等期末结束统一培训考核。"

"哦……那……那去吧,去吧。"

多么无奈的一句话,杜希看待胡唯可是比真心还真心,如今他要走,当父亲的哪有拦住儿子前途的道理。

正巧最近国内在开展三甲医院重点学科学术交流论坛,意为促进医疗事业发展,精进学科疑难问题解决方案,由各家医院组织一支最优秀的学科专家队伍去外省兄弟医院进行交流讨论。

雁城医科大学附属医院对接的恰好是虬城某军医大学南院分部。

虬城军医大南院分部的心血管科是全国知名科室,堪称业界权威,而雁城医科大的"心内"也是省内外有口皆碑,如今两方会面,雁城医科大作为接待方,提前了好几天就开始做准备,院办下指示,务必在客人面前要展现我院良好精神风貌,精湛医学态度。

只等第二天上午,载着虬城各位专家们的考斯特中巴车从大门拐进来,院长带着心内心外两个科室的医生代表们下台阶迎接。

率先下车的,是军医大南院跟来负责各位骨干专家会议行程的院办副主任,年轻人,戴着近视眼镜,行事很干脆,一下车,就是标准的军礼。

张院长伸出去的右手僵了一下。对方情商很高,很快将敬礼的手放下,握过去:"您好。"

"您好,您好。路上不堵车吧?"

"很顺利,雁城的交通比虬城通畅太多了,通常这个时间,我们还有医生在路上堵着呢。"

一句玩笑话,缓解见面尴尬。这时,车里的各位骨干专家,纷纷提着公文包,拿着外套下车。

走在最前头的,是个和雁城这边的院长年纪差不多的中年人,皮肤白净,气质稳重、沉着,很有领导的样儿。

最关键的是,这人虽及中年,可身材并没有臃肿发福的迹象,穿着衬衫,站姿很标准,很有风度。

跟来的人忙介绍:"这是我们南院心外科主任,岳小鹏。"

也不用挂着什么教授专家的复杂前缀,单单岳小鹏的名字,就让雁城在场人士肃然起敬,连说:"您好,原来您就是岳医生。"

岳小鹏,国内针对糖尿病人心脏外科术后综合征研究的带头人,血流动力学,大血管手术领域的专家。经由他手的手术,患者术后产生并发症的概率极低。

"岳医生,有个问题想请教您。我们这里有一位患者,今年七十二岁,情况是这样的……"说着,就已经有人在大门口拉着人家开始探讨了。

岳小鹏岳主任倒是不见怪,风度翩翩地微笑:"别着急,等到了会议室,你把他的片子拿给我,我们一起看一下。"

上午就是针对双方带来的典型病例进行研讨,因此来旁听的医生很多,从住院医到实习医,拿着笔记本将会议室围了个水泄不通。

张院长暗骂自家医生没出息,来了个专家根不得趴着窗户看,同时他又很珍惜机会,看着越来越多的人,还要让人去通知:"把后门也打开,让他们拿着椅子坐,别都蹲在门口。"

眼睛巡视一圈,张院长低声询问:"杜希怎么没来?"以前他们雁城医科大最有名的心内科医生啊,这场合少了他怎么行。

"不知道啊,半个小时前我看见他还说要往会议室这边来呢,是不是有病人缠住了?"

"啧,赶紧给他打电话,不管有什么事都先放一放。"

电话一个一个打过去,打到急诊医生休息室,杜希捂着心口坐起来接,那边人说话像炮仗,急三火四地通知他快点,杜希刚"哎"了一声,就挂了。

坐着缓了半天,杜希才穿上白大褂,拿着笔记本,乘电梯上七楼。

他进入会议室时,两边的医生都已经落座了。见他进来,张院长还要再给虬城的人介绍一遍。

"这是我们原心内科副主任,现在急诊主任,杜希。"

时间有限,虬城的人不能一一站起来介绍自己,只是互相颔首,就算打过了招呼。

杜希深吸一口气,拉开椅子坐下,瞥见对面桌牌上的名字,忽然顿住,接着心脏又是一阵绞痛。

他强忍着坐定,面色苍白,与那人点了点头。

岳小鹏同样回以微笑示意。

如果说胡唯要走的事情对杜希是个打击,那这长达两个多小时的研讨会对杜希来说就是折磨啊!

下午他回急诊的时候,还是好好的,谁知来了个病人,老太太误吃枣儿被核儿卡住了气道,自己用力咳出来后忽然昏迷不醒。在送医院的路上还发生了呼吸衰竭,子女哭天抢地地拦住杜希,要他救救母亲。

杜希粗粗检查,发现咽喉脓肿。

于是连忙找护士安顿病人,进行穿刺引流,等老太太脱离危险之后,杜希满头是汗,身上抖得已经不像话了。

可周围没人发现他的不对劲。

大家都在忙着自己的事情。

护士给家属嘱咐注意事项,让他们去缴费,其他急诊医生在照顾另外的病人,有一个还刚跑去了手术室。

有人从杜希身边匆匆走过,点头喊主任。

杜希戴着口罩,刚开始还"哎哎"地答应,然后眼前一片黑,手揪着胸口白大褂轰然仰躺在地。

这下,可乱了套了。

急诊的医护人员一窝蜂儿簇拥了上来,孩子的哭声、老人的呻吟,医生护士们连声呼喊:"主任!杜主任!"

这可怎么是好啊,守着这一大屋子的医护人员,竟然没一个人发现杜希的不对劲,竟然还让他就这么倒下了!

还是心脏病!

他自己就是专家啊,哪里有人会栽在自己学了半辈子的东西手里。都说医者不自医,看这情景,他必然经历过了相当一段时间的痛苦发作,可刚才他还忙着救人。

杜希平常待人宽厚,年轻医生和护士都很喜欢他,一时心疼得急出了眼泪。

"哭什么哭!赶紧让楼上来人啊!"跟杜希同班的医生为他戴上氧气罩,做着心肺复苏,声音带着颤腔。

忘了,忘了。平常学的急救知识全都忘了,一个个只顾着哭,顾着懊悔。

苏燃正在病房和家属嘱咐术后事项,听见走廊一片嘈杂声,一大帮穿着白大褂的医生往外跑,她探头问:"出什么事了?"

一个年轻男医生连拖鞋都来不及换:"急诊电话,杜主任突发心梗,人快不行了。"

苏燃大惊失色,跟家属说了句"稍等",也跟着往楼下跑。

医院发生这么大的事情,惊动了院长,也惊动了正在参观医疗设备的虬城专家们。

偏偏杜希命不该绝。

他倒在了医院里,倒在了他的工作岗位上。又偏偏,今天这雁城医科大附属医院里,聚集了业内的心血管的权威。

兄弟单位倒是兄弟单位,听说这件事,谁都没犹豫,平时排三天号也难见一面的人纷纷换上临时白大褂,全都在急诊室沉着应对。

"冠状动脉堵塞,这里和这里,很严重,病症应该有一段时间了。"

"建议手术,药物控制希望不大。"

"岳主任,你怎么看?"

岳小鹏仔细盯着造影图片,眉头紧锁:"病人是不是有风湿病?"

一旁小护士忽然说:"有,但是不严重,只是一到阴天下雨就手脚浮肿。"

"不排除昏迷是因为瓣膜缺血性坏死导致心衰。"

这话一出,众人领悟,瓣膜坏死意味着杜希可能同时要接受两台手术,一台搭桥,一台换瓣。

心肌梗死可以通过紧急手段得以抢救缓解,可瓣膜病才是真正要人命的。一旦瓣膜坏死程度比想象的高,心衰死亡就是几分钟的事情。

岳小鹏摘下眼镜,问张院长:"他家属呢?情况很严重,需要马上决定做不做手术。"

这一问,仿佛这里成了他的主场似的。

家属……

这样紧急的事情,哪里还能等家属来决定做不做手术,守着医院还能让人就这么躺在这里不成?

院长和杜希是大学同窗,认识这么多年的情分让他当机立断替杜希做了决定。

通知家属,但现在就手术。

只是这手术由谁来做又成了难题。

让虹城的人来,雁城的人也都不是站着看热闹的,何况杜希是他们的主任,谁都想拼着命地上台。

让雁城的人来,这是一台风险极高的手术,谁也不敢说有这个把握。毕竟,国内真正的名医圣手,就在这里。

最后,还是岳小鹏做了最后的决定。

他目光望着杜希昔日的同事们,声音轻缓而有力——

"我来主刀吧。"

我来主刀吧。

就这一句话,有着让杜希活着出来的坚定信心,有着不惜任何代价不怕承担一切责任的凛然。

这大概是建院以来三号手术室人最多的一刻。

门内,十几个专家,心内的、心外的,雁城的、虹城的,杜希仰躺在手术台上,术前一切措施准备完毕。

主刀的岳小鹏举着双手,被人系好手术服,戴口罩。陪他的,是雁城附属医院的副院长。

门外,是数不清为杜希担心的医护人员。

多传奇的一刻。

手术台上,躺的是胡唯的继父。

手术台下,站的是胡唯的生父。

一个要死,一个要救。

生父救继父,两个娶过胡小枫的男人,两个爱了她半辈子的男人,两个把胡唯视作生命的人。

而从单位匆匆赶来的胡唯,还对这一切浑然不知哪!

等电梯的人太多,太慢,他从一楼跑到十五楼,气都还没喘匀,迎面就被杜家老二杜甘照着脸"咣"的一拳!

杜稽山用力砸着拐杖:"杜甘!"

杜跃从后头猛地抱住父亲:"爸!"

胡唯被打得趔趄,嘴里出了血,愣是咬牙没喊一声疼。他不问二伯为什么打他,他心里惦念的只有杜希。

"二伯——"

"别叫我二伯!"杜甘通红着眼,恨恨用手点着他,"你小子……你小子……他这么多年把你当亲生的对待,你个忘恩负义的王八蛋,联合着你那管生不管养的亲老子现在来害他,把人害进手术室不够,还要让他亲自上场杀老三!"

胡唯脑子"轰"的一声。

难为杜甘快六十岁的人,揪着心口痛哭:"我家老四已经没了,我这苦命的弟弟啊……"

话罢,就要再冲过来打胡唯。

我家老四已经没了。

这一句话,恰好被闻讯赶来的二丫听了进去。

如今这场景,刺激了她的神经,她想她的父亲是不是也像现在这样,躺在手术室里,浑身冰冷。

杜甘嘶吼着,举着巴掌朝胡唯扇过去,胡唯在原地一动不动,等着他打。

眼看巴掌要落到胡唯身上,二丫从后头急急冲来,忽然死死搂住胡唯的头。

她不让别人打他。

如果三伯真的要出了什么事,胡唯就真的成了孤儿了。

就和她自己一样是孤儿了。

杜甘气得浑身发抖,指着二丫:"你还护着他?你怕他成孤儿?他现在联合他亲生父亲恨不得杀了你三伯呢!"

前几天,就前几天,兄弟仨人还在家里一起喝酒,转眼间,手术室里就躺了一个,生死未卜,这让杜甘怎么受得了。

那天,杜甘的生意结了一笔货款,数目不菲,他妻子想拿出一部分钱跟着她平常打牌做美容的太太团去南方看房子。

这几年房价疯涨,会算计的二伯母和杜甘商量,趁着现在手里有闲钱,多买几套是几套,将来生意不行的那天,靠着收租也能养老,要是杜跃长大了要结婚成家,留给儿子又是笔财产。

毕竟这年头除了金子、房子,什么都是虚的。

二伯母在家里管钱,很强势,说完这件事,就揣着卡和她的小姐妹一起坐飞机考察楼盘去了。

杜甘跷着二郎腿,手里盘着一串珠子,笑骂自己娶了个财迷老婆,嘴上骂,心里甜,他这个老婆虽然会算计,可要是没她这么个人帮着打理,自己也没今天。

杜甘靠在皮沙发里,哼着小曲,满意看着自己家里的大别墅,越看心情越好,比比自己生意上的朋友,哪个有他顺风顺水?比比自己的兄弟,哪个又有他日子过得滋润?

想着想着,杜甘觉得自己平常和老大、老三的联系太少,亲兄弟间的感情疏于维护,就给杜敬和杜希分别打了个电话。

电话里是这么说的,我老婆不在家,杜跃也不回来,今天就我自己,你俩要是下班没事,来我家里一起喝点小酒?没有外人,就咱们兄弟三个,以前在老爷子家里好多话不能聊,这回敞开了说。

杜甘能请客喝酒,这可稀奇。杜敬和杜希去的时候还心里犯嘀咕,是不是有什么事了?

到家里,小保姆做了一桌饭菜,杜甘开了一瓶酒正在等。

落座后,杜敬和杜希互相看了一眼,谁也没敢动筷子。

"老二,你有事你就直说,不用搞这些花招子。"

"哎呀,都说了没事,最近挣了点钱,趁家里没人,咱仨好好喝顿酒。"

"哟,那这是让我俩陪着你开心来了。"杜敬稍有放松,脱了外衣才敢喝他弟弟家的酒,"我跟老三一个政委,一个主任医师,你这顿饭规格很高啊。"

杜甘搓手哈哈笑:"我知道咱家数我学历低没文化,老四要是活着,搞不好现在也当上个院长、局长了。"

提起杜家早逝的老四,兄弟三人同时半晌没说话。杜敬低头拿起杯:"不说了,先喝一杯。这杯算我跟杜希祝贺你生意兴隆,节节高。"

酒过半巡,杜甘有点喝高了,和哥哥弟弟讲了些以前妻子在,他不方便说的话。

"大哥,以前在老爷子那儿,桂萍在,我不方便说。以后你跟老三要是有难处了,有用钱的地方,就跟我说,这些年你弟弟手里还是有点私房钱的。什么借不借的,杜家只要我有,我就得让你们都有。"说着,打了个酒气熏天的嗝,他一把搂过杜希的肩膀,"老三——你知道我最烦你闷着不吭声的样儿,你心里苦,我们都知道。娶个老婆吧,得,第二天就离婚跟别人跑了,好不容易找了个再婚的,本来以为这日子能好起来,再给你添个孩子,谁知道没几年自杀死了。孩子非但没生,还给你留个别人的儿子养,你说你图啥?"

杜希不爱听,起身去厨房冲蜂蜜水。

杜甘倒回椅子上,冲杜希背影呵呵笑:"我知道你不爱听,不爱听我也得说,这话除了我,咱家再没有别人能告诉你。你说你对胡唯好,能好一辈子吗?将来他翅膀硬了早晚是要回到他亲爹那儿去的,说难听点,到时候你连个给你送终的人都没有。"

一旁的杜敬听不下去了:"老二!"

"叫我干什么啊?话糙理不糙。是,他母亲没了,这事多多少少杜希得负点责任,可养了那小子十多年,也到头了。什么事儿,也该想着自己了。"

趁着杜甘说完这句话,杜希端着解酒的蜂蜜水破天荒地跟他二哥开口求了件的事情。

"你话都说到这儿了,我今天也求你一件事。"

杜甘接过来抿了一口:"就冲你这杯水,什么事我都得答应啊。"

杜希落座,温和地看着大哥和弟弟:"你也知道,我住的那房子是当初医院组织买的老房子,位置不错,就是硬件太差。最近三环外开发了一个商品小区,开发商来我们医院搞集体购买,有优惠政策,我想……再添一套。"

杜敬当然赞成:"好事,也该换了,要不然等过几年拆迁,这房子还是个麻烦,你手里缺钱?"

"缺一些,但也差得不多,我想先付百分之八十,剩下百分之二十贷款慢慢还。"

杜甘"哎"了一声:"贷款干什么,剩下二十年给银行卖命啊?你说缺多少,我都包了。"

杜希不理会杜甘酒话,只说:"你要真想帮我,就先借我八万,这房子我是打算给胡唯住的,他现在没女朋友,可早晚都要准备,趁年轻给他点房贷,让他有些压力。"

杜甘一听,原来杜希换房子不是为了自己,还是为了他那不跟他姓的儿子,当下就反悔了。

"我没钱,有钱我也不借!"

杜希难得呵呵笑,讨好地往杜甘杯里又添了半杯水:"你刚才都说了你什么事儿都答应,我就当你同意了。这钱我给你写借条,年底医院发了奖金就还。"

杜甘痛心疾首看着大哥:"看见没,一根筋,咱们杜家的人都一根筋,心里想的事九头牛都拉不回来。"

晚上坐在一起喝茶时,杜希没忍住问杜敬:"大哥,你们支队有安排人外出培训的情况吗?"

"有,但是不多,都是基层骨干送去学习。"

"那有出去培训,然后留在外地不回原单位的情况吗?"

杜敬听出他话里有话:"怎么,是胡唯要走?"

杜希叹气，将胡唯要去虬城的事情说了一下。

"哦——"杜敬眉头紧锁，"每个单位情况不一样，这里面的事情很多，选谁去、去哪里、学什么，这都是有考量在的。命令既然已经下来了，你也拦不住，换一面讲，也是胡唯优秀，要不怎么让他去。"

话是这么说，可解不开杜希的心结。

杜甘还坐在不远的地方沏着茶水火上浇油："你管他是不是真去学习，就是人家亲爹找上门来要把孩子接走，为了让你心里好受编的瞎话，你能怎的？堵门口不让走不成？"

杜希烦躁："你快闭嘴吧，不说话没人拿你当哑巴。"

"嫌我话痨，嫌我说话难听，哎，可越难听越是这个理儿。"杜甘仗着喝点酒，瞎放炮，"老三，这里也没别人，你跟我和大哥说实话，你到底见没见过胡唯的生父？他妈妈走这么多年，那边就没来人问？也没人打听？这孩子真就连个根儿都没有？"

杜希没有讲话。

杜甘瞪大眼睛，从心底佩服："那他这亲爹可是个人物，儿子放在外头十多年不找也不问，要么就是人没了，要么啊……是个富贵命，老婆儿子一大堆，把他给忘了。"

"还活着。"

杜希冷不防说出这么句话，吓人一跳。

"你见过？"

没见过，但杜希知道他是谁。

一件压在杜希心里很多年的事了。

胡小枫去世时，没有任何征兆，也没给任何人留话，唯独写了一封信，又撕碎，压在枕头下。

杜希将那封信粗略拼上，信封上端端正正地写了四个字：

岳小鹏启。

杜希从不知道胡小枫前夫的姓名，但和她夫妻一场，也从生活的只言片语中得知那人和自己一样，是个医生。

胡小枫和杜希婚姻三年，虽是半路夫妻，可也算相敬如宾。如今她临走前，没对自己说一句话，甚至连她亲生骨肉都没托付，偏偏给她前夫留了一封信。

女人一旦对一个男人执着，执着到已经分开跟别人生活在一起时都觉得痛苦，可见她爱他到了什么地步。

至情至性的胡小枫啊。

那封信，杜希到底没看内容，将它拼凑好，在烧掉和留下挣扎许久，最后默默收进了抽屉。

在胡小枫走后，杜希本该是要问一问胡唯的，你母亲走了，你想不想回去找你亲生父亲；如果要找，我这里有一封她写给你爸爸的信，有地址，或许会有消息。

可变故出现在胡小枫的葬礼上，胡唯对杜希的那重重一跪。

这一跪，跪碎了杜希的心。他想，不管胡唯生父在不在，都不找了。他把胡唯当自己的儿子，从此，他就是胡唯父亲。

直到后来胡唯去当兵的第二年，杜希去虬城参加一个心血管方面的会议，会议主讲人在显示屏上打着"岳小鹏"三个字时，杜希才敢真的确定——

胡唯的父亲非但没死，还好好地活在世上，活得受人崇敬，活在光芒之上。

台上那人的长相、说话的姿势、微笑的眼尾纹路，渐渐重合胡小枫的脸，然后拼凑出胡唯的模样。

你说说这样的事情装在杜希心里，他心脏怎么能好受。

他无时无刻不在担心着这父子俩会相认，担心胡唯会走。

终于把这些事倾倒出来，杜希眼里有泪，兄弟三人烦恼着、忧愁着，如果杜希早把这信给胡唯看了，或许就没这些事了。

从某种意义上讲，杜希孤独半生没有子女，对胡唯是存了私心的。

可已经把他养了这么大，要杜希亲口对胡唯讲，把他送回他该去的地方，等于要了杜希的老命。

所以，这次在雁城举办的这场会，有胡唯即将要走的事在先，又有杜甘那番半开玩笑的话在后，和岳小鹏这次见面怎能不让杜希多想。

他冲自己笑得礼貌，活了半辈子的人，那个笑容压根儿就不是初次碰面见陌生人的客套微笑，那笑容里有意味深长，有欲言又止，有着等大会散场我要和你桩桩件件好好聊一聊的狐狸狡诈。

他以为岳小鹏是上门来要认儿子啊。

最让杜希伤心的是，胡唯怎么能背着他，不把这些事情告诉他，就这么悄无声息地把自己去虬城的路铺得敞敞亮亮！

前几天，他还打算为胡唯买个房子，让胡唯成家立业，有自己的空间。

杜希越想心里越难受，直到失去意识"咣"的一声倒在地，被送进手术室。

这么乱的时候，岳小鹏也不是个省心的，偏要挑在这个时候搅浑了杜家这潭水。

有护士来传话：杜主任家属来了，想求个医生出去说说情况呢。

张院长闻声要出去："我去说，我去说，他家老爷子岁数大了，看见认识的人心里还会好受些。"

杜希正在做麻醉，各项体征机器都上了，距离手术还有几分钟。岳小鹏心思一动,忽然说:"让我去吧。"

张院长一愣,怎么?

"我是主刀医生,把情况交代得更细致一些。"

张院长一想,也好,跟杜家老爷子说这位是虬城来的医生,更能让人宽心。

两个绿色手术服身影一前一后出门,杜家哗啦啦一帮人拥上前。

张院长和他们握手,关系熟稔:"老爷子,都来了啊。放心,情况还可以,已经在准备手术了。"

在他们说话的工夫,岳小鹏已经将杜家这男男女女、老老少少看了一遍。

"这次手术比较大,主要是打开看看血管栓塞情况,另一个是怀疑杜希有瓣膜坏死,一旦坏死就要进行人工替换,存在风险。但是,你们放心,我们医院会全力以赴。"

"拜托了!拜托了!"杜嵇山握着院长的手,老泪涟涟,深深鞠躬。

"哎呀,使不得。我和杜希大学八九年的同学,您这样让我怎么跟他交代,何况,还有虬城的专家在——"说着,张院长让出身后的岳小鹏来。

"岳医生是虬城军医大南院的心血管专家,咱们国内首屈一指的,原本是来这边开会,一听说这事,主动要求为杜希主刀。我们的同事、同行都在竭尽全力。"

"哦哦。"老爷子又面对岳小鹏,和他重重握手,"孩子,感谢你了。"

"应该的。"

一只手伸过来,得体回握。"杜主任家属来了吗?"

在场的人都被问愣了。

这一大家子人,不都是家属?还不够?

岳小鹏放开握着杜嵇山的手,改为扶着:"我是说杜主任的儿子。"

这一句话,有心人已经听出了端倪,可又让人摸不着头脑。

"他儿子已经通知了,在来的路上。"杜敬是个压事的,听出岳小鹏问话的意思,上前扶住杜嵇山代替他说,"手术同意书我来签,只拜托您一定让我弟弟平平安安的。"

岳小鹏背着手,微微一笑。这一笑蜇人眼,只让人觉得无比眼熟,像在哪里见过他似的。

"我会尽力。再说,我还欠着杜主任的人情。"

哎呀呀,听这话是老相识,两人有旧交。

如果说上一秒杜家人还对岳小鹏心存感激,那么下一秒他说出来的话则让杜家众人心里掀起惊天浪——

"我是胡唯的生父,不为别人,单为他,我也会全力抢救。"

说完,岳小鹏大气转身。身后众多助手、护士疾步跟上,为他净手的净手,戴口罩的戴口罩,岳小鹏笑容敛起,神情严肃又庄重。

手术室的门渐渐阖上,只听得门外惊呼:"爸——"

杜稔山坐在休息室的椅子上，良久缓不过神。杜敬蒙了，杜甘也蒙了。杜甘气急败坏地对他大哥吼：“这这这……这不是害人哪！”

"我说什么来着？我说什么来着！一定是他来找老三要儿子刺激了老三，要不好端端的，怎么人就躺进手术室里了？亏老三还想为那个狼崽子买房子，什么虬城专家，狗屁。这医院还有王法没有？怎么是个人都能进手术室！"杜甘嚷得脸红脖子粗，揪住一个过路的医生，"跟你们院长说，我们家属申请进去，不进去看着，这人怎么死的都不知道！"

"杜甘你就消停点吧……"杜稔山痛苦地用拐杖砸着地，心里五味杂陈，"你弟弟还在里头，嚷什么。"

胡唯就是赶在这个时候来的。

胡小枫和前夫离婚后，一直给儿子灌输的是"你爸没了"。

这个"没"，胡唯很长一段时间也没弄清楚，到底是失踪了，还是去世了。

那时十岁出头的胡唯因为淘气出了点变故，一场大火烧着了他家对门，火势旺得顺着窗户点着了外面的高压线，胡唯从窗口跳下来，一根被烧断的电线从半空中掉落，正正好好砸了胡唯的脑袋。

在医院躺了三天，醒过来时，胡小枫就发现胡唯有些不对劲。

他忘事儿了。

问他记不记得为什么跳窗户，他摇头；问他家住哪儿，他摇头；问他在哪儿上学，他还是摇头。

胡小枫当时就吓哭了，拉着儿子认真地问，你好好看看我，我是谁？

胡唯脑袋上缠着纱布，一咧嘴，喊了一声"妈"。

那时医疗条件并没有现在这样发达，医生检查过好几次，也没给出什么原因，只说可能是触电造成的脑神经损伤，但是这个损伤并不严重，只是暂时的，也不影响他生活，不过是把近期他接触得比较多的人和事给忘了。

胡小枫奇怪，我天天和他在一起，怎么没忘了我呢？

医生笑呵呵道，说明这孩子孝顺呗。

胡小枫心里松了口气，想，忘了就忘了吧，把妈记住就行了。

后来在医院，胡唯纳闷儿，问："妈，我爸呢？"

胡小枫削着苹果："我跟你爸离婚了。"

父母离婚的事胡唯还是记得的，他没忘，他问的是为什么自己躺在医院里，爸爸也不来看看。

于是，她又是一句充满怨气的话："你爸没了。"

胡唯要是追问，我爸到底是和你离婚之前就没了，还是离婚之后才没的，到底是在哪儿没的？怎么没的？报警了没有？胡小枫就不受控制地捂脸哭，像受了多大委屈似的。

"谁知道他哪儿去了,爱上哪儿去就上哪儿去,死在外面才好呢。他不像个男人,连你也随他们家命不好,被砸得像个傻子。"

胡小枫是个很有性格的女人。

这个性格不是指贤惠,而是个性。

她当着外人时,表现得温婉端庄,是个能扛住大事的单身母亲;可当着儿子的面,就像面对她那个倒霉前夫,一股脑什么脾气就都上来了。

她坚信女子本弱,她也从不在胡唯面前逞强,委屈了就是委屈了,难过了就是难过了。

胡唯很体谅母亲,他知道因为自己被砸了住进医院,她心里焦急。

胡小枫哭,胡唯就头上缠着纱布,晃着腿坐在母亲对面,拿一卷卫生纸,绕在手上缠两圈,然后递过去。

胡小枫边哭边擤鼻涕,哭够了,就打着一把太阳伞窈窕离开。

他问:"妈,你去哪儿?"

胡小枫嫣然回头,朝胡唯一笑,我去给艺术团的小朋友上课,等妈下班回来给你带炒栗子。

所以,这么一个从胡唯十岁起就被母亲洗脑"人没了"的父亲,如今告诉他还好端端地活着,还在里面给你继父手术救命,对胡唯来讲是个多么大的冲击。

只是眼前,他更关心的,是杜希的安危。

胡唯背倚靠着墙,双手抄兜,一言不发,嘴角破皮,脸颊肿得老高。

医院的走廊里,这一家人的站姿、坐的位置,形成了一番非常巧妙的景象。

东侧的墙边,一排人分别是杜嵇山、杜敬、杜敬的妻子、杜甘。

西侧的墙边,分别是杜跃、杜豌。

只有胡唯站在最南边的窗户下,孤零零的。

在等手术过去的一分一秒,二丫忽然低头翻包,杜跃皱眉:"你干什么呢?"

"我找硬币,去买水。"

"你怎么这时候也不忘了吃!"

"哎呀,你有吗,有就给我。"二丫小声嘀咕着,翻出两个硬币。

杜跃从牛仔裤兜里递给她一个:"刚才停车找的。"

二丫捏这三个硬币下楼,在一楼的小超市买了一听冰可乐,然后又回去,把可乐递给胡唯。

"给——"

胡唯诧异地抬头:"我不渴……"

"不是给你喝的,是放在脸上消肿的。"她对他说话时,显然心里也有了芥蒂,不太愿意看他,踮起脚把可乐轻放在他嘴角。

胡唯"嘶"了一声，顺势按住。

二丫很快把自己的手抽回来。

胡唯自嘲，扯着那边的嘴角笑了笑。

现在杜家人都以为他是忘恩负义的狼崽子，连这家里最没城府的小祖宗都不愿意挨着自己。

可，还是要对她说一句的。

"谢谢。"

二丫恹恹地垂着眼："不用谢。"

她哪里知道胡唯谢她，不是谢这一听可乐，他是谢她刚才豁出命似的护住他。

"杜豌，干什么呢！"

杜甘在身后不满地喊了她一声。

二丫这回没了刚才和杜甘憋足了力气对着干的劲头，又恹恹地垂头走回杜跃身边。

杜跃靠墙斜着瞥她一眼，低骂："人家用你献殷勤？回头去了他亲爹的医院，不晓得多少护士医生给他处理伤口。"

二丫恼怒："你和你爸一样讨厌！"

杜跃推她肩膀："怎么说话呢你，那是你二伯！"

时间从下午一直到傍晚，直到天黑，晚上六点半，手术室里岳小鹏专注着最后的缝合，伴随"啪"的细微声响，是线被剪断的声音。

接着，岳小鹏沉稳地说："收官。"

手术室内外原本屏住呼吸的肃穆氛围忽然放松，内外响起一片热烈掌声。

杜希被人推着出来送进ICU，人纷纷朝他出来的方向簇拥。

杜嵇山知道一会儿家里有大事要谈，这样的场合小辈是不能在场的，于是嘱咐杜跃："你和你妹妹去吃点东西，顺便带一些回来。"

这个时候，杜跃不想走，想留在这里看热闹；至于杜豌，那是更不愿意离开的了。

眼看着主刀医生被雁城医院的医生围着就要走出来，杜嵇山面露急色，对杜跃说："快，快。"

二丫被杜跃扭着头钳着手地押送下楼，塞进自己的跑车里，却没发动。

兄妹两人一时谁都没说话，都怔怔看着医院大门发呆。

杜跃把窗户降下来一半，开始抽烟。

良久，二丫怔怔地问："小胡哥，你说三伯会好起来吗？"

杜跃眉毛一拧，坐起来心惊地问："你刚才叫我什么？"

二丫意识到自己说错了话，后脊梁都是冷汗，还强装镇静："我叫你小堂哥啊。"

杜跃将信将疑地躺回去,咕哝着:"见鬼了,八百年没听你叫我一声哥。"

"应该没事吧,刚才出来不都说手术成功了吗。"

二丫又问:"那你说,小……胡唯,会跟他亲爸爸回去吗?"

杜跃冷笑:"谁知道呢。跟着三伯生活这么多年,妈又那么死了,怕是内心压抑得多少有些变态,如今能飞上枝头变凤凰,换成你,你不愿意?"

谁知这一句话把二丫惹急了。

"你胡说!你才变态,小胡哥经历了那样的事情都没变坏,他还去高考,还去当兵,他比谁都善良。要是你妈妈自杀,你父亲抛弃你了,你能活成他现在这样吗?"

她始终坚信胡唯心里是有能量的,他比谁都阳光,对待生活比谁都积极。要不,早就长歪了。

他能这样端端正正地站在你面前,被人打也不还手,不辩解,全都是凭着他那股男子汉的精气神啊!

他这样的人,心里是有大爱的。

二丫义正词严地说着,忽然杜跃不疾不徐地问她:"杜豌,按理说,胡唯走不走跟咱们都没什么关系,他走了三伯照样过,你跟着急什么急啊?"

杜希的手术很成功,但只是万里长征第一步,术后要进行长期观察,避免出现后遗症服用抗凝药物,而且最重要的是,他不可能在急诊继续工作了。

他被推出来后,张院长也紧跟着出来,慢声细语地对杜嵇山说明手术结果:"您放心,人送进去观察两天,主要是检测生命体征避免术后不适引起的并发症,等麻药一过,醒过来就转到普通病房。"

"哦,好,好。辛苦你们了。"老人蹙眉认认真真地听着,眼睛还往身后手术通道看,"那给杜希主刀的那位医生呢?"

"岳主任累了,在里头坐着歇歇,站了六个小时,身体吃不消啊。"

"替我谢谢他,他辛苦了。"

"一定转达。"

杜嵇山回望躺在病床上的杜希,心情喜悲。好坏,是捡了条命。只是他这把老骨头还没这么着,偏偏让儿子遭这个罪……

现下是要先让杜希稳妥休息,也顾不上别的事。杜家一帮人围在杜希床边,浩浩荡荡往电梯走。

胡唯站在窗边,放下手里那听可乐,也抬腿跟过去。

他往前走,右侧手术通道里的人往外走,胡唯路过通道口,两人错身而过。

岳小鹏穿半袖手术服,戴无菌帽,口罩摘下来挂在胸前,露出整张脸。

胡唯穿春秋的常服,外套、领带都在车里,身上的衬衫因为杜甘动手和他撕扯,已经有了褶皱。

他两只手揣在裤兜里,微低着头。

大概是男人尊严吧,他不愿抬头让人看见。

可路过那个通道口,鬼使神差地,胡唯就往里看了一眼。

两人同时保持着行走的状态,谁也没停下。

这一眼,大概是一秒,或者是两秒。

岳小鹏面无波澜,胡唯同样冷漠,像看个陌生人。

没有父子相认惊天动地的戏码,好像只这匆匆一瞥,知道对方还在这个世上,甚至都来不及想别的,两人就这么走过去了。

胡唯追赶上杜希的移动病床,杜甘还在骂:"你跟过来干什么?"

胡唯也不作声,坚持陪在杜希床前,跟着走,眼还牢牢地盯着杜希的脸。

人被推进楼下重症监护室,家属不能进,探视时间已经过了,只能通过大玻璃看见杜希戴上各式各样的监测机器,面容平和安静。

大概有半个小时,坐的坐,站的站,都在玻璃外这么看着,还是杜敬妻子拉了拉丈夫的手:"也晚了,要不先送爸回去,他到时间要吃药休息的。"

杜敬点点头,走过去蹲在杜嵇山腿边:"爸,送你先回去吧。这头老三情况也稳定,医院这么多医生护士看着,没问题的,我跟老二今天在这儿盯着,你要想看,等他醒过来,再接你过来。"

杜嵇山有些发呆,听见杜敬唤自己一声,才回神。

"行,一会儿让老二送我回去,我有点事要跟他交代。"

杜敬答应,又站起来去跟杜甘说让他送父亲回家的事:"老二,你一会儿……"

杜嵇山拄着拐杖站起来,唤玻璃前的胡唯:"胡唯——"

胡唯回头,老爷子往楼梯间的方向手一摆:"过来,爷爷跟你说几句话。"

不一会儿,杜嵇山领着胡唯出来,对着儿子儿媳交代:"今天谁也不用留在这儿,一会儿老二你送我回家,老大你带着舒萍也回去,让胡唯在这儿陪着就行。"

杜甘不同意:"不行!让他在这儿我不放心。"

老爷子眼睛怒瞪:"干什么?这个家里你说了算我说了算?快六十岁的人了在外头没个稳妥劲,咋咋呼呼的,别说你弟弟现在躺在里头,就是在外头也得让你气出毛病来。"

"就这么定了,白天胡唯要上班,你跟老大谁有时间就过来照顾,晚上不用你们,让他们爷俩单独待。"

杜嵇山人老,可不昏花,虽没从头到尾弄清楚事情经过,但他是相信胡唯的。

这是变着法在让胡唯和杜希独处,给他们父子沟通的空间。

一行人送杜嵇山回家,重症监护室外忽然安静下来。

有其他病人家属坐着耗时间,等候第二天探望,就闲扯几句。

"刚才那是老少三代,一大家子人哪?"

"嗯,听说里头的是这个医院的医生,老的是他父亲,小的是他儿子,剩下那俩人……应该是叔伯兄弟?"

"看他们对那孩子的态度,也应该是个不省心的,把他爸气倒下了。"

"肯定的,没看脸上还带伤吗,谁知道在外造了什么孽。"

"啧啧啧……"

在医院停车场送走了杜家众人,胡唯在外头没回去。

楼里空气很闷,闷得他头疼喘不上气来。

夜晚的医院相比白天安静,四月末的时节,天气暖和了,有人拎着从路边小吃店买的晚饭匆匆往回走,也有人推着病号在院子里散步。

胡唯找了个不显眼的地方,想抽一根烟。

刚把烟盒从裤兜摸出来,身后有人站在不远不近的地方问他:"你对我,还有印象吗?"

把烟送到唇间的动作一顿,胡唯低着头,又把它送回烟盒里,揣起来。

他转过身,和那人保持距离,蛮淡定地点头:"有点印象,但记不太清楚了。"

听了胡唯这话,岳小鹏背手微笑,可眼中黯然。

他已经脱下手术服,换上了自己的衣服。

一身和胡唯一模一样的军装。

只不过——

老的比小的更沉稳,肩上扛的是文职衔,胸前的资历杠杠更多。

这一幕不禁让过路的人感慨,这才是真真正正的父子。

岳小鹏并不愤怒,还是温温和和的语气:"这么多年没见,记不清了也对。"

胡唯揣在兜里的手已经紧紧攥成了拳。

他怎么能……怎么能把这句话说得这么云淡风轻!

小胡爷咬着牙,不吭声,站在树下死死盯着他:"你还记得我妈吗?"

"记得,怎么不记得,你妈妈我这辈子都忘不了。"

说起这话,岳小鹏既没有中年人的矜持,也没有与年纪不相符的热烈,平平淡淡的一句话,却又郑重得没掺杂一丝谎。

"那她死了,你就没想到过来看一看?"小胡爷通红着眼,愤怒克制自己没问出"你怎么也不接走我"这句话。

可怜小男子汉的铮铮傲骨,心里倔强想着,你既然已经不要我了,我也绝不问你为什么不要。

反正不要了就是不要了,什么血缘骨肉一并也都没那么重要了。

看着现在的胡唯,就像看着年轻时的自己,岳小鹏嘴唇翕动,似乎想说什么,可颤抖着、挣扎着,又什么都没说出来。

他看着胡唯脸上的伤,眼中盛着心疼,又不敢表露,只能平静地叙述:"他们家的人对你不好。"

"怎么不好,脸上挨了一下就能看出对我不好?给我吃穿,把我养大,别人有什么我就有什么,还能怎么个好法?"

对他好,怎么会让他在那么小的时候就去当兵。

十八岁的孩子啊,剃着露青茬的头,瘦得像根杆子,被医生指挥着检查身体,然后套上一件迷彩衣裳,绿皮火车轰隆轰隆把他拉到离家百里千里外的远方。

想起那时的胡唯,岳小鹏心如刀绞。

"你继父——"

"他是我爸。"

岳小鹏呵笑,伤神地点头:"对,你爸爸。你爸他……已经脱离危险了,只是后期还要保养,急诊是再不能干的了。我现在住在虬城,这回只是来雁城开会,明天就走了。我知道这个时候让你接受我很难,你也不用叫我爸。只是——只是以后你遇到难处了,或者你继父身体有什么不好,你可以随时找我。这是我的电话。"

一张卡片递到胡唯面前,上头写着家里的地址、座机号、手机号……

拳头在兜里攥紧了又攥,然后松开,胡唯拿过那张卡片,低头认真地看,像是要把那串地址、数字,一个一个刻进心里去。

"你早知道我在这里,是不是?"

猝不及防的一声问,问得岳小鹏心直颤。

他早就知道自己在杜家,知道自己跟着谁一起生活,可他从没想过来找自己。

只有他凭着印象记得父亲是位军医,才那样不回头地投身军营。

他想着早晚有一天,他能知道父亲的消息。

多可笑,多可悲。

没得到岳小鹏的回应,在胡唯意料之中。

他静静地把那张卡片收起来,转身要走。

岳小鹏在他身后忽然说道:"胡唯,我想接你回虬城。跟我回去吧。"

我想接你回虬城……

这句胡唯从母亲去世起就一直在盼的话啊……

他从十八岁盼到二十八岁,盼到心灰意冷,盼到人生春风得意再过几个秋,盼到他对亲生父亲的念想模糊到记不住,父亲才说他要接自己走。

胡唯背对着岳小鹏,路灯下是小爷们儿挺拔的站姿,不肯屈服的脊梁。

"这话你早十年说,我可能会答应。"

可现在……

他回头,冲着岳小鹏笑。

那是一个很纯粹的微笑。

笑容是发自内心的,不是敷衍,不是嘲讽,有着孩子气的顽劣,又有着让人心灰意冷的无奈。

"知道你还活着,叫你一声爹,这辈子是不能在你跟前尽孝了,等下辈子咱爷俩对暗号,我再来报恩。"

现在,他得上楼了。

小胡爷抄着兜,溜溜达达、慢慢悠悠地往前走。忽然,他嘹亮嗓门在小院里真诚地响起,惊了花,惊了草,惊了路上的行人。

"爹哎——"

一声憋在心里十几年的呼唤,喊得恳切,喊得响彻云霄!

小胡爷挺胸抬头地迈上台阶,脸颊上两行热泪。

童年记忆里父亲的形象渐渐清晰。

他哭着,笑着,心里想着。

就叫这一回。

就这一回。

岳小鹏看着儿子的背影渐行渐远,眼中哀恸。

胡唯啊……胡唯……

他的儿子。

他不难过儿子不认自己。

他难过的是儿子年纪这样轻,受了那么多的苦,肩上扛的,却不知是多少人的恩情。

关于生父,胡唯是有过怀疑的,怀疑他没死,怀疑他还在人世,怀疑他试图找过自己。

起初这个怀疑只是存在心里一丝渺茫的期望,直到——

上次裴顺顺来雁城时,胡唯的猜测才得到了印证。

他和裴顺顺不认识,头二十年从没见过面,裴顺顺对自己,或者对他的家庭却表现出了非同寻常的关心。

席间,孟得提起二丫,裴顺顺曾问他:她是你的亲妹妹?

萍水相逢的人,你管我家中有谁,谁和我又是什么关系做什么?问,无非就是想探听他母亲后来有没有另嫁,给胡唯再添过什么亲人。

可当时，那疑虑就是一瞬，后来再琢磨琢磨，胡唯讪骂自己想太多，对杜希含愧。

他亲爹得心虚成什么样啊，连找儿子都要派个先锋，再说，真想认他，早认了。

如今，岳小鹏真来了，说要带他走，胡唯内心也挣扎啊。

哪个孩子不渴望和自己真正的家人生活在一起。

他说，想接自己回虬城。

他是城内享有盛名的医生，他是那网站上、论坛里、百姓口中赫赫有名的专家。他胸前的名牌上写着，他叫岳小鹏。

胡唯坐在重症监护室外面的椅子上，弓着腰，手指绕着不知从哪儿捡来的一片树叶发呆。

他心里有恨，还有憧憬。

真想去虬城看看。

那个花花世界，那个无论地理位置还是经济条件都比雁城好很多的地方。

想去看看他在虬城的家，想去看看他现在的生活，想看看他再婚了没有，是否又和别人有了孩子。

要有，也该随他姓岳吧。

当初胡小枫霸道，生下胡唯，说什么也不肯随夫姓。她说这儿子是我含辛茹苦怀胎十月把他带到这个世界来的，怎么就能随了你家姓？我偏要他姓胡。

那时胡小枫有妊娠高血压，为了胡唯遭了不少罪，岳小鹏一想，孩子嘛，健健康康的就行了，叫什么就是个代号，哪有那么多含义。

可岳小鹏同意了，岳小鹏的母亲，胡唯的奶奶不干了——我家的血脉，凭什么跟你姓？

胡小枫气死人不偿命，月子刚出，就把腿搭到墙上开始练功，屋里唱机放的是邓丽君的唱片。她哼着歌，弯着腰，偶尔还回头逗逗躺在小床里的胡唯。

胡唯奶奶干革命工作几十年，大小也算个妇女干部，最见不得胡小枫一身坏习气，站在门口气得直跺脚。

"我跟你说话哪！"

胡小枫假装听不见，把唱机的声音又调大些。

因为一个姓氏，婆媳俩天天较劲，搞得岳家好几年都没安宁，连带着老太太对胡唯也喜欢不起来了。

那时岳小鹏对胡小枫真的很纵容。

胡小枫虽然活的年头短，可小半辈子，先后嫁的这两个男人倒是对她都很好。没享过大福，更没遭过大罪。

手里的树叶被反复折来折去，已经软得没了样子。

当一个孩子从未得到过一件别人都有的东西时，他可以不想、不看，说不要;可当这个东西真真正正放在你面前的时候,哪怕心里再排斥,还是想去摸摸、看看的。

身后,养了他十几年的继父还在睡着,心脏才经过一番惊天动地的折腾。

刚才,他的生父站在楼下,那样动容地说,我想接你回去。

小胡爷深深闭上眼,把脸埋在手心里。

杜希是在手术过后的第三天从重症监护室出来的。

当时胡唯没在,只有杜家人陪着。把人转进普通病房,杜希还有精神和家里人说说话。

他醒来的第一句话就是:"胡唯呢?"

杜敬知道他心里担忧,忙开解:"上班去了。咱爸安排的任务,白天我们几个来陪,晚上他接班,这两天你在里头,他在外头,哪儿都没去。"

杜希虚弱地眨眨眼,表示自己知道了。

杜甘大嗓门,见杜希醒过来心里踏实一半,说话爽朗:"老三,都现在这样了,你也别太往心里去,那小王八蛋爱干吗就干吗去,咱这一大家子人,孩子个个都是好样的,还怕没人养你老?再不济,还有咱家二丫呢。"

"你说我干吗!"话音刚落,二丫拎着一堆东西就从外面进来了。看见杜希醒过来,她一改几日愁苦,像只喜鹊,"三伯!"

"哎。"

"你还疼不疼了?"

杜希摇头,说话很慢:"不疼。"

"不疼就好,只是你这病以后要养着,不能再那么辛苦了。你这一倒下,爷爷、大伯、二伯,还有小胡哥,心都为你操碎了。"

二丫对杜希的感情,是比其他两个伯伯更亲的。

她小时候,杜希还救过她一条命。

那时二丫上中学,天天各种各样的模拟考逼得她精神压力大,她有点恐学的症状,每天只要坐到餐桌前就开始哭,找各种理由不想去学校。

她爷爷别的事情上纵容她,念书是容不得半点马虎的。

那天又是一场市里统考,二丫起床后揉着眼睛说自己看不见了。

保姆捧着她的脸担心坏了,左看看,右看看,也没什么不对。

她爷爷翻着报纸,手一抖,发了话:"别管她,装的。"又说,"小杜豌,我告诉你,你这一套现在对爷爷已经不管用了。"

二丫急得要蹦起来了:"我是真看不见了!"

她爷爷问:"看不见了你咋从楼上下来的?"

二丫呜呜哭:"我是这只……这只眼睛看不见了。就一只!"

杜嵇山将信将疑,从报纸后头露出半张脸,看了半天,还是觉得二丫是装的。

怎么就没人信她呢？

二丫哭天抹泪一屁股坐在地板上，开始撒泼。

三伯杜希一开始也觉得这二丫是找理由不想上学，可看她这么着急上火，出于医生直觉，他蹲下去温柔地问："丫丫，你是觉得自己哪只眼睛看不见了？"

二丫哭得直抽："右边。"

"不怕，让三伯看看啊。"杜希一只手挡住二丫的左眼，用另一只手在她右眼前一晃，发现这孩子眼珠没转，有点直勾勾的，然后抱起她就往医院跑。

医生说是急火攻心造成的暂时性失明，打点药就好了。但要再晚发现，就不好治了。

杜希的这份恩，二丫始终记在心里，现在他病了、倒下了，二丫对他也格外关心。

杜希刚做完手术，谁也不想刺激他，只挑着无关痛痒的话聊。其间，杜希的医院领导和同事还笑容满面地来这屋看过他一次。

"哎哟，老杜，这回可躺下了吧，不敢拼命了吧。"

"也不碍事。"

"什么不碍事，不碍事我们以后也不敢让你在急诊干了。你不知道，那天可给他们吓坏了。"

几个科室同事拿出杜希的心脏片子，给他讲了讲他的情况，又说了下具体手术过程。

"瓣膜替换的时候，我们做了很多考虑，最后还是决定给你用人工的，避免二次开胸的风险，而且在抗凝这方面，我们技术已经很成熟了。"

杜希听得很专注，连连认可，于是微笑着问："是谁给我做的手术？老赵主刀？"

一屋子医生你看看我，我看看你。最后，其中一个医生说："是虬城的岳主任。当时情况那么混乱，谁也没有把握。岳主任他们又在，是他当机立断觉出你有风湿征兆，要不谁能想到你心脏还有这……"

杜希稍有愣怔，但还是理解地点点头："该要好好谢谢他的。"

杜希的同事们走后，他的话明显少了，情绪也不似之前，只安安静静地闭着眼。杜家一群人也都不敢讲话，等到五六点钟，胡唯下班的时间，杜希对他们讲："你们回吧，我也歇歇。"

知道他是等胡唯呢。

于是众人纷纷撤退。

站在医院楼下，二丫想着她三伯躺在病床上的虚弱样，不禁心事重重地仰头往楼上瞅。

她二伯扭着她脑瓜，问："你看啥？"

她一蹙眉，挎着包往前走："没看什么。"

看着她长大的，他想什么脸上那些表情就能把她出卖了。

二伯背着手唖唖嘴，迈着四方步："哎呀，闺女大了不由人哪，心里开始琢磨事了。"

二丫是在琢磨事。

只不过，这件事，她得一个人办。

胡唯今天下班时碰见蔡主任，跟他询问了两句虬城那边培训的事。

听见他想延迟入学，老蔡眉毛紧拧。

"你怎么总有状况！"

"我父亲做了心脏手术，我想等他过了这段恢复期，家里实在没人照顾。"

这倒是个难事。

老蔡左思右想，还是很郑重地拍了拍胡唯的肩膀："情况能理解，但是能克服还是尽量克服吧。"

这一说"但是"，胡唯就知道是没商量的意思。

自古忠孝难两全。

他穿了这身衣裳，站在这儿了，白纸红字的命令下来了，任何事情都得先放下。

"是。"胡唯站定，给老蔡敬了个礼。

他开车往医院走。下班高峰期，在路上又堵了一个多小时，到医院后头的住院部时都已经晚上八点了。

一推门，发现苏燃正在杜希的病房里准备为他擦洗。

杜希像是睡着了，屋里很静，苏燃见到胡唯，将头发往耳后别，直起身："我看天气有点热了……"

胡唯见到她并不意外，只是立刻放下衣服，卷起袖子把活儿接过来："这事我来，你别弄。"

苏燃微红着脸，把毛巾递过去，轻关上门。

胡唯做事很利索，去水房打了壶热水，把毛巾泡进里面，拧得半干不干，开始为杜希擦拭身体。

他擦得仔细，连耳后、腿窝这样的地方都照顾到。

杜希就是这个时候醒的。

他动了动手指，钩住胡唯给自己正在擦洗的手。

胡唯一愣，扭过头，杜希正用眼神示意他，意为不用这么细致。

胡唯笑一笑："最后一只脚，就完了。"

擦好，他为杜希穿上衣服，搬过一张椅子坐在杜希床边。

一时两人无话。

杜希呼吸很缓慢，好长时间才能喘出一口气。良久，他缓慢地说："我应该……早点跟你说的。"

夜渐深。

"你妈妈走前，给你父亲留过一封信。"

胡唯原本是垂眼望着杜希手的，听到这话，倏地抬眼。

杜希歉疚地笑了笑："本该那时候就问你，愿不愿意去找他。可在你母亲的葬礼上，你对我那一跪，我就知道这封信我是再也不可能拿出来给你看了。那时你妈妈带你来雁城，你还是个孩子，我怕我说了，你生父不肯认你，你又觉得我不愿意养你，伤你的心。当然了，"杜希扎着静点的手摸到胡唯的手，抓着，"更多的，是我有私心，把你送走了，我舍不得……"

杜希呼吸急促，微露痛苦之色揪着胸前的衣服，胡唯立刻反握住杜希的手："别说了，爸，我都知道。"

杜希摇摇头，坚持要把话说完："他是你爸爸，这趟去虬城……你该回去看看。孩子，去看看吧。我知道这么多年，你一直想着他。他要是留你，我不拦着，以后记得来雁城看看我；他要是在那边成了家，不方便了，你就还回来，我养你，不管你多大了，这里都是你家。"

当年，胡唯对杜希磕头，说："你要是愿意留我，我就跟着你过；你要是成家了，不方便了，我就走，什么时候需要我，我还回。"

现在，杜希握着他的手说："找到你爸爸了，他留你，我不拦着；他不方便养你，你就回。"

话诛人心，字字像把刀子往心里扎。

杜希错了吗，没错；可胡唯错了吗，也没错。

杜希痛苦地闭着眼，胡唯也咬牙别过脸，父子俩的手还是紧紧握在一起的。

"去吧……去吧。你去了，我的心事就了了，你的心事也了了。只要你开开心心的，我就知足。"

晚风徐徐，杜希握着胡唯的手，昏沉地睡去。意识模糊前，他对胡唯说："你母亲的那封信，在家里书房第二个抽屉里，你也带过去吧。"

距离二十八号开学的日子越来越近，胡唯即将收拾行囊，踏上去往虬城的火车。

杜希身体恢复得很好，已经开始缓慢地恢复行走了。

日子还是和之前一样，白天杜家人轮番去照看，晚上胡唯来陪。胡唯自揍了杜甘那一拳以后，杜希像是有意识地安排，再也没让胡唯和家里人见面。

父子俩晚上相处的时光大多是安静的，偶尔会简单聊些话。

比如，杜希去虬城的那年，虬城是什么样子。

比如，他嘱咐胡唯，虬城天气比雁城的要热，注意别上火。

比如，他说自己的身体今天感觉怎么样，大概什么时候能好，医院和他商量打算等他康复以后去医务处做行政工作。

总之，没了那一天的沉重，两人谁都不谈即将到来的分别。

偶尔，胡唯推着轮椅陪着杜希在医院的花园散步，苏燃就站在不远处，双手插在白大褂的口袋里，面带微笑。

眼看着今天就是二十七号，快下班之前，胡唯去了趟机关后楼的犬舍。

黑子正在窝里舔水喝。

胡唯趴到它窝前，吹了一声口哨。

上了年纪的杜宾犬看见熟人，立刻吐着舌头摇头摆尾地跑过来。

胡唯伸手抓抓它的头顶："天儿越来越热了，以后长点记性，训练的时候往树荫里钻，别等着别人把地方都抢了，你躺着翻肚子。"

黑子还是吐着舌头"哈哈哈"地冲着胡唯晃脑袋。

自郝小鹏走后一直代替他饲养黑子的驯犬员小赵见到胡唯来了，过来跟他打了个招呼："胡干事。"

"哎。"

"听他们说，你要走了。"

胡唯伸手逗着黑子，目光没离开它。

"对。"

小赵看胡唯心思都在犬上，也随着他站在一起："最近天热，它不太爱吃东西。"

"那就少给它点午餐肉，午饭给加两片瓜。"

胡唯在郝小鹏退伍后，信守承诺，总是时不时来看看黑子，黑子对他也有了很强的依赖性。

小赵看着黑子，不由得有些担忧："郝司务长走了，你也要走了，它要是知道，又该不吃饭了。"

胡唯垂下手，往犬舍远处扔了个球，黑子立刻掉头去追。

胡唯微笑着看动作敏捷的黑子。

这地方，要是走一个人，狗总是比人更伤心。

黑子还叼着球炫耀似的朝着胡唯的方向摇头摆尾，胡唯拍拍手上的灰，转身离开。

在离开之前，胡唯还要去一个地方。

一个谁也不知道的，只属于他自己的秘密基地。

傍晚，车沿着万福路七拐八拐地开进一片老城区，这片老城区是雁城规划了很多年但迟迟没拆迁的地方。高楼、矮楼、胡同、院子，错综复杂地分布在各个地方。

胡唯把车停在一个巷口,然后熟门熟路地走进巷子,右拐。

是一个小院,院子里有几间平房,住着三四户人家。门口堆着各式各样的花盆、择菜时坐的板凳,还有洗好晾在外面的床单。

胡唯直接向院子东边的屋子去,他低着头,脚步很快,正从兜里拿钥匙,想开门。

忽然,他脚步一顿。

台阶上,二丫穿着毛衣,正抱着腿在那里等。也不知等了多久,她头歪在小屋前头的承重柱子上,目光空洞。

见到胡唯回来,她讷讷地站起来。

胡唯眼中惊讶,似乎没想过这地方能被人知道。

可,也就那一瞬间。接着,他镇定地越过她,伸出手将钥匙插入锁眼。

开门——

就在胡唯即将进屋的时候,二丫忽然从他身后重重地抱住他,像小时候搂着自己心爱的大玩具一样,眼里含着泪,含着浓浓的不舍。

她的脸贴着他的背,然后是一句让人听了心碎的话——

"别走!"

每个男孩在向男人过渡的时期,都有一个秘密基地。他们对这片领地有着绝对的控制权,是不可被人侵犯的,不能被外人发现的。

这个地方可能是他们幼年藏了弹弓、玻璃球的树洞,可能是埋过蜻蜓、蝴蝶的草丛,也可能是哪个上了黄铜旧锁、藏着游戏机和香烟的抽屉。

后来,时代在发展,社会在进步,这个绝密领域伴随着高科技的出现开始变为电脑里的硬盘、手机里的储存卡,再渐渐演变为独属于自己的车、房。

总之,这个地方用一句话来概括,就是用来满足自己绝对的精神自由。

这个隐藏在万福路上,灰秃秃破败待拆的小院子,就是胡唯的精神领地。

看他对这里熟门熟路的样子,就知道他应该常来这里。

但胡唯怎么也不会想到,这里会有被人知道的一天。

二丫死死抱着他,脸贴着他的背,手搂住他的腰,说了一声近乎恳求的"别走"。

这声"别走",带着诚挚恳求,带着婉转媚骨,呜咽着叫碎了人心。

像一个垂髫小儿误闯战争城池,她仰着头,站在雄浑高大的城门前摆弄着那把锁,对里面的战争何等惨烈,河山又是何等辽阔浑然不知。

她只想闯进去看一看,满足自己强烈的好奇心。

城门不开,她想尽办法,叉腰对着城墙上的士兵示威:"喂——"

士兵神情如钢铁一般坚毅，对她的呼唤视而不见。

垂髫小儿难过万分，在这城门前绕来绕去，这里摸摸，那里抠抠。她灵机一动，学着童话故事里的样子，摘下路边野花，作为献礼，将手拢在嘴边，对着那把锁轻轻说："你开门哪。"

这一句话，软了城中将军的心。

那把锁应声而开，门缝里是千里万里的壮烈，黄沙漫天、军旗呐喊，远处是层叠青山；这一切，偏偏在这一刻，向这个持花的天真小儿泄露了威严河山的一道妩媚风光。

自此，本是可怜无定河边骨的边疆土，也为她生生留了犹是春闺梦里人的温柔心。

二丫已经在这儿蹲了胡唯好几天了。

自那天从医院探望杜希后，二丫就存了想找胡唯的想法。杜希脸色苍白地躺在那儿，一言不发，嘴上说着挺好，可二丫明白，他是在为胡唯伤心。

整个杜家，都为了他俩笼罩在一层淡淡的忧愁之中。

可胡唯白天在上班，他的单位在哪里，她又不知道，下了班他就守在医院，医院那么多的人，又不是个说话的好地方。

眼见着离胡唯要走的日子越来越近，这可急坏了二丫。

她想，他走之前，总要回家收拾收拾东西吧。她开车去杜希家楼下堵他，人还没下车，就见他拿着行囊从楼道里出来。

鬼使神差地，她就一路跟他到了这儿。

夜黑风高的晚上，她跟着胡唯轻手轻脚地在这片老城区里绕啊、转啊，她躲在巷口看他进了一个院子，钻进一间屋子，然后屋里的灯亮了。

灯映出胡唯脱衣服的影子。

当时二丫惊心动魄地想：这这这……这是金屋藏娇啊！

可是，藏娇怎么把人藏在这么破的地方。

二丫躲在院子门口，揪心地往那屋里望，想他到底在里面干什么，和什么人在一起。

大概过了二十分钟，胡唯出来了，衣裤整齐地穿在身上，没见什么异样，然后锁上门。

还要把人锁起来？

二丫汗毛都竖起来了，把自己想找胡唯说话的事儿也忘了，吓得撒丫子就跑，那一夜都没睡着觉。

她痛苦地想，小胡哥那么端端正正一个人，怎么能是个喜欢把人锁起来的变态。

二丫挣扎啊，害怕啊，强烈的好奇心促使她白天又偷偷摸摸去了一趟。

这回，白天的小院多了些人来人往，自行车在巷子里丁零零地过去，老人搬着一把椅子在外头晒太阳，全都是过日子的烟火气。

她找到那间屋，踮起脚往里面看。

可窗户镶的都是毛玻璃，什么也看不见。

忽然，身后有个和蔼大娘问："姑娘，你找谁啊？"

二丫迅速转过身，一副被抓现行的慌张："我我……我找胡唯！"

"嗨，找小胡啊。"大娘把脏水泼进对面的露天池子里，"他不常在这儿，有时候一周能来一回、两回，你找他，给他打电话才是啊。"

"您认识他？"

"认识，怎么不认识，当初他跟他妈妈租的就是我这间屋子。在这儿住过好几个月呢。"

"他妈妈？"

"是啊，他妈妈，可漂亮的一个人了，不过后来听说——"

听说命薄没了。

大娘惋惜地摇摇头："你是他家什么人呢？"

"我是……"二丫慌张中随口捏了个谎，"我是他远房表妹，来这里上学顺便探他的亲。大娘，您知道现在这屋里住的是谁吗？"

"这屋里，这屋里就没住人啊。"

啥？

"后来小胡跟他妈妈就搬走了，说是他妈妈嫁到别人家去了，我这屋子就一直空着，因为这片闹拆迁闹了好几年，也没什么人再来了。还是头几年，小胡又回来，把这屋子重新租回去了。"

"他在这儿住？"

"住得少，他在这里养了些花花草草，偶尔过来浇水、收拾卫生，待不了多一会儿就走。"

二丫听懂了。

原来，这是他和他妈妈曾经生活过的地方。

这屋子有他妈妈的记忆。

他守着这间屋，因为这里有他对妈妈的最后一点儿怀念，他不想被人打扰，连杜希也不行。

于是，二丫一连三天，每天晚上都来这里等。

她坚信他一定会在走前再回来一次的。

这夜像是有暴风雨似的，空气闷得厉害，雀儿低飞，大风呼呼地刮。

二丫裹紧身上的毛衣，等啊等，等得快要睡着了。

胡唯也终于来了。

钥匙插进锁眼的手僵在半空,顿了顿,又很平常地将门打开。

年代很老的木门,刷的红漆都快剥落得差不多了,门上镶着一块玻璃,用几张报纸糊着,一拉门,就有摇曳声响。

胡唯任她那么抱着自己,也没回头,径直进屋摸到墙壁上的开关。他这一迈腿,二丫的手也就自然而然地松开了。

"啪——"

屋顶上的灯管应声而亮,把这间屋照了个通透。

胡唯站在灯下,二丫摸黑站在门外。

他问:"怎么找到这儿来的?"

她倒老实,低着头诚诚恳恳地交代:"跟着你。"

在胡唯意料之中,他漫不经心地冷笑一声:"跟几回了?"

"就一回。"

"跟一回能找这么准,你记性够好的。"

一阵阴风穿堂过,吹得二丫打了个寒噤。

她直直地看着胡唯,又讷讷地重复了一遍:"你能不能别走?我知道你爸爸来了,他要把你接回去。可……可我们都需要你。"

胡唯直截了当地问:"谁需要我?"

"我……"二丫舔了舔干巴巴的嘴唇,又改了口,"我们,还有三伯。"

胡唯把钥匙随手扔在桌子上,走进屋里拉开柜门,自顾自收拾东西。

可他没关门。

二丫犹豫着走进去,看他从不大的柜中收拾着衣服。

里面挂着几件军装,有棉衣,是过年时见他穿过的那件,也有夏装的衬衣。

这屋子很小,因为很少住,凉飕飕的,但是很干净,陈设也很简单。

进了屋,正对着就是一张床,被子叠起来摞在床头,床上铺着浅绿色的床单。

床对面的窗下,是一张黄色木书桌,桌面压着玻璃板,放着一盏台灯,还有几本书。

窗台上,依次摆放着几盆花,郁郁葱葱,生机勃勃。

二丫不认得都是些什么花,但是有一盆她知道,是兰花。

她看着这些花,甚至都能想到胡唯一个人在这里收拾它们的样子。

他蹲在那里,敛眉耐心地为它们培土、浇水,然后抱起来,放在窗台上,让它们懒洋洋地晒着太阳。

明明是闲散人家才有耐心有时间去玩的东西,被他硬生生养出了一种孤独情趣。

一个多寂寞的人,才会依赖些花花草草找寻生命力。

望着屋里这些陈设，二丫心头一热，眼中湿润。她执着地扑上去不依不饶地又抱住他："我知道你不喜欢杜家——"

她说话急切，着急表明心迹似的，又怕人不理解他："我知道你不喜欢寄人篱下，不喜欢二伯那样对你讲话。我知道你没了妈妈，你觉得哪里都不是家。可你知道三伯、爷爷，还有我们是真心对你好的，你不想欠我们太多，所以，你才去当兵对不对？你知道你爸爸是军医，所以你去当兵，你希望有一天能知道他的消息，对不对？你心里是渴望有爸爸的，对不对？"

他不想因为自己让杜希掏钱，供他读书。大学一念，就是四年，想要找工作，有个好学历，又是三年的研究生，七年的吃喝拉撒、衣食住行，杜希供他的这份情，他得用未来多少年来还。

可他又想读书，所以才在部队里那样努力。

"我都知道的，我都知道……"二丫默默地流着眼泪，"我也没了爸爸妈妈。我知道你想去虬城看看他，这没什么不对，他就算成家了再娶了和别人有了孩子，他也是你爸爸，给过你生命。你对他还是有记忆的对不对？他对你说的话、做的事，是三伯怎么都替代不了的。有时我也不喜欢二伯那样对我说话，不喜欢家里人都可怜我。我知道他们瞧不起我'喜欢钱'。以前二婶对二伯讲，说爷爷没了之后，他住的这房子，还有他的存款都是要给我的。她想让二伯劝爷爷做财产平分的公证。她知道我在门外听见了，又虚情假意地问我生活费够不够花。其实，我不想要爷爷的房子，我只想有爸爸妈妈，能自己挣钱，自己养姥姥。"

二丫掏心掏肺地对胡唯说着，她把自己心里藏着掖着不想告诉别人的话都说出来了。

她说这么多，无非就是想告诉胡唯，你不是一个人。

有我陪着你。

这个家里，是有人懂你的感受的。

"可……可有时你没办法，他们是你的亲人，这个世界上除了父母和你最亲最爱的人就是他们。他们的心不坏，他们对你的怜悯和同情也没错，你不能因为自尊就抗拒别人对你的好，谁都需要别人关怀和照顾的……人怎么能不需要别人的爱护呢……"

胡唯僵硬着身体被二丫抱着，手里还拿着他要带走的衣服。他沉默地听，沉默地感受着她的眼泪渗入他背后的衬衣，热泪泪的泪，热泪泪的体温，热泪泪的姑娘。

她认真地说自己理解他，将他看到了极致。

她懂他的想法，懂他的感情。

所有人都骂他胡唯忘恩负义的时候，只有她说你想去找你爸爸是对的。

谁能不在这一刻动心！

胡唯想转过来,帮她擦眼泪。他才一动,二丫立刻又抱得更死了,如小兽哀鸣:"你喜欢我对不对?我知道你喜欢我,过年在我房间门口时,我就知道你喜欢我。"

手里拿着那件即将要带走的衣裳忽然被胡唯扔到一旁。

他低头一根一根掰开二丫搂在他腰间的手指,她不依,他就用了点力气。她怕疼,几乎是立刻收回手。

与此同时,胡唯转过身,与满脸泪珠的她打了个照面。

二丫仰着头,头发披散着,鼻尖是红的,眼睛是红的。

几乎是快得让人来不及反应,他低头重重地咬住她的嘴唇。

而那双才被他掰开的手,也几乎没有任何犹豫,原本从搂着他的腰变成顺从搂着他的脖子。

二丫这一搂,胡唯重重闭上眼,心里浩荡城池轰然塌陷,脑子里只一个想法——

完了。

天空忽然一声惊雷,暴雨倾盆而下。

二丫从未与人这样亲吻过,却意外地懂得迎合。

她抚摸着胡唯的头发,他脑后干干净净的发茬,葱白的指头从他的后脑滑入脖颈,是极具安抚意味的触碰。

胡唯把她堵在门上。

两人唇含着唇,誓死纠缠。

他很强势,她稍动一动,立刻被扣得更死。

二丫闭着眼,手从胡唯的脖颈上滑到肩上,最后,改为放在他胸前,揪着他口袋上的一颗金色纽扣。

她乖顺地承受着,回吻他,她没有抗拒,甚至是有些哄着他的。

暴雨冲刷着这个不大不小的院子,硕大的雨滴溅在玻璃窗上,紧接着冰雹就噼里啪啦地砸下来。

两人呼吸急促,像他生病那晚,额头贴着额头。

他恨恨地看着她。

二丫纯真地回视。

不能再继续了。

再继续,跟这个小祖宗就真的牵扯不清了。尤其是在这样的时候。

继续下去,她一个人在雁城,在杜家,要怎么办。

这遭,又该怎么算。

胡唯说:"我送你回去。"

她摇头:"不走。"

胡唯咧嘴笑了："不走，那就自己住这儿。"

第二天，二丫是被冻醒的。

她睡在床上，穿的还是昨天那身，毛衣、牛仔裤，连袜子都没脱。身上盖着厚厚的被子，被子上还压着棉衣，将她围得严严实实。

下过雨的屋子潮湿阴冷，又是砖地，不盖厚些要感冒。

屋里地上有个铜盆，里面正燃着几块炭。

她裹着一层又一层的棉花坐起来，靠在被垛上："你干什么呢？"

胡唯背对着她笑了笑："下大雨，早点摊儿都没了，凑合吃吧。"

他递给她一只包了厚厚牛皮纸的地瓜，上面还刷了层蜂蜜。

蜂蜜的香甜往人心里钻。

二丫酷爱甜食。

她接过来，烫得缩手缩脚，对着掰开，黄澄澄的瓤，软绵绵的口感。

胡唯站起身，拎起一只小壶给窗台上的那盆兰花浇了点水。

二丫咬着地瓜，心里像有预感似的。

"你要走了吗？"

胡唯轻轻放下壶，手边搁着他的大背囊。

"我要走了。"

二丫咬地瓜的动作慢下来，裹着被，披头散发地问："那你还回来吗？"

他回头望着她，顽劣微笑着，只说了一句话："革命生涯常分手。"

他笑起来时露出一口白牙，还有他眼角标志性的细纹。

他这一笑，二丫就知道，他不会再回来了。

火车轰鸣着穿越青山绿水，直奔虹城而去。

胡唯走的时候，留给二丫两件东西。

一件，是盖在她身上的棉衣。

一件，是他母亲养了很多年的兰花。

后来二丫才知道，那是一盆莲瓣兰，价值千金。

那盆兰花，是胡唯身上最值钱、最放不下的东西。

第四章
Chang Yu Zhou Works
鹊还巢

虬城。

虬，幼龙也。《抱朴子》记载：母龙曰蛟，子曰虬，其状鱼身如蛇尾，皮有珠，片甲难得，极为珍贵。

入了山海关，再往西八百公里，即为城。

虬城，顾名思义，龙虎英雄聚集之地，背靠怀山，东临定海，地处平原。城门外，横亘着万里长城险口之一的要塞，居庸关。

这样一个地势特殊，居高险要，集众多英雄豪杰驻扎的地方，可想而知里头又是何等的波澜壮阔、雄浑磅礴。

火车开了整整八个小时，轰隆轰隆地直奔这个城市而来。

虬城火车站外，静静蛰伏了一辆黑色捷豹轿车，车型很特殊，颇有些20世纪英伦风格的老爷车味道。

车内空间宽敞，内饰仿佛被改装过，原本灰色的操控台板材被胡桃木所替代，座椅下陷，前后两排全都用质感上乘的棕色小牛皮包裹着。

远远看着，这辆车与这座老城相呼应，明明不起眼，却又从细节无一不彰显着车主"处处高调也处处低调"的矜持奢华。

此刻，驾驶座懒懒窝了一个人。

一个年轻男人。

姓卫，名蕤。

卫蕤，谐音葳蕤。

意为枝叶茂盛，华丽艳绝。

明明是个沾花带草的名字，偏偏和他命中犯克。

四月末五月初的虬城温度已经二十摄氏度往上，城中到处飘着柳絮。

他半降车窗，戴着墨镜，一件白衬衣松松垮垮地套在身上，领口随意扯开了两粒扣子，露出男人不同常人的白皙肌肤。

衬衣是意大利的经典品牌 Camicissima（恺米切），价格不高昂，主打亲肤舒适材质。

车内被风刮进来几粒柳絮毛毛，男人不露痕迹地向后躲了躲，似乎对这样的季节很排斥。

没等他发作，副驾驶的裴顺顺先痒痒地打了个大喷嚏。

"这柳树毛毛也不知道飘到什么时候才是头，飘得人难受，把窗关上点，你隔着窗户看不也是一样？回头过敏了又要再没半条命。"

裴顺顺说这话不为他自己，是为了身旁这个男人。

他是极易过敏的体质，尤其是对花粉和灰尘，严重时浑身起疹子。虬城这个时节，又是满大街开月季的时候，那一朵朵月季，粉的、黄的、白的、红的，朵朵俗不可耐，像刘姥姥头上簪的花；朵朵盛放妖娆，酷似美人娇憨含春面；朵朵也能要了他的命！

所以每到这个季节，他几乎白天都不出门，身边人对他穿的、用的，照顾得是小心再小心，谨慎再谨慎。

上次有人邀他吃饭，为了讨好，特地搞了个什么"敬园家宴"。敬园，字面上的意思，哪个财主家的私人院子，种种花，种种树，不大的水面上建个亭子，美其名曰附庸风雅。

他去了，喝了两盏茶，席间有个绝色美女穿得含羞带臊端上一道点心，点心名叫"女儿情"，晶莹剔透的燕窝熬成一坨坨，加工成糕，他兴致缺缺就尝了那么一口，结果人直接昏倒了。

东道主揪心地招来救护车，抬的抬，走的走，场面一片混乱。

在医院医生问，他到底吃了什么？

人家也挠头，没吃什么了不得的东西啊，都是些珍馐美味，请来的厨子还是虬城饭店专门招待外宾的名家，食物中毒这样的事是不可能发生的。

后来他的朋友来了，问，你那些菜里有没有用花儿的？

东道主重拍大腿，坏了坏了，那道"女儿情"，可不就是用芍药磨碎了的汁液泡的？

他这一病，惊得虬城半个财主圈子抖三抖，从那以后，谁要再请他赴宴，都要跟办酒席的人不厌其烦地确认，千万别在饭菜里弄什么花样，就连点缀的西兰花都不许！

裴顺顺这样劝他，卫蕤也不听，始终望着马路对面的出站口。

半响，他哼了一声："刚说几点到站来着？"

"四点十五分。"

卫蕤一看腕表，微皱眉："也该出来了。"

"人多，你坐惯了飞机，可不知道这火车站的风景，拖家带口看病的，大包小裹探亲的，南边北边务工的，想出站且等着。"

话音刚落，火车站出站口忽然拥出一堆人，卫蕤一把摘了墨镜，趴着窗观望着。

他手一伸——

"快，望远镜给我。"

裴顺顺啧啧摇头，递给他一只十分精巧的黄铜望远镜。

这只望远镜还是他去俄罗斯从一个古董收藏家那里搞来的，据说，还是二战将军用过的东西。

望远镜不大，卡在鼻梁的地方坠着一截银链子，卫蕤手持望远镜，就坐在车里这么不远不近地找着、看着。

裴顺顺在副驾驶跷着二郎腿，半躺："想看，回头入了学，找个机会把他带出来给你大大方方地看，你这又是何必。"

卫蕤不作声，专心地扫过一群群人，阅那一张张脸。

忽然，发现一个身高出挑的身影。

镜头锁定，便很快将那个人从头到脚打量个遍。

"是他吗？"他将望远镜递到裴顺顺手里，"左数第二个门里，穿绿衣服的那个。"

裴顺顺接过来，把望远镜放到自己眼前一阵搜寻，激动地说："是他！是他！"

卫蕤很快把望远镜又抢过来，细细打量："有点像，又不太像。"

"哪里像，哪里不像？"

"眼睛眉毛像，皮肤黑了，反正跟小时候不太一样。"

"嗨，你当他跟你似的，夜猫子在深闺里养着哪。"

卫蕤陷入很纠结的辨别中，眉头紧皱着。

"能确定吗？"

"当然，岳叔亲自托了人去打听的，不是，他能大老远的去雁城？"

卫蕤沉默着点点头，始终没放下举着望远镜的手。

望远镜里呈现的胡唯，穿着一件春秋衬衫，袖子提到手肘处，拿着背囊，似乎正在辨别方向。

那两道浓眉、鼻梁、嘴唇……还有他下意识思考问题时，有些茫然的眼神。

卫蕤忽然无声无息地笑了。

是他，没错。

放下望远镜，他舒舒服服地仰回驾驶座，面带微笑地沉浸在过去的记忆里。

裴顺顺打了个响指："干吗呢？还在想是不是他呢？"

卫蕤的手指在牛仔裤上轻敲，吐出一句不紧不慢的话："我记着，他屁股靠腰的地方有个胎记。"

那时候，他们那片家属院里只有一个公共浴池。

虬城的夏天热死人，到了傍晚，各家的老子纷纷带着自家的娃娃去浴池冲凉，简陋的浴池里就是孩子们的天堂。

掬一捧水，你泼我，我泼你，拿盆子互相追逐打闹，赤条条的娃娃们穿着拖鞋踩着水，时不时还要被大人们骂两句。

裴顺顺躺在椅子里直哼哼："难不成还能扒了他裤子看？"

卫蕤敛神，不置可否的笑容，意为"也没什么不行"。

他枕着自己的胳膊，半闭着眼，问裴顺顺："他雁城那边的家，人多吗？"

"多，怎么不多，光伯伯、哥哥就好几个。算一算，十几口人吧。"

"他那边的爸爸是干什么的？"

"和他亲爸爸一样，听说也是个医生，还是个主任呢。"

啧啧啧，这一大家子人，这一大家子的债。

"那，有女朋友了？"

裴顺顺摇头："好像没有，听孟得讲，当初倒是有人给介绍过一个，不过后来没成。但是——"

听出裴顺顺话里有话，卫蕤半阖的眼睁开，懒洋洋地问："但是什么？"

"但是……"裴顺顺也在想这话该不该说，"好像有个女孩儿，和他走得很近。"

"是谁？"

"那家老爷子早死的小儿子，留下那么个闺女。"

"哦——"

听着倒是可怜。

可，能好到哪里去？土丫头一个，怎么能跟小春儿比。

想到这里，卫蕤呵地一笑："小春儿要是知道他回来了，可是要高兴死了。"

听见这个，裴顺顺扭过脸，抱着肩，神情冷下来："她倒是想嫁，人家可也得愿意娶，剃头挑子一头热。"

"你这个坎儿还过不去？天底下好姑娘那么多，你非跟她过不去干吗啊？"

"天底下好男人那么多，她非跟他过不去干吗啊？就因为救过她一回？都什么年代了，还兴以身相许哪？"

"你是不是没告诉小春儿他来虬城了？"

101

裴顺顺一声讥讽的笑:"哪用得着我告诉她,她恨不得让她爸爸钻进岳叔家里,给她提亲。"

卫蕤说:"你不说,回头我告诉她。"

裴顺顺不禁哀怨起来,眼中惆怅:"我知道你和小春儿好,好得穿一条裤子,要不是受你影响,小春儿怎么会变成现在这副人不人鬼不鬼的样儿。"

卫蕤一声慵懒质问:"小春儿什么样儿了?"

这一句"小春儿什么样儿了",声调上扬,轻轻缓缓,听得裴顺顺心里直突突。

这虬城怎么会有这么妖里妖气,颠倒是非黑白的人。

明明就是他挑唆小春儿,教她抽烟教她喝酒,女孩儿不该学的,她都学了通透。

可卫蕤那面不改色心不跳的样儿,连撒谎都像真的。

他病娇似的仰在自己心爱的座驾里,穿着干干净净的衬衣、普通的牛仔裤,裴顺顺差点就信了他的无辜。

想裴顺顺刚认识小春儿的时候,他的春姑娘是个多么阳光、多么积极、多么可爱的女孩儿啊。

自从有了这个卫蕤!

小春儿在医院手术累了,一屁股坐在地上,他就凑上前去,递给小春儿一根烟。

"解解乏。"

小春儿眉毛一皱:"不抽,林大人有训,若鸦片一日未绝,本大臣一日不回,誓与此事相始终,岂有中断之理?"

他呵呵笑地蹲在小春儿身边,自顾自吞云吐雾:"林大人还说了,岂能事事如人意,但求无愧于我心。"

要知道,小春儿是个医生,还是个妇产科的医生。

妇产科的人是干吗的,是迎来新生命的啊!

当初小春儿就是因为这妇产科都是女病人,又能每天迎接孩子诞生,才毅然决然学医不回头的。

可事不如人意,她去了产科的头三天,接连遇上两宗惨事。

一个,是在产妇分娩女婴后,那个重男轻女的家庭把还在襁褓中的娃娃扔在了医院的垃圾箱里。

另一个,是孩子在母亲腹中八个月,全家人欢天喜地迎接新生命时,胎儿忽然没了心跳,不得已进行引产。

两场手术,全程小春儿在场,这让她一个初来乍到的人怎么受得了!

这根烟,恰到好处地在小春姑娘迷茫痛苦的时候开解了她,她玩着打火机,学着男人模样一开一合,手重重拍着卫蕤的肩膀。

"要有下辈子,我和小春说什么也不当女人!"

"对对对,不当女人,当男人,夏天光着膀子,比别人凉快。"卫蕤说着,又递上一瓶啤酒。

小春姑娘喝得眼神蒙眬,搂着卫蕤咯咯笑:"当男人,也不能当你这样的男人。"

"嗝!"她打着酒嗝,醉醺醺地胡言乱语,"忒没种,当年我小命差点葬送在你手里。"

小春姑娘想起那事,就忘不了。

她趴在窗台上,望着楼下的卫蕤,哭着喊着求他,你救救我啊!

大火烧得屋里噼啪作响,幼年小春儿抱着窗户,是那么凄惨地喊着。

可他怎么了?

只是站在楼下,远远地看着,因为害怕,一双手攥成了拳。

现在,握着方向盘的手也紧紧攥成了拳。

忽然,裴顺顺打断:"你说,胡唯要是没这身衣裳,要是没有这个模样,要是长成这样——"顺顺手指着火车站乞讨的流浪汉,"要是长成那样——"又一指,指着某个面孔黝黑、扛着麻袋的壮汉。"她能坚持到现在?这女人,都是感官动物,什么心里想着当年的好、救命的情,全都是放屁,早二十年前的事儿,谁能记得!"

谁能记得?

谁都能记得。

卫蕤悠悠望着窗外,看着那个身影站在街边,上了一辆出租车。

只是那些事没发生在你身上,要是真正经历了,那些事情是一辈子都忘不了的。

因为那关乎男人的脸面,关乎勇气,关乎一辈子要和别人比,相形见绌的尊严!

要问这卫蕤是谁。

正是当初胡唯还没离开虬城,是个只知道玩水枪爬墙头的孩子时,他最好的盟友、伙伴、知音。

当年,胡唯、小春儿,还有他,曾经有过多么快乐的一段童年。

胡唯对他和小春儿来讲,又有着怎样不可替代的意义。

卫蕤漾着发自内心的笑,发动他这辆老爷车,心想,当年虬城保障大队小灰楼里为非作歹的伙伴啊,如今,总算是凑齐了。

和小春是夜班,深夜两点上了台手术,产妇破水三十六小时不具备正常分娩条件,又痛得要死,于是临时决定剖腹。

孩子爸爸在产房外缠着和小春一遍遍地问:"就不能再观察观察,万一能顺产呢？"

小春儿穿着白大褂往手术室走，脚步和她的嘴一样快："你老婆要求剖腹，我到底听谁的？"

"听我的，我是孩子爸爸啊！"

小春儿斜了那人一眼："那她还是孩子妈妈呢。"

"没我她怎么当妈？"

"没她你怎么当爹？"

一句噎人的话，噎得男人表情木讷，小春儿在手术室门前嘀嘀两声刷了胸卡，再没理他。

和小春今年二十九岁，即将步入三十大关，至今没有男朋友。她妈妈劝她抓紧找对象，小春儿伶牙俐齿："找对象干什么？合适了就结婚？结婚了就给人家生孩子？想生孩子跟谁不能生，非要结婚干什么？"

这么离经叛道的话，听得她妈妈直揉头："本来以为你去产科，能看看人家一家三口的甜甜蜜蜜，也给你做个榜样，谁知道你好的不学偏记那坏的，什么事你要都这么偏激地看，我啊，还真就不催你了。"

"责任心责任心没有，好习惯好习惯也没养成，不去祸害别人家儿子，挺好！"

得对自己闺女了解成什么样，逼得母亲能说出这种话。

要说和小春，模样长得不赖，中等偏上，又会打扮，属于人群中一眼就能发现并且为之眼睛一亮的姑娘。

论学历，虹城医科大学本硕连读，也算拿得出手；论工作，市二院产科医生，胜在稳定。

如果非要说她有什么缺点，就是太有主意，性格不是一般的外向。

外向得像个男孩子。

天南地北交了一大帮狐朋狗友，总是不着家，日日在外头应酬喝酒。

她妈妈就说，有哪个正经人家的男孩儿会喜欢女孩儿这么抛头露面？

可小春儿不听，喜好交际就像她排解生活压力的一个方式，何况，她还有卫蕤那么一个朋友。

深夜的手术进行得很顺利，产妇剖腹生下一个男婴，重八斤。进行最后缝合的时候，产妇还央求："和医生，麻烦您能给缝得漂亮点吗？"

小春儿戴着口罩，闻言笑了一下。

她一笑，眼睛弯起来像两道月牙儿。

"放心吧。"

市二院产科和小春，在虹城孕妇圈子里是出了名的。不是因为她专业水平有多高,从医经验有多长,而是因为她有一门缝合刀口极漂亮的好手艺。

在产科工作过的人都知道,又不是整形美容,剖宫术的任务就是确保大人和孩子都安然无恙,至于缝合这事……漂不漂亮不重要,缝好了就行呗。

可小春儿不这么认为,女人嘛,身体挨了一刀已经大伤元气,如果将来肚子上再留丑陋疤痕,自己影响心情不说,也不美观不是?

小春儿是个特别爱美的人。

她不仅把这份心用在自己身上,也同理用在了那些即将生产的女同胞身上。

她缝合的刀口,从缝的针数,到每一针的长短、间距,都是有自己讲究的。

时间长了,人传人,大家来住院分娩的时候都会问一嘴,今天是谁上台啊?护士要是告诉她,今天和医生也在,她们听了一准开心。

早上七点半交了班,小春儿哼着歌没回家,径直往城里最知名的商业住宅去。这片宅子当初开发时,有个听上去就很酸气的名字:山水华府。

酸里酸气的名字配上个绝佳地段,弄点假山喷泉,美其名曰:富人区。

山水华府三院二栋,住的不是别人,正是卫蕤。

这个地方搞假把式很有一套,不是业主的车不许进,进去找谁得拿身份证登记。

小春儿是这里的熟客,保安看见她,毕恭毕敬地打招呼:"和小姐来找卫总?"

"他昨儿回来了吗?"

"回了。"

小春儿朝栏杆吹了声口哨,保安按下遥控器,门禁应声而开。

卫蕤正在睡觉呢。

"咣咣咣"砸门砸得他一脸忧郁,眯着眼睛胡乱抓起衣服穿上。走一半,他发现自己裤子没穿,又骂骂咧咧回去找裤子。

"和小春我真——"

他愤怒地推开门,和小春果然笑盈盈地靠在门口跟他打招呼:"早上好啊。"

卫蕤敞着睡衣,因为起来得匆忙,极为敷衍地就系了一个扣儿,露出大片胸膛。

"你有什么事不能打电话说,非得上家里来抓我?"

和小春一脸无辜:"我打你手机了,你关机。"

"……"

卫蕤鼻子敏感,忽然皱眉轻嗅了嗅:"你身上什么味儿?"

小春儿慎重地歪着头自己闻了闻:"没什么味儿啊。"

"你是不是又做手术了?"

卫蕤不喜欢医院,对消毒水和血腥味儿十分敏感,尤其和小春又天天泡在手术室里给人家"开膛破肚"。

和小春知道他不喜欢,很厌恶,于是向后站了站,有些磨不开地问:"喂,我听说胡唯回来了。"

卫蕤斜斜地靠在门边,也没让她进来的打算。

"你听谁说的?"

"顺顺告诉我的。"

呵,这裴顺顺,典型"嘴上说不要心里很诚实"的那种人,前一天还和自己愤世嫉俗地骂她,转脸就为了讨好她把这个消息通知她。

"嗯,是回来了。怎么着?"

和小春很期待地看着他:"那改天一起吃饭吧!"

卫蕤皱眉:"大早上来就为了跟我说这事?"

小春儿不把他当外人,当半个姐妹:"不然我来找你干什么?你也知道顺顺喜欢我,我又不好跟他讲让他把胡唯带出来,你去跟他说。"

卫蕤皮笑肉不笑地哼哼:"你心可真急。行,就这两天吧。"

"那我走了啊。"

"不进来坐一会儿,我给你泡茶。"

"算了吧。"小春姑娘手绕着发尾的弯儿,眼神往他身后瞟,话也婉转,"你不方便……"

卫蕤笑一笑,心照不宣地送客:"那你慢走。"

送走了小春儿,卫蕤脚步极轻地走回卧室,拿起床头柜的手机按下开机,依言给裴顺顺发了一条短信。

这边,裴顺顺正拿着教材,戴着一副近视镜,人模狗样地等着给人上课。他坐在信息培训班给老师们安排的专用办公室里,挨着窗户,静静地看着教材,时不时还端起茶杯喝一口茶水,清清嗓子。

连称呼都从"技术员"变成了"教员"。

裴顺顺在清华大学念的是计算机,这次讲课,讲的也是这门学科中的一支——

离散数学。

这门课要是细讲,别说两个月,就是半年,一年也是不够的,这里头涉及的原理、模型相当复杂,何况面对的又是一群教育程度、所学专业都各不相同的战友。

所以最初给裴顺顺下达的任务就是:尽量简洁,尽量朴实,尽量生动。用最快的时间利用数学模型给各位学员培养出抽象思维和逻辑能力。

裴顺顺光听过课,没给人上过课,冷不丁要站在讲台上,有点紧张。

一阵上课铃响。

走廊里各学员队在班长的带领下统一着装，有序拎包进入教室。

裴顺顺拿着教材走进教室。

这个培训班的学员来自各个部队的各个岗位，军衔不一，但多数都是裴顺顺的首长，因此上课没有起立敬礼的开头。

每个人都神情严肃地端坐在位置上。

裴顺顺十分镇定地站上讲台，面带微笑。

接着，他敬了一个十分标准的军礼："我叫裴顺顺，是在座各位首长、战友离散数学这门课的讲师。"

大屏幕上，呈现的是顺顺入伍四年的履历。

他的目光在教室不着痕迹地扫一圈，胡唯坐在正中的第三排，双手自然放在双腿上，坐姿端正。裴顺顺笑容渐扩，不动声色地开场："离散数学这门课……"

整整九十分钟。

下课铃响，人乌泱泱地往食堂走，裴顺顺收拾课本，快步追上胡唯。

两人并排，向前齐步走，没有任何寒暄客套的开场白。

"安排住下了吗？"

"有宿舍。"

"几人间？"

"两人间。"

"我知道你们下午三点半到就寝之前有自由活动的时间，你来虻城，该给你接风。"

"刚入学，改天吧。"

"别改天，我这门课一周才一回，改天不知道又要拖到什么时候，今天下午五点，就这么定了。"

胡唯跟在学员队尾，浅笑："好。"

那头，收到裴顺顺的回复。

卫蕤在外头大张旗鼓地安排好了地方，安排好了位置，点好菜放好茶，带着和小春在屋里静静等客来。

和小春照着小镜子整理妆容，不无忐忑："你说，他还能认识咱俩吗？"

卫蕤跷着二郎腿，悠悠摇头："不知道……应该记得吧。"

"那，是见到咱们高兴、惊讶，还是恍然大悟，像老同学似的？"

"不知道。"

"烦死了，一问三不知，要你干吗！"

一个小玉兔的筷托砸到卫蕤身上，卫蕤也不恼，弯腰捡起来，正好裴顺顺和胡唯一前一后地走进来。

裴顺顺用眼神示意着,人来了,人来了!

胡唯跟在顺顺身后,穿着平常的衣裳。

"来,小胡哥,我给你介绍一下,他们都是我在虬城的好朋友,和小春,市二院的产科医生。"

小春姑娘一个打挺,揪着裙摆站起来,紧紧盯着裴顺顺身后的人。

胡唯目光在小春姑娘脸上短暂停留,眉头微蹙。

这人……好像在哪儿见过。

可想不起来了。

和小春坐在离门稍远的位置,因此,两人没握手,只隔空点点头,算打过招呼。

"这位,卫蕤,荷立银行搞贷款的。"

卫蕤也整理衬衣站起来,脸上挂着即将和童年致命盟友相认的狡黠笑容:"你好啊。"

谁知,谁知——胡唯竟然像完全陌生似的伸出手,和卫蕤镇定地相握:"你好,胡唯。"

卫蕤的笑容僵在脸上,手握着胡唯的手,眼却狐疑地与和小春对视。

于是,他又说了一遍:"我是卫蕤。"

卫蕤,葳蕤?

倒是个好名儿。

相握的手慢慢松开,卫蕤心里惊涛骇浪,怀着满腹心事。

"坐吧,坐吧。"

窸窸窣窣一阵拉椅子的落座声,一时谁都没开腔。

只有和小春幽幽地盯着胡唯,宜眉睖眼地问:"你不认识我了吗?"

这一句话,问得胡唯脑仁又像之前似的那么疼,疼得钻心。

他看着小春的眼神,写满了"我应该认识你吗"的疑惑。

和小春重重地靠回椅子,心里难过得忽然想哭。

她之前见过他的。

就在那家"应园春"。

她堵了他的车,他让服务员把她找出来,她还和他挑衅,可那时自己竟然也没认出他来。

难怪她觉得他似曾相识,要不,也不会心性上来那样不懂事地拦着他的车。

可那时她不知道他是胡唯啊!

他怎么能把她,把卫蕤也忘了。

他在雁城到底经历了什么,那家人又是如何给他洗脑,让他把自己在虬城的朋友忘得一干二净。

和小春心里疯狂呐喊,我是小春,和小春啊。

那时我住你家对门,咱俩总一起上学放学的小春啊。

我家着火,是你听见我求救,砸门闯进来把我救出去的小春啊!

和小春想着想着,泪水蜿蜒而下,忽然低头拎包冲了出去。

胡唯还望着裴顺顺,一脸茫然:"她……"

裴顺顺机敏地拿起茶壶:"她生理期,不舒服,来来来,喝茶。"

可卫蕤不打算这样粉饰太平。

他漂亮的手指转着打火机,那是只充气式的滚轮打火机,通体亮银色,全钢造。

然后,他吐出一句冷淡的、不疾不徐的话——

"你是……不记得我了吗?那时在东城,卫戍区保障大队的家属楼,我们从小一起长大的。"

"嗡!"

胡唯头痛欲裂——

脑中强迫性地出现一些画面。

炎热夏天,稚子脱了上衣,一盆凉水兜头浇下,头上湿淋淋地滴着水珠,然后爬到滚轮上荡啊荡。

荡着荡着,腻歪了,他想跳下来。

可身高不够,只能等着滚轮随着惯性摆动幅度越来越小。

然后找准空隙,"嘿"的一声跳下去。

双膝跪在沙地上,手也磕破了。

小娃娃拍拍腿上的灰,毫不在意,一溜烟跑到某个楼下呼喊:"卫蕤,出来玩啊!"

不知哪栋楼哪个窗,传出一阵号叫,有人中年男人铿锵回应:"卫蕤今天出不去了!屁股让我揍开花了!"

画面再一转。

一帮孩子分阵营,按父亲的职务高低,有人指着他问:"他爸爸是医生,怎么算?"

"医生没星,去小兵那队。"

"胡说,医生官最大。"

"谁说的?"

"我说的!"

"你凭什么说?"

"你爸爸是团长,上回生病还不是躺在床上让胡唯他爸老老实实地治!他爸说什么你爸就得干什么，敢说一个不字？"

小娃娃们挠头沉默。

三四岁的小卫蕤朝自己招手，有挥斥方遒的大气："胡唯快来，你站在队头，你是队长！"

胡唯深深盯着卫蕤，还是无法把脑中那个人和现在这张脸重合。

他目光中有着浓浓的疑惑。

卫蕤歪着身子面朝胡唯坐，认认真真地让他看。

看着看着，看出些小时候模糊记忆中的模样。

胡唯渐渐露出个笑容，笑容里有着豁然开朗的灿烂，有着终于想起某件事情的欣喜——

"你是卫蕤。"

卫蕤重重捶了胡唯一拳，死死搂着胡唯的脖子，胡唯也同样搂着他的。两个小爷们儿相互钳制着对方，像恨不得把对方勒死似的用力。

你怎么能忘，怎么敢忘！

他怎么能忘，怎么敢忘！

虬城天大地大，夜色霓虹，车水马龙。

孤身在外流落了十几年的孩子啊，终于在这一刻想起了他的童年，想起了他的伙伴，回到了他曾经虬城的家。

和小春的眼线被眼泪一冲，在下眼圈的地方洇开一片黑，卫蕤从车后备厢拎了两瓶水绕过来递给她，抱肩站在路边笑。

和小春咕咚咕咚干掉半瓶，还是郁郁寡欢："他记得你，怎么就不记得我了呢？"

"可能这人一天就能想起那么点事儿，今天想起我，没准睡一觉就能想起你了。"

和小春没精打采朝卫蕤翻了个白眼，心中意难平。

最可气的是，他那么茫然地问自己是谁，裴顺顺那个杀千刀的竟然还说，啊，小春儿嘛，我女朋友啊。

呸！

和小春提上高跟鞋，烦闷地从卫蕤的跑车里钻出来："算了，记不住就记不住吧，大不了重新认识呗。"

重新认识也有重新认识的好，全新面貌，全新记忆。

卫蕤在她身后懒洋洋地问："你哪儿去，我送你回家啊。"

小春姑娘不耐烦地挥挥手："别管我，心里堵，找个地方再喝点。"

卫蓑一撇嘴，坐回驾驶座发动汽车。

这一拧车钥匙，卫蓑顿了下，猛然想到一个细节。

那年……和小春家里着大火。

1994年东城区的第六中学，每周四上半天课。

放了学的小春儿回家自己热饭。

她爸爸妈妈忙，见天没人管她，久而久之，小春儿就养成了极强的动手能力。

那时，家里没有煤气管道，开火全都用煤气罐，小春姑娘似往常一样开栓，拧开关，炉灶燃起一圈小火苗。

她家这炉灶有个毛病，每次开栓点火都只着里面那一小圈，外面那一大圈需要用带了火星的纸条再点一遍。

十二岁的小春姑娘梳着两条辫子，转身去翻过期了的新晚报，然后撕下一条，用引燃了的废报纸去点外面那圈。

点燃后，小春姑娘架上锅热包子，甩甩报纸，随手扔进洗碗池里，进屋换衣服去了。

午后一阵夏风吹过，吹进厨房，吹得还没烧干净的报纸余烬乱飞，一小块带着火苗的纸角轻飘飘沾在小春姑娘的辫子上，引发了一场火灾。

小春姑娘提着裙子坐在马桶上的时候，就觉得黑漆漆的厕所有道圣光。

接着，小春姑娘一声惨叫，"哇"的一声从马桶上跳起来。

她拧开冲凉用的水龙头，水哗啦啦地浇着她的头发，浇着她背后的衣裳。火苗被浇灭，小春姑娘惊魂未定地看着自己烧得乱七八糟的头发，推开厕所的门，又被外面的阵势吓傻了。

外头，从她辫子上掉下来的火苗引燃了地毯，也是一片火势滔天！

小春姑娘哭也忘了哭，怕也忘了怕，掉头冲进自己的小房间，想跳窗户。

卫蓑放学回来，远远地，就见小春姑娘骑在窗台上，头发乱七八糟，哭得快要昏过去。

卫蓑站在楼下喊："嘿，小春儿，你干吗呢？"

小春姑娘像看见了救星似的，号啕大喊："卫蓑你救救我啊！我家着火了！"

"哪儿着了？怎么着的？"

小春姑娘捶胸顿足哪里有时间跟他说这个，口齿囫囵不清："客厅，客厅……不对，厨房！厨房！"

"你快点救救我啊！"

她那么哀求着，卫蓑也傻了，慌乱在四周看了一圈，他朝身边的同伴吼："看什么热闹啊！找人灭火啊！"

一群半大孩子作鸟兽散,开始满院子找人。

小春姑娘还是崩溃了,嘴里不停哭喊着:"卫蕤……卫蕤……"

那时的卫蕤就已经充分彰显了成人后的特质,冷漠、理智,有逻辑得有些不近人情。

他这时候救小春儿,能做什么呢,冲上去?

谁知道她家里烧成什么样,要是火势小,她人在房间里,也不会出什么大事;要是火势大,自己冲进去,白白搭进一条人命。

小卫蕤站在楼下,只能尽力安抚着她:"你别怕啊,他们已经叫人去了,马上就来救你!"

小春姑娘恼火他的无动于衷,她明明和他那么好,好到平常在院子几乎不跟女孩子玩耍,只跟他混。如今自己落难,他怎么能这么淡定!

楼下围观的人越来越多,多是放学回来的同龄孩子。卫蕤灵机一动,撸着袖子让他们去搬操场上的大海绵垫子来。

厚厚的海绵垫子铺几层,这样小春儿跳下来就不怕了。

小春姑娘哭得泪眼蒙眬,伤心欲绝,正想着自己会不会被这么活活烧死时,住在她家对门的胡唯来了。

那时有过集体生活经验的人都知道,一个院子里住着,楼上楼下都是熟人,几乎家家都不锁门。

胡唯放学回来刚咕咚咕咚干了杯凉水,就觉得对面有怪声。他听了听,觉得好像小春儿在哭。

接着,楼下聚集的人越来越多,吵闹声越来越大,胡唯趴着窗外往楼下看:"卫蕤,你们干吗呢?"

卫蕤看见他,又是一阵心急,指着楼上:"小春儿家着火了,你赶紧下来啊!别回头把你家也给烧了!"

胡唯探出半个身子歪头一看,小春儿可不是正在哭呢。

他立刻缩回脑袋,没了人影。

卫蕤在楼下心急地等啊,等胡唯从楼道钻出来,谁知道小胡唯披着一床被水淋得透湿的大棉被,直接冲进了对门和小春的家里!

客厅已经浓烟弥漫,烧得噼啪作响。

初生牛犊不怕虎哇。

小胡唯先是就近钻进了她家的厨房,关了煤气罐,死死拉上门,然后又冲进小春姑娘的屋里,用身上披着的大棉被把门缝堵死。

这道披着大花大绿棉被的身影,简直就是小春的救星,以至于她后来很多年做梦,都能梦见这个场景。

胡唯用床单在她身上打结,手忙脚乱间也不知道系了多少个死扣,边系边安慰她:"小春儿,别怕。"

长了胡唯两岁的和小春收了眼泪,她嗫嚅着点头:"我不怕,你来了,我就不怕。"

也奇怪,平常三个人在一起玩,明明和小春比胡唯大,可她要是不顺心了,或在卫蕤那里吃了瘪,总是气鼓鼓地去找胡唯。

他坐在花坛上看她发脾气,看她气急败坏地骂卫蕤,噘着嘴撒娇,好像他才是年长的那一个。

小春儿房间外头的火呼啦啦地烧着,她腰上绑着三条床单,那头,牢牢系在她腰上;这头,死死牵在胡唯手里。

楼下,乌泱泱赶来一帮看守保障大队仓库的战士,手里拿着水管、消防栓。

"小春儿,往下跳,卫蕤他们用垫子接着你呢。"

小春姑娘不是给人拖后腿的性格,没有哭哭啼啼地说什么害怕不敢,这时候时间就是生命,她越拖延,害的人越多。

她扶着窗口,就回头问了一句话:"那你呢?我下去你怎么办?"

"我跟着你。"

于是和小春没犹豫,眼睛一闭,跳了下去。

四层楼,说高不高,说矮不矮,将将悬着一楼阳台的位置,几个大人上前,连撕带扯地把小春姑娘拖下来带走。

卫蕤火急火燎地追上去:"春儿,没事儿吧?"

小春姑娘头发烧得长长短短,愤恨瞪着卫蕤:"懦夫——"

就这一句懦夫,彻彻底底伤了卫蕤的心。

像句谶语,未来十几年里,卫蕤也总是时不时问自己,我是懦夫吗?我不该那样做吗?我没冲上楼去逞匹夫之勇,做错了吗?

也因为这一句话,卫蕤觉得心里对小春儿有愧,处处让着她。

消防车呜哇呜哇地从大门口拐进来,大人们朝楼上招呼:"胡唯,快下来,快点!"

小胡唯扒着窗口,纵身一跃。

四层楼高的位置。

那时,院里架了很多电线。

家用的电话、电视;为看管库房重要物资的防监听设备,还有备用发电的电机设备。

那些电线错综复杂地架设在各个地方。

谁也没能想到,胡唯躲过了这场火,却会被这么一根被烧断了的电线给砸了脑袋。

当时场面已经乱套了,谁也记不清后来怎么了。

和小春爸爸因为这场火灾,受了很严重的处分,和小春身上也留了一辈子也弄不掉的疤。

胡唯妈妈那时已经与他爸爸离婚了,也没道理继续住在他爸爸分的住房里,知道儿子为了救人被砸进了医院,没过多久,就收拾行李带着他搬走了。
……
当时,胡唯被砸了之后,确确实实躺了好几天才醒过来。
听说,他醒过来以后,忘了自己学校在哪儿、老师是谁,连为什么躺在医院都忘了。
难怪,胡唯听到自己名字的时候很陌生,不是时隔多年记不住了的那种陌生,像是从来不认识他这个人似的。
现在这么一想,搞不好因为那次火灾,他把小春儿忘了也说不定。
烟灰烧得老长,被风一刮,卫蘬呛了口风,咳嗽着回了神。
卫蘬蹙眉深想,改日,倒要带着他回他以前住过的地方看看,把他这些年的事情打听个清楚。
当初,怎么就和他妈妈走得那么仓促。
他在雁城,又过得好不好。

晚上八点半,众人归寝,是男学员宿舍楼里最热闹的时候。
洗脸的洗脸,铺床的铺床,看书的看书。
因为这个培训班的学员来自不同地方,都忙着串门找熟人。

营级的找营级,连级的找连级,在走廊遇上,互相敬礼代表部队给对方留个好印象。
"哎,你们那儿的老秦现在还在不在啦?"
"老秦?早不在啦,改建旅之后,两年前就转业了!"
"那宋博文呢,宋博文听说过吗?我俩同年兵。"
"没听说过这人啊。"
"啧,那可能是也走了……"
胡唯踏着这一走廊的寒暄声独自回到宿舍,一推门,对床的杜星星好像一直在等他,见他回来,倏地站起来:"排长。"
杜星星是从广州来的,技术兵,上午来报到时两人见过面,因为是士官,见到胡唯总是对他"排长""排长"地叫。
"赶紧坐下,屋里也没外人,你总这样咱俩往后可没法一起住了。"胡唯扯了扯衣领,刚要关门,一抬头,发现自己桌前坐了个人。
他关门的手一僵。
岳小鹏面容温和地从椅子上站起来,手边放了一杯没喝过的开水。
胡唯明白过来为什么杜星星这么拘谨了。
杜星星憨憨地挠头:"首长已经等你半天了。"
"我知道你来这儿上学了,前段时间不是各个医院在进行学术交流嘛,之前下去过的这些部队医院借你们这儿的剧场搞汇报总结大会,我就过来看看你。"

岳小鹏这话不假,今天确确实实下午在这里有一场部队医院的学术汇报讨论成果会,不过散会了,他人没随着大客车走,直接留在了这里。

正巧这次负责搞信息化培训的主官认识岳小鹏,他以前当过对方的主治医生,对方一直念着他医术精湛,十分尊重,两人就背手寒暄了几句。

起初,岳小鹏不知道这人现在在负责这事,在学院里的人工湖边散步边聊。出于礼貌,他就问了一句:"宋参谋长,您现在调到院校来了?"

"呵呵,没有。前段时间总部去各个军区搞调研,要调整新的训练大纲,其中包括培养新型电子作战人才,抽调选送上来一批人,我现在在负责这事。"

"哦?"

"怎么?"

"我儿子在这儿。"

对方很惊讶:"在这班里?姓什么、叫什么,怎么从来没听你说过?"

"儿子大了,我俩联系也少,他什么事都不告诉我,我也是前段时间才听说,不知道跟您这个是不是一回事,叫胡唯,雁城军区来的。"

对方立即掏出手机问了一下,联系过后,和岳小鹏握了握手。

"你看看,也不早跟我说,我知道雁城来的有这么个孩子,不知道是你儿子。你放心,他在这儿错不了,以后有什么事直接跟我说。"

岳小鹏和气微笑:"别这么说,他在这里是给您添麻烦了,我也管不了他那么多,如果方便,我想去宿舍看看他,也好长时间没见了。"

"方便,就在湖后头这栋楼。"

得了指引,岳小鹏找到胡唯的宿舍,在门口做了登记,听他同屋的人说他出去了,就一直坐在这里等。

看父子俩面对面站着也不讲话,憨厚的杜星星以为是自己在这里不方便,于是挠挠头:"那个……排长,你们聊,我出去打盆水。"

"不用。"胡唯拦住他,把门拉开了些,"也不早了,我送您回去,咱俩边走边聊?"

"那好。"

岳小鹏和杜星星礼貌地点点头:"孩子,再见。"

杜星星啪地立正:"首长再见。"

待父子俩一前一后出了这条走廊,杜星星扒着门框"妈哎"了好几声。

没看出来咧,这个雁城来的排长,爸爸还是个大官。

晚上的校园寂静有序,两人成行,三人成列。

岳小鹏和胡唯并排走着,朝着学校大门的方向。

"你……你继父的身体,好些了吗?"

"正在恢复,已经能走了,只是走得很慢。"

岳小鹏叹息:"这病不能心急,但总躺着也不行,适当锻炼锻炼还是可以的。我知道你在这儿,没别的意思,就想过来看看你,怎么说,也算到了虬城,周六周日休息的时候,可以回家里看看。"

胡唯侧脸在夜色中十分坚毅,沉默听着,没说话。

"你晚上是跟朋友出去了?"

"和卫蕤。"

"哦,你和卫蕤还有联系,那不错,我记得你俩是从两三岁就在一起玩的。你在雁城这些年,他总问我你现在怎么样、好不好。"

"不是你让他来找我的?"

岳小鹏一愣:"可能是他从哪里听说了你回来。"

小胡爷不禁垂了垂眼,无限失落。

行到校园门口,一个出,一个回,父子俩再没有话。

岳小鹏走了两步,不忘回头嘱咐,说是嘱咐,其实是央求一般:"如果你有空,休息了有时间,回家看看。"

回家看看。

这一句话,引得小胡爷想起某年春晚红透了大江南北的那首歌《常回家看看》。

找点空闲,找点时间,领着孩子,常回家看看。

生活的烦恼跟妈妈说说,工作的事情找爸爸谈谈。

呵,多讽刺的歌儿。

他大步流星往回走,走着走着,从春晚忽地想起了二丫。

她也是爱看《春晚》。

电视一放,她盘个腿,抱着一盆草莓,看得那么认真。

雁城。

虬城。

错综复杂的关系,那么那么多的人,乱七八糟地在脑子里转着,搅得人心烦意乱。

小胡爷仰着头,忽然想吼两嗓子。

远在雁城的二丫,忽然打了个大喷嚏。

她盘腿坐在床上,正在和一盆兰花面面相觑。

下午她去花卉市场想买袋肥料,抱着花挨家挨户地转,转一家,老板看看花,就用异样的眼神打量她。

二丫觉得奇奇怪怪的,终于在一个老板那里知道了原因。

老板抽着烟,眯眼坐在矮板凳上问:"你这花哪儿来的?"

二丫也很横:"你管我哪儿来的,问你有没有它用的肥。"

"没有,你这花,得去别处找。"

"哪儿找?"

这几天雁城下雨,这花有些蔫拉脑袋,二丫心急怕它死了,这才着急出来找肥料想给它松松土。

"这样吧。"老板叼着烟,也不说去哪里找,"你这花养不好,寄在我这儿,我给你伺候,或者你卖给我也行。"

一听卖,二丫护孩子似的又往怀里搂了搂,一双贼眼滴溜溜地转:"多少钱?"

老板看她是个不识货的,呵呵笑:"多少钱你说。"

二丫心想我才不说呢,你不开价,又这样盯紧我这盆宝贝,肯定有猫腻。

她想了想,狮子大开口:"我这花是我奶奶传下来的宝贝,我留着不为别的,为了念想,我家里要是知道我把它卖了,肯定打折我的腿,你就说个实在价,合适我就卖。"

老板见她有出手的心思,一犹豫,重重地拍大腿:"得,我是真想收,我给你这个数。"

他比个"二"。

二丫一皱眉:"两千?"

她这一张嘴,老板才知道她是真不识货,暗暗后悔开高了,也没了跟她开玩笑的心思。

"姑娘,二十万!我是给你二十万!你这盆是极品莲瓣兰,去年杭州拍卖会这一盆拍出了七位数的高价啊!"

二丫嘴巴半张,盯着这盆从胡唯那间老房子里抱出来的花,心里"轰"的一声。

如果有人告诉你,你帮人保管的这个东西价值千金,而这个东西的主人不在,你又恰好缺钱,你怎么办?

那要看是什么东西了。

一个很好解释它不见了的东西。

二丫愁苦地和那盆兰花面对面,最后合掌朝它拜了拜,嘴里念叨着:"别死啊,千万别死……

"我叫杜豌,从某种意义上讲,咱俩也算同根,我知道你刚来我这里有点水土不服,但是什么环境总是要适应适应的,你前头那位主人没在,你就将就将就我,我保证按时给你晒太阳、浇水、施肥,像春天般把你呵护,别死,别死。"

兰花枝叶向上高傲地舒展,翠绿纤细的身体,像一位遗世独立的美人在用她傲慢眼神睥睨着周遭与她不符的世俗。

二丫心里默默叹气,像供菩萨似的把花摆到自己卧室的窗台上。

一晃,已经过去三个月了。

挨过雁城的盛夏,秋天如期而至。

杜希的生日也在这个月。他身体恢复得很好,出院以后,又休养了一段时间,最近刚刚回到医院上班。

医院考虑到他身体情况,把他从原来的急诊科调到医务处做主任,主管行政工作。

杜稽山有意趁着他生日在家里组织一次聚会,一扫之前笼罩在杜家的阴霾。

陪杜希一起来的,还有老爷子极力邀请的苏燃。

杜希住院期间包括后期休养,都是苏燃在照顾,两个人的关系在杜家人眼里似乎有些心照不宣,干脆借着这次机会把话挑明了。

"老三,你住院的这段日子小苏没少为你操心,你看看,你是不是以茶代酒,好好谢一谢她。"

"要谢,要谢。"杜希端起一杯茶,郑重地和苏燃碰了一下,"小苏,这段时间要没有你,我也不能恢复得这么快,你受累了。"

苏燃被杜家一大家子人盯着,有些拘谨,连忙举起杯:"杜老师,别这么说,都是我应该做的。"

"哎,这话说得不对,哪有谁就天经地义该为谁做什么,人家对你没感情,搭着心血搭着时间白伺候你啊?"杜甘喝了一口白酒,辣得直咧嘴,"老三,你也别磨蹭,正好咱家老爷子、兄弟、孩子全都在这儿,小苏照顾你这几个月,你得给人家个说法。"

给什么说法,杜希今年已经五十五岁了,他比苏燃大了整整一轮还要多,苏燃没结过婚,也没有孩子,跟了自己,是受天大的委屈。

两人都举着杯,要喝不喝,被杜甘这一句话搅得十分尴尬。

"来,小苏。"杜希主动和她撞了一下,"还是要感谢你……"

杜甘立刻伸手拦着,不让两人喝这杯酒:"不行,不行,光感谢不行,你今天必须在这儿跟苏医生说明白了。"

杜希一哂:"你看,今天我生日,我说了算,你总跟着捣什么乱。"

"你管我这叫捣乱哪?"

杜希被这话将到这一步,看看家中这一圈人,又看看坐在为首的老父亲。

都说"不痴不聋,不做家翁",杜稽山可是将这一句话发挥到了极致。

该他说话的时候说,不该他掺和的时候,就抿着嘴一坐,微阖着眼假装听不见。他不作声,就说明他也认可杜甘的话,也想往下看看杜希怎么做。

杜希笑一笑，镇定地放下茶杯。

"那好，今天咱们家人都在，我也直说吧。"

坐在苏燃身边的杜敬的妻子，也笑着按住苏燃的手，示意她放下杯，听听杜希怎么说。

"小枫走了以后，我那时对胡唯，对咱们家的人都说过，往后这半辈子我都不找了。这个想法直到现在也没变过。"

在座的众人脸色渐渐凝重起来。

"我知道你们想说现在胡唯走了，我不该这么犟，我身边也该有个人，可这样做，对小苏不公平。我今年已经五十五岁了，结过两次婚，小苏呢，她没结过婚，也没有孩子，就这么跟我在一块，不考虑眼前，是不是也要考虑以后。我七老八十那一天，让她怎么办……"

"杜老师——"

清越干脆的声音打断杜希接下来要说的话。

苏燃执起桌上的白酒，给自己倒了满满一大杯。

接着，在众人目光中，她给自己壮胆儿似的，仰头将酒干下。

一直坐在墙边默默无闻的二丫看她喝酒的动作，眼睛唰地亮了，这是女中豪杰啊！

"小苏……"杜嵇山担忧地半起身，"你这是干什么。"

白酒火辣辣地顺着喉咙烧进五脏六腑，苏燃抹掉嘴角的酒液："老爷子，您别拦我，这杯酒我要不喝，剩下这话我也没法说。"

她又转头看向杜希："杜老师，我知道你心里有前妻。我和你一个科室十年，我看着你和她结婚，看着你为她办葬礼，看着你一个人拉扯她的孩子，你嘴上不说，我心里为你不平！不光我，连咱们医院的同事都为你不平，你单身十年，我也追了你十年，我苏燃从二十八岁到三十八岁这最好的十年，全都用在你身上了。好不容易守得云开见月明，老天给了我你生病这个机会，现在你跟我说，你怕耽误我……"

情到深处，她含泪哽咽。

有人递上纸巾劝她："慢慢说，慢慢说。"

苏燃摆了摆手："今天当着你这一大家子人的面，我也把话放这儿，别说你五十五岁，你就是六十五岁、七十五岁，我对你的这份心也不会变！除非你再找，要不，我就这么守着你。"

"好！"

冷不防一声老人叫好，惊得二丫一缩脖子。

杜嵇山激动地拍着巴掌，眼圈都红了："小苏啊小苏……今天你能说出这番话，不管我儿子怎么说，你是好样的。杜希积了八辈子德能有你这样一个愿意爱护他、照顾他的人，作为父亲，我很知足。

"但是——

"他杜希天生就是这样的性格,你话都说到这份上,他不表示,他活该,他命里没这段福气,但是我们杜家人向来是知恩图报的。你对杜希这片心,我老头子记下了,你当不成我们家儿媳妇,我认你当闺女。以后你就是我们杜家一分子!"

这话说完,一家人心中呵笑,姜还是老的辣啊!

这不明摆着告诉杜希,你窝囊,我不怪你;你欠人家这份情,你老子替你还!

一时寂静,无人说话。

只有杜希垂在腿上的手握了又握,最后,拿起杯:"爸。"

"别叫爸,这杯酒你本来就是该跟小苏喝,叫我,你俩一块叫。你只说今天是领着媳妇敬我,还是领着妹妹敬我?"

杜希看了看苏燃,迎上她炽烈期待的目光。

中年男人的手在桌下攥得青筋突起,杜希心一沉,有破釜沉舟的决心:"领着媳妇敬您。"

杜嵇山流下两行热泪,这就算把小儿子的婚事拍了板!他颤颤巍巍地受下两杯酒,一改之前饭桌上的沉闷气氛。

吃到中途,说要把杜希的生日蛋糕端上来切,正逢杜希接了个电话,他低头看着电话号码,站起来示意家人:"你们先弄,我接个电话,回来吹蜡烛。"

这个电话似乎对杜希很重要,他走到厨房的阳台上,还关上了门。

平静了下心情,杜希接起来:"喂?"

电话那端的胡唯坐在某条宽阔马路上,似乎是刚从哪里回来,一身的训练服,声音沙哑。

"爸,生日快乐。"

"哎,哎!"能在这时接到胡唯的电话,杜希顿感意外,激动得连连答应,不知道说些什么好。

胡唯去虬城后,他和胡唯通过几次电话,大多都是胡唯打来的,问问他的身体状况。最近一次也是几个月前,胡唯说要去集训,通信设备上缴,让他别惦记。

"你在那头,都好不好?"

杜星星用矿泉水给胡唯冲着手上的伤口,又要拿棉球给他消毒。胡唯比了个手势,表示不要紧。

"都挺好的,您在哪儿呢?"

"在你爷爷家,今天给我过生日,家里人都来了。"

胡唯低了低头,故作漫不经心地问:"杜豌也在?"

杜希没做他想:"在呢,丫丫也好几个月没见着人了,不知道在外头忙些什么,今天回来了,蔫蔫的,也不太爱说话了。"

胡唯平静地笑了笑:"您帮我给爷爷带声好。"

"行,刚才你爷爷还偷着问我呢,问你在虻城学习得怎么样、顺不顺心。"

胡唯坐的地方似乎是条盘山路,对面是一辆大客车,应该是中场休息,车上不少人下来活动筋骨,都穿着全套的作战服,背着各样装具,风尘仆仆的。

他脚边放着一个医药箱,身边围了两三个人,都在给他处理手上狰狞伤口。

其中一人说:"你这得赶紧消毒,感染了就麻烦了。"

又一人说:"有点疼,忍着点啊。"

杜希仔细听着电话那头的嘈杂声,心里一紧:"你怎么了?"

医用酒精顺着胡唯的手浇下去,他忍着皱了下眉头,语气似往常:"没事,集训回来车停在休息站,抽空给您打个电话。"

"真没事?"

"真没事。您身体怎么样了?要多休息。"

"很好,也没什么不舒服,医院给我调到办公室去了,工作不忙。"

短暂休整完毕,要集合登车,有人吹着口哨下命令。

胡唯从路边站起来:"爸,不跟您说了,我得上车了。"

"哦,好,好。"

几个战友手脚麻利地收着医药箱,整理着地上废弃的沾满了血的棉球和纱布。

胡唯和杜希最后说了几句,把手机按掉,被人扶着上车:"这伤回了市里得赶紧找医院,恐怕得缝针。"

杜星星愧疚,脸上带着浓浓的自责:"排长,都是我不好。"

胡唯笑着用帽子抽了杜星星一下,宽慰他:"不怪你,是我自己没注意,山里头磕一下碰一下的,正常。"

最近培训班在搞拉练,为了实地感受战争环境下电子对抗的重要性,这群人被拉到了虻城外几百公里远的演习驻地。

这山,一进就是三个月。

回来时,收拾器材撤退下山,杜星星扛着东西踩滑了脚,胡唯走在他前头,反应极快地挡了他一下,一百四五十斤的大小伙子,身上又背着东西,胡唯也被带倒了。好在人都没事,受了点轻伤,胡唯的手磕在山石上,划了长长一道伤口。

不能耽误撤离进度,也没仔细处理,车停在非信号屏蔽区的山脚下,有人过来发通信器材,让他们给家里报平安。

这才腾出工夫给他弄手上的口子。

就这样了,胡唯也不老实,还要打电话。

"什么事一会儿回车上说呗,急吼吼的,打给女朋友?"

胡唯食指中指夹烟,大拇指掐着手机按着拨号数字键,歪着嘴角坏笑:"你管我给谁打呢?"

刚开始一个班入学时互相不认识,关系生疏,三个月下来,睡过一个帐篷,穿过一双袜子,管你校级还是连级,都像亲人似的。

偶尔,也咬耳朵开玩笑,这个把那个气得叉腰,照着屁股就是一脚。

上了回城的客车,车里鼾声一片,少数人低头在和家人发短信,车厢十分安静。

胡唯坐在后排靠窗,右手缠着纱布。

他望着窗外掠过的片片山间风光,脑中想着杜希刚才说过的话,兀自发呆。

蔫了,不爱说话了。

蔫了,怎么就蔫了呢?

二丫这阵确实话少,总像怀着重重心事似的。

一家人给杜希庆祝生日,她也没表现得兴致很高,就自己坐在那里一罐罐地喝啤酒。

也没人劝她,没人说她,自己喝得有滋有味的。

这罐喝空了,再拎一罐。

喝得眼睛都直了,她爷爷拍了拍桌子:"杜豌!最近怎么话少呢?你三伯过生日,你也不说两句?"

说啥啊……

二丫清了清嗓子,端起杯,还没等说话,先打了个嗝。

杜希温厚解围:"心意三伯领了,咱家丫丫从小也不会说这些场面话,不说了。"

二丫嘿嘿一笑:"谢谢三伯!"

"你少喝点,这两天不说好了去接你姥姥吗?"

最近,这是二丫生活里最重要的事情了。

她在雁城给她姥姥找了个高级疗养院,一年八万块钱,前两天把钱交了,打算联系晖春那边,把姥姥接到这边来养。而且这事,是她办完了才和家里说的。

孩子要尽孝,谁能拦着。杜嵇山听了也没反对,还说她姥姥要是接回来,身体硬朗,别着急往疗养院送,先接来他这里坐坐。

被人这么一提醒,二丫也不敢喝了,想着明天早点起来要开车去晖春,就独自上楼休息了。

楼下还是热热闹闹的。

二丫拧开楼上自己房间的门,连灯都没开,直接趴在了床上。

她记得年初时,家里还不是这样的。

那时家里人都在,胡唯也在。

他们热热闹闹地在客厅打牌,她看着电视,耳朵里听着他们在自己身后说话。

小姑娘的脸压在床单上,嘴压得微张,黑漆漆的房间里,二丫静静地呼吸,眼睛被月亮映得明亮。

她心中的思念像窗台上的那盆兰花一样疯狂生长。

想着想着,二丫闭上了眼睛,沉沉睡去。

也不知道睡了多久,手机在深夜突兀地响起。

杜家上下一片寂静。

杜嵇山已经睡下了。

二丫坐着接起电话,心里有种不好的预感。

电话那头是晖春养老院。

护士在那头抱歉地说:"你好,是张桂兰家属吧。我们夜里查房时刚发现的,老人已经走了……"

二丫和姥姥生活的时间里,始终都是"姥姥""姥姥"地叫,以至于护士通知她老人去世时,她听到姥姥的名字有点蒙,不知道说的是谁。

老人走得很安详,自然死亡,平静地躺在床上,双手交握,手心里攥着二丫幼年时手腕上拴过的那只小虎头。

都说老人临走时自己会有预感。

白天护士搀着老人散步时,她还笑呵呵地说:"我要走喽。"

护士听了,配合老人嘴甜地应:"是,知道您要走了,您有个孝顺外孙女,在雁城给您安排了好地方,要接您回去呢。"

老太太听了这话,微笑着目光呆滞地坐在长椅上,拉着护士的手,又说了一遍:"丫丫,我要走了,来人接我了。"

白天还好好的,老人腿脚也比往常利索了,还央求护士给自己洗洗头发。

相处时间长了,虽不像对待自家老人那样,小护士们对老太太也是有感情的,于是两个和二丫年龄相仿的姑娘给老太太洗了头发,还帮她换了身素净衣服。就等着第二天老太太的外孙女来,把她接走。

谁知道夜里查房时,人就这么静静地没了。

突如其来的死讯,那时是凌晨三点,杜家灯也熄了,人也走了,上下静悄悄的。

二丫慌张得不知道要怎么办,去敲她爷爷的房门。

敲了好长时间,杜嵇山才拄着拐杖来开门:"孩子,怎么了?"

二丫手里死死握着手机,手脚冰凉,向亲人求助:"爷爷,我姥姥没了。"

杜嵇山眉头紧拧:"啥?"

二丫连声音都不对了,说话也走调了:"我姥姥没了!姥姥没了!"
"怎么没的?"
"就是人没了,走了!不在了!"
地动山摇,一声哀愁。
可怜二丫小小年纪,二十四岁经历了两遭亲人离世,这是什么样的沉重打击。
杜稽山披着衣服有条不紊地安排:"快给你哥打电话,我现在找人送你去晖春。"
不知道是怎的,二丫开始抽筋,浑身发抖地给远在千里外的杜锐打电话。
杜锐手机关机。
"我哥关机,不接……"她哆嗦着,嘴唇都在颤。
杜稽山一看,完了,这孩子是吓傻了,赶紧心疼地搂着孙女肩膀下楼:"别慌,别慌,我给杜炜打电话,让他接你去。"
二丫父母没的时候她才四五岁,办后事时顾念她年纪太小,怕给她留下阴影,都没让她参加。只让几个伯母给她换上一条白裙子,让亲戚带着在家里看房子。

她怎么知道亲人离世时该操办的事情哟。
这时候,家里竟连一个能帮忙的人都没有。
杜稽山思索着抄起电话,让二丫在沙发上坐好,打给了她大伯的儿子,杜炜。
杜炜是孙辈里唯一成家立业办事还算稳妥的,杜锐联系不上人,这时候,只能找他。
杜稽山把事情说了。杜炜起床,二话没说就往这边赶。临挂电话,老爷子看着二丫抽搐的样子,心急又说了一句:"你叫上杜跃,让他一起来,路上有照应。"
挂了电话,等待来人接二丫的这段时间,杜稽山背手望着窗外,忽然心焦地感慨:"这时候胡唯要在就好了……"
那孩子话少稳当,心理素质又好,是个能扛事的。
原本傻呆呆坐在沙发里的二丫,听见老爷子嘴里念叨"胡唯",忽然又是一阵抽搐,身体都痉挛了。
杜稽山吓得奔过去,晃着孙女:"杜琬哪,杜琬,你可别吓爷爷。"
二丫也不哭,手脚冰凉,就倒在那里浑身哆嗦,一言不发。
"这是怎么了,怎么了?"老爷子心急火燎地找着能盖着取暖的东西给孙女裹上,蹲在旁边一遍遍捂着二丫的手脚,老泪纵横,"你可别出事了,你要出事了,等于要了爷爷的命啊……"
一提"要命",二丫抖得更厉害,嘴里嚷着:"不能要命!谁也不能要命!

非要要命，要我的！别拿别人的！"

"不拿，不拿！谁也不要命，咱们家的人都好好的，都健健康康的，什么事都没有啊。丫丫，丫丫，咱们以后都平平安安的，什么事都没有。"老爷子连连安抚，悲春伤秋地摸着孙女的头发。

那边听闻噩耗的大伯、二伯家，全都在深夜亮了灯。

大伯杜敬靠在床头揉着太阳穴，在电话中嘱咐儿子："嗯，嗯。你到了晖春，看紧点你妹妹，该你出头办的事情一样都别落下，尽量别让杜豌插手，什么事跟家里勤通电话。"

大伯母陪着抹眼泪，良久无言。半响，杜敬关了台灯："睡吧，明天还得上班呢。"

一声女人的温柔叹息："杜豌这孩子，真够可怜的。"

二伯杜甘也睡不着了，叉腰对着卧室窗户抽烟，一屋子呛人烟味。

二伯母半坐床边，为杜跃担忧："你说老爷子让他去干吗，他才多大点，哪里办过后事，回头再给吓着了。"

"他不去，你看这家里谁还能跟杜豌去？"

"不是我多想，杜豌这孩子是不是有什么说道？"

杜甘侧了侧脸："你什么意思？"

二伯母低头，摸着被罩："命不好，克人呗，父母克没了，现在又是她姥姥……"

"你闭嘴！"一句话踩了杜甘的底线，朝妻子大发雷霆，"我告诉你，以后我们杜家的事儿你少插嘴。杜豌命好不好都是我们家孩子，当初老四没了，我想把她过继到咱家，当成自己闺女养，就是你横竖拦着不让，别以为我不知道你怎么想的！你怕她长大了有人跟杜跃争财产，你自己的儿子是儿子，别人家的孩子就不是了？她父母要是活着听见你这么说该怎么想！"

杜甘在家里少有发火的时候，是个妻管严，冷不防他大嗓门怒吼，二伯母也气弱，哽了半天，"咣当"一声倒在床上，被子把头蒙住，不吭声了。

杜炜来接二丫回晖春县城，他的车是一辆底盘高的吉普车，适合跑高速。杜嵇山用件花棉袄把二丫裹着送出来，杜炜上前接过妹妹，护着头把人往车里塞。

"杜跃，你把车留爷爷家，咱们开一辆车去，你坐后头看着二丫。"

杜跃听话，锁了车，开门钻进后排。

清晨五点，城市的天擦边刚亮。杜嵇山站在小院里目送着他们："杜炜，一定照顾好你妹妹，拽住了她。"

杜炜匆忙拉开驾驶座的门："放心吧，爷爷，您在家里也别太着急，到了我联系您。"

"快走吧,走吧——"

车子出了雁城高速收费口,疾奔着晖春而去。

车里寂静,连收音机都没开。

杜炜沉默着开车,杜跃陪着二丫在后排,偷偷用余光打量着她,见她眼神直勾勾的,搂过她肩膀宽慰:"杜豌,你想哭就哭吧。"

二丫倔强地摇头,脸色苍白,嘴唇干巴巴的。

杜跃拧开一瓶水:"喝一口水,嘴都干起皮儿了。"

二丫还是摇头。

杜跃小心翼翼地把矿泉水瓶挨到二丫嘴边,她也不张嘴,只在她唇边沾了点水。

杜跃默默又把瓶盖拧上,惆怅地看着窗外发呆。

二丫姥姥的遗体不能停在养老院,被送到了晖春医院的太平间。

二丫和姥姥见面时,就在那么一间阴冷简陋的房子里。

"好在老人家前一天刚让护士洗了头,换了衣服,走得干干净净,也算没留什么遗憾。"

养老院的负责人站在旁边交代家属,怜悯地看着跪在老人家身旁的小姑娘。

二丫跪在姥姥身边,始终没哭:"这些本来都应该是我做的。"

"闺女,别自责,生老病死是常情,老人家走的时候也没遭罪,是到另一个世界过日子去了。我们养老院的人都知道,送来的这些大爷大娘,家属数你孝顺。"

"姥姥留了什么话,什么东西给我吗?"

"没留什么话,是睡着的时候……就是走的时候手里攥了个铃铛。"

二丫不畏惧地去拨姥姥的手,一只系着红绳的小虎头,拴着银铃铛。

那时她被接到姥姥身边时,这条绳是一直绑在手腕上的。

后来二丫长大了,也长胖了,红绳绑不住她了,她梳着俩羊角辫回家跟姥姥伸手哭:"姥姥,姥姥,勒得肉疼。"

她姥姥一看,小杜豌的手腕被红绳勒出条印,笑呵呵地取来剪子帮她剪开:"咱家丫头长胖了,守岁的平安绳也系不住喽。以后啊,你肯定是要长翅膀走远的。"

二丫干涸地眨眼,又把姥姥的手合上了,重重地捂着她的手。

"你看,你们家属对养老院还有什么要求?"

"没有要求。"二丫从原本跪着的姿势撑地站起来,转身从太平间出去了,

"我想尽快带姥姥回家……"

她不喜欢这里,这里太冷了,姥姥也肯定不喜欢。

她得把姥姥带回雁城,寻个有山有水的好地方。

于是接下来一系列的事情,都办得很快。

在殡仪馆火化老人时,看着姥姥从自己前面推走,二丫下意识地也跟着走,杜炜手快抓住她:"你哪儿去?"

二丫回头,怔怔地说:"我……我就过去看看。"

杜炜和杜跃对视一眼,杜炜抓着二丫的胳膊:"丫丫,不去看了,那地方不让人进。"

"我就过去看看——"她说得轻,胳膊却使了牛劲试图甩开杜炜,"你就让我再看看。"

这魔怔了似的,杜炜怎么敢让她再往前走。

他干脆不听她说话,死死地把人拽住。

二丫忽然凄厉地哀求:"你就让我看看吧……我求求你了……"

"杜跃,快点!"

杜跃机敏上前,一把钳住二丫的手。

两个大男人死死抱着她不让她往前走,任她踢打恳求。二丫浑身颤抖着,抽搐着,张大了嘴喘气,感觉自己快要憋死了,可就是没用。

后来,终于停止撕扯,工作人员通知家属进去接骨灰。

二丫头发乱蓬蓬地粘在脸上,忽然精疲力竭,一屁股坐在地上。

老人家下葬那天,雁城是个晴天。

墓地在郊外,倒也是个依山傍水的好地方,二丫的父母也在这里。

可她对父母的记忆已经很淡了。

都说孩子和隔代人关系一旦比父母要亲,这个孩子对亲情的依赖性更强,心思更敏感,情感也更细腻。

葬礼上的人不多,除了杜家的人,二丫只来了两个要好的同学和姚辉。

她穿着一身黑色衣裳,被指挥着该怎么做,全程无话。

最后要走,她大伯说,杜豌,跪下给你姥姥磕个头。

二丫听话地跪下磕头,在场的人觉得奇怪,终于有人忍不住提醒她:"孩子,你倒是哭一哭啊。"

二丫跪在那里,酝酿情绪许久,最后认真地回头望着大伯:"我哭不出来啊……"

不知道为什么,自从接到这个消息后,她始终没哭,没掉过一滴眼泪。

她大伯心疼地拉起她,一挥手:"哭不出来就不哭,跟大伯回家了。"

所有人都以为二丫至少要为这事情消沉一段时间，做好了安抚照顾她的准备。

可没过两天，她精神好好地从楼上下来，说要上班去。

她爷爷拦着不让："在家里再休息几天吧，上班着什么急？"

二丫喝着牛奶："我得去把疗养院交的钱退了，姚辉那里还有活等着我干呢。"

说完，她擦擦嘴，穿着黑色绒衣，跟杜嵇山挥手："爷爷再见！"

姚辉也没想到二丫在这个时候还来上班，看到她，大吃一惊："你行吗？"

二丫低头看看自己："哪里不行？"

"我是说你姥姥才走，你要是心情不好，下午那会我安排别人去。"

"有什么不行，人死不能复生，我不能沉浸在我姥姥的事情里一直消沉下去，天也没塌，我越消沉，我家里人越担心我，我不想让他们那样。"

姚辉叹气，面前这人瘦得就剩巴掌大的脸了，为了守孝还穿了一身黑，更显单薄。

她把文件夹递给二丫，抱了抱二丫："行吧，你不想去可以不用勉强自己，这段时间我放你假，薪水照开。"

二丫歪着头，用力回抱了抱姚辉。

下午的会开完，在宾馆后头有一条人行大道，两边低矮的白墙，路边都是高大的银杏树。

初秋时节，银杏树叶金黄，铺满了整条街，有不少老人带着孩子在这里拍照玩耍，小娃娃们骑着自行车，飞快地从二丫身边过。

二丫双手插在裤子口袋里，肩上担着一个包，静静地沿着这条街走着。

她走得神游天外，连身后跟了个人都不知道。

那人刻意放轻脚步，有意想吓唬她。

那人越跟越近，在二丫仰头看着一棵银杏树发呆时，冷不防跳出来在二丫耳边"嘿"了一声。

二丫原本背对着那人，猝不及防一声吼，吓得她缩着肩膀打了个激灵。

孟得哈哈大笑地冲到她面前，笑得意气风发："惊喜不惊喜？意外不意外？"

待笑完，他才发现二丫不对。

她镇定地盯着他，既没有惊吓，也没有笑容，只是眼圈越来越红。

孟得渐渐敛起神情，严肃起来："杜豌？"

二丫站在人来人往的银杏树下，忽然极为痛苦地张嘴，慢慢俯下身，眼泪噼里啪啦地往下掉。

孟得慌了，疾步上前扶着她肩："不至于吧，你别吓唬我……"

妈哎，惹祸了，惹祸了。

二丫被孟得用手扶着，身体渐渐发软，"扑通"一声跌坐在银杏树下，由无声恸哭改为号啕发泄。

心里一直压抑着的巨大悲伤像是终于找到了发泄口，她哭得哀恸，哭得惊天动地，哭得尽情酣畅，像个和男朋友吵架当街撒泼的姑娘。

可这泼撒得并不让人讨厌，只能让人看出她的伤心和绝望。

扑簌簌的金黄银杏树下，一个穿着黑衣服的年轻姑娘，她有着最纯真的面孔、最热烈的情绪，仿佛是个被人抛弃了的孩子。

人来人往的行人都回头奇怪地打量着她。

孟得立在一旁不知所措，蹲在她的身旁。

孟得和二丫是在杜希生病那段时间认识的，他想着那是胡唯的父亲，两人同事一场，胡唯不在雁城，他总要去照看一眼。

那时二丫坐在杜希的病房里，正认真用刀削着水果。

她是个让人记在心里了就难再忘的姑娘。

孟得见到她很惊喜，当下就在杜希的病房和她攀谈起来。

"哎，你还记得我吗？"

她低着头："我见都没见过你，怎么就能记得了。"

"怎么没见过，上回在杜叔叔家楼下，是你告诉我有人套了我的车牌号。"

二丫倏地抬头，看着孟得报出一个车牌号有点惊喜。

"是你？"

嘿，不记人脸记号牌。

孟得吹了声口哨："是我啊！"他穿着军装，原本还有些吊儿郎当的样儿，忽然正经地伸出手来，"我叫孟得，雁城军区作战室参谋，也是胡唯的同事。"

"我叫杜豌，豌豆的豌。"

两只手握在一起，重重地摇了摇。

"谢谢你来看我三伯！"

"别客气啊，一家人，应该的。"

一声甜甜的话语："给你吃瓜。"

孟得心神荡漾："我不吃，你吃，姑娘家多吃水果对皮肤好。"

当时杜希看着俩人你来我往，觉得这孟得对二丫有意思，心里还很高兴。

孟得临走时，掏出手机要留二丫的手机号码："以后胡唯不在，杜叔这边有什么事你给我打电话，随叫随到。"

从那以后，两人就算认识了。

孟得今天休假，不想窝在宿舍里，就出来闲逛。

报纸新闻说雁城玉山路上的银杏开了，整条街金黄灿烂，是游人争相拍照的景色。

他一个人走到这里,觉得也没什么看头,正索然无味时,就发现了她。

她走得安安静静,心事重重,没了初见面时的生气和灵动,他就想跟她开个小玩笑。

谁知道这玩笑开得时机不对,赶在了二丫情绪最低落的时候。

孟得哄着她、求着她,裤兜里揣的面巾纸让她"祸害"了半包,她还是止不住地哭。

孟得就差给这个姑奶奶磕头了:"我求求你了,小点声,我真不是故意的。我发誓!"

二丫揪着心口哭得呜呜哇哇,话都说不清楚了:"你欺负身上戴孝的,算什么本事……"

孟得脸色一凝,终于知道为什么看她别扭了。

她穿了一身黑啊!

"你家里谁没了?胡唯他爸吗,还是你爷爷?"

眼泪扑簌簌地往下掉,二丫一个劲儿地摇头,哭得停不下来。

她太需要这样痛痛快快地发泄一场了。

她口齿不清地说着,指着自己,快要背过气儿去。

孟得心疼她,也不顾上那么多了,让她靠在自己身上,拍着她后背给她顺气:"不哭了啊,不哭了。我不该吓唬你,我错了,对不起。"

在女孩儿靠在自己胸膛前断断续续的呜咽声中,孟得眼底一片暗沉。

他终于听清了她在说什么。

她嘴里呜咽的,心里悲伤的,都是一个人。

她这一刻撕心裂肺想着的,也都是一个人。

她在说。

胡唯。

可他不在自己身边。

二丫回了胡唯之前租的那个老房子。

屋里冷冷清清,还是那一张桌子、一个柜子、一张床。

桌上有几张他写过字的纸,夹在他看过的书里。

二丫怔怔地盯着那张桌子发呆,想象着他看书的样子。

一盏台灯,他歪着身子,或者跷着二郎腿,一只手拿着书,眉头微蹙,折页看过了,单手用手指别开一页,翻过去,接着看。

看乏了,他将书倒扣在桌上,起身打水。

他站在水龙头下,弯腰囫囵洗头洗脸。

衬衫因为他弯腰的动作,紧绷着,绷出他后背紧实线条。

一截窄腰卡在皮带里,然后是双修长有力的腿。

浑浑噩噩中,二丫像做了场梦似的。

梦里远在虬城的小胡哥回来了,轻推开这屋的门时,身上带着凉意,坐在她旁边。

看她睡得不太舒服,他用手托着她的脖子,让她枕在自己腿上。

二丫翻了个身,把脸埋进头发里。

有手指拂开她沾在脸上的头发,那只手粗粝,指肚上有茧子。

梦里,二丫问他:"你怎么回来了?"

他说:"我回来看看你,他们都说你想我想得,鼻涕泡都要哭出来了。"

"呸,我才没那么没出息。我那是姥姥走了,伤心的。"

那只手的主人心疼地抚着她额头,又轻轻摸了摸她的耳朵。

"那你回来,学校让你走吗?"

"不让走偷着走呗。"

"怎么偷着走?"

小胡哥脸上露出他的招牌笑容,漫不经心一咧嘴:"翻墙。"

"翻墙要挨罚的,我以前逃学翻过墙。"

"为什么逃学呢?"

"不想上学,想出去抓蜻蜓。你回去会不会挨罚?"

"不会。"

"不会也得回去,天亮之前就走,别让他们发现你不在。"

"你想让我走?"

"不想,但是我更想让你在虬城好好的。"

二丫忘了谁跟自己说过,人说梦话时,有人配合你,你就会说个没完没了。不能说个没完没了,那样会把自己给累死的。

不能说了,不能说了。

不管那人再怎么问你,都不搭话了。

于是,二丫打定主意闭紧嘴。

良久,一声叹息。

将她放到枕头上,盖好被,依恋地沿着她眉眼轮廓抚了抚,胡唯又轻轻关门出去了。

胡同口,孟得站在夜色里,靠着墙在等。

胡唯从小院里走出来,无声无息。

"别怪我,我是怕她一个人出什么事,才一直跟到这儿来的。"

"怪你干什么,得谢你。"

"啪"的一声,是打火机响。
"你的手怎么了?"
胡唯垂眼看了看自己的右手:"没事儿,刮了一下。"
孟得想了想,又笑:"你俩这样,被她家里知道,怕是要翻天了。"
一声短促低笑,带着"就算知道了又能怎么着"的霸气。
"你去看过我爸?"
"啊,想着你不在,看看能帮上什么忙,结果别说还真没白去,忙没帮上,让我碰上她了。"
一句话,解开了两人的心结。
孟得也是个有气概的男人,因为一个培训名额让楼上楼下相处不错的兄弟再也不说话了,实在犯不上。
当女孩子过家家哪,多大点事。
他走时,孟得可是一直在窗户旁望着他的。
"她哭得那么伤心,我实在是不落忍,给你打电话也不是想让你回来,就是告诉你,孙子你在虬城吃好的喝好的,别忘了雁城还有个等你的小鸳鸯。没想到啊,你动作比移动信号还快,人都到机场了。"
想到这里,小胡爷轻皱眉:"以后你别招她。她胆小,拍下桌子都能吓一跳。"

"她胆小?我看她胆比谁都大,要不敢跟你干这勾当?她乱七八糟嚷你名字的时候,我才是真吓了一跳。"
烟头揉灭在地上,一道绿色身影微站直。
"我得回去了。"
"不跟她说句话?"
"说了还能走吗?"
"她要知道你这么来,又这么走,该伤心了。"
小胡爷的笑容渐深,他来得匆忙,身无长物,只留下个孤独的背影。
"那你就别告诉她。"

二丫在某日忽然做了一个重大决定,去虬城!
并且想法很快付诸行动,她开始打包收拾行李。
她爷爷站在卧室门口,看她一样一样往箱子里叠衣服,急火攻心:"你要去,也做好准备,那头有个人接你再去。你当工作那么好找哪,不工作,最起码住的地方也要先定下来吧?再说你去虬城干什么?是就想去散心看看,还是怎么着?"
二丫给了爷爷一个让他无法拒绝的理由:"我去找我哥哥。"
老爷子一愣,颇为意外地"哦"了一声。
他以为是她姥姥走了,她心里孤单,想去虬城找她哥哥倾诉。她和杜锐关系一直不远不近,因为她哥哥在外地工作,对她也疏于关心。

她要去,倒是拉近兄妹关系的好事。

毕竟他年龄大了,最后相依为命的,还得是这对小兄妹。

"那……那去多长时间?你哥哥最近也不在虬城,外场搞实验哪。"

"先去待一段时间,我知道他没回来,我就在虬城等他。"

"小汽车也不要啦?当时可是盼了半个多月才买的,你不在谁开啊?"

"……"

呀,把这事儿忘了。

二丫内心经过一番猛烈斗争,一闭眼,一跺脚:"不要了!"

小汽车都舍得,看来是下决心了。杜嵇山使出撒手锏:"那……那你走了,爷爷该想你了。"

二丫停下叠衣服的动作:"爷爷,我也会想您的。"

"那就不走了吧!你在家里再陪陪我,等你哥回来了你再去,待到过年,你俩一起回来。"

不走可不行,去还是要去的。

她低头,靠着门框,眼里委屈:"爷爷,我想去虬城。我想去虬城学习、读书,我们一起毕业的大学同学现在都比我有出息,不是在哪个外企当了主管,就是研究生毕业签了哪个事业单位,还有几个都考了公务员呢!"

"你现在知道学习重要了?那当初怎么不直接毕了业就去念书,非要回来干什么?"

"学习什么时候都不算晚!"

"嗯嗯,这话说得倒对。"老爷子背着手,努着嘴,嘴上的胡须跟着他的思想一起一伏,"想去就去吧,去大城市闯一闯也好。但是女孩子一个人在外头可要注意安全,找个条件好的地方住,贵不怕,房租爷爷给你拿。"

老爷子想起之前看报纸,说年轻人什么"北漂""沪漂"啊,那日子过得可苦,住地下室吃方便面。一想二丫过这样的日子,老爷子就不落忍,恨不得打个包跟着孙女去。

"不要你拿,我有钱。"

杜嵇山呵呵笑:"你那几个钱自己留着吧,留着将来有'大场面'的时候派用场。"

手脚麻利地收拾好箱子,头发束起来绑着一个髻,像当年去上大学那样,二丫提着小箱子站在门口和爷爷拥抱。

"爷爷再见。您在家要注意身体,按时吃药,少喝酒。等我在虬城把事情办完了,就回来看您。"

"再见……再见……"

于是,在初秋某个晴朗的早晨,二丫拎着一只箱子,抱着一个花盆,就这样"咣当咣当"坐着火车,奔虬城去了。

火车路过沈阳,路过山海关,路过北戴河,有人上车,有人下车。

有个年轻的姑娘静静坐在窗边,眼中充满了对目的地的遐想和期盼。

她抱着一盆兰花,就是她最值钱的家当。

对面的大妈慈眉善目地打量她:"姑娘,去虬城上学啊?"

二丫嘴角微翘,乖巧又俏丽:"是!"

"哎哟,一看学习就好,虬城哪里啊?我孙女也在上学,我和老伴去看她。"

二丫抓抓耳朵,随口扯了个学校的名字,有点心虚。

她骗她爷爷说自己去虬城学习、找哥哥,其实她的目的压根儿就不是这个。她想去虬城找的人,说出来要惊掉家里人的下巴。

火车隆隆前行,掠过窗外一片片农田和绿树。

二丫叹息,趴在小桌上怔怔地望着窗外,乌黑明亮的眼睛映着外面的山、外面的水,手指在玻璃上轻轻描。

一笔一笔,一画一画,渐渐在心里勾勒出一幅图。

列车停轨,二丫抱着兰花,拎着箱子从车上下来,脚轻踏上虬城的土地,深深呼吸。

这一脚。

一脚迈进花花世界红尘地。

一脚搅入浊浪翻滚温柔乡。

她从未见过的人、从未知道的事,纷纷在一刻以排山倒海之势向她接近。

且看那个曾用一朵野花敲开城门的垂髫小儿,是如何站在巍峨山峰以她不变应万变笑迎千军万马。

卫蕤开着车,心里纳闷儿:"上周找你你怎么不出来?"

"关禁闭。"

"啧,不至于吧,刚几个月啊就犯这么大错?跟人打架了?"

小胡爷望着外头,兀自思索着,没答话。

这地方,有点眼熟。

卫蕤知道他前阵子被拉到山里集训了,一时很多想找他做的事都因为人没在耽搁了。

好不容易等到他回来,兴冲冲地等到周末去找他,却被告知人出不来了。

卫蕤托相熟的朋友进去打听,在学校外面戴着墨镜气势滔天:"怎么就出不来了?不是说周末可以外出吗?"

"我也不知道怎么回事,听说是遇到负责他们这次培训的参谋长带人查寝,他没在,问干什么去了也不说,直接就给关起来写检查了。"熟人解释。

卫蕤像听了什么天方夜谭,用手指往下一推墨镜,露出眼睛:"'人没在'是什么意思?"

"就是夜不归寝呗。"

其实不是什么大不了的事情,培训这段时间,也有学员因为单位或者家里有急事请假回去的,问题严重就严重在胡唯走的时候没报告。

还是翻墙出去的。

宋参谋长把办公室门关上,挨近了胡唯:"现在这屋也没别人,孩子,我跟你爸爸是好朋友,论关系你得管我叫声叔。你跟叔说,昨天晚上你干什么去了?有啥急事非得翻墙出去?我知道你是侦察兵出身,大名鼎鼎的527嘛。哎,你教教我你是怎么躲一楼哨兵的,院里纠察一拨一拨地巡逻,怎么就没碰上你呢?"

胡唯站得直溜溜的,姿势态度挑不出一点儿错处,就是不开口。

老宋同志手一背,哟呵,还挺有性格。

"哦,我猜是手坏了,感染发烧了,半夜去找医生了。"

胡唯一咧嘴,讪笑:"对,手坏了,去医务室换药了。"

"换药还用翻墙!"老宋眼珠一瞪,"当自己在地方大学呢?这是什么地方?说走就走,说回就回?无组织无纪律反了你还!"

于是,胡唯背了有生以来最大的一个处分,被罚打扫楼道卫生一周,关禁闭写检查,检查写不深刻立意不明不能把人放出来。

晚上,他拎着拖布在楼道里搞卫生,隔壁宿舍的战友打洗脚水在前头晃晃悠悠地走,小胡爷一路擦他一路洒。

胡唯拄着拖布直起腰来:"你还没完了。"

战友哈哈大笑,端盆倒着跑:"向伟大的中尉清洁工同志致以崇高敬意!"

前方"敌人"没了结,身后又遭人袭击。

有人照着小胡爷的臀部猛地一拍,胡唯猛回头,立刻有人鬼笑着一把搂住他:"哎,那天晚上你到底干啥去了?"

小胡爷也不反抗了,把拖布杆往墙边一倚:"你猜我干吗去了?"

"总不能是会姑娘去了吧?"

"猜对了。"

那人亢奋起来:"在哪儿啊?"

小胡爷再度拿起拖布杆,任劳任怨地打扫走廊卫生:"就在右街上,挨着南园的四合院,一溜清代留下的大瓦房。"

"你就吹吧。里头是不是还有个穿对襟绣花大拢袖的大美人啊,那是你祖上嫁给六王爷的蒙古公主!"

说完,那人一愣:"哎,胡唯,你是虬城人啊?"

"不是啊。"

"不是你怎么知道南园那地方?"

南园是虬城一个甚少人知道的地方,早先一个王爷的宅院,八十年代初还对外卖票收费参观,后来说是为了保护古建筑,就把那院子和隔壁的一个公园都圈起来了,再不对外开放。

胡唯挠挠眉心:"可能小时候去过吧,记不住了。"

对虬城的记忆,胡唯也很零散,记得住地名,再问,就已经不是那条路了。

就像现在,卫蕤带着他在他以前住过的家属区一圈一圈晃:"这儿呢?这儿也记不住了?"

胡唯目光茫然地看着外面那一幢幢楼,摇头。

"你再好好看看,就这儿,你住过好几年呢。就这个四楼。"

"不是这房子了吧。"

"那倒是,快二十年了,早拆了。"

看卫蕤着急的样儿,胡唯洒脱一笑:"都多少年的事情了,能不能想起来哪还那么重要。"

卫蕤怀着心事叹息,对他来说不重要,可对小春儿来说,是最要紧最要紧的。卫蕤握着方向盘,瞥了眼倒车镜:"你看这车怎么样?"

这辆车是新的,配置倒不错。

"挺好。"

这句挺好完全是敷衍性的、模棱两可的,胡唯说的时候也没想这车能跟自己有什么联系。

谁知卫蕤笑着扔给他一把钥匙:"你喜欢就好。"

接着——

"岳叔让我给你的。他说你在虬城有很多不方便,不能每次出来都坐地铁,还是有一辆自己的车好。"

胡唯把车钥匙在手里转了转,轻描淡写地又抛回给卫蕤。

"怎么?"卫蕤问。

"你帮我还给他吧,我也没什么用车的地方。"

卫蕤一想,这车光让他开出来了,可没让他再开回去。于是,他又把钥匙扔给胡唯。

"一会儿我就给你停在门口,要还你自己还吧。你跟你爸的事,我可不掺和。"

见胡唯没再言语,卫蕤斟酌着肚子里的话:"这些年,你是不是跟岳叔有什么误会?"

他信誓旦旦地伸出三根手指:"可不是瞎打听啊,也不是我娘们儿爱管别人家闲事,我爸跟岳叔这些年来往得不错,逢年过节还来家里喝酒,他这么多年自己一个人,也挺……"

胡唯打断了卫蕤的话:"他还一个人?也没再找过?"

"是啊,你不知道吗?"卫蕤稳稳地开着车,"你跟你妈去雁城那时,有个医疗支援的任务,在铃省,那地方因为水源污染大规模暴发传染病。岳叔当年在的第五防治医院不就是主要研究防疫这一块吗,他在那儿一待就是五年,后来出了点事,身体落下了毛病,还因为这立功了,才回来的。"

这些事,胡唯竟然一点儿也不知道。

"落下了什么病?"

卫蕤不打算告诉他:"这事你自己去问岳叔呗,我一个外人不好说。你要是问了,他一定能告诉你。"

车精准停在一个古色古香的建筑门前。

"就是这儿了,我不下去了,你自己进去吧。"

"到底是谁找我?"

"我受人之托,你进去就知道了。"

卫蕤完成了这趟司机的使命,开门下车,站在马路对面紧盯着胡唯进去了,心里还在想:小春儿啊小春儿,人我是给你带到了,至于这后头的事情,可全靠你自己喽。

这是个在繁华街道上类似于喝茶的地方,人很少,每个卡座都有屏风围着,是个谈话的好去处。

在这条街对面,形成强烈反差的,是一片老居民区,楼下鳞次开着便利店、快餐店、十元清仓甩卖店。

二丫在虬城的第一顿饭,就是在这片老居民区的一楼门市吃的。

她找到了住的地方安顿下来,累得没精打采,出了街口走了没多远,就近找了一家面馆。

吃完出来,已经晚上八点,站在人来人往车水马龙的街上,二丫有点找不着北。

她想,我刚才是从左边过来的还是右边?

她看了半天,觉得都一样,就求助一个躺在贵妃榻上乘凉的大爷,问:"您知道红星职工胡同在哪儿?"

老大爷扇着大蒲扇,操着地道虬城口音:"往北,往北走。"

二丫正琢磨这个"北"怎么论,一回头,就张望到了对面的胡唯,还有一个很漂亮的姑娘。

那个姑娘个子比她高,比她丰满,穿着杂志上才有的时装,正笑盈盈地和胡唯讲话。

胡唯和她的距离不远不近,也看不出什么表情,只能从他站立的姿势知道他是一直和那个姑娘说话的。

二丫不可置信地揉揉眼,日有所思夜有所梦,难道看错了?
再用力眨眨眼睛,二丫这下可是要翻天了!
两个人竟然一起坐进车里,扬长而去!
那车,是崭新的四个圈圈!
好哇,好哇!
什么"革命生涯常分手",全都是屁话!他说的常,应该是"长"才对。
原本该在学校里念书的那人,不知道在虬城的日子过得多快活。

两条腿能追上四个轮子吗,何况那四个轮子屁股后头还带着T,六缸机械增压,冲劲不知道多足。稍踩油门,黑色车身很快就无声无息淹没在霓虹街道中。
二丫直眉瞪眼地跟着跑了两步,车没追上,倒是把号牌背下来了。
那串数字在嘴里默念了两遍,二丫"呸"的一声!
我记它干吗呀!
香车美人,香车美人。
那姑娘一身黑色紧身的小裙子,胸口开得那样低,刺眼哪!
二丫低头看了看自己,双手一叉腰,恹恹地回家了。
虬城的风刮在脸上,街景陌生,人也陌生,走着走着,二丫就掉下来两颗金豆豆,她用胳膊在脸上胡乱一抹,心想:我真是一点儿也不喜欢这里了。

她在虬城的住处,是下了火车临时找的。
她拎着箱子直接冲进中介,说,我要找个房子,最好是能马上住的。
和二丫年岁相仿的小伙子一看她这态度,马上把电脑转过来:"没问题啊姐,你看看你要什么样的?想离哪儿近?是商圈,还是学校?"
"最好离航天××单位近一点儿,不近交通也要方便。"
"哎哟,离那地方近的还真不太好找,真想住,你得去那边的中介,但是我们这里离地铁近,你倒两趟线都不用多远,出了小果园那站就是。"
"都什么价?"
"看你想要什么样的,是自己住啊还是跟人合租,自己住是两居还是一居,对硬件设施要求高不高。"
"我要自己住,不跟人合租,房子多大都行,最好安全。"二丫抱着花,一低头,想起这趟不光只有自己,怀里还有个金贵宝贝,"哦,对了,还得是阳面,我要养花。"
中介的小伙子不作声地在电脑上找房源,撇着嘴,轻抖着腿,心想这大姐够有意思的,自己都穷得找房子住,还要养花。
找了两套,看了实景照片,二丫都不是很满意。
她烦恼地抓抓脸:"再贵一点儿的呢?"
"哎,有了。"小伙子想起前一阵收的房源,调出图片给她看,"满足你一切要求。红星职工厂的老房子,就在红星胡同,正经的四合院,能让你那花儿晒太阳。街坊四邻都是国营厂退休的大爷大娘,都倍儿正义,有厨房还有冲凉间,就是没上下水。"

没上下水,上厕所多不方便。

见二丫犹豫,小伙子回头使了个眼色,于是一帮搞中介的年轻人上来当说客:"这房子挺好,你一个人住,还要挑什么样的啊。"

"对啊,有小院儿,养花花草草也方便,没事搬张椅子往门口一坐,凉快着呢。"

二丫仰头:"都入秋了谁还乘凉,屋里有暖气吗?"

"哎,你这就不懂了,乘凉就是个意思,是说啊,这儿能聊天解闷,暖气……虬城没暖气,冬天要是冷了,能烧炉子,点个炭盆。"

二丫想起远在雁城的,胡唯的那个老房子。

他那天也是这样,在屋里点了个炭盆,背对着她,为她烤地瓜。

"多少钱?"她问。

"两千五,押一付三,最合适的价格了!"

"两千二。"

"没这个价。"

二丫抱着花盆,"叮叮当当"地站起来要拎箱子走。

小伙子连忙站起来喊:"行,行!现在看房子,回来签合同。"

带二丫看房子的时候,小院里有几个老头老太太在树下打牌,看见中介又领着人来了,一个秃瓢大爷脸上贴着纸条,阴阳怪气地说:"您又来了?"

"嘿嘿,是,有人想看看房。"中介小伙子回答。

"哎呀……隔三岔五就往这儿领些个不正经的小青年,怎么着,不把我们这地祸害了,心里不痛快?"

中介小伙子赔笑加鞠躬:"这回是正经人,比您亲孙女看着都正经!"

拿着扑克牌的秃瓢大爷歪着嘴一回头,翻了个白眼。

二丫在屋里左看看右看看,觉得很满意。她没住过这样的房子,一时新鲜。她站在门口喊:"哎,行!我租了!"

"好嘞,好嘞!"中介小伙子一溜烟跑过去,从西装口袋里掏出早就揣在身上的合同,递过笔,"我这都带来了。"

签了合同交了钱,中介小伙子跟小院里的大爷大妈招手:"那个……各位,我给大家介绍一下。这是咱们新来的租户,以后就都一块住了,街坊邻居什么的,能帮忙就抬个手的事。那个姐,你叫什么来着?"

"杜豌。"

"哦,对,杜豌。大爷大妈,她叫杜豌啊,雁城过来打工的。小姑娘不容易,你们多帮衬。"

秃瓢大爷打着牌头都没抬:"不容易,我们这帮人容易啊,一个月那点退休金,甜头全让三环那帮拆迁户挣了,你们中介还天天来添堵。"

中介小伙子尴尬地笑了笑,对杜豌打了个招呼:"姐,我走了啊……"

二丫憋着不吭声,眼珠子骨碌碌一转,把这小院的情况摸了个差不多。

国营厂老职工,顾名思义,住的都是老同事。老同事嘛,认识多少年了,抱团排外,不喜欢被外人打扰,从他们对中介的态度就能看出来。

这个中介呢,听说话不像本地人,和她年龄相仿,搞不好也是外地来打工的。虽然靠中介倒卖房子赚钱,但是对同龄人,或者说和自己境遇一样的人,还是有帮扶之心的。要不,他也没必要和这些爷爷奶奶赔笑,请他们照顾她。

同在异乡为异客啊!

二丫轻点头,"嗯"了一声:"谢谢你了。"

"不客气,回头房子要有什么事你就找我。"中介小伙子一笑。

送走中介小伙子,二丫在屋里放下花盆,搁好了箱子,走到那些正在打牌的人堆里,就站在那位秃瓢大爷身后。

她察言观色的本事还是有的,这地方,他说了算。

二丫抱肩看了一会儿,指着他的牌:"你得出这个。"

秃瓢大爷一回头:"丫头,租了房就好好住,回你自己屋拾掇东西去,别捣乱。"

"谁捣乱了,数你脸上贴的条儿多,我好心帮你。"

大爷将信将疑:"出这个?"

"嗯,输了你贴我脸上。"

"行——那就信你一回。"大爷又往上盘了盘腿,丢出两张牌,"走你!"

三个大妈互相看看:"没有,你走吧。"

大爷"嘿嘿"一乐,把手里剩下的牌全都顺顺当当地打出去了。

大妈们"哎哟"一声,纷纷扔了扑克,各自散开要去做饭了,留下秃瓢大爷和二丫一唱一和。

"孩子,从哪儿来啊?"

"雁城。"

"来找工作?"

"算是吧。"

"你会干什么啊?念过大学没有?"

"念过,会的东西可多了,外语还能讲两句。"

"哟,还会说外语呢?那你给我说说——"大爷抽出打扑克垫的报纸,指着一个标题,"喏,就这个,前两天开的联合国千年发展目标高级别会议怎么说啊?"

考我?年年期末考试第一不是白来的!

二丫坐在小树下,抄着报纸,清清嗓子,学着电视台播音员的样子叽里呱啦就翻译了一大段。

大爷被唬住了，瞪着眼："真会呀？"

二丫傲气："这才哪儿到哪儿。"

"不错，冲你刚才支我那两把牌，以后有事儿吱一声，晚上没饭辙了，上大爷家来吃，但是有一点，我小孙子外语作业不会了，你可得帮着辅导辅导。"

"没问题！"

"你叫什么来着？"

"我叫杜豌，豌字不好记，您叫我二丫也行，我家里人都这么叫我。"

"二丫好，这名好记。"

拉拢战果颇丰，二丫抄起小板凳回屋收拾行李去了。

从外头吃了饭回来，大爷见她没有刚才兴冲冲出去的样子，有点蔫头耷脑的，连跟他打招呼也没精神头了。

"二丫，回来了？"他打招呼。

"嗯……"

踢着院子里的小石头，二丫拨开门帘，愁云惨淡地坐在沙发上。

她还在为刚才撞见胡唯的事情烦恼。

二丫难过的，不是他亲了自己不认账，毕竟两人也没明确到底是哪样的关系。

而且他说过，革命生涯常分手。

二丫难过的是，他才走了四五个月，就已经忘了自己，扭脸投入了"敌人"的阵营。

正哀愁着，姚辉给她来电话，告诉她帮她联系工作的事情有信了。

"那家公司的高级翻译是我朋友的朋友，听说门槛挺高的，答应让你明天面试。你先去看看，不成，我再给你想别的办法。"

这头，胡唯送和小春回家，在她的指挥下将车停在她家门口。

和小春解开安全带，还眼中含忧："你对虹城的路不熟，知道怎么回学校吗？"

胡唯右手搭在方向盘上，点点头。

"那我先走了？"

"再见。"

"再见！"

望着车尾灯一直到看不见，和小春才转身用手捂着心脏，嘴里一连串念叨着"不行了，不行了"。

和胡唯这次见面，她很紧张，生怕他觉得自己利用卫蕤找他出来，对她反感。

两人一见面,他也果然皱起眉头:"你不是顺顺的……"

"你听裴顺顺瞎说,我们是好朋友,不是他女朋友。重新自我介绍一下,我姓和,叫和小春。"

"你好,找我有事吗?"胡唯淡淡伸出手和她握了一下,站在茶台边上,不知道为什么,他又开始隐隐头疼了。

和小春弄了弄头发,有些不知从何说起:"你先坐。"

以往,和陌生人第一次见面,别人介绍说"这是和小春",对方都会用她的姓氏开玩笑:哟,和这个姓可少见,别不是和珅的后代。

和小春最讨厌别人用这个开玩笑,谁不知道和珅是历史上有名的奸臣。为了哄女性开心讲着一些自以为高雅幽默的笑话,殊不知卖弄着肚子里那点八旗的老历史更彰显无知。

"其实说起来,我们见过的,就在雁城。"和小春挑起话题。

"雁城?"

"对,那家叫'应园春'的饭馆,我挡了你的车。"

这下胡唯彻彻底底想起来了,难怪自己看见她心里不舒服,也说不出什么原因,上次在车里也是这样,脑仁疼得厉害。

"我们……以前认识?"

这一问,和小春鼻子一酸,眼里闪泪光。

她克制着自己的情绪:"认识的,那时,你、我、卫蕤,我们仨整天在一起。你还救过我的命呢,你记得吗?"

救过她的命?这怎么论?

看他目光里的疑惑,和小春黯然:"我们两家住对门,那时我家里着火,是你冲进来把我带出去的,那年我十二岁。你为了救我,跳窗的时候砸伤了头。"

不记得了,不记得了。

不过——

"你也不用放在心上,小时候的事了,都多少年了。"小胡爷洒脱地坐在和小春对面,四两拨千斤道,"在雁城,你也没认出来我不是?"

这样一句轻描淡写的话,摆明了让她别谢、别记,这让和小春如何释怀!

她和小春认准的人,什么时候放弃过?

这一路,她坐在他旁边,用余光小心翼翼地盯着他。

下巴紧绷的线条、扶着方向盘漫不经心的样子、换挡时的手、那双纯净认真的眼睛,处处让她着迷。

胡唯送和小春回家后,在车里给卫蕤打了个电话。

那头传来一声慵懒的"喂"。

没有开场白,也没有互相打招呼的客套,胡唯直接问:"他家在哪儿?"

卫蕤从床上微坐直:"谁家?"

一阵沉默,听筒里静得听得见胡唯的呼吸声。

卫蕤低笑:"叫声爹就那么难?"

"你就说知不知道。"

"那车你别着急还,岳叔这几天出差,没在家。"

小胡爷打着转向,不动声色:"你是他儿子吗,你知道得这么清楚?"

"你是他儿子知道得可还没我清楚呢。"

"……"

卫蕤从床上起来,出去倒了杯水:"你和小春聊得怎么样?"

"就那样吧,以后你别再安排这事,见面都不知道说什么。"

"有什么不知道的,当朋友瞎聊呗,小春儿特能侃,也不是让你跟她相亲。"

一声讥笑,你还真当小胡爷傻哪!

说是朋友见面瞎聊,和小春眼里的情可是真真的,她看着他的欲言又止,欲说还休,让胡唯如坐针毡!

不可否认的是,和小春是个很有女性魅力的人,她很漂亮,一颦一笑风情万种,尤其是她自信地摆弄头发,或眼中不堪哀伤地望着你时。

可,那欣赏仅仅是到达眼里,进不去心里的。

她为你难过,你会感到抱歉,但并不是心疼。

听出胡唯的讥讽,卫蕤极为敏感地察觉了一件事:"你在雁城时就有人了?"

卫蕤这一问,胡唯握着方向盘鬼使神差地又去看后视镜,不知怎么,他总觉得看见了二丫,跟和小春一起出来时这种感觉就越发强烈。

她就那么站在你车后,歪着头叉着腰看着你,发现他跟别人在一起,抡圆了胳膊一声吼:好哇,你个叛徒——

摇摇头,胡唯掩饰性地咳嗽一声遮掩笑容。还真是,那小姑奶奶不在身边竟然还像在眼前似的,都魔怔了。

姚辉给二丫介绍的那家公司,是业内有名的高门槛。姚辉把她介绍到那家公司之后,将需要联系的人的电话号码转发给她,让她到了联系对方。

要知道二丫可一直都是个自由职业者,天天窝在姚辉那个小中介公司里,哪见过高级写字楼这样的大场面,一个个衣着亮丽光鲜的漂亮女孩儿,拿着手提电脑,端着咖啡,穿着高跟鞋在大楼里步步生风。

她一进大楼,负责接待的前台乱成一片,全都是来这间写字楼办事的访客,她挤进去:"你好,你好,我是来中译面试的。"

前台女孩儿电话两三台换着接听,头也不抬:"中译今天没面试,他们人事部门也没通知。"

"那我……"

话还没说完,有人就又把她挤下去:"小姐,我去十六楼百佳。"

二丫气馁地站在人群后,拿出手机按照姚辉给她的那个号码联系对方。电话响了很长时间才有人接,是个有气无力的男人:"喂?"

"哎,您好,我是姚辉介绍过来让我联系您的,约了今天面试。"

"姚辉?"一阵敲键盘的声音,男人喘了口气儿,懒洋洋的,"啊,我知道了,杜……杜豌。"

"对,杜豌。"

"你在哪儿呢?"

"我在楼下,刚联系了前台,但前台说你们今天没有面试,不放行。"

中译招人,向来都是针对各大院校直接招,每年就秋季那么一次,二丫来的时机不对。

男人漫不经心地回了一句:"行,你在楼下等着吧,我给前台打电话。"

都是人托人的关系,这个时候就得像无数毕业求职的学生一样,为了一个机会忐忑不已地等待。

差不多等了五分钟,前台才喊:"杜豌,杜豌是谁?"

二丫热络地凑上前去:"是我!"

前台拿出一张门禁卡刷了一下,在电脑上噼里啪啦地输入信息:"给,二十二楼中译公司,左侧找双号楼层停的电梯。"

好不容易挤进电梯,二丫松了松大衣领子,热出一身汗。

呼——

工作不好找哇,实在不好找。

找到二十二楼中译的办公间,一进去,就感受到浓浓的严肃忙碌气氛——传真、电话、复印机,声音交错不停。

二丫找到门口一个工位坐着的女孩儿,声音放得很轻:"你好,请问赵博文在哪儿?"

"往后。"

"你好,我想问下赵博文。"

又是随手一指:"往后。"

没头苍蝇似的找了好几个,找得娇生惯养的二丫有点急恼,才在最后一排见到正主。

工位上贴着块牌子——

国际贸易部,译员,赵博文。

是一个戴着眼镜的、头很圆、有点秃顶的男人。

"你好。"

这公司的企业文化都是看人不抬头,只忙自己的事。

"嗯，杜豌是吧？"

"对！"

"等会儿啊。"敲完大半段译文，赵博文才从工位探头往尽头的玻璃办公室看了一眼，然后拿起胸卡戴上，低声对二丫说，"你跟我走，带你找我们人力资源的总监。"

二丫小媳妇似的跟着赵博文走到玻璃门的门口，里头坐着一个中年短发女人，穿着全套黑西装，很精干的样子。

赵博文一推眼镜，还是压低声音，像两人干了什么见不得人的买卖似的："你先等我一会儿，我进去给你说说。"

本来就是走后门，当然对方说什么就是什么。

敲敲门，女人抬起头，赵博文挂上一副笑容："李姐，忙着哪？"

然后一阵交谈。

二丫小心张望，能看出来人力资源总监眉头微皱，很严肃的样子。

"你知道咱现在不招人啊。"

"是，也是我同学托到我这儿了。姚辉你不知道吗，上回咱们一起吃过饭。"

"谁也不行啊，就是我招也得楚总批，不通过她谁都没用，再说现在本科签不了合同。"

"是是是，小姑娘一个人外地来的，挺不容易的，跟我还是校友。这样，您看看，实在不行先挂实习生让她待一段时间呗。先面试……"

都是一个公司的同事，何况人就在外面等着，人力资源总监就是再不满意，也得象征性地看一眼、问一问。

她瞥一眼门外站着的二丫："是她吗？"

"对对，就是她。"

"那你让她进来吧。"

赵博文千恩万谢地鞠躬出来，给二丫使了个眼色："进去吧！"

如果说刚开始二丫对这个地方还有点畏惧，看完赵博文为了自己那样求人，心里一下子就多了几分抵触。

她不喜欢别人为了自己求人，那滋味很不好受，感觉自己真的一无是处似的，有点窝囊。

可这里头搭着姚辉的人情哪，再不情愿，也还是要认真对待的。

二丫低眉耷眼地进去，先跟人家鞠了一躬，标准的九十度："您好，我叫杜豌。"

"坐吧，带简历了吗？"

"带了。"二丫把包里装订好的简历掏出来，老老实实地递过去。

与此同时，卫蓁一脸厌世样将车停在这幢高级写字楼下，随手将车钥匙抛给保安。

他似乎常来这地方，人一进大门，就有接待站在一楼为他刷门禁、按电梯。

事情要往回倒一倒，从前两天说起。

之前介绍过，卫蕤，荷立银行信贷总监，俗称，专业放贷的。

荷立银行是外资银行，贷款在国际资本市场上不受指定项目和地点约束，自由汇率随意往来，这样，卫总监手里的权就显得相当大了。

各方财主有资金链紧缩，想扩大业务规模把算盘打到外资贷款的情况不在少数，想贷款，就要找卫蕤。卫总监一天事么多哪能都照顾到啊，这时候，就看谁懂眼色。

长此以往，被哄着捧着的卫总监就养成了做事十分随心所欲、态度十分嚣张乖戾的性格。

最近，他手里有个和一家英国贸易公司在谈的项目。英国佬办事认真，邮件往来几回，见银行这边迟迟没消息，打算派一个谈判团来攻坚。

秘书汇报到他这里，他头疼地揉揉太阳穴："急什么啊？"

"确实很急，两条流水线先期筹备已经完毕了，就等着放款生产呢。"

"那就谈呗，跟我说什么啊？"

一般这种事，他只要人去了就行，至于会议安排、谈判流程，都有别的部门在做。

秘书深吸气："翻译那边出了点问题。"

卫蕤抬眼："什么问题？"

"一直负责给我们提供专业技术支持的中译公司，楚总点名要您亲自去领人，不然——"

卫蕤阴恻恻的眼风扫过去："不然怎么？"

秘书哪敢把那位楚总的话原封不动地说出来，只挑着不惹他生气的话讲："不然，现在人才短缺，地主家也没有余粮啊……"

他将文件夹重重地合上。

秘书一缩肩膀，用记事本挡住脸："您自己在外头欠的风流债，话是带到了，可千万别冲我发脾气！"

卫蕤皮笑肉不笑地哼了一声，在大皮椅里漫不经心地转了个圈。

按理说，外资银行，高管不懂外语说不过去啊。

可荷立银行啊，卫蕤精通的是荷兰话，英语涉及大量专业词汇时，也得做功课。

他哪有那个心思。

因此，许多涉及对外合作的业务，就都委托给有合约的翻译公司做。

中译公司的经理楚虹，长年与荷立银行有合作，一次年会受邀出席，由人介绍着和卫蕤喝了两杯酒。卫总监一身定制西装，人模狗样的斯文相，引得美女娇笑连连,当晚两人就滚到了一起。

本来就是风月场的老手,彼此你情我愿的事情,卫蕤没放在心上,却没想到楚虹对他动了心。

混迹商场,对与男人交往分寸拿捏得当,深知卫蕤这样的人非自己能降服,楚虹也没想和他怎么样,只是挑准时机约一顿饭,撒娇开些不痛不痒的玩笑。

前段时间,卫蕤心情好,还有闲心应付,偶尔饭后也一起逛街,送美人礼物。后来工作上压的事多,加了几天班,卫总监严重缺觉,就冒出了生人勿近的德行,什么佳人有约晚餐红烛通通不理。

有一次秘书婉转传达:楚总想约您晚饭。

卫蕤困得黑眼圈都出来了,仰头往休息室一躺,被子蒙脸:不去!

就这件事,把楚虹搞得下不来台,决心要抓住机会治一治卫蕤。

这个"治",要治得恰到好处,既不能让卫蕤反感,也要表达自己委屈的心意。

生意往来上的情趣,卫蕤接招,是给面子;他要打定主意不理,谁也不能拿他怎么样。

卫蕤哼着歌在椅子里转了两圈,伸了个懒腰,拿起车钥匙往外走。

他径直走到二十二层中译公司的经理办公室门口。百叶窗全拉,看不见里头的景象,卫蕤推门进去,紧接着就有美人投怀送抱钩住他脖子娇软抱怨:"卫总监可真是忙人,想见你一面还得公事公办。"

卫蕤半抱不抱地扶着美人腰,在她耳边不知道说了什么鬼话,惹得楚虹耳根都红了,也没提晚上翻译缺人手的事。

他在她办公室略坐两分钟,最后楚虹亲自把人送出来,还挽着卫蕤的手撒娇:"晚上那场谈判,我去好不好?"

卫蕤淡笑一笑,没说准,也没说不准:"楚经理亲自上阵,岂不屈才?"

她指甲戳着卫蕤的胸膛,咬牙切齿:"别人去我不放心。"

两人行至电梯门口,正好撞上面试出来的二丫。

二丫正低头往包里塞简历,脑子里想着刚才人力资源总监对她说的话:"你经验不错,但是学历低了点。我们这儿实习生都满额了,回头我跟经理汇报一下,有消息会通知你的。"

二丫试探着问:"实习生一个月多少钱?"

人力资源总监脸上露出不可置信的表情,好像能来这样的地方工作还要讲报酬是非常天方夜谭的事。

接着,她椅子一转,对着电脑:"三千,午餐免费,不缴社保。"

二丫腹诽,三千,三千我还不来呢!

气鼓鼓往包里塞简历的工夫,她就撞上了从走廊和楚虹并肩出来的卫蕤。

"咚"的一声,撞得卫蕤手里的车钥匙松松地掉在了地上。

卫蕤轻皱眉。

"对不起，对不起。"

二丫蹲着把那把车钥匙拾起来，不经意看到一个B字标识，缩了缩脖子。

卫蕤也没答话，祖宗似的伸着一根手指。二丫瞅瞅他，把钥匙挂在他手指头上，直起身来。

因为二丫脖子上挂的是访客卡，楚虹生出维护卫蕤的态度："你是来干什么的？"

二丫看看楚虹，又看看她的胸卡，有点怵："面试的。"

"最近公司没招人啊，谁介绍你来的？"

二丫心想也不能把姚辉和赵博文出卖了，开始编瞎话："没人介绍，是我自己听说的，来碰碰运气。"

听了这话，纯属等电梯无聊，卫蕤回头看了眼二丫。

呵！

小丫头长得挺好，白白净净有灵气，说话也不怕人，还理直气壮的。

于是他心性上来，就问了一句："你学什么的啊？"

"英语。"

"面试翻译？"

二丫打量打量卫蕤，觉得他似乎比楚虹还像老板，机灵地又掏出简历："给。"

楚虹皱眉，上前想拦，卫蕤那只拎着车钥匙的手已经接过了她的简历。

他垂眼一扫，名字也挺有意思。

杜豌。

再一看，籍贯，雁城！

卫蕤最近对雁城这地方很感兴趣，也许是因为胡唯是从那里回来的，他总想了解一下这雁城的风土人情，看看到底是什么样的水土。

电梯到达楼层，卫蕤一背手，攥着二丫那份简历，对她下了个他以后每每想起肠子都要悔青了的指令——

"你，跟我走吧。"

二丫扭头奇怪地看了楚虹一眼，又看看卫蕤。

卫蕤按着电梯键正在里头等她，有些不耐烦："快点啊。"

"哦，好！"

二丫一溜烟儿钻进去。电梯门缓缓合上，卫蕤对门外脸色铁青的楚虹露出个"再见啦"的微笑。

电梯无声地运作。

卫蕤在前，二丫在后，一个问，一个答。

卫蕤哼着小曲，悠闲自在。

二丫眼观鼻鼻观心，大气不敢出。

"哪儿毕业的啊？"

"北二外。"

"英语说得怎么样啊？"

"比你说中国话好。"

"呵，这么好人家怎么没用你？"

二丫受气包似的："狗眼看人低呗。"

卫蕤被逗乐了："会金融吗？"

"哪方面的？"

"国际贸易，谈贷款。"

"行。"

"真行？"

"我之前做过十六届国际贸易博览会，给西纳德电气公司。"

有骆驼不说马，现在这人干什么事都全凭一张嘴，关键时刻，还得谈判桌见真功夫。

之前说过了，卫蕤这人，做事随性。

也不管二丫说的是不是真的，他直接带着她走到写字楼外，朝秘书一抬下巴："把晚上那事儿的资料给她一份。"

秘书颔首，为卫蕤拉开后车门。

卫蕤坐进后排，还往里挪了挪，留出右边位置。见二丫站在外面不上车，他低头往外看："上来啊——"

二丫看着锃亮锃亮的宾利，犹豫了。

卫蕤心有灵犀地露出笑容："害怕啊？"

二丫抠着包包的拎手，哼哼唧唧："我不干违法的事。"

"谁让你干违法的事了，刚才你不挺厉害的吗，碰见真章就不行了？"

二丫看看这辆小汽车，看看卫蕤的秘书，也不像做坏事的，于是心一横，一弯腰，钻进车里。

门重重一关。

二丫这就算彻彻底底地上了他的"贼船"！

第五章
Chang Yu Zhou Works
温 风 至

  离谈判还有几个小时,不着急,车开到一半,卫蕤转着手机将二丫细细地打量了一遍,怎么看都觉得别扭。

  别扭在哪儿呢?说不出来,长相挑不出什么毛病,算不上明艳动人、风情万种,倒还有股机灵劲儿。尤其是她隔着玻璃望着外头的样子,睫毛扑闪扑闪的,他就坐在她身边,她连看都不看他,就专心看外面的景儿,看过路的车,看行走的人。

  卫蕤跷着二郎腿,蛮有意思地研究她:"哎,你看什么呢?"

  "看车。"

  "车有什么看的?"

  "就车才有看头呢。"

  看公交车里穿着藏蓝、土灰衣裳的爷爷奶奶,握着拐杖,拎着菜;看自行车上奋力前冲的年轻人……他们才是这个城市的代表,是体现这个城市风土人情的重要组成部分。

  卫蕤侧身:"你喜欢车?"

  "喜欢哪。"

  "我这车怎么样?"

  二丫撇撇嘴:"也就路上唬人吧,样子货。"

  卫蕤一口血差点没喷出来,样子货?她管他这款四百万的飞驰叫样子货?卫蕤知道看她哪儿别扭了——土!土得没见过世面!

就连身上穿的那件大衣,都像商场几年前打折甩卖的清仓款。

卫蕤哼着小曲一思忖,脚尖踢了踢前头司机的座椅:"前头商场停一下。"

车稳稳地停在虬城知名商场"新光天地"的门口,卫蕤拿着手包下车,在外头站了半天,见二丫也没跟下来,他对二丫挑了挑眉毛。

二丫以为他跟自己闹着玩呢,也跟他挑了挑眉毛。她心想挑眉毛算啥本事,我还会动耳朵呢。

卫蕤一愣,又跟她摆了下头,示意她下车。

二丫莫名其妙:"你干什么呀?"

卫蕤从来没见过这么不懂风情的女孩子,耍帅失败,顿感灰头土脸:"你下车!"

"买东西你自己去呗,等你还不行嘛!"

废话真多。

卫蕤干脆直接钻进车里把二丫像拎小鸡儿似的提溜着领子弄下来,二丫和他在商场门口拉拉扯扯。

"你别拽我呀!"

"老实点啊!不听话找人把你卖了。一块五两斤那种,让你哭都没地方哭,回家都找不着门。"

卫蕤说得很严肃,也不像吓唬人。一听回不去家,二丫悲从中来,后悔自己乱上别人的车,信这种不阴不阳的人。

被拽着手往商场里走了几步,二丫扭头想跑。

卫蕤提溜着她的衣领:"干什么?"

"我想上厕所。"

"憋着。"

"憋不住。"

"憋不住尿裤子。"

走了几步,发现一家品牌,卫蕤领着二丫想进去,二丫一动不动,卫蕤头疼:"就给你买件衣服!你穿这样太土了,拿不上台面。"

"都穿得好好的,又不是去陪酒,哪里拿不上台面!"

"穿得好好的?我秘书一双袜子都能买你一身,还觉得自己挺好?"

"放屁,我这件大衣是名牌,好几千呢!"

"大姐,我时间有限,今天纯属闲得没事搭理你,晚上六点的谈判,别耽误时间行吗?就算你是我临时雇来的吧,也不能亏待你。这衣服就算我送你的,临时工装。"

"那……那换一家。我不喜欢这个牌子。"

卫蕤痛快点头:"行,你说哪家就哪家。"

二丫改为反手拉着卫蕤,转身去了对面的宝姿。她对这些品牌一知半解,不太了解，但价格还是有数的。

卫蕤进的那家，随便一件就得五位数。

宝姿是姚辉常穿的品牌，二丫心里有底。

进了店里，有女售货员热情接待，询问想买什么款式。二丫在一排排衣服中间穿梭，卫蕤坐在休息的沙发里，指着一件颜色明亮的裙子："这个给她试试。"

"好的，先生稍等。"

售货员很会看眼色，知道谁才是最后买单的人，用心推荐一番，拉着二丫要去试衣间。

二丫摇摇头，指着一件黑色衬衣："我想试试这个。"

卫蕤又头疼起来："你总瞄黑色干什么？给人守寡哪？"

殊不知他最看不顺眼的，就是她这身黑衣服，年纪轻轻偏要穿得老气横秋。

卫总监说话口无遮拦惯了，没想到一句"守寡"伤了二丫的心，她垂下眼，拎着那件衬衫走进试衣间，说了句让卫蕤震惊的话——

"没守寡，守孝呢。"

姥姥去世还没满一个月，就让她穿红着绿，实在太不孝顺了。

在试衣间窸窸窣窣脱了衣服，二丫回头瞄瞄，翻出衣服的吊牌，吸了口凉气。

衬衫设计得很有心机，真丝材质，后背半弧线垂坠，将将挡住内衣钩钩，露出小半个后背。

她走出来，卫蕤也没反对："你倒是转过去看看啊。"

二丫不情愿地背身，卫蕤嘴角一翘："行，就这个吧。"

二丫肉疼地去找拎包，心里抱怨，什么人呢，一分钱没赚上，自己倒搭了好几千买了这么件穿一回再也没机会穿第二次的衣裳。

见她拿钱包，卫蕤满脸不爽："你又干什么？"

"付钱，不要你拿这个钱，你又不是我什么人。"

"不都说了算我送你的工装吗？你放心，这钱到时候会从你工钱里扣的。我也不是什么大方人，只是这地方就没有让女人自己买单的。"说着，卫蕤朝售货员吹了声口哨，递过一张卡。

售货员接过卡来，他低声补了一句话："那件大衣也一起结了，把吊牌剪掉。"

从商场出来，卫蕤还很绅士地拎着二丫的大衣和包。

二丫说："你把外套给我呀，冷。"

卫蕤从手提袋里拎出一件驼色的新大衣，被折腾得彻底没了脾气："知道您还背着孝，也没敢挑大红大绿的，这件您要还瞧得上眼，就给面子先换上，算我借给您的，回头您再还我？"

完全商量的口吻，二丫知道他是好意，接过来没犹豫地换上，还对卫蕤鞠了一躬："谢谢你！"

卫蕤正色，也弯下老腰回了一躬："不客气。"

上车往荷立银行走，二丫拿出资料准备过一遍，于是对卫蕤说："你别再吵我了，我得看看这些资料，看不完一会儿在桌上要露怯的。"

卫蕤做了个惹不起的手势："您请，您请。"

资料粗粗在心里记了一遍，二丫翻出随身带的字典查了几个专业词汇，嘴里默念了几遍，心里有了八分把握。

准备得差不多，二丫打算跟卫蕤谈一谈报酬，可不知道怎么张嘴。

卫蕤闭眼仰头休息，直截了当："想谈价？说吧。"

于是，二丫清清嗓子，煞有介事："我是按小时收费，一小时两千。像你这种类型的谈判，最多不会超过两个小时，超出部分加收五百。超出一小时不满两小时，按两小时收费。"

"虽然你这活儿很着急，按道理也要加钱的，但是……"二丫挠挠脸，"毕竟是第一次合作，也要拿出诚意，就这样算吧。如果我做得不好，你不满意，我一分钱不收。"

卫蕤笑了笑，闭着眼跟她握手："成交。"

事实证明，卫蕤的眼光没错。

在谈判桌上，一码归一码，二丫是个很拎得清的人。

翻译工作最重要的原则之一，就是清楚表述并传达两者之间的谈话内容，不带任何私人感情。

她拉开椅子往那儿一坐，腰板挺得笔直，腿上放着速记本，手里握一杆笔，全程没有多余小动作。

最让卫蕤满意的是，这土货一张嘴，还是地地道道的伦敦腔。

碰上天时地利人和，总之，卫总监今天心情很好，谈了不到一个小时，就决定放款。

人模狗样的双方握手告别，受资方决定邀请卫总监一起出去喝两杯。

卫蕤笑得风骚至极，说好啊好啊，转眼就拎着二丫往外走："哪儿跑？"

"我得下班了！你这儿完事了呀！"

"谁说完了，一会儿还要去外头坐坐呢。"

二丫急了："我不陪酒！"

"放心吧，陪酒也不找你。你不在谁给我翻译？"

"那得加钱！按超出部分一小时五百算，不能超过十二点，不，十一点。"

"我给你加五千，快走吧你！"

"那你先把刚才的钱给我结了。"

"我大家大业的还能缺你这点钱！"

"你大家大业的怎么不现在给我钱？"

两人打嘴仗连扯带抓地坐进车里。

卫蕤哼哼："知道什么是夜生活吗？去过夜店吗？"

瞧不起谁啊！

二丫胸脯拍得骄傲万分："以前这事儿我也没少参加。"

"是吗，去的都是哪儿啊？"

"去的那是雁城知名夜店，最大的场子，金碧辉煌KTV！"

卫蕤一声嗤笑："金碧辉煌？是不是还有欧式沙发，水晶吊灯啊？"

察觉卫蕤是嘲讽态度，二丫热情被浇灭，不吭声了。

决心带二丫见见世面，卫总监愉悦打了个响指，说了个名字，车直奔虬城最热闹的夜店而去。

卫蕤是谁？夜店的狗知道他来了都要撒欢的人。

曾经玩到最嗨的时候，连着串了三家场子，上来直接放话：把你们那些兑了水哪个小作坊弄的假酒都给我撤了，挑最纯的上！

夜店老板娘的笑声拐了三个弯儿，卫总，你说的最纯的，是姑娘，还是人呀？

这么个孽畜，存心要带二丫开眼，就是铁了心要让她臣服他管他叫爸爸。

可卫蕤万万没想到，二丫是个喝酒像喝凉白开的千杯不倒。

刚开始劝酒的时候，卫蕤还没意识到，还风情万种地拉着二丫捂耳朵的手："来呀，来呀，喝一点儿，不喝酒多没意思。"

音乐声震得二丫心脏都要蹦出来了，舞池里群魔乱舞，二丫接过那杯酒，眼睛盯着一个女孩儿不放，压惊似的，仰头干下。

卫蕤一看，呀嗬，还挺能喝，于是又给她斟满了："再来，再来，要喝就喝尽兴。"

他又问："你家在雁城啊？"

"对啊。"

"雁城哪里好啊？有什么玩的吗？"

"雁城啊，哪里都好，好玩的可多了。"

两人咬耳朵，扯着嗓门在隆隆作响的混沌环境里你一言我一语，二丫越喝越尽兴，卫蕤越喝越不服，很快就放倒了一排空酒瓶。

卫蕤早就把受资方给忘在脑后了，撸起衬衫袖子豪迈地一吼："服务员，再来一打！"

二丫双手挂着小沙发，四处看看，觉得这地方也没啥意思，就是大家穿得时尚了些。

忽然，一声口哨，全场雷动。

闻声望去,只见一个身着比基尼的高挑美女款款上台,开始表演。

二丫惊得:"钢管舞哇!"

"这有什么大惊小怪的,钢管舞已经不是原来的钢管舞了,现在人都把它当健身,当舞蹈,跟瑜伽一样!"

说完,卫蕤恶趣味打量了一下二丫的穿着,忽然拉起她要进舞池。

二丫"哎哎哎"了好几声,卫蕤存了坏心眼儿,她那点力气哪是他的对手,他手腕用力一带,两人紧紧贴在一起。

台上负责音乐的DJ一看卫总监亲自上场,弹键盘的手一滑,倏然换了首更激情的音乐,台下人纷纷让路,腾出一块场地给他们。

卫蕤笑嘻嘻的样子,手也自然而然地揽住了杜豌。

二丫惊恐:"你干吗啊?"

"跳舞啊。"

"我不会啊。"

"不会就跟着我,学学就会了。"

"你松开我。"

"不。"

卫蕤这时酒精上头,已经有些云里雾里,看着二丫也心头痒痒的。

二丫盯着他,眼珠骨碌碌一转,高跟鞋奋力在他鞋上一踩,卫蕤痛得骤然俯身就飙出一句脏话。

"跳舞就好好跳,别这里摸那里摸,占女孩子便宜。"

这一踩,卫蕤醒了一大半,刚要翻脸,二丫又给了他致命一击——她用了吃奶劲儿呼喊:"卫总监要给大家跳舞啦!大家安静!"

舞池的人渐渐停下来,全都奇怪地回头看着两人。

这回,换成卫蕤惊恐地看着二丫:"你要干什么?"

二丫人畜无害地嘿嘿一笑,心想:狗东西,想要我,哪那么容易?

她动作笨拙地爬上台,朝DJ一鞠躬:"能连手机蓝牙吗,我想放首曲子。"

DJ文着大花臂,戴着头巾:"要什么曲儿你说吧,你这个音质不好。"

"我要的你们没有。"

"不可能,只要你能说出来。"

二丫促狭地翘着嘴角,踮脚在DJ耳边说了句话。

DJ先是问了句:"你确定?"

二丫重重点头:"卫总监点名要的,要回忆青春。"

"一首歌五百啊。"

"卫总监说给你五千。"

"得嘞。"

接着,在众目睽睽之下,震耳欲聋,字正腔圆的一首"第七套全国中小

155

学广播体操"掀起全场高潮。

到底还是卫总监见过大场面!

还是卫总监口味不一般!

"第一节,伸展运动——"

卫蕤牙根咬碎,在台下愤恨地瞪着二丫。

二丫在台上歪着头,像个顽劣孩童。

试问花名在外的卫总监什么时候这么丢人过!当着数百男男女女跳中学时期的广播体操,还是在夜店!他这一跳明天传出去还怎么见人!

可她就那么站在台上,笑盈盈地看着他。

输人不输阵是卫蕤同志的成长准则。

掌声起、哄声后、哨声不绝于耳,于是,卫蕤卫总监就这么在数百人的狂呼热捧之下,脑子发麻,赶鸭子上架——

做起了第七套全国中小学广播体操。

洗手间,"哇"的一声巨吐。

卫蕤被司机架着,衬衫领口敞着,难受得头都要炸了。

司机嫌弃地拍着他的背,手里拿着一瓶矿泉水想递过去,刚碰到卫蕤嘴边,卫蕤一瑟缩,连说:"不喝了,不喝了!"

司机掰开他的嘴:"给你漱口的!"又说,"你说你不能喝,惹她干啥?"

卫蕤俯着身快要哭了,也恨自己,他再也不说小地方来的姑娘土了,谁要再说她土他就跟谁玩命。

夜店跳广播体操,多会玩啊,这是夜店女王啊。跳得七荤八素还不过瘾,非要拉着他干啤酒,一打不够干两打,喝得他觉得自己好像把这一年的酒都要喝完了,她还面不改色心不跳。

司机看着老板吃瘪也呵呵乐:"卫总,你广播操做得还挺标准,这么多年还没忘呢!给那几个老外都看激动了,现在还在外头拉着人要学呢。"

原本卫蕤一个人出洋相,被来夜店玩的男男女女搞成了回忆青春,变成了几百人的集体舞。DJ一看场子搞得这么热,干脆把曲子改良,调快了节奏。

卫蕤刚要说话,一张嘴,恶心得排山倒海,连忙趴在洗手盆上又是一阵吐。

从夜店出来,也不敢动手动脚了,卫蕤恨不得离二丫八丈远。二丫还颐指气使:"这地方我不认识,你得送我回去。"

卫蕤就差给她跪下了:"行,你说去哪儿就去哪儿,你就是想回雁城我都能给你连夜送回去。"

"那倒不用,给我送到红星胡同附近就行。"

卫蕤拉车门的手一顿,蹙眉:"你住那里?"

那地方都是老房子，破得不像样，哪里是姑娘该住的地方。

她一声质问："住那儿不行吗？"

卫蕤一瑟缩："行，行。"

车七拐八拐地送二丫回家，两人各占据小轿车后排左右一角，卫蕤也不敢没话找话了，车一晃，他就迷糊得想吐。

等红灯的时候，他开门下去，从车后备厢拎了两瓶水回来。

一瓶拧开，上供似的递给二丫。

"给……"

二丫摇摇头，眼神戒备："我不喝，也不渴。"

卫蕤笑一笑："敢喝夜店的酒，不敢喝我车上的水？"

二丫也不避讳："酒我是看着他们开的，你这水不是。"

"要不我给你试试？"卫蕤先将开了盖的这瓶水喝了一口，然后又拧开另一瓶，也沾了一口，"没事儿吧？"

二丫翻了个白眼，扭头看窗外。

"别这么冷淡啊，咱俩都混了半天了，还不算熟？我是好人坏人看不出来？"

"你不是坏人，可也不是什么好人。"

这话算说对了。

卫蕤悠悠叹气，也扭头看着窗外，心里打定主意，改天要把这土货搞到自己手下弄个差事，每天什么不用干，光陪他解闷就行。

想着想着，卫蕤一拍脑袋，想起晚上答应过的一宗事。

于是，他让司机改道换了方向。

"我晚上要见个朋友，说点事，耽误你几分钟，见了之后就送你回家。"

二丫欲下车："那你把我放在这儿吧，我自己回去。"

卫蕤拦着不让她走："就几分钟，就快到了。"

正说着，司机把车开进一个小区院子里，和一辆亮着大车灯的黑色轿车头对头停稳。

卫蕤一挥手，攥小鸡似的："在车里等我啊，就几分钟！"

下车之后，他还敲了敲玻璃，示意司机把车门锁死。

胡唯已经在这儿等了卫蕤两个小时了。

远远地见他的车开过来，小胡爷淡淡喷了一道烟雾，将烟按灭，下车，反手关门。

"你来得够早的。"

卫蕤一身酒气，喝得脖子通红，语气含着歉意："实在对不起，我今天让人治得够呛，差点把你这事儿忘了。"递过一张字条，一把钥匙，"地址就在这儿。"

157

胡唯接过来，展开一看，点点头："行，知道了。"

说着，上车要走，他也没忘回头关心卫蕤一句："少喝点吧，回头喝死了，还嫌命长。"

卫蕤有过敏的毛病，小时候就有，常年吃药，医生嘱咐过，吃药要忌酒。

"今天特殊情况。"卫蕤说完这句话，身后的车里响起一阵剧烈拍打车窗的声音。

二丫在车后排用力砸着车窗，企图引起卫蕤的注意。

胡唯上车的动作顿了下："你车里有人？"

卫蕤舔了舔嘴角："不太听话，放出来容易咬着你。"

胡唯垂眼一笑，与他心照不宣。

这可急坏了车里的二丫。

她疯狂地砸着车窗，喊着"放我出去"，卫蕤逞男子气概，还低喝一句："一会儿就来，催什么啊！"

二丫清清楚楚地看见了对面车里的人是胡唯！

这让她怎么坐得住！

和卫蕤混了半天，如今在虬城四处漂泊的夜晚，看见胡唯，那是什么感觉？是他乡遇故知！是革命战友的胜利会师！是救劳苦百姓于水火啊！

那是她小胡哥啊！

二丫拉着车门把手，急得快哭了，跟司机说："你快让我下去啊！"

司机回头："卫总不让啊。"

"卫总不让你就不开门了？他杀人你还递刀子呢，我要憋不住了！"

"想上厕所啊？"

"你总不能让我在车里……"

"得得得，这车刷一次贵着呢！"

说着，司机就开了门锁。

二丫如同出笼鸟，站在车外，远远一声呼唤："小胡哥！"

这一声，吓着了卫蕤，惊着了胡唯。

两人齐齐回头。

二丫站在卫蕤的车外，正直勾勾地望着胡唯呢！

那眼中的期盼，像幼儿园门口等待家长接自己回家的孩子。

胡唯从看见二丫那一瞬间的不可置信，再到看向卫蕤的隐怒眼神。

卫蕤只觉得自己天灵盖"轰隆"一声，彻底蒙了——自己这是认识了个什么人啊！

二丫噔噔噔地朝胡唯跑过去，眼里没有卫蕤，只看着胡唯，一句没头没脑的话，带着哀伤，盛了无数委屈和难过——

"我姥姥没了。"

这得是心里压抑了多长时间，才一见面，就这么迫不及待地向他诉苦。

胡唯尚处震惊中没反应过来，听了二丫这话，很快镇定下来。他点点头，安抚她的委屈和难过。

"我知道。"

"你怎么知道？谁告诉你的？"二丫仰头望着他，又落寞地垂下眼，"三伯告诉你的，对吧？"

胡唯垂在腿侧的手指动了动，还是抬起来摸了摸二丫的脑袋，轻声哄："你怎么到这儿来了呢？谁跟你来的？"

"我自己……"

"来几天了？"

二丫低下头："没几天。"

那怎么跟卫蕤混在一起呢？这话，胡唯没问她，直接看向了卫蕤。

卫蕤又是一哆嗦，像得了帕金森似的浑身抖了抖，没吭声。

胡唯叹长气，拉着二丫示意："去车里等我。"

二丫乖巧点头，想上车，走两步，猛地想起那天看见他跟和小春一起钻过这辆车，心生抵触。她扭头道："我不上车。"她指着不远处的一棵树，"那儿，我在那儿等你。"

走两步，二丫忽然掉头给了卫蕤最后致命一击！

她直愣愣地朝卫蕤走过来，伸手："你把钱给我！"

卫蕤含泪颤抖，这时候你当着胡唯的面，提什么钱啊！

胡唯才舒展开的眉头又狠狠拧起来，还有金钱交易？这俩人干什么去了？

看卫蕤不动，二丫仗着身边有人给撑腰，还蛮横："你快点啊。"

卫蕤一摸裤兜，小声试探："刷卡行吗？"

二丫要变脸，卫蕤一跺脚："行，你等着！现金，现金！"说着，一路小跑，敲了敲驾驶室的玻璃。

司机降下车窗："卫总……"

"别卫总了，卫什么总啊，一会儿那俩人急了直接给我喂狗了。快点，身上有没有钱，赶紧借我。"

卫总监的司机哪能没钱呢？离了卫蕤，也是司机界呼风唤雨的人物。

司机一时豪气地拉开皮包，拿出一沓一万元的现金递过去，还要跟老板算账："卫总，按咱银行的利息算，百分之十二。"

这时候卫蕤哪有心思跟他算账，眼睛盯着那皮包，急道："还有没有了？快点，再拿一沓。"

司机又递过去一沓。

卫蕤拿着这两万块钱现金满脸讪笑，热乎地塞进二丫手里："您先用着，不够知会一声,我随叫随提。"

二丫是个钱串子,可也是个明算账的人,该她要的钱要,不要的多一分也不拿。

她攥着那两万块钱,跟卫蕤仔细地算起账来:"一小时两千,超出部分一小时加五百,现在是……"她看了眼腕表,"现在是十一点,四个小时是六千,扣除你给我买的这件衣服。"

越算卫蕤心里越凉,越算胡唯嘴唇抿得越紧。

偏偏二丫还净拣着让人浮想联翩的字眼说,什么"按小时""加五百""买衣服"。

算到最后,二丫只留了三千块,把剩下那部分重新塞回卫蕤手里:"这些还你。"

收了钱,也不管胡唯答不答应,二丫径直走到一棵柳树下,脚踢着石子儿。

卫蕤捂着心口长长地呼气,指着二丫:"你认识她?"

小胡爷不动声色:"这话我得问你。"

卫蕤正色:"她是你什么人?"

小胡爷质问:"你把她怎么着了?"

这话,卫蕤听出来了,这句话说不好,小胡爷下一句是要打人的。

卫蕤指天指地掏心掏肺地发誓:"我要是把她怎么着了,天打五雷轰。她快把我玩死了才是真的!"

胡唯不作声,就盯着卫蕤,等他自己往下说。

卫蕤缓了口气,靠在胡唯的车上,弯了弯手指:"烟,给我一根。"

这画面,活生生像电视剧里警察审犯人似的,犯人在垂死挣扎前,总是要一根烟,才能吞云吐雾地把作的恶、干的坏事抖搂个干净。

胡唯从烟盒里倒出一根烟,递给他。

卫蕤点燃吸了,压压惊,恢复了波澜不惊的慵懒态度:"我去一个老熟人那儿,正好碰上她在应聘,人家没要她,出来在电梯口我就多嘴问了一句,她说她会英语,我晚上恰好有个急事要翻译,就临时借她充公了。"

"那钱也是给她翻译用的?"

"对。"卫蕤低头喷出淡淡烟雾,"一小时两千,要价十分公平、合理。"

"衣服怎么回事儿?"

"去工作场合,她那身不合适,到商场换了一件。"

"翻译到现在?你开的什么会?"

卫蕤完全放弃了挣扎:"我带她去酒吧喝酒去了。"他睨着胡唯,"你要是跟她熟,她什么酒量不用我说吧?"

胡唯低笑。

什么酒量,她过年跟她二伯拼五粮液,把她二伯喝得抱着马桶直吐她都能喊再来一瓶的酒量。

他这一笑，卫蕤沉痛捂着脑袋："太能喝了……"

喝酒这事上，能在二丫身上讨到便宜的人，少。

"给她锁车上干什么？"

"想送她回家啊，车里不老实得很，这么晚，我怕她跑了。"

"怕她跑了？"小胡爷探究地又问了一遍，手伸过去，要拎起卫蕤，"你把她当动物圈着？"

卫蕤气急败坏："我要有坏心天打雷劈！不信你问问她，我碰她一根手指头没有？"

小胡爷回头："他跟你动手动脚了吗？"

二丫气势滔天："他拉我手！还拽着我跳舞呢！"

胡唯回头意味深长地看着卫蕤。

卫总监耷拉着脑袋："你要打就打吧。我知道你跟我们不亲了，雁城养了十年……早把我们这些小朋友给忘了，什么小春儿啊，卫蕤啊，都不重要了。"

胡唯笑骂着松开他，照着他屁股就是一脚："阴阳怪气的。"

交代完，卫蕤反客为主，改为审问小胡爷："你这样问我，她跟你到底什么关系？我知道她是从雁城来的。"

"你想她跟我是什么关系。"

卫蕤略一犹豫，脑中回忆着二丫刚才对他说的话。

"我姥姥没了。"

"哦，是三伯告诉你的……"

卫蕤震惊："你俩这是——"

小胡爷轻描淡写地笑了笑："走了，改天再说吧。"

胡唯转身，朝二丫一摆手。

二丫眼睛一亮，立刻跑过来。

胡唯给她拉开车门："送你回去。"

见到亲人归见到亲人，二丫还是很有原则立场的。

"不上这车。"

"这车怎么了？"

"你这车坐过别人。"

胡唯和卫蕤对望一眼，有点莫名其妙。

卫蕤见缝插针："那坐我的车，我的车没别人。"

二丫扭头瞪了卫蕤一眼，忽然想起来了，于是脱掉身上的大衣递过去："对了，这衣服给你。"

卫蕤一头雾水："给我这个干吗啊？"

"你说了算你借我的，用完了得还你。"

"不穿它你多冷啊。"

"穿了我还不踏实呢。"还了衣服,二丫央求胡唯,"你送我回家。"

"不开车,走着回?"

二丫重重点头:"走着回。"

能看出来,胡唯对她没脾气,她说走,那就走。

胡唯问:"能记住自己住哪儿吗?"

卫蕤嘴快:"红星胡同。"

胡唯回头:"怎么走?"

"出了这个小区,奔西,走到路口右拐就是。"

二丫分不清东南西北,胡唯是一直靠着这个记坐标的。

看着俩人渐渐消失在夜色中,独留拿着一件女装的卫总监傻站在院里,风一吹,他也有点冷。

于是一个人落寞地把那件大衣穿在身上,默默回到车里。

司机不怕死地问:"啥情况?就这么跟人跑了?"

听说今天晚上又要下雨,卫蕤怕打雷,头疼地"哎哟"一声:"快点送我回家吧,你今天废话真多。"

司机是个一米九的大汉,默默朝卫蕤翻白眼,嘴里还嘀咕:"今天你可真够没面子的……"

宾利小轿车"呜"的一声从马路上飞驰而过,像在尽情发泄不满,卫蕤寂寥地看着窗外,心里叹息——

小春儿啊小春儿。

别想了。

那句话怎么说来着,欲眼望穿难得见,下了眉头上心头。

二丫回了自己在红星胡同租的小房子。走到门口,胡唯不着痕迹地看了一眼这地方。

十分陈旧的环境,小院的门槛高,房梁高。

一迈腿,门口头顶上吊着"工人阶级万岁"六个大字,金漆都剥落得差不多了。

"你哪儿找的这地方?"

"中介。"

胡唯沉下一口气,又把背上的人往上颠了颠。

二丫扒着胡唯的脖子,穿着他的衣裳,脸也贴在他后脖颈的衣领上。

女孩儿瓮声瓮气娇憨地问:"小胡哥,你冷吗?"

冷?要热死了。

背个快一百斤的东西走二十分钟,什么身体素质都得出一身汗。

何况,那东西软绵绵的,身体瓷实压着自己的后背。

踢开院门,秃瓢大爷拉开窗帘隔空喊:"二丫,怎么这么晚才回来!"

胡唯停下脚步。

二丫趴在人家背上中气十足的一声回答:"我晚上有事儿!"

秃瓢大爷一眯眼:"这是谁?"

"我我……我男朋友!"

"男朋友在虬城哪,之前没听你说过啊。"

二丫心虚,抠着胡唯的衣领。

胡唯笑着跟人打了个招呼:"大爷,我平常上学,没空。"

"别蒙你大爷了,多大岁数还上学呢。"

胡唯背着二丫微挺了挺身子,给他看自己身上这件衣服:"没蒙您,西山路的信息学院,我是那儿的学员。"

看见这身衣服,大爷咂咂嘴:"哎哟,还真是……"又点头,"累一天了,快回家去吧。"

开了二丫那间屋子的门,把人扔在床上,胡唯累得松了松领口,看着"熊二丫"。

"你还真是到哪儿都能认亲啊。"

胡唯摔她那一下摔得不轻,二丫直接翻个倒仰,拱了半天才挣扎着坐起来:"那是,人缘好着呢。"

胡唯环顾这间屋子,静静地打量着她住的地方:"怎么住在这里呢?"

"这儿方便呗。离地铁近,想去哪儿去哪儿。"

胡唯回头,直视她:"你出来,家里知道吗?"

二丫在这事上不心虚:"知道,我跟爷爷说我来找我哥哥。"

哦——

她姥姥没了,按理说,杜锐确实是她最亲近的人。可杜锐在虬城没安家,现在还住在单位的宿舍里,人又常年在外出差,就算她跟来这儿,杜锐能怎么照顾?

"大哥知道你来了?"胡唯直接抓住问题中心。

二丫被问得一愣:"知道啊!"

胡唯冷声一笑。

二丫又拱了拱身体,不太情愿:"不知道。他电话没信号,打不通!找不着人!"

看见窗台上那盆兰花,胡唯碰了碰叶子:"你把它也带来了。"

"不带来,谁给它浇水啊。"看见这盆花,二丫猛地想起一件事,跳下床指着窗台,"你知道你这盆花很贵吗?"

胡唯云淡风轻地点头:"知道。"

二丫恐自己表述得不准确:"不是几百几千块。"

胡唯又是一点头:"知道。"

这事还得往几年前倒,他刚租回那间老屋子,拾掇东西的时候看着那花蔫头耷脑的,快干死了。

当时他也没多想,浇了点水,去路口摆地摊卖鱼食花土的地方问了一句:"有兰花用的药吗?"

"有啊,你是什么花,什么毛病?"

胡唯也说不清楚,挠挠眉毛:"什么花我还真不知道,叶子发干,根有点黄。"

"那你用这个吧,草百灵,什么花都能用。"

本来都给了钱要走的,卖他东西的老头多了句嘴:"兰花娇贵,你要是爱好这个想养,最好找个明白人给你看看。"

小胡爷一摆手:"谢谢您。"

那花,是他妈妈带他来雁城时就养的,后来他去当兵了,这花一直在杜希家里,杜希在医院里忙得脚不沾地,往往都是好几天才想起来照顾照顾,这花始终处于半死不活的状态,连着三年没开过。

后来胡唯调到雁城,办公室里光秃秃的,他总觉得差了点意思,就把它搬到了单位,一直照料着。

他办公室在阳面,过了大概两个多月,转年开春,竟然开花了。

开花时,通信连有个女干事来他这屋里送文件,看见窗台上的花,眼睛一亮:"这是谁的花啊?"

胡唯翻开文件,浅笑:"我的。"

女干事喜欢地摸了摸花:"哟,莲瓣兰,从哪里搞到的?"

胡唯拧开茶杯盖正要喝水,闻言侧了侧脸问:"叫什么兰?"

"莲瓣兰啊,我家里就有一盆,不过没你这个好,可也花了十几万。"

小胡爷一口茶水差点没烫得吐出来,龇牙咧嘴地扒着嘴唇照镜子,口齿不清地问:"多少?"

这女干事家里条件很好,父母做生意的,只因一心有个从军梦,才到部队通信连当兵,去年提干才被借调过来。

十几万从她嘴里说出来,就像花了十几块钱。

看见胡唯这么大反应,她噗笑:"你不知道?"

小胡爷从自来水管接了杯凉水,呼噜噜漱口:"现在知道了。"

"这花是你的吗?"

"我妈的。"

女干事听了这话,将胡唯从头到脚看了一番,心想:没看出来,他平常也是深藏不露哩。

从那以后,她总是找机会在胡唯办公的这栋楼里办事,和他说几句话。

明眼人都能看出来,那个胡唯的本家,胡萌萌,对小胡干事有了点别的心思。

晚上吃完饭自由活动,胡唯去操场跑步,跑得满身是汗,胡萌萌就站在树下等他,给他递水,拿毛巾。

同事看见故意恶作剧,齐声喊:"又来了噢!"

胡萌萌一跺脚,高跟鞋在沙地上踩出个坑:"起什么哄啊!"

"你这心理素质不行啊,想在部队找对象,还不想时刻接受同志们的监督?"

胡萌萌气得脸红,跟胡唯说:"你看他们啊!"

胡唯拿起自己的水壶仰头喝水,把剩下的半瓶浇到头发上,甩了甩:"他们说得没错,在这地方谈恋爱就别想躲人。再说了,你不在通信连里待着,总往操场跑什么啊。"

"我不是想……"

"别想,想错了。"胡唯一屁股坐到水泥台阶上,两只手臂向后撑着身体,眼睛关注着对面踢足球的战况。"我家里没什么人了,我母亲去世好几年了,就一个爹,在医院当医生,工薪阶层,不是你想的那样。"

一句话点破女孩儿的心事。

胡萌萌觉得很没面子,将水甩进胡唯怀里,毛巾扔到他头上,扭身就走。

胡唯咧着嘴笑,拿起毛巾用力在头上擦了擦水,悠悠叹息。

他那去世的老娘也不知是用了什么神通,给他留下这么个值钱货,还捎带手帮他招了个桃花。

可小胡爷想得很明白,金钱观大着呢,这东西只有换了钱,才是钱。

不换钱为纪念,当个情趣,不管外头说它如何,你就只把它当盆花养,是生是死天注定。

可二丫不是啊!这东西放在她这儿,快成了心理负担,不光因为它是个稀罕物,还因为这东西是他母亲留给他的遗物。

"你刚走的那几天,它都没精神了,我怎么照顾它都不行,可能是雁城夏天太热了。后来我去花卉市场换了肥,就慢慢好了。你说植物跟动物一样吗,也认主人?"

胡唯失笑,这让他怎么说?

他还是记挂着另一件事:"过几天给你找个房子,换个地方住吧。等大哥回来了,你找他玩两天,就回家去。"

二丫不解,有点没反应过来。

他这是撵自己?她又没给他添什么麻烦。念至此,二丫想起他那天和美人并肩上车的场景,又恍然大悟。

于是,她开始犯了倔驴脾气:"我不回!我又不是来找你的,你凭什么赶我回去?"

"你不回,爷爷怎么办?"

"爷爷身边一大家子人照顾呢,我在也帮不上什么忙。"

"雁城的工作也不要了?"

"我那是什么工作？中介介绍四处跑活儿的，哪里都能干。"

"哪儿都能干，今天面试人家怎么没要你啊？"

胡唯这是心疼她，担心她一个人住这样的地方，背井离乡，亏待自己。

可二丫哪里理解，她以为他瞧不起自己，十分羞恼："没人要我也没管你要钱花，你操什么心！我今天还赚钱了呢！"

不提这事还好，一提，胡唯更不饶她。他也不跟她吵，就慢条斯理地跟她掰扯："那你能每天都碰上卫蓁吗？不知道好人坏人就敢上他的车，跟他走？"

见他把自己批评得一无是处，二丫窝囊极了。

"你是我什么人？我哥都没管我，你管我干什么？"

"你刚才那么大嗓门喊我是你男朋友，这么快就忘了？"

"你才不是我男朋友，谁要跟你谈朋友，男朋友才不是这样的。"二丫忍着委屈不掉眼泪，金豆豆还是不争气地噼里啪啦往下砸，"你亲了我，就那么走了，也不认账，还在别的地方忙着泡姑娘。"

说别的，他都认，只最后一条，他不同意："我什么时候泡姑娘了？"

二丫吸着鼻子倒抽一口凉气，什么小胡哥！天下乌鸦一般黑！

"你还狡辩？那天我都看见了，就在街对面，你跟她从店里头出来，她还上了你的车。鬼知道干什么去了！"

"我干什么去了？"

"干什么去了问你自己呀，你问我干什么。"

胡唯明白她说什么了。

那天，他送和小春回家。

难怪他觉得自己出现幻觉了，那才不是幻觉，她就在对面直勾勾地盯着自己呢！她不仅盯着自己，还记下了他的车牌号，刚才怕他不认似的，清脆倒出了那一串数字。

秃瓢大爷躺在家里床上，用大蒲扇赶着蚊子，听见隔壁屋里的争吵声，搂着自己养的猫顺毛，自言自语："六宝，听见没，小恋人才见面就吵架。"

猫儿乖顺地让大爷摸着，"喵喵"两声。

"年轻人哪——"大爷在床上跷着二郎腿，阖眼静听。

"憋回去。"

二丫不听，自己哭得正起劲儿，边哭边想，她现在能理解自己在雁城时，认识的那些大姐为什么跟自己说家长里短的时候总喜欢掉眼泪。

她那时只觉得没出息，有什么可哭的呀，你老公、你孩子不爱你，就自己爱自己呗。现在想想，这哭也不是软弱表现，是一种情感发泄，发泄出来，困了，倒头就睡，睡得还香呢。

哭得有点渴了，二丫正想什么时候收摊。

拉了一张板凳，坐在她对面的胡唯一伸手，二丫以为他要打她，下意识地向后一缩。

一张纸巾捏到她鼻子下。

他朝她努嘴："使劲儿，鼻涕快吃肚子里了。"

二丫也没客气，就着胡唯的手重重地擤鼻子。

把花脸擦干净了，二丫还跟他指着桌上的暖瓶："你给我倒点水。"

胡唯站起来，翻过一个倒扣的玻璃杯，倒了半杯水递过去，二丫接过来咕咚咕咚喝干了。

一时屋里安静，只有呼吸起伏。

胡唯重新坐在小板凳上，弯腰凑近她认真问："不再哭一会儿了？"

二丫摇摇头："不哭了，哭累了。"

胡唯又往后倚了倚，和二丫拉开一段距离："哭累了那就听我说。你那天见的那人，叫小春，是我以前在虬城住着的邻居，我记不住她了，见面就聊了一会儿。还有今天和你在一块的卫蕤，我们仨从小就在一起。"

这时的二丫，还完全不能理解胡唯所谓"记不住"是什么意思。

她认为，是老友相聚叙旧。

二丫鼻头红红的，有些憨："那……你在虬城找到你爸爸了？"

胡唯不瞒她："见过一次。"

哦，见到爸爸了，找到了小时候的朋友，那就算是回家了。

人一旦从一个地方离开到另一个地方生活，会潜意识把离开的那个地方划为心里的归属地。

归属地，是个让人不愿意离开的地方。

想到这里，二丫又有点惆怅，垂眼看见他放到膝盖上的手，有一道不长不短的伤疤。

"你的手怎么了？"

胡唯低头看了眼自己的手，又转了转，换了个角度不让她看见："没怎么，磕了一下。"

"缝了针？"

"没几针，早拆了。"

"咱俩这样算什么呢……"二丫烦恼地挂着腮帮子，有些剪不断理还乱的愁绪，"你亲我，是因为喜欢我，还是因为我说的话让你找到了共鸣，你可怜我，觉得是一种心理安慰？有的时候，人是很难分清楚究竟是喜欢还是同情的。我小时候在晖春幼儿园想妈妈的时候就哭，我们班的杨健看见我哭，就问我怎么了。我说我想妈妈了。他就蹲着陪我，给我擦眼泪，还亲了我一下。我知道那个叫同情。"

啊？

胡唯意识到事情不大对："他亲你哪儿了？"

二丫指指自己的脸："这儿。"

"亲过几回？"

"就一回。"

"我没跟你开玩笑，你想好了，到底几回？"

"就一回。"二丫有点磨不开，"后来他妈妈去外地做生意，就带他走了。他还送给我一堆玩具让我玩呢。"

胡唯深吸一口气，试图把她这个观念纠正一下。

"这个，喜欢和同情还是有区别的。"他咳嗽了一声，像给她上课似的，"你看啊，你在路上看见乞丐，你会同情他们，给他们钱，或者心里不落忍，给个拥抱。但是你会亲他们吗？"

二丫迟疑着摇摇头。

胡唯摊了摊手："所以啊。"

"所以你喜欢我才亲我。"

"对。"

"那你之前也这样对过别人吗？"

胡唯认真回想了一下，有点遗憾："没有。"

二丫郑重地点点头："我也没有。"

"很好，至少在起跑线上咱俩是一致的。"

"嗯！"

"那你到底是不是因为想找你哥哥才来虬城的？"

"不是，我想来找你问个清楚。"

一哄一骗，二丫把心里话抖搂个干净！

"你看，现在问清楚了，就回去吧。你一个人在虬城，身边没人照顾你，我多担心。"

"我有你啊。"

"我在学校不能总出来啊，时不时还得出趟差。你都找不着我人。"

二丫甜甜一笑："没事！我就在虬城等你，你早晚有毕业的时候。等你学完了，咱俩一起回雁城。"

胡唯暗暗攥拳，眼底有一抹浓浓的、化不开的撼动。

半响，他拍了拍二丫的肩膀："杜豌同志，前路艰难，孤入敌营，组织时刻担忧你的安危。"

二丫也重重地回拍他："战友放心，我将不畏牺牲，不畏艰难，还望你时刻牢记原则，坚守战地，捍卫家园！"

两声齐齐的——

"我保证！"

"我保证!"

指针就要指向十二点,胡唯说:"我得走了。"

二丫理解地摆摆手:"走吧,让人知道你不在,该挨罚了。"

送胡唯到门口,锁好了门,二丫趴在屋里的窗户上望着他在夜色中的背影。

走了两步,胡唯忽然回头看她。

二丫脑门儿抵在玻璃上,因为呼吸,一团雾气在她脸前氤开,让人看不清面目。她笑着在跟他说再见。

这个笑容,是之后很多年胡唯在广阔天地、巍峨高山、白雪冰川上每每想起,都觉得似乎也不是那么寂寞的笑容。

卫蕤这几天情绪很低落,非常低落。

和小春去他家里的时候,他正抱着枕头在沙发上哼唧,穿着一身藏蓝色的真丝睡衣,光脚,人缩成一团。

和小春摸摸他的额头:"病啦?"

卫蕤一偏头,烦躁地躲开:"别碰我,心里烦。"

"你心烦什么啊,这时候,不该在哪儿快活着?"

快活?你以为卫蕤不想哪?可外头风言风语把卫总监喜欢跳广播体操的事都传遍了,他哪还有脸出去。

人家传,卫总监之所以这么热爱体操,是为了缅怀青春;再传,就变成他学生时期有个深爱的姑娘,没得手,以至于成人后专盯着学生妹下手。那天他去泡吧带在身边的人,就是哪个学校的学生。

再往下说,就难听了。

那天他去玩,女老板叉腰用小手绢扇风,笑得谄媚:"您看还要不要?"

卫蕤嫌她身上的味儿呛鼻子,厌恶地离远了点:"要不要什么?"

"我们这儿的特殊服务啊,依据不同客户需求定做的工装,新来了一批校服……"

卫蕤倒抽一口凉气,原来外头传的都是真的啊!

当晚兴趣全无,卫蕤回家扑通扑通地摔枕头,让你毁我清誉!让你坏我名声!

从那以后,连着一个星期卫总监都没出过门,活像个养在深闺里的大姑娘。

和小春见卫蕤不搭理她,自己坐在另一张沙发上,拿起茶几上卫蕤的苏烟,啪地点燃了,独自吞云吐雾。

"今天三台手术,快累死我了。"

卫蕤有气无力地哼哼:"你说你那些患者,知道你私下里是这个样吗?"

和小春伸脚蹬了他一下:"我告诉你啊,这是两码事,我在医院清醒着呢。"

医生就不是人了？医生还不能有自己的私生活了？你知道我天天剖肚子，压力多大吗？"

"不过，你说得对。"小春儿恶狠狠又吸了一口，把烟头碾灭在烟灰缸里，"这是最后一回了，以后，再不抽了。"

卫蕤打起精神，迅速坐直了："要戒？"

和小春漫不经心端详着自己的手："戒了。本来也没什么瘾，再说将来要是结婚成家，当着男人的面嘴里还叼根烟，多不像话啊。"

卫蕤一语道破："你不如说，你怕胡唯不喜欢你这样。"

小春儿一头浓密乌黑的卷发，几绺落在脸侧，明艳又动人。

卫蕤忽然觉得有些不忍心，好言劝她："春儿，要不就算了吧，他对你没那意思，何必强求呢。"

"他对你说过？"

"说倒是没说，但是我知道，他在雁城有人了。"

和小春紧张地一把拉住卫蕤："你知道？你知道多少？是谁？干什么的？在一起多长时间？"

卫蕤呵呵笑："你当我是私家侦探哪，什么都知道，只是聊天时说过那么一嘴。"

"嗨，这事顺其自然呗。"和小春又重重倚回去，玩着指甲，"她现在又没在虹城，俩人见不着面，还能追来不成。感情这东西，总是要培养的。"

卫蕤玩着电视遥控器，探寻地望着小春儿，像开玩笑："哎，这么着吧，我牺牲一下自己，去帮你把他俩搅和散伙了？"

和小春顶精明，满眼嘲笑："少来，你不是不知道那人是谁吗？面都没见过你就能牺牲自己？无利不起早吧。"

这话说到卫蕤痛处，他跳脚："和小春多少年前那点破事你记在心里没完了是吧？不就着了场火嘛，我欠你的我活该豁出命去救你？你是家里心肝肉，我就不是了？再说了，那时候我冲上楼能干什么啊？我没胡唯胆儿那么大！我没他那么鲁莽！我就是怂了、怕了！这么多年今天你就给我个痛快话，咱俩这疙瘩能不能解开，解开，咱俩一辈子朋友，将来你不愿意将就找不着合适的老死病死我卫蕤给你送终；解不开，你也别跟我在这儿勉强自己，大不了再也别联系。咱俩就当谁也不认识谁。"

一口气撒出来，卫蕤心里这叫个痛快。

他跟小春儿的关系似家人似朋友，两人无话不谈、亲密无间，像从一个娘肚子里钻出来的双胞胎，可这关系在外界人眼里，总是有点畸形的。

两个未婚男女，天天厮混在一块，手不拉，嘴不亲，说是好朋友天天勾肩搭背，卫蕤一个男人倒是无所谓，这让小春儿的名声多难听。

他这么多年处处照顾她、帮扶她，不就为了赎心中那点愧。

可愧疚说到底，也不是卫蕤的错。他认下，是情分；不认下，拍拍屁股假装陌路，也是本分。

和小春被骂傻了，卫蕤从来没有愤怒地对自己说这么多话的时候。她眨眨眼，一愣："你生气啦？"

"别生气啊，我不是那个意思……"她懊恼地抓抓头发，"我不是怪你当初没救我，就是句玩笑。要不你说，你一个银行放贷款的，我一个接生婆，咱俩有什么共同语言啊，不就仗着小时候那点情分才——"

"什么事一次两次行，总挂在嘴边开玩笑那就是在心里歧视！就是瞧不起人！"

小春儿站起来给他作揖，严肃道歉："是是是，你说得对，以后我再也不提了。"

卫蕤心惊，抓住和小春的手："小春儿，春儿，你怎么了？"

和小春茫然地看着卫蕤："我怎么了，我没怎么啊。"

卫蕤指着她的脸："那你哭什么？"

和小春用胳膊一蹭，才发现自己满脸泪水。

她吸了吸鼻子，强颜欢笑："被你吓的呗，长这么大，我爸我妈也没跟我这么说过话。"

她从纸巾盒里拽出一张面巾纸，擦眼泪，瓮声瓮气："你不是总说我为什么揪着那些事不放吗，你也不理解我为什么对胡唯这么执着是吧？得，今天我就告诉你。"

说着，她站起来，开始一粒一粒解衬衫的纽扣。

"哎哎哎，别别别——"卫蕤扑过来死死按住她的手，慌里慌张，"小春儿，咱俩这么多年都没那事儿，你可千万别一时糊涂想不开。你这衣服一脱，你让我怎么做人啊！天地良心，我对你就跟亲兄弟没两样。"

和小春挣扎，甩开他的手："你放开，你让我弄完。"

一撕一扯间，小春姑娘的真丝衬衣就软软滑滑地敞开个干净。

卫蕤立刻捂住眼："我什么都没看见啊！"

他这一捂眼，好像和小春要流氓似的。

和小春无所谓地笑了笑，脱了衣服随手扔在沙发上："你怕什么啊，小时候一起去水库玩，你也没少看我换衣服。"

"小时候正反面都一样，现在能行吗？你什么时候看我冲你脱过裤子啊！"

一声轻笑。

然后小春姑娘背过身去，将头发拢到耳畔，放轻了声音："卫蕤，你看看我啊。"

半响，卫蕤手指头露出一道缝，看小春儿背对着自己，才慢慢放下手。

这一放下，卫蕤震惊："这怎么……"

和小春低头，眼中黯然："丑吧。"

只见和小春背部大片雪白细腻的皮肤，穿着墨绿色的胸衣。细细的带子绷在身上，本该是让人血脉偾张的画面，唯独让那刺眼伤疤煞了风景。

那伤疤不是细长的，而是一块一块地蛰伏在小春儿的背上。从颈椎往下，一直到腰线往上，分布着大大小小不同形状的疤。

最令人难过的是，那些皮肤皱在一起，有常年累积的色素沉淀，像老人衰老的脸颊。

原本是一块和氏璧一样的美人背啊……

他手指轻轻触碰，低声轻喃："我一直不知道这么严重。"

他知道小春儿因为那次火灾留了疤，却不知道残酷至此。

和小春将头发放回身后，静静地拿起衣服穿上。

"我头发长，一直垂到腰，烧着以后光顾着害怕了，在地毯上打滚，哪敢想自己后背疼不疼。后来我父母回来，忙着善后，发现的时候我衣服已经跟皮肉粘在一起了。"

顿了顿，和小春又接着说："医生说烧伤感染，我那时又高烧不醒，要不，胡唯被砸伤了头躺在医院里，他们怎么能不去看一看。"

卫蕤颓败地坐在地上："那……这么多年，你就没想过整形？"

小春儿轻车熟路地去他家厨房拎出两罐酒，也挨着他坐在地上："去过，断断续续做了两年多，什么激光手术啊，祛疤膏啊，能用的办法我都用了。可这已经是能恢复最好的状态了。

"以前，我从来不觉得这些东西对我有什么影响，上学那阵跟假小子似的，可偶尔洗澡照镜子，看了心里也难过——为什么，因为你跟别人不一样啊？室友在宿舍换衣服，没遮没拦的，我不行，我从来都不敢把后背对着别人，永远只给她们看前面。我妈就劝我，说你别看那些人，你就看大街上有多少不如你的孩子，缺胳膊断腿的、智力发育不全的，有多少人因为意外还丢了命，你四肢健全，身上那点疤算什么，想开了，也就知足了。"

手指拧开啤酒拉环，小春儿仰头灌了半罐，舒服地打了个嗝："你别说，我妈这一劝我，我还真想开了。研究生快毕业那年，谈了个男朋友，人不错，对我也挺好。谈了半年多之后是情人节，我去他家里，澡也洗了衣服也换了，就等着拉灯那一下，你猜怎么着？"小春儿歪着头看卫蕤。

卫蕤抗拒地扭过头："我不猜，你也别往下说！"

小春儿笑着摇摇头，拿卫蕤当成当时的自己做示范："他的手往我背上这么一搂，吓得'嗷'一声就蹦起来了。拉开灯，我趴在那儿，他看了我半天，什么都没说，转身就跑了。"

她说得云淡风轻，可字字都是耻辱，是血泪。

"后来也交过几个男朋友，每次我都主动坦白，先给人看看这些疤，交代了原因还得再问问，你能接受吗？这帮王八蛋嘴上说心疼我不在乎，扭脸就偷着约会别的姑娘,说我真恶心。"

这个世界真正让人无能为力的是,你遭受了一些天灾人祸,变得和别人不一样,大家纷纷对你投来怜悯的目光,却没几个能真正了解你当时到底经历了什么,这些年你又是如何熬过来,嬉皮笑脸面对别人对你缺陷的指指点点。

那句话怎么说来着,能理解,但不接受。

所以小春姑娘这些年单身一人,拒绝恋爱,拒绝婚姻,她只和身边亲近的人玩,因为只有亲近的人才知道她发生过什么,才能不戴有色眼镜去看人。

所以她才把手术台上每一个产妇的伤口都缝得漂漂亮亮,她知道这对女人的重要性。

酒到酣处,小春儿搭着卫蓁的脖子,眼神蒙蒙眬眬:"嗝,我知道顺顺喜欢我,他是真心对我好,掏心掏肺地喜欢我,可是我没脸喜欢顺顺啊,我怕了⋯⋯我怕我吓着他。"

"那你就不怕吓着胡唯?"

小春姑娘坚定地摇头:"不怕!胡唯是见过大世面的人,他那样的人,知道我现在这样,只会同情我,不会歧视我。他跟我一起经历过那次火灾,他不会嫌弃我。"

谁会舍得嫌弃你啊,小春儿。

可你也不能一厢情愿,只找身边理解你的人生存啊,你也得闯出去,看看外头的世界。

要不,该落下病了。

卫蓁被小春姑娘搂着晃啊晃,也不禁有些忧思。他想,他到底是站在胡唯那边劝醒了小春儿,别这么执拗;还是站在小春儿这头,跟着她一错就错,促成了两人呢?

哪边都不对,哪边自己都不是好人。

可想起那天遇上的那个土货,她趴在玻璃上咋咋呼呼喊胡唯的样子,那眼里的依赖,卫蓁心里又有点堵。

二丫正式在虬城过起了自己的小日子,像个小媳妇似的,守着一间小院,一间厢房,日思夜盼地等。

卫蓁一踏进这里,鼻子极灵,闻了闻,一股饭香味儿。

这股味道十分亲切,像以前还和父母一起住时,他趴在外头桌上看电视,闻到的母亲在厨房里炝锅炒菜的味道。

刺啦——

也确实是到吃中饭的时间了。

家家户户择菜开火,远远地就能听见锅勺磕碰翻炒的声音。

卫蓁纯属碰运气,红星胡同里这样的院子多了,想要找个人,挨家挨户问,没等走三家，先得让居委会大妈给你逮起来审个清楚。

拐进来找了个开门的院子，他走进去左右张望，秃瓢大爷抖了抖报纸，报纸遮住脸："您找谁啊？"

卫蕤吓一跳，一回头，发现东边屋檐下还坐了一个人。

"我找杜豌，她住这儿吗？"

"哟呵，最近二丫朋友真多，都来找她。"

卫蕤嫌弃一皱眉："二丫？"

秃瓢大爷翻了页报纸，扯脖子喊了一嗓子："二丫，二丫，有人找嘿！"

传来一阵叮叮当当刷锅的声音，没听见。

二丫这段时间日子过得相当舒坦，一觉睡到日上三竿，一天两顿饭——早上那顿跟中午那顿合并到一起，晚上那顿出去吃。

今天阴历是初七，她也记不住初七是什么日子，只知道以前在家里每逢这一天，是要吃面的。

胡同口就有家粮油店，专门卖手工的馒头、花卷之类，她看见玻璃窗里摆放着一团团压好的面条，问老板："怎么卖？"

老板已经拿出一个塑料袋，做好上秤的准备："两块钱，您看喜欢吃宽的还是细的？"

"细的吧。"

装了三两细面，烧上开水煮熟，过了凉放在一边摆着，二丫又开始炸葱油。

把葱切成指头那么长的段儿，油锅烧热，绿油油的小葱下锅煎出香味，二丫心满意足地吸吸鼻子，关火开始调酱汁。

酱油、生抽、白糖调成一碗酱汁弄匀烧开了倒进面碗里，拌匀了，最后把热滚滚带着浓香的葱油"哗"一下浇在上头，撒点白芝麻——二丫最拿手的葱油面就算是弄好了。

二丫穿着肥大的套头毛衣，一条花睡裤，其中一只还卷着裤腿，大大咧咧端着碗筷从旁边厨房回到自己屋里。

一进门，屋里站着个男人，西装革履的。

吓得二丫一哆嗦，以为中介要来收房子。

"谁啊？"

卫蕤正仰头打量着她这间小屋，浅笑着转过身来："你算是在这小屋里过上日子了？"

一颗心揣回肚里，二丫径直走到小桌前，把碗筷都放下："你进来怎么不敲门？"

"我喊了两声呢，你在厨房没听见。"

"没听见也不能乱闯女孩儿的屋子啊，没礼貌。"

"哟，真对不起，我和我那姐们儿都习惯了，平常去串门做客就跟回自己家似的，我还没拿你当外人。"

二丫哼了一声，盘腿在沙发坐下，用筷子搅着面条准备吃饭。

卫蕤尴尬地站了一会儿，看她吸溜了一筷子面条，也跟着咽了咽口水："那个，你不请我坐一坐？"

二丫腮帮子塞得鼓鼓，杜家家规，嘴里嚼东西不能说话。

囫囵咽下去，二丫指了指门口的板凳："你不说了没把我当外人吗，自己找地方坐呗。"

卫蕤热络地拉过门口四条腿的木板凳，在二丫对面坐下，讨好地笑着。

二丫捧着面碗，低头大口吃饭，当卫蕤不存在。

电视里少儿频道怀旧剧场放着《葫芦娃》，正讲到六娃进入妖精洞解救五个兄弟的故事。二丫耳朵听着声，间歇腾出手来翻着小桌上乱七八糟的书和资料。

卫蕤闻着那股葱香味实在坐不住了："中午吃饭的点儿，我也空着肚子来的，你倒是给我也盛一碗啊。"

"啥？"

卫蕤摊了摊手："既然赶上饭口了，也不差我一个人吧。"

二丫不太情愿，不是她抠门儿不肯给他吃，只是她的手艺，胡唯都没尝过呢，倒是让这"烧包"给抢先了。

"我没剩多少了，自己还不够吃呢。"

卫蕤一抬下巴："你那盆里还有那么多呢。"

二丫放下碗，怏怏地去厨房给卫蕤拿新的碗筷，走到门口，还机警地回头威胁他："不准乱翻乱动！"

卫蕤都懒得应她，这屋里里外外算上还没他家厕所大呢，有什么可翻的。

厨房的锅碗瓢盆都是二丫去超市买的，今天拎一兜要紧的调料，明天再背个锅回来，一连几天，把平常自己吃的用的准备得是整整齐齐。

碗筷是超市的便宜货，但很干净，用之前二丫全都用热水烫过，伺候爹似的给卫蕤盛好面条，拌上调料，递到他面前："给——"

卫蕤也没客气，接过来就是一大口。

二丫坐在他对面："好吃吗？"

卫总监勉强给出个好评："凑合吧。"

二丫眼睛起来，要收回他的碗筷。

卫蕤一个蹦高："好吃，好吃！比富必居的都好吃！"

二丫问："富必居是哪里？"

"虬城最有名的面馆，清代留下的老字号，改天带你去。"

俩人就这么唠家常似的，没什么正经的开场白，你一言我一语地吃完了一顿饭。

卫蕤用纸巾擦擦嘴,看着一桌子学习资料,心满意足地打了个嗝:"你要考研哪?"

"别动!"二丫拍掉卫蕤的手,怕他弄脏了自己的书。

"嘁,还不让碰,就你看的这点东西早八年前我都背烂了的。"

二丫一撇嘴,她是个打定主意九头牛都拉不回来的人,想好了干件什么事,就拿出张白纸把自己的计划写得明明白白,照着一丝不苟地去做。

吃饱了喝足了,卫总监也有心情了,跷着二郎腿:"说说,想考哪个学校啊,我给你参谋参谋。"

"交通大学。"

虬城的交通大学是全国名校,可不是那么好考的,何况她都毕业两三年了,想捡起学生时代那一套,不太容易。

"人不大,信心不小,你有那基因吗?"

"怎么没有,我爷爷、我爸爸,都是交大毕业的,我哥哥更厉害,我们家就我没出息。"

"啧,还是书香门第。"

二丫重重点头,谁说她出身书香门第她就跟谁好。

卫蕤问她:"考研为了什么啊?"

"找个好工作呗,不输在起跑线上啊。"

"那现在就有个好工作等着你,你还考吗?"

二丫茫然抓抓脸:"啥意思?"

卫总监清了清嗓子,故意卖关子似的从西装内袋里掏出一个信封,双手呈上。

"杜豌小姐,我谨代表荷立银行诚邀您来我方工作,酬劳是年薪的形式,美金、人民币都行,看您需要。待遇方面呢,一年两次出国休假,办公环境冬暖夏凉,承诺住房,包办婚姻。"

前头的待遇听得二丫一愣一愣的,直到听到最后四个字,她翻了个白眼,没精打采地收拾碗筷。

卫蕤看她不理自己,有点着急:"我跟你说真的呢,入职函都带来了。"

"鬼知道你那是什么狗头公司。"

"上次你不是跟我去过吗,正经的外资银行啊。"

二丫抱起一摞碗筷往外走,卫蕤跟在她屁股后:"你还不愿意?这职位是我给你量身定做的,挂在我手底下的行政部,以后有用你翻译的时候你露个脸,没事的时候办公室里关起门来自己玩呗,有我罩着你,你怕什么?"

"不去!"

她拧开水龙头,哗啦啦地洗着碗。卫蕤靠在厨房门口,黏人精似的:"为什么不去？"

二丫无心往卫蕤胸口扎了一刀："小胡哥说了，让我少搭理你。"

卫蕤深呼吸，将手中邀请入职的信封背面掀起一小块，后头贴着胶。

"你怎么这么听他的话？上回也是，你怕他啊？"

"不怕，喜欢才听他的话。不喜欢的人说什么我都不听。"

卫蕤胸口再挨一刀，面子快要让二丫当成鞋底子踩了。

卫总监记仇，气得牙痒，最后把那信封以掩耳不及盗铃之势"啪"地粘在二丫脑门儿上，放下狠话："给你三天时间好好考虑，不去我就让人给绑走，反正我也知道你住哪儿。"

说完，卫总监春风得意地走了，白蹭人家一顿饭，还捎带手吓唬了她一把。

二丫被挡住眼，手胡乱抓起一块毛巾擦了擦，愤愤地拽下信封。

就着窗户外的阳光一看，白底印着蓝色图腾的信封上端端正正地写着——入职邀请函。

秋天中午温暖的阳光，透过斑驳树叶洒落窗下，二丫穿着紫色的毛衣，蹲在墙根，将那封信展开，一字一句地读。

尊敬的杜豌女士：

我们很荣幸地通知您，您已经顺利通过了荷立银行面试，我们诚邀您于9月27/28号两日到我司信贷部行政办公室报到，担任翻译专员一职。该岗位年薪酬劳为……

二丫默默数着那串数字的零，数清楚了，把那小信封对折，背着手溜溜达达地进屋了。

她今天下午要去看她哥哥。

来了虹城这么多天，前两天杜嵇山给她打电话，说："你哥从外地回来了，往家里打电话问你好不好呢。"

二丫扭着电话线："那您怎么说的呀？"

"还说呢，没等我告诉他你去了，那头有人找，他放下电话就跑了。"

二丫嘿嘿笑："那您先别说，我去找他，给他一个惊喜。"

爷孙俩各自吃完晚饭通电话，老的叹气："丫头，一晃也去了半个多月了，爷爷想你啊。"

"我也想您。家里都好吗？三伯身体恢复得怎么样了？我来虹城以后忘记给他打电话了。"

"都好，别惦记。前阵子禾禾感染手足口病，杜炜和他媳妇都急坏了，也给你大伯一家子折腾得够呛。好了不长时间，昨天抱着禾禾来家里吃了顿饭，那小子现在招人疼，撅着小屁股满地爬。"

"手足口病要当心啊，您跟禾禾一块玩的时候也别又亲又抱的，小孩子免疫力低。"

"呵呵,爷爷知道。二伯前几天又跟杜跃吵架了,说他要钱还要往那个什么会所投,你二伯不给,闹得鸡犬不宁。"

"这事儿您别管,也别评理,他们父子俩前天打得鸡飞狗跳,隔天二伯又说我这儿子怎么怎么好,二伯母最不喜欢别人掺和他们家的事儿了。"

"嗯,我知道,我知道。还有你三伯,说打算十一之后和小苏领证了,哎。爷爷想起件事,胡唯不是在虬城吗,正好你也在。有空了,你就联系一下你小胡哥,关心关心他,别让他因为这,对你三伯心里有结。爷爷相信你。"

二丫扭着电话线的手一顿,支支吾吾地答应了,脸上两朵红晕。

那头杜嵇山还满心想着两个孩子在一起能互相照顾,二丫又会说,想借着她缓和一下胡唯和老三的父子关系。殊不知,这是把孙女送进狼窝,正中了这小狼崽子的下怀。

只是这段时间胡唯是考试周,学的两门课要结业,各项考核忙得不可开交,两人没空见面。

等到下午三点,二丫在屋里收拾妥当,直接坐地铁奔杜锐的单位去。

她去了也没提前打电话,掐着杜锐下班的时间直接往他单身宿舍去。谁知道这地方看管得严,抓着二丫盘问了一番,看完身份证又查手机,说要探亲,得打电话让人来接。

二丫苦恼:"我不知道他座机电话啊……"

"你找谁来着?"

"杜锐!杜锐!是你们这儿的工程师,我是他妹妹。"

"哦,杜锐啊!那你是杜豌?"

二丫惊喜:"您认识我?"

宿舍楼把门的保安笑呵呵:"认识,怎么不认识,杜锐在我这儿住了五六年,他家里人我都知道。"说着,拿起电话,"我给你问问,他要在,让他来接你。"

电话打过去,对方也不知道说了什么,保安"嗯嗯"了两声,直接放行:"孩子,上去吧。杜锐还没回来呢,他屋里有人在,三楼,307。"

做了登记,二丫兴冲冲地直接奔着三楼去。

杜锐宿舍的门开着,二丫探进一颗脑袋:"哥?"

谁知迎接二丫的竟然是个女人。

她正在整理床铺,脚边堆着换下来的床单床罩,听见有人来,笑盈盈转过身,冲二丫点点头:"你好,是杜豌吧。"

女人看着和杜锐年龄相仿,文文静静的长相,戴着一副眼镜,穿着工装。

二丫尴尬,站着不知是进是出:"你好,你好。"

女人收拾屋子的动作不停,拆完被套拆枕套:"快进来呀。我叫张馨,是你哥哥的同事,他总跟我提起你。"

二丫走进来，杵着看看她，小心上前："我来吧，哪能让你干活呢……"

"别，你刚来，哪能让你伸手，赶紧歇一会儿，只是你哥这屋太乱了，将就着坐吧。"

张馨又走到杜锐书桌边，熟练地帮他整理着各种各样的书籍、铅笔。

二丫挠挠头："你是不是我哥哥的女朋友啊？"

张馨微笑，手卷着一张 A3 的图纸："就算是吧。"

二丫一拍大腿，激动坏了。这是啥，这是千年的铁树要开花！哑巴终于能说话！

她哥终于不负村里众望，谈上女朋友了！

正想问问俩人是个什么进展，帮杜锐说说好话，走廊卷来一阵风。

有人站在门口肩上搭着毛巾问："大师兄，跑这么快干啥去啊？"

杜锐激动，一路小跑连帽子都跑丢了，又折回去捡："我妹妹来了，妹妹来了，着急回去看看她。"

杜锐原本打算今天带着小组加班，连食堂加班盒饭都订好了，谁知道宿舍这边来电话，说有个叫杜琬的找他。

杜锐当即拍桌子收拾东西，不加班了，不加班了，数据明天再对。

众人直呼万岁！

出了单位大门，杜锐连工作服都没换，穿着一身灰了吧唧的实验服，一溜儿小跑赶回了宿舍。

兄妹俩一照面。

二丫嫌弃一皱眉，差不多半年没见，她哥看着又秃了许多。

"你急啥？后头有人追你啊？"

杜锐扯扯衣服，接过张馨递来的水杯，呷了一大口水："什么时候来的？吃饭了没有？"

二丫苦哈哈似的："来好几天了，还没吃呢。"

杜锐心头一酸，可怜妹妹饿着肚子，连说今天晚上出去吃。

在杜锐单位附近就有一家饭馆，杜锐和张馨并排走在前头，二丫在后头。

走着走着，杜锐还要时不时回头："你快点啊，总往后躲什么。"

二丫哂笑："你俩走，你俩走。"

张馨也笑眯眯回头："来，丫丫，你跟你哥走前头，我在后头。"

连她小名都知道了，看来俩人也处了一段时间了。

到了饭馆，杜锐毫不吝啬地点了二丫爱吃的虾、张馨爱吃的排骨，还让服务员拿了一瓶啤酒。

二丫在杜锐和张馨的对面，啃着虾、细心地注意着两人的对话，多数聊的是工作，二丫也听不懂，但看得出来他俩在一些细节上很有默契。

张馨知道杜锐喜欢在菜里加醋，杜锐知道帮张馨挑菜里的骨头，就像是老夫老妻似的,没有多亲密,但处处是生活琐碎之处的关怀。

杜锐在饭桌上问了一些关于姥姥去世的事,二丫情绪这才低落下来,不太爱说话了。

"那时候我在外场,手机没信号,从实验台上下来后,电话打过去,才得知姥姥葬礼都办完了。"杜锐含着歉疚地说。

"姥姥不会怪你的。"

"爷爷他们身体都好?三伯怎么样了?"

"都好,三伯出院以后回去搞行政了,不在急诊了。"

"他跟胡唯是怎么回事?爷爷也没跟我说清楚,我听得一头雾水。是……胡唯爸爸回来了,要把他接回去?胡唯也同意了?"

提起这些事,二丫像被踩了尾巴似的为胡唯辩白:"才不是这样呢!是小胡哥要来虬城培训,本来就要走,三伯有病是在那之后,不过巧的是恰好小胡哥的亲生父亲也来了,这才误会的。"

"那手术是怎么回事?"

"小胡哥他爸爸也是医生,还是心外科的医生,很有名的,叫岳小鹏,他去三伯医院开会,三伯突发情况倒下之后,他主动要求帮着做手术的。"

一直在旁边静静听着的张馨忽然表现出了惊讶:"岳医生啊?"

二丫脊梁一凉:"你也认识他?"

"我爸爸前两年心脏方面有点毛病,从老家接到虬城想来大医院看看,就是岳医生看好的。"

"哦——"

杜锐是个理工男,理工人的思维永远是逻辑主导,他觉得这事说不通:"那这个人知不知道三伯就是胡唯的继父呢?他是冲着胡唯来的,还是巧合才发现的?"

这些事,二丫也不清楚。她哪里知道胡唯的亲生父亲是什么路数。她烦躁地挂着脸:"我怎么可能知道得这么清楚。"

"这么说胡唯也在虬城,那正好,改天我联系他,一起出来坐坐,我当大哥的,也问问是什么情况。"

二丫一下子坐直了:"你约他干什么,他在部队里,都找不着人。"说着,她有些不好意思地朝张馨点点头,"我们家关系复杂吧?"

张馨微笑着:"还行,以前听你哥说过,一大家子人,要都捋顺了,也好认!"

"对,听着复杂,其实简单得很,等过年让我哥带你回家,我给你介绍!"

二丫拿起杯,和张馨"哐当"碰了下饮料。

吃完饭,回宿舍,张馨主动没有再跟着兄妹俩,提出要回自己宿舍楼里去了,热情地跟二丫说了再见。

二丫跟她挥挥手,被杜锐拉着往男寝走。

二丫一声不吭，杜锐先扛不住了："张馨是我同事，谈了有一年多了。"

"爷爷知道吗？"

"没腾出时间说。"

"她多大了？"

"比我大一岁。"

二丫问："那你俩是谁先对谁有意思的？"

一提起这些事，杜锐磨不开地说："也说不上谁先对谁……我俩同年来的单位，她是测量组的。你也知道，你哥这工作常年抓不着人，也没时间找对象。就是有成家的，也都是圈里人。男人还好说，她一个姑娘，也这么给耽误了。还是前两年单位有个领导开玩笑，说看我俩合适，才谈上的。"

二丫心里一直有件忧心的事："她知道咱家情况吗？"

杜锐坦然："知道，多少年的同事了，家里什么情况都清楚。"

"她也是小地方走出来的人，父母健在，家里没什么负担，也都支持。"

在宿舍楼下，有一走过的同事看见杜锐，跟他打招呼。

"杜工！"

"哎。"

"你妹妹啊？"

"啊，是。"于是，他又拉着二丫给同事介绍，"杜豌，从老家过来看我的。"

人家就着路灯一打量，"嘀"了一声，别看是同父同母，这女孩子就是比男孩子讨喜。

二丫笑得明眸皓齿、落落大方，家里的倔驴样儿是一点儿没带出来，还跟人打招呼："您好！"

"你好，你好。大师兄，咱妹子不错，以前总看照片，这回也看见真人了。"

二丫站在杜锐旁边，默默打量着这些人，心里不禁生出敬佩——

都是一些默默无闻的人，却都在做着伟大事情。

等人走远了，二丫又问："那你俩打算结婚吗？"

杜锐总觉得自己结婚对二丫来说有点残忍，这也是他一直不愿意结婚的原因。二丫只剩下他这么一个亲人了，他要再成家了，这个妹妹可真就连个奔头都没有了。

"我想再等两年，张馨也同意。"

"还等？"二丫急了，"你今年都三十一岁，马上三十二岁了，你想等到什么时候呀？你能等，张馨姐能等吗？女人黄金时期就那么几年，如果再想要个孩子，那得多大岁数了。"

别人的妹妹，都会因为哥哥结婚心里不舒服，毕竟是童年最亲密的伙伴，那滋味像被别的女人抢走了家人似的。

可二丫不这么想，她是实实在在地为杜锐着急上火。

她这个家庭，没有父母，想要什么干什么都得靠自己，杜锐又是个男人。男人嘛，稳定的工作、车子、房子，哪样都少不了。杜锐现在除了工作有着落，别的都没影儿呢！何况他身边还有个自己当拖油瓶，一般女人嫁进来都会想，我会不会和你一起承担将来你妹妹的生活费用啊？你妹妹结婚要不要我们拿嫁妆啊？

张馨知道杜家的家庭情况，还愿意跟杜锐谈恋爱，还愿意等，何况她为杜锐做的事，二丫都是看在眼里的。

"张馨姐是个好女人，你不能辜负人家。"

"我知道，我知道。"杜锐眉头紧锁，"我本来以为你知道我有女朋友了，会不高兴的。"

二丫神经粗，心里只算着杜锐的婚事："这有什么不高兴的，我跟咱爸妈一样，你说你有女朋友了，有个照顾你疼你的人，他俩能不高兴吗？"

一个三开头的青年，发际线令人担忧，生活乏味单调，过日子又那么抠门儿，能找着女朋友，二丫想回到雁城，可要去父母坟头磕几个头，保佑她哥跟另一半顺顺当当的。

走到杜锐宿舍楼下，二丫表示自己要回家了。

杜锐也支持："回去吧，天黑了不安全，到家给哥打个电话。"

问了二丫在虬城的住址，杜锐记下，约好周末就过去看她。

出了杜锐的视线，二丫扭头就往地铁口跑，她心里有着自己的小算盘。

小果园地铁站离胡唯的学校很近，只有三站。

她想去看看他。

二丫仰头看着恢宏磅礴的学校大门，背包站着像个小学生。

这地方戒备森严，大门卫兵把守，四条进出车道，不管是车还是人，想进去都得有证件。车要自动录入的电子通行证，人得有四四方方的红本学员证。

这咋进去？

说探亲？人家肯定要问，探谁的亲，哪个人哪个系，你跟他什么关系。给胡唯打电话，让他出来找自己？二丫怕他不高兴。

她就是想来这学校看看，知道他学习生活的环境是什么样的。

正踟蹰着，从她身边路过一对母女，母亲应该是去接孩子放学的。

"我爸在家吗？"

"在呢，下午没课，早早就回来了。"

"他晚上去不去踢球啊？他要是去踢球，你就让我看一会儿电视呗。"

"今天好像不踢了，你小张叔叔晚上给学员开会，他们约明天了。"

二丫眼一亮，打起精神静悄悄跟在那对母女身后。

对啊，这学校这么大，哪能没个家属楼呢！

这对母女从学校东门拐进一条林荫小路，两边都是高大的白杨树，树下立着一排排路灯，有吃了晚饭出来遛弯的行人在这条路上慢走，走到路的尽头，是一个"便民超市"，超市旁边就是一道铁门。

铁门里，就是二丫一直想进去的地方。

母亲松开女儿的手，低头在包里找出出入卡，轻轻在门禁上刷了一下，母女两个推门进去，小姑娘看见二丫，还很好心地帮她拉了一下门。

二丫对她笑了一下，眼睛弯弯："谢谢你！"

小姑娘穿着高中校服，对她歪了下头："姐姐不客气！"

这就算是进来了哇。

与此同时，与二丫距离不过几百米的教学楼内。

一间教室的四个窗户遮光帘全拉，光线漆黑，只有墙上一面巨大的投影幕布和几台电脑亮着。

教室里十几个人，有坐的，有站的，在为同一件事争吵不休。

"你这么算就不对！"

"怎么不对！火力覆盖半径已经给出结论，是有效打击。"

"如果蓝方是移动指挥战地，你这次就是失败。"一只手指到大屏幕上，在两个地标点来点去，"谁能证明32标地就是指挥所？"

这是培训班期中考核的一项。

班级依据考试排名分成两组，红蓝双方实行电子模拟对抗，考试题由授课老师实时给出，依据指令不断更改模拟战场双方情况。

现在争吵的是，红方在得到侦察信息迅速予以蓝方某地火力覆盖打击，雷达信号消失，有人认为行动成功，有人指出存在标地移动，只是暂时关闭雷达，打击无效。

胡唯站在争吵中心的后方，正双手撑在桌上静静打量着面前的沙盘。

沙盘是临时依据战场模拟蓝图建立起来的，有一些建筑和山谷被插了小旗。

此时，胡唯正计算着标地移动的可能性。

投影折射出来的地图蓝底映着他的侧脸，黑暗的环境中，他就那么认真地想着、思考着，一双眼睛坦荡黑亮。

屋里氛围火热，胡唯的常服外套脱掉堆在椅子上，领带扯松，袖扣解开，随便卷了几下推到手肘。

因为双手支撑动作，能清楚地看到他小臂上凸起的两条血管。

盯着沙盘许久，他似乎想到了什么，于是又低头在图纸上标注着。

相对于电子运算，胡唯总是更习惯用原始的笔和尺来确认结果。

像是一个旧习惯，以前在连队当小兵的时候，随身揣着纸条，拉到哪个荒山野地，或者塞进皮卡车运送的途中，他就找颗石子儿、捡根树枝，在地上写写画画。

集合哨一响,绿解放的胶鞋迅速踢一脚土,再蹭蹭,豹子似的矫捷蹿起,过去集合。

胡唯右手夹笔,拇指食指捏着圆规,正以 32 标地为圆心,画火力覆盖半径。

假设蓝方防御系统稳定,防御效率为 E,电子干扰功率为 X3,那么……

他手持铅笔有力地列出一串算式,飞快地计算。

此时考官下达新命令,作战区突降雷雨,双方大功率数据终端同时关闭。

在电脑前的几个年轻尉官不约而同重敲了下键盘,疲惫往椅背上一倒:"这活儿没法干了!"

"别慌,咱们关了,他们的也关了。现在是瞎子摸象,谁先摸到大象眼睛谁就抢先机,我建议雷达进行二次侦察,就不信端不了他们老窝。"

"我不建议开雷达,万一他们侦测到咱们怎么办?"

"那就放个假信号,让坦克连全速向 683 前进,吸引火力,指挥部后方侦察。"

雷雨天气?

风力、湿度、降雨量,以及降雨量又是否造成山体滑坡……

胡唯从桌前直起腰,侧脸问道:"现在雨量和风速。"

"雨量 62,风速 10.7 米/秒。"

铅笔画掉之前的计算过程,重新代入变量。

和胡唯一同从雁城来的坦克团副团长走过去,轻声问:"小胡,有把握吗?"

胡唯只专注着结果,没抬眼:"是直升机。"

对方微惊讶:"能确定?"

"八分吧,应该是在打击之前就进行了拉升隐蔽。您看,32 标地左侧就是山谷,如果隐蔽进这个位置,雷达盲区侦测不到。但是现在暴雨,按照这个降雨量山谷一旦发生滑坡或者泥石流,它肯定得再钻出来。"

算完,胡唯汇报情况:"报告,建议二次开启雷达侦察,搜索以 172 山谷为中心,三公里半径。"

红方临时指挥官是一个中校,听完,沉思良久,果断下命令:

"开!同时派出三辆坦克,向 683 全速前进。"

操作人重复命令:"侦察雷达开启。坦克连命令发送完毕!"

相隔一层楼的另一间教室里,蓝方也是肃穆紧张的气氛。

"我建议指挥部不动,红方很有可能再次侦察。"

"再等等吧,就几十秒,等我们监测到他们的信号。"

"报告!监测到红方信号,正在全速向 683 前进!"

为首的指挥官激动起来:"快,让我看看。"

电脑前的操作员指着屏幕:"在这儿。"

"必须马上打掉，683很有可能是他们的指挥阵地，坦克是过去做掩护的。现在让飞机出山谷，所有火力朝这儿集结。"

"再等等吧——"

一句不同意见。

有人立马转过身来："怎么？"

这是个戴着近视镜的年轻人，斯斯文文的长相，不管战况如何紧张，始终背手站在那里，怎么形容来着？

对，笑面虎。

"坦克很有可能是对方释放的干扰信号，目的就是趁机端掉指挥部。如果我们指挥部不动，集中打击他们后方防空阵地，红方就等于没了拳头。"

"等不了啦！按照这个降雨量，山谷一旦滑坡整个指挥部是要报废的！他们不一定算出了这点。"

笑面虎微微一笑，没说话，面露遗憾地听着对方下命令。

模拟直升机得到命令，从山谷冒雨爬升，不过十几秒，受到红方雷达侦测，防空火力集中攻击。

同一时刻，得到山谷发生泥石流天气的通报。

指挥部传来蓝方丧失指挥权，红方获胜的演习判定。

楼上教室响起雷鸣掌声，大灯亮起，红蓝双方集合，演习导演部，也就是这次出题的院校教师们纷纷微笑着走进来。

"大家辛苦！"

"报告首长，不辛苦！"

"怎么样，和一个班的同学作战，滋味不好受吧。"

"失败是教训，总结即经验，期末看表现吧。"

这次起头搞培训的宋参谋长背着手，回头跟各位老师示意："看见没，这才来几个月，斗志十足啊！

"你们在这里既是同学以后分开了也是战友，精神是可嘉的，演习的目的就是让你们找到不足，充分了解信息化、电子化在未来战争中的重要性。说到这里，我可要好好批评你们蓝方了，怎么啦？下场雨，搞掉两个数据终端就哑巴了？不会说话了？"

这话是批评蓝方一个名叫邱阳的人，他是宋参谋长最得意的学生，虬城军区作战部的参谋，输在家门口，着实丢人。

沉一口气，老宋背着手在红方临时的"指挥部"边走边观察，看到中间的大沙盘和图纸上写写算算的字迹，停下来认真看着。

他眉头一皱。

呵！真是小看了这班里的人才，竟然还用上了蒙特卡罗算法？

这是他们这些老家伙上学时才学的东西，这种算法历史久远，主要应用在那个网络并不发达的年代，意为在有特定变量情况下，针对某一随机事件计算出的大致概率。

于是，他威严发问："这是谁搞的？"

"报告，胡唯。"

"哦？"

他目光犀利地扫向胡唯。

胡唯原本在墙边心不在焉地站着，看见老宋扫向自己，一下子站直了，单手正了正领带，敬礼。

老宋回头朝邱阳一摆头，半开玩笑道："邱阳，有对手喽。"

年轻的笑面虎微微颔首："知道，雁城军区的胡唯嘛。"

"呵呵，你喜欢数学？"老宋问胡唯。

"报告，都是瞎研究。"

"瞎研究好啊，就怕你不研究。邱阳也是数学系的高才生，有机会你俩多探讨探讨，一起学习。"

邱阳、胡唯两人同时看向对方，对视三秒，齐刷刷立正。

"是！"

简单几句总结陈词，意为大家这段时间辛苦学习，都有目共睹，也请接下来再接再厉，眼看着就要到十一假期了，谨代表院校、部队领导提前祝大家及家人十一快乐，接着就是解散，各自回宿舍休息。

杜星星在走廊里赶上胡唯："排长，一会儿去超市不？"

"不去，你又买什么，都胖六斤了。"

"哎呀，还是当学生好哇，学生灶比我们炊事班可好吃多了。你真不去？"

"不去。"

"那我去了啊！他们说买点饮料，超市的鸭货可好吃了。"

胡唯踢了一脚杜星星的屁股，笑骂："去吧，我在楼下溜达一会儿，宿舍等你。"

从吃了晚饭就一直憋在这屋里，胡唯想去操场走走。

从操场到家属住宅楼之间有一条小路，绿化做得好，还有个湖，人也少，是散步的好去处。

小胡爷手里搭着外套和领带，寂寞地溜溜达达沿着这条小路走。

走着走着，他停住了。

二丫距离他不过几米远。

她梳着马尾辫，穿着碧绿色的毛衣，正在四处张望，像颗大白菜。

那眼神鬼鬼祟祟中透着心虚,一看就像混进来的。

胡唯抱肩,顽劣地等她发现自己。

忽然,二丫"哇"的一声,发现新大陆似的冲过来。

胡唯张开双手。

一个结结实实的拥抱。

二丫被抱起来,双脚离地,死死地搂住他的脖子。

"你够能耐的,什么地方都敢来。"

"我都要吓死了,刚才过去好几个戴着白帽子的,他们直看我!"

"怎么进来的?"

"跟着别人从那边的铁门里蹭进来的。"

"怎么不给我打电话呢?"

二丫仰着头:"我给你打了呀,你没接。"

胡唯放开她,一摸裤兜,想起来了:"考试,手机收上去了,还没来得及领。"

"没关系,我来看我哥哥,他单位离你很近,我就想过来顺便也能看看你。"

"哦……顺便。"

二丫诚恳点头:"嗯,顺便。"

胡唯呵呵笑,并排和二丫朝前走。

院里有纠察员,一举一动都受监视。

胡唯想拉一拉二丫的手,也不能。

两人只能像班里列队似的,相隔五厘米,齐步向前。

"你在哪里上课?"二丫问。

"看见那栋楼了吗?四楼。"

"那宿舍呢?"

"在那边,你想去吗?"

二丫摇摇头:"不去了,你们宿舍里都是男的,我去了多尴尬呀。"

"你去看大哥了?"

"嗯,大哥有女朋友了,我在他宿舍见到的。"

"要十一假期了,放假了,你回去看看爷爷吧。"

二丫苦恼:"你怎么总赶我回去啊,我不想回去。我在虬城学习呢,过段时间研究生报名,要现场确认的。"

"真想好了?"

"想好了。"二丫点头,又问,"你怎么没在宿舍里待着?"

"有点事儿,才弄完,出来透口气。"

没聊两句,就走到了二丫之前蹭进来的那道小门。

二丫和他挥挥手,也没依依不舍的恋人样,很干脆:"我回去了,再晚,地铁就没车了。"

胡唯点点头:"回家告诉我一声。"

正好有人进来,铁门的门禁开着。

二丫拉着门,回头欲言又止,那眼神分明写着"来都来了,亲一下啊"。

胡唯假装没看懂。

二丫一皱鼻子,没精打采地关门要走。

铁栅栏即将吱吱嘎嘎地渐渐合拢,胡唯用脚尖轻轻钩住,跨出一步站在门外,不疾不徐叫住她:"杜豌——"

二丫雀跃回头:"哎?"

接着,被两只手捧住脑瓜,胡唯弯腰,给了个迅速深入敌后的吻。

杜星星坐在小马扎上吮着鸭舌,直勾勾地盯着胡唯。

小胡爷正在低头洗脚,看得出来心情挺好,还哼着歌,拿起毛巾把脚丫子从盆里捞出来擦干,晾一晾,擦另一只。

"解放区的天是晴朗的天……"

一抬头,发现杜星星看自己,他歌儿也不哼了:"看什么呢?"

杜星星咽了咽口水,把鸭舌儿下啃干净,一拉小马扎,挨近了胡唯。

"排长?"

"嗯?"

快熄灯了,大家都穿着绿色的短袖衫、藏蓝色的大裤衩在楼里穿梭,小胡爷趿拉着一双拖鞋,端盆要去对面水房倒水。

杜星星看着他的后脑勺儿,有点底气不足:"我……我刚才看见你了。"

水房哗啦啦打暖瓶的声音大,胡唯没听清,扯着嗓子问:"你说什么?"

杜星星双手攥拳,搁在膝盖上,中气十足地喊:"我说我刚才看见你了!"

拎着空盆,小胡爷揉了揉耳朵:"看见就看见呗,嚷什么啊。"

把洗漱用具搁到床底下,小胡爷"咣当"一声躺倒,往被子里缩了缩:"咱俩天天就差一个被窝了,看见我有什么大惊小怪的。"

杜星星耷拉脑袋,想问又不敢问,默默收拾垃圾去水房洗漱,回来钻进被子。

躺了一会儿,胡唯睡不着,屏息静气地盯着床板:"星星,你晚上在哪儿看见我的?"

杜星星憋了一会儿:"在超市门口。"

"……"

胡唯枕着胳膊很镇静:"看见我干什么了?"

杜星星是个老实孩子,翻了个身:"看见你跟人亲嘴了。"

一阵低笑。

杜星星终于憋不住了,转过来面对他:"排长,是你女朋友吗?"

胡唯"嗯"了一声："是。"

"那是你同学，还是老家的？"

"老家的。"

"你俩认识多长时间了？"

"认识倒是有年头了，九年？十年？记不住了。"

杜星星围着被子坐起来，兴奋道："那还是青梅竹马嘞！我猜是你邻居，要不就是你同桌！"

胡唯笑一笑，不置可否。

他连他上学时候的同桌长什么样都忘了。他个子高，班里总坐最后几排，上课不认真听讲，就给罚到最后，站在钟表下头。

老师恨恨地指着他："我让你总回头看表盼下课！"

那时胡唯刚跟母亲去雁城，被送到寄宿学校有些不适应，很叛逆。胡小枫每个周六才来看他，带着他出去买点生活必需品，吃点东西，再给送回学校。

那阵子，胡小枫一到中午，就着急走。

他问他妈，你总急着回去干啥？

母子两个坐在洋快餐打着空调的店堂里，胡小枫点一份和胡唯一模一样的餐，仔细打包："你杜叔家里有个小妹妹，没爹没娘，从县城接回来，我答应中午给她带好吃的。"

"没爸妈？不是杜叔的孩子？"

胡小枫温柔地摇头，怀揣惆怅心事："是你杜叔弟弟的孩子。比你小几岁，特别可爱，等你放假，可以过去跟她做伴。"

小胡唯心里对杜家尚有抵触，负气留下一句话："以后你周末要是有空就来，没空，也不用来看我。"

胡小枫拿起儿子喝剩的可乐一口气啜掉半罐，撇撇嘴，拎着东西追上去。

想想，那时，他应该就知道了二丫的存在。

小胡爷枕着手臂也侧过身："星星，你有女朋友了？"

杜星星挠头："这……怎么说呢。"

胡唯咧嘴笑了："不知道怎么说，那就是有，好看吗？"

杜星星憨厚一笑："好看！我们村里最好看的就是她！"想了想，又有点羞涩，"当然了，没有今天看见的绿衣服姑娘漂亮……"

"多大了？"

"今年刚二十一岁。"

"正上学的年纪。"

提起这个，杜星星渐渐没了笑容："当初是考上了大学的，可她家穷，父母不让她上，她一气之下就去城里打工。我们那里有个特别大的服装批发商城,她做点小生意。

"我们是一个村的,上小学就认识,以前总去村里那条小河里一起抓鱼。后来,她考上镇里的中学了,我俩就一直通信,再后来我去了部队,就两三年都没见过面,只能偶尔打打电话。排长,我想好了,等我攒够了钱,就供她上大学。"

年轻的杜星星躺在床上憧憬着,脸上微笑着,眼里倒映的是月亮般纯净的光。

胡唯问他:"还差多少?"

杜星星神情紧张起来:"排长,我不能要你的钱,我都算好了,再攒三个月,就够她去服装学院进修的学费了!"

"谁说要借你了。"胡唯轻斥,懒洋洋地在被子里动了动,"自己的老婆得自己供,这是骨气。"

杜星星开心咧嘴:"对!自己的女人自己养!"又闷闷地喊了一声,"排长。"

"说。"

"跟女孩子亲嘴,啥滋味啊。你心里紧张不?"

胡唯惊奇,胳膊支起身体:"你还没亲过人家哪?"

杜星星把头埋进被子里:"就亲过脸。"

胡唯重重躺回去,抑制不住地乐,乐够了,直挺挺地躺在床上。

那滋味怎么说呢……

小胡爷也词穷。

反正——

挺好。

月亮爬得高高的。

胡唯和杜星星都愣愣地发着呆,毫无睡意。

"排长,我一直想问你,那天来咱屋里看你的首长,是你爸爸吗?"

关于胡唯,杜星星一直是崇拜又怀着疑问的。

俩人一间房,同吃同住了几个月,又一起进过山,他为了自己手上还留了那么一道疤,杜星星从心底里感激他。

他人聪明,无论是考试还是作业,始终都排前几名;可只有一点,他话少,从没跟人提起过他的家庭,说起自己的私事。

这样的人,难免带着些神秘色彩。

杜星星也听过班里关于胡唯的一些传言,尖子嘛,放到哪里都是惹人非议的。

有人说,胡唯在雁城是挤掉他好哥们儿,走后门才争取到的名额;有人说,这小子嘴上话少,心眼儿其实比谁都多,精着呢;有人说,那天看见有人来找他,他爸爸是大官,要不老宋怎么会明里暗里关照他。

说了那么多,杜星星听了心里不是滋味。别人洗着袜子笑话他:"杜星星,还帮人家说话呢?压根儿都不是一个档次,你也不问问他能不能瞧得上你。"

杜星星想说排长才不是你们说的那种人,可老实憨厚的杜星星吭哧了半天也说不出句反驳的话,最后生气地回了宿舍。

"你听别人说什么了?"

杜星星担忧地扭头望着他:"他们说你的那些话,你也听见了?"

胡唯不在乎这个:"爱说什么就说什么呗。"

杜星星气恼:"可你明明不是那样的!"

片刻沉默。

胡唯将自己的身世低低说出来:"你那天看见的人,是我生父。"

"生父?你还有别的爸爸?"

"对,我还有个继父。"

这下算是"破案"了。

难怪,杜星星在宿舍听胡唯跟人打电话时的态度,就不像那天对着他生父那样冷漠。

"我生父是军医,就是那天来宿舍看我的人。我妈在我不大的时候和他离婚了,带着我嫁给了现在的继父。后来——"

胡唯静了静。

"后来,我妈意外没了,我就一直和继父生活在一起。"

杜星星没想到他是出身于这样复杂的家庭背景:"那……你怎么不跟你生父在一块?"

呵,这个问题胡唯也想知道。

小胡爷惆怅地叹息:"谁知道呢?可能过着过着就把我给忘了吧。"

这样自嘲的话,听得杜星星心里不是滋味儿。

"排长,我觉得你爸爸是有苦衷的。"

"你说哪个爸?"

"就是首长,他那天来你宿舍,一直帮你打扫卫生,整理床铺,还说让我和你互相照顾。从来没有首长那样跟我说过话,我接触过最大的官,就是我们连长。他要是真把你忘了,是不会来看你的。"

胡唯咧了咧嘴:"都跟你说了他不是什么首长,他是文职,搞医的。"

"文职,文职也是入伍的年限比你我长,也是老兵。排长,你为啥不问问他当时为什么不来找你?"

问?怎么问?傲气的小胡爷哪能舍得拉下这个脸来问!

越想心越烦,胡唯挺尸似的一蹬腿:"不想了,拉灯睡觉!"

"排长……"

"再说话让查夜的把你拉走了啊。"

"已经拉灯了。"

静悄悄的宿舍开始响起轻微的呼噜声,夜正酣。

二丫最近人逢喜事精神爽,每天都乐呵呵的。

一个是杜锐说好周末要来她这里看她,一个是就要十一放假了,胡唯有七天的假期。

本来约好周六上午胡唯去找她,二丫一想,杜锐也说好了周六上午来,连忙捂着电话拒绝:"不行,不行,我哥上午来,你下午吧。"

"您排得还挺满。还有,我见不得人啊?"

"不是……"二丫抠着沙发上的花儿,"我哥那人,看见咱俩在一块指不定要怎么想。"

她不愿意,那就不去。

挂了电话,还没一秒钟,一个陌生的、尾号四个六的号码就呼进来了。

二丫奇怪:"您好?"

没人说话,二丫看了眼号码,又"喂"了一声:"您好,哪位?"

卫蕤阴飕飕的声音响起:"你是杜豌吗?"

二丫对这句话有阴影,小时候她同学找她,往她爷爷家打电话,接起来也是一个严肃男声"你是杜豌吗"。

当时二丫正晃着脚丫子看电视呢,听见这问,手都抖了。

那端说:"杜豌,我是你学校的赵老师,你这次数学成绩没及格,我要见你家长。"

小二丫都快吓哭出来了,捧着电话筒也没心情看《葫芦娃》了,抽着鼻子说:"赵老师对不起,我家里大人没在,我保证下回考及格,你别找家长了行不行呀。"

正当幼年二丫颤颤巍巍跟老师保证的时候,那端轰地笑开,一帮男孩子的尖锐欢呼声传进二丫耳膜。小二丫气得脸通红,气急败坏地跺脚骂:"李奇奇你有病吗?!我要告诉你妈去!"

"哈哈哈,杜豌没出息,看见老师吓放屁。"

杜嵇山从楼上下来,就看见孙女跟电话那头的人喊得脸红脖子粗,气得呜呜直哭。

老爷子心疼地搂着孙女,给她擦金豆豆。

他问她是谁打来的,她说是骗子管她要钱。

"不哭了,不哭了,骗子你别理他就得了呗,坏人,打他。"老爷子抓起二丫的手假模假式在电话上打了几下,"以后咱俩也不接电话了,不哭。"

杜嵇山一面哄一面想,我家这小丫丫气性儿也忒大。

从那以后,谁要再给二丫打电话,开场白只要是"你是杜豌吗",二丫就生理、心理都跟着紧张。

于是，二丫一脸郑重严肃，仿佛报丧似的："我是……"

那头卫蕤忽然一拍桌子咆哮起来："让你27号、28号两天来报到你拿我说话当耳边风哪？你看看几点了！几点了！"

二丫重重松了一口气，听出是卫蕤，也嚣张地拍案而起："你让我去我就去啊！我又没答应你！"

卫蕤气短："这么好的工作你哪儿找去？"一思考，卫蕤叉腰，"有谁挖你了？"

"没人挖我，我这样谁来挖我。"

"没人挖你，你怎么不来呢？我办公室都给你收拾好了！"

"哎呀，你烦不烦，都说了不想去，我要安心学习。"说完没等卫蕤再讲话，二丫直接把电话挂了。

秘书在门口等待："卫总，那个办公室给您收拾出来了。您看怎么用？"

卫蕤咬牙切齿："给我买一排培育盆儿，我种菜。"

胡唯想了想，既然上午不能找二丫，那就去办另一件事。

他展开上次从卫蕤那里拿来的地址，开车去了翠微街上的一个小区。

翠微街，听着就该是郁郁葱葱的模样。

路两旁种着高大的国槐，一溜儿临街的门市店铺，拐进去，两三栋半新不旧的楼，文化气息很浓。

按照门牌号找到一栋只有三四层楼高的房子，胡唯把车停好，走进楼道。

202。

岳小鹏刚从南方出差回来。南方这个季节还是湿热气候，车马劳顿，他出了一身汗，回家第一件事就是洗澡。

他正在换衣服，听见敲门声，匆匆套上家常的衣服，应了两声过来开门。

"谁啊？"

门外的人没说话。

岳小鹏疑惑地开了门，瞬间愣住了。

胡唯一身便装，端端正正地站在门外。

岳小鹏万万没想到他会这个时候来，或者说，岳小鹏没想过他还能愿意来！

一时间，他嘴唇抖了抖，不知该说什么好。

可这表情被胡唯看在眼里，有了别的含义。

"我是从卫蕤那里问来的地址，以为您没在家，正好，把这个还您。"

一把车钥匙原封不动地递过去。

岳小鹏神伤，迟迟没接。

胡唯深吸气，不欲多留，直接把钥匙放在了玄关的柜子上。
"我在学校也没什么用车的地方，停在楼下了。"
说完，他就要走。
岳小鹏追了一步，心碎地呼唤："胡唯——"
胡唯下意识地回头，见到岳小鹏的穿着，见着他的形象，震惊万分。
洗过澡的原因，他染在头发上的焗油膏掉了颜色，鬓角有几抹花白，穿着系扣子的老式睡衣，他哀伤地站在那里，看着他的儿子。
没了平时的风度翩翩、气度不凡，俨然一个寻常老人的样子。
真正让胡唯感到吃惊的，不是岳小鹏的外貌变化，而是他的下半身。
本该和睡衣一样的裤子，却是五分长短，其中那条左腿没了一半，竟然是安的假肢。

岳小鹏的家干净宽敞，普通装修，客厅的沙发是老式红木的，铺着几个薄垫。他拎起开水壶去厨房打了点水："渴了吧，我烧点水，给你沏茶。"
胡唯坐定，平静地看着这屋里的布局："不渴，您别忙。"
岳小鹏把水坐到煤气灶上，拧开火："那也先烧上吧，放杯里晾着。什么时候渴了什么时候再喝。"
烧好水，岳小鹏从厨房过来陪着胡唯坐。
看见他那条装着假肢的腿，胡唯觉得心里不太舒服。

他刻意别开目光。
岳小鹏也略显尴尬，尽量找着话题："今天学校放假？"
"啊，没什么事。"
又是一阵呼吸相闻的沉默。
胡唯却忍不住了："您的腿……是什么时候的事？"
岳小鹏穿着五分裤，假肢刺眼地暴露在外，能看出来，丢的是左小腿部分，膝盖往下紧绷着蓝色压力套，掩盖伤口兼带连接假肢，支撑岳小鹏行走的，是一截模仿关节能活动的金属材料。
既然都看见了，岳小鹏也没打算再瞒。
他用手拍了拍左边的大腿，释怀微笑："它啊，时间可长了，1999年夏天的事了。"
胡唯问："是车祸？"
"一次自然灾害，被山石砸住了，救出来的时候左小腿已经坏死，没有什么挽救价值了。"提起那段往事，岳小鹏始终是平和的，像一个给儿子讲故事的温和父亲，"我那时分的单位在第五防疫医院，也就是现在的传染病医院，你可能还小，不记得了……"
"我记得。"胡唯淡淡地打断，"那时医院在丰州，离市里远，就因为这个，才搬到保障大队院里去住的。"

胡唯对那个医院印象很深刻，因为那里进出的医生和别的医院不同，小胡唯每次去找爸爸，都被拦在一条走廊门外，然后有护士说，你在这儿等着千万别乱跑，我进去给你找。

然后岳小鹏就从那道走廊门里全副武装地走出来，穿着白大褂，戴着白色帽子、口罩，有时还戴着防护面罩。

看见儿子来找自己，他也不敢拎起来抱抱儿子，就问："找爸爸干啥？"

小胡唯伸手："给我一毛钱，我要和卫蕤买冰棍。"

"你妈哪儿去了？又去排练了？"岳小鹏高举着双手，侧身，"自己拿，自己拿。"

小胡唯从爸爸裤兜掏出一把钱，捣蛋地捡走两毛，欺负岳小鹏不能逮他，一路嬉皮笑脸地跑远了。

岳小鹏脸上挂着宠爱笑容，看着儿子渐渐跑远："小兔崽子！看我回家怎么收拾你！"

小胡唯拉开医院大门，朝爸爸做鬼脸："略——"

岳小鹏没想到胡唯还记得自己的老单位，不无欣慰："对，你那时候常去找我。

"和你妈妈离婚那年，各个单位组织开展医疗小分队援建下乡的活动，当时安排我们单位去的是西南铃省一个县城，那个县城里有好多村子，常年受环境和地势影响，多发疫情。我在那儿一待，就是五年。"

刚离了婚的岳小鹏本就处于情绪低谷，加上母亲病逝，毅然决然地报了名。

离婚是冲动之下提出来的，两个人都有责任，原因很简单，婆媳关系不和。岳家奶奶瞧不上胡小枫天天打扮得妖里妖气去跳舞，胡小枫也和婆婆谈不来。

这其中更深层次的原因是胡小枫很强势，当初生下来的儿子跟了她的姓。婆媳一起相处，总是关系缓和没几天，就又拍桌叉腰对着吵了。

岳小鹏母亲有一句很经典的话——

"你天天有什么可牛的啊！要不是我儿子没出息认准你，他什么样的儿媳妇找不着！别说生孙子了，就是生一个战斗班现在也该有了！"

胡小枫年轻的时候也不是善茬，叉着杨柳细腰，气死人不偿命："生一个战斗班？老太太您倒是想啊，现在都什么年代了，计划生育的政策都出了您还做着哪个姑娘给您家一窝一窝生孙子的美梦？"

接着，就是砸盘子摔碗，稀里哗啦作响。

婆媳从胡唯刚学会翻身还是个婴儿的时候吵到胡唯上幼儿园，又从他上幼儿园吵到他念小学。

终于岳小鹏工作调动分到防疫医院,给安排了新住处。
一家三口这才算是真有了一个真正属于自己的小家。

岳小鹏是很爱胡小枫的,处处纵容她,属于不吭声的人。
两人年轻恋爱时属于一见钟情。
那一年,胡小枫所在的市文艺团搞军民联合慰问演出,岳小鹏是军医大学的学员,她跳舞把脚扭了,被扶着送下来。有人喊:"哪个同志能帮我们演员看一看脚,严不严重啊!"
守着一帮学医的还能让这事冷场,乌泱泱拥上去十几个起哄好青年,岳小鹏冲在头一个。
"我来!我来!我是骨科的,我专业!"
"岳小鹏你说话也不寒碜,你是骨科的,你怎么不说你是看精神病的呢?"
岳小鹏笑拨开一帮竞争对手,脸皮比城墙厚:"精神病也是临床医学的一种——"说着,接过被人扶着的胡小枫,一脸殷勤,"来来来,咱俩到那边医务室去,这儿人多。"
胡小枫那时才十九岁,性格机灵,生得娇俏。
岳小鹏一边用酒精棉擦她脚踝,一边套近乎:"你叫什么啊?"
"胡小枫。"
"哟,真巧,我叫岳小鹏。"

胡小枫"喊"了一声:"谁问你了。"
"我主动交代,不用人问,我今年二十一岁,学临床医学的,你多大了?"
"有病你就看病,别跟我套近乎,不然一会儿我告诉你们队长去。"
"别别别!"岳小鹏不敢言语,只低头帮她看脚,捏一捏,动一动。
他蹲下,认真帮胡小枫穿好鞋袜:"没事,扭着筋了,尽量少活动,回去用冰敷一敷,弄不着冰就自来水泡毛巾拧干了,常换。"
从来没被男孩子穿过鞋袜,胡小枫脸绯红:"我自己来,不用你。"
岳小鹏手指飞快地将她鞋带系了个漂亮的结,抬头灿烂一笑:"我去叫你团里的人扶你回去休息。"
他走出医务室,胡小枫扶着门框"哎"了一声:"你……你叫什么来着?"
岳小鹏倒退着走,笑容满面地看着这个漂亮姑娘。
"我姓岳,岳小鹏。"
然后就是一段春风得意、意气风发的故事。
一个根正苗红的大学生和一个文艺团舞蹈队的小姑娘甜蜜恋爱了,结婚了。

每每婆媳吵架,老太太数落胡小枫的不是,岳小鹏就靠在厨房门边,脚尖一下一下踢着墙皮,心不在焉。

老太太气得愤愤跺脚:"我跟你说话呢!"

岳小鹏"啊啊"敷衍两声,帮媳妇说几句好话,迫不及待地搓手回房间看儿子。

他在母亲的不满和妻子的委屈中走天平似的,哄了这个哄那个,对待胡小枫,也始终怀着当初少年情怀,温柔灿烂得如一股初夏微风。

本来以为从母亲那里搬出来,能过上安逸日子。谁知没两年,家里掀起一股大风浪。

老太太揪住儿媳非说她和文艺团舞蹈队主任有不清白的关系,这下胡小枫算是彻底翻了天。

老太太提着给孙子买的生日蛋糕,气得脸色惨白:"你清白?你清白你跟他在那小屋里又搂又抱?你让我们岳家的脸往哪儿搁……还连自己儿子的生日都忘了!"

"我说了我们是在排练节目,我是有原因的!"

"排练节目怎么没别人,就你俩哪?你知道你们团里的人都怎么说你!"

老太太也是好心,自从儿子媳妇搬出去,脾气日渐收敛,偶尔也会在周六周日的时候来家里看一看孙子,问问两口子。

那天是胡唯生日,老太太提前买了生日蛋糕想给孩子送去,一想,胡唯没放学家里没人,她送到岳小鹏医院,那地方有细菌,孩子吃了不干净。正好离胡小枫的单位近,老太太就提着蛋糕去了文艺团。

一进去,人家都说:"哟,您来了,可是稀客啊。"

老太太一派以前当过干部的作风,面带微笑地和儿媳同事打招呼,问:"我们家小枫呢?"

文艺团那帮女人眼光向后瞄,一句话里拐着三个弯儿:"小枫啊……在里面跟我们主任说事儿呢。"

老太太七十二岁,那眼里话里的意思要是再看不明白就白活了,当即就闯进后台道具间,这一看,可不得了,啪地给了胡小枫一耳光,气得昏过去。

文艺团的舞蹈队主任是个艺术眼光独到但是非常风流的人,基本团里没结过婚的小姑娘他都招惹。

胡小枫在没跟团里报告怀孕前,是舞蹈队的业务骨干,是领舞,是处处都能抢到风头的角色;可她生了孩子后,一直让她跳的都是配角,胡小枫心里清楚是怎么回事,从来不抱怨。

她越忍受,舞蹈队的主任就越得寸进尺,当了几年配角,又开始让她搬道具、去拉大幕。

胡小枫气不过,去反映问题,人家道理还一套一套的。

"你一个当妈的人了,还总做舞台梦干什么啊?机会是留给年轻人的,不是留给你们这些不钻研业务,还想攀高枝的。"说完,话锋一转,让人厌恶的手摸到胡小枫肩膀上揉捏,"其实小枫啊,也不是没有机会,你看,你十几岁就来咱们团里,我也是你的好领导、好大哥……"

没等话说完,胡小枫烈性抄起烟灰缸就往人头上砸:"我告诉你我结婚了!我是当媳妇当妈的人!你要再用这种色眯眯的眼神看我跟我动手动脚,你信不信我老公我儿子能把你活拆了!"

头上挨了一下,舞蹈队的主任老实了很长时间。

可这些事胡小枫回家并没和岳小鹏说,她是个要强的人,再说哪个男人能忍受妻子在单位被人骚扰无动于衷?她不愿意给岳小鹏惹麻烦。

后来团里换了团长,听说是外地调来的,胡小枫不甘心就又去反映了一次。对方是个很威严的人,仔细听了胡小枫的反映,又记录她的姓名、职务、家庭背景。

得知她是军属,团长点点头:"这件事我知道了,如果他真的有以权谋私威胁下属的行为,我一定严肃处理!"

没过多久,新来的团长就找所有分管干部开了一次会,挨个谈话,调整了部分的岗位。胡小枫又回到了舞蹈队,只不过不再是上台跳舞了,而是做舞蹈队A队的编舞,给团里的小学员上课。

那时团里已经组织私下谈话,打算搜集证据开除舞蹈队的主任了。

胡小枫既然是编导,就少不了要让他审节目打交道。

男人心里窝囊,抓住一次在后台的机会威胁胡小枫:"你行啊你,新来的团长都让你勾搭上了?"

胡小枫给小学员扎着头发,也不搭理他。等拍拍手人都上台演出了,后台就剩下他俩,胡小枫想干脆破釜沉舟,按下后台放着的录音机按钮,将计就计。

"我勾搭新团长什么用啊,我现在也看出来了,你是我直属领导,有些事儿只要你不点头,我日子也不好过……"

胡小枫三言两语哄得对方承认了过去行为不端,正猴急地想扑倒胡小枫时,岳家老太太来了。

这怎么说得清,这又如何说得清!

岳家老太太指着胡小枫气得浑身发抖:"小鹏,什么都不说了,跟她离婚!跟她离婚!"

这么多年老太太对自己有偏见,胡小枫寄希望于岳小鹏。

她期待地看着他,想对他解释。岳小鹏站在那里,忽然问她:"你跟他到底有事没事?"

这一句话,伤害了胡小枫的尊严,想自己嫁到岳家十年,老太太一天好脸色没给过自己,现在连带着她儿子也要来质疑自己清白,胡小枫崩溃了。

离婚!离婚!

她恨岳小鹏的优柔寡断，恨他对自己的不信任，甚至在气头上，都没考虑两人之间还有个孩子，就这么草率地把婚离了。

　　离婚后，岳小鹏在母亲那里住，胡小枫带着儿子在这边的家住。连她婆婆在夜里突发心脏病走了的事情，她都是隔了很长时间才知道。

　　据说老太太死的时候拉着岳小鹏就一句话："别找她，别找她，将来把儿子要回来，改成你的姓。"

　　知道婆婆没了，胡小枫懊悔，觉得多少也有自己的关系，想去找岳小鹏道歉，谁知这人就此没了消息。

　　岳小鹏在铃省的援建一待就是五年，那里环境艰苦，工作开展得很慢，要挨家挨户走访了解村民的身体情况、记录病情。还要采集那里的土壤、水源，对村民的疫情进行分析，研究攻克方法。在铃省的第三年，岳小鹏回了一次虬城，虬城却已经大变样。

　　原来的老邻居、老同事都不在了，就连原来的第五防疫医院都已经和市里的医大南院合并，搬了家。

　　见到岳小鹏，以前保障大队的一个科长见了鬼似的。

　　岳小鹏拉住他："老姜，你跑什么？连我都不认识了？"

　　老姜嘴哆嗦着："你你……你不是死了吗？"

　　岳小鹏失笑："哪儿传来的消息说我死了？"

　　老姜抽一根烟缓缓神："就三年前，说你们这批去援建的下乡赶上暴发疫情，全身都烂了，医生和村民没有一个幸免的！"

　　岳小鹏震惊："那不是我们的县城，那是临县，里头也没有虬城去的人！"

　　老姜幽幽叹息："不管怎么说，活着回来，是好事。"

　　岳小鹏再想问一问自己的妻子和孩子，却被告知胡小枫带着儿子再嫁，去了雁城。

　　岳小鹏震惊，想去雁城找她，可转念一想又决定放弃。她既然以为自己已经没了，另成家再过日子，何必再去打扰。

　　在铃省的援建工作还没收尾，那一年，岳小鹏又回了乡下。

　　在岳小鹏辗转得知胡小枫去雁城嫁的人也是一位医生时，同时消息兜兜转转，在雁城的胡小枫也知道岳小鹏并没死。

　　可那时候她已经嫁进了杜家，是杜家的儿媳妇。

　　那一大家子人叫她弟媳，叫她三娘，叫她小枫，是从来没有过的家庭关怀和温暖。

　　也就是从那时起，胡小枫患上精神疾病，严重抑郁。

　　她背负着对前夫的思念，对杜家的愧疚，每天生活在剧烈的情绪挣扎中。尤其那段时间杜希提出想和她生一个属于他们自己的孩子。

她不愿意。

她知道杜希的要求并不过分，也不是逼迫她，可每次见到那一大家子人关心的眼神，她就越发痛苦。

这样的自我折磨下，胡小枫选择了自杀。

走时安安静静地躺在床上。

杜希发现以后抱着人往医院跑，可急诊说送来得太晚了，救不过来了。也是因为这个，杜希才决定由心内科改行，去了急诊。

他想能救一个是一个，他不想再让胡小枫的悲剧发生在别的家庭。

殊不知，胡小枫是撒手去了。可她这一死，给多少人都留下了阴影，影响了多少人的半辈子。

胡小枫去世那年，也正好是岳小鹏从钤省援建期满，要回来的那年。

一场天灾人祸，邻省地震波及钤省周边市县，山石滚落将走山路去村里回访的医疗队困住，七个人，两死三伤，岳小鹏是伤者之一。

被巨石压住了腿，被救出来时，医生就说了一句话："得赶紧截肢，要不大腿都保不住了。"

一个身体健全的男人忽然没了半条腿，对整个人的精神状态无疑都是毁灭性的打击，无论心理生理都不能接受。

何况事故又是发生在疫情区，岳小鹏创口感染，检查结果是感染病毒存在传染性，这种病毒治愈后存在三到五年蛰伏期，一旦复发，丧生率非常大。

历经生死。

岳小鹏回了虬城，军医大各位医生同行想尽了各种办法为他治疗，做恢复，联系厂家装假肢，说让他家里来个人，这样也方便照顾。

可岳小鹏家里哪还有人了，父母都没了，就剩一个前妻和儿子。

同事试探："我给小枫打个电话，让她带着儿子来？你家胡唯算算十六七岁了，也大了……"

岳小鹏说什么都不同意，不想打扰前妻的生活，更不想让儿子看见自己现在这样，就那样一个人硬生生挺过了复健期。

刚开始戴假肢不适应，接受腔发炎红肿，走路也不稳当。与那条假腿磨合了整整一年，岳小鹏心里才顺过来这个劲。

医院为了表彰他们这批去援建的医生，岳小鹏被当作典型，去过很多报告大会，受过很多领导的慰问和接见。

他用了五年防疫经验攻克了一个心血管方面的课题，正式回到岗位工作。

身体状态调整好之后，岳小鹏心里始终惦记着儿子，想去雁城一趟。谁知这一去才知道，胡小枫没了，把儿子留给了她再嫁的夫家。

至于儿子——

已经让火车拉走，去当兵了。

岳小鹏手里，只有儿子下部队之前在医院体检时的一份体检表。

可怜小胡爷摊上这对没溜儿的父母，驴粪蛋儿似的天天愁眉苦脸站在山头望太阳，思着爹，想着娘。

"当时我去找过你！"提起这个，岳小鹏有些激动，"可你已经被拉走了。我还专门去过沈阳，你正在训练。其实你也看见我了的，我就在操场外，你们班列队去吃饭，你喊着口号，还看了我一眼……我想认你，可认了你，你继父那头要怎么交代？我还处于病毒蛰伏期，这病万一传染给你怎么办？何况没了半条腿，你是不是愿意跟我在一起？"

父母过去那段事，听起来太长、太杂，小胡爷烦恼搓搓眉，望着岳小鹏那条假肢，只问："你现在，还适应吗？"

岳小鹏动了动左腿给他看："十年了，跟长在身上的一样，你上回见面不是也没看出来？"

胡唯点点头。

他不知道这时该对岳小鹏说什么，但他站在岳小鹏的角度去对当时的情况做出判断。

他得好好想想。

约好了下午和二丫见面，胡唯不能爽约，于是打算先走。

岳小鹏站起来送，很多憋在心里的话说出来了，他很释怀："胡唯——"

胡唯回头。

岳小鹏有些商量的样子："那辆车你拿走吧，算是我为你在虬城尽的一份心，你给我，我没用处……"

他暗指自己不方便的腿脚。

胡唯想说你开车其实用不着左腿，可想了想，点头，将钥匙收进裤兜里。

见他揣了钥匙，岳小鹏心里高兴，又上前追了两步。

"十一放假的话，你能不能过来住几天，总在学校窝着……"

胡唯开门，侧身扶着门把手，很坦诚："我十一想回雁城一趟。"

岳小鹏顿了顿，眼中不无失落，可还是应和："对，该回去看看的……"

胡唯站在门口，沉默了良久，最后还是对岳小鹏说了句："再见，我有时间会再来看您的。"

二丫以为杜锐会带着张馨来看她，还起早把屋里屋外收拾了一遍，去胡同外面的市场买了瓜果梨桃，洗干净用盘子装着。

杜锐一推门，二丫出来接，一愣："张馨姐呢？"

赶路挤地铁热得杜锐脑门儿一层汗,他提着个包,往里指了指:"进屋说,给我倒一杯水。"

"她说不跟我过来了,单位有点事儿,改天单独来看看你,带你吃好吃的。"杜锐在沙发上坐定,脱了夹克衫,四处看看这屋里的环境,"怎么找这么个地方?"

二丫拎起暖水瓶,问他:"要茶叶不?"

"要什么茶叶,也不是招待客人,赶紧来一杯水解解渴得了。"

二丫一想也对,放下暖水瓶,直接拿了瓶饮料给他:"给。"

杜锐接过来仰头喝了半瓶。这里也没外人,二丫放松下来,脱了鞋在沙发盘腿坐,抓起一个桃。

"十一放假,跟我回去不?"杜锐问。

二丫吭哧一口大桃儿下肚,脆生得很:"不回。"

"不回在这儿待着干什么?不就是来看看我吗?正好一趟车。"

二丫瞪了杜锐一眼:"谁说我是来专门看你的?"她把桃儿放下,擦擦手,拿起本书在封面上敲一敲,"看见没,我是来学习的,我要念书考试的。"

这个想法倒是在杜锐意料之外:"当初我那么让你读你不愿意,现在知道用功了。"

别的杜锐不纵容她,这事儿倒是有得商量,他也支持二丫念书,要不年纪轻轻就在社会上混,人都浮躁了。

"行,不回就不回吧,我支持你,学费你不用惦记,哥给你拿。"

"不要,我自己有。"二丫眼珠骨碌碌一转,想到另一件事,"你回家,是自己回,还是和别人回?"

"跟张馨一起。带她回去看看爷爷,见见咱那一大家子人。"

二丫反问:"你也见过她父母了?"

"见过了……那段时间她父母不是来虬城看病嘛,都是我和你张馨姐轮番照顾。"

二丫撇嘴:"自己爹娘没得你几天孝顺,爷爷那儿你也不常回去,倒是在别人妈妈爸爸那里献殷勤。"

杜锐倒吸冷气:"杜豌,说什么呢你!"

"我又没说错。"二丫搂着腿小声哼哼,"你回去,别忘了给咱爸咱妈,还有姥姥去磕个头。"

杜锐知道,她始终记着姥姥去世自己没露面的事情。

他小时候是在杜嵇山身边养大的,和老太太没有多少感情,知道老人家没了,第一反应也是二丫该有多伤心、多难过,他也不愿意让她不高兴。

"这事儿忘不了,我带着张馨一起去,她也提醒我了。这趟回去,也是想和爷爷他们说说我俩要结婚的事。"

二丫打起精神来,忽然下地穿鞋坐到杜锐旁边:"真要结?"

杜锐沉住一口气:"结!十一之后领证,我跟她商量好了,也不大办,回她家一趟,回雁城一趟,先把房子申请下来。"

这一年国内房价已经呈看涨趋势,杜锐的单位在虹城有福利购置政策,只是地段远。

可算算,一平方米也要一万出头。

杜锐将这些事早就想好了:"房子是三居室,等能入住了,我跟张馨说过的,给你留一间,你也搬过来,跟着我过。当然,你要是还想回雁城,也可以跟着爷爷。看你自己。"

这样,不管在虹城还是雁城,二丫都有个落脚的地方,有个家。将来老爷子身体真不行的那天,不至于让她落单。

二丫就没听杜锐说的那些话,只一门心思扒拉算盘:"你买房子,得贷款吧?"

"贷,我和张馨都有公积金,合算。"

"那首付得交多少?"

提起这个,杜锐有点愁,他不愿意当着二丫说这些:"也没多少。"

二丫嘿了一声:"没多少是多少,你也得有个数啊!"

"你问这个干什么,多少也跟你没关系。"

"怎么跟我没关系?我是你妹妹不?你买房子这么大的事情不跟我商量?你不跟我商量,是想等着十一回家跟爷爷商量?让他给你出?"

杜锐头疼地"哎呀"一声:"三四十万,这个钱我有。"

有?二丫才不信,看他身上穿的那衣服、裤子,都是几年前买的了。男人出门在外,这些都是脸面。

二丫把桃核儿扔进垃圾桶,拍拍手,起身去屋里拿了件东西。

不多时,她递给杜锐一张卡:"给——"

杜锐抬头,目光茫然:"这是什么?"

二丫把卡塞进杜锐的手里,蛮骄傲:"我的私房钱!"她又舒舒服服地盘腿坐下,"唔……里头差不多够首付了,你拿去买房子。"

杜锐眉头紧皱:"你哪儿来的这些钱?"

"攒的呗。"二丫说得漫不经心,"这几年爷爷伯伯们给的压岁钱、挣的外快,还有点美金,我换了外汇,都在这里。"

杜锐万万没想到二丫的小金库里有这么多,一时吃惊。

原来他只知道她爱财,他还很不满,逢年过节看她拿红包不手软那样,气不打一处来,私下里说过她。

为此,兄妹俩还打了一架。

二丫气得蹲在厕所哭,谁叫也不出来。

她爷爷护着孙女,骂杜锐:"你说没事你惹她干什么?大过年开开心心的不行?"

杜锐被家里兄弟几个拉着,还不争气地数落二丫:"这么大个姑娘心里没数,你几岁了?见了红包就拿?"

二丫一跺脚,从厕所冲出来:"你管我呢!红包是伯伯们愿意给的,也不是你的,凭啥不让我要?"

"就是,杜锐,我们愿意给丫丫的,家里就她一个姑娘,不给她给谁?"二伯拉起二丫,又豪气地往她手里塞了一沓,"别哭了,去,上门口超市买糖葫芦吃。"

二丫气得直打嗝儿,路过杜锐,还跟他做鬼脸。

那是胡唯在杜家过的第一个年,那年他刚调到雁城来,对杜家的情况不太了解,看见打得鸡飞狗跳的,心里十分震惊。

二丫揣着那么多钱去了半个小时也没回来,老爷子站在楼上担心了:"还没回来哪,你们谁去找找啊。"

楼下打着麻将,二伯叼着烟:"不用,那么大孩子还能丢了,保不齐上哪看热闹去了。"

只有胡唯拿起外套,说了一句:"我去找找吧。"

第一次来过年,他在屋里坐着也尴尬。

开门左拐走了没多远,就看见二丫穿个小红袄蹲在台阶上吃糖葫芦,脚边还放了一大袋。

"怎么没进屋?"

二丫一仰头,看见是胡唯,蹲着没动,气鼓鼓的样儿:"不想回去。"

胡唯笑一笑,陪着她蹲在台阶上:"还能一宿都在外头?"

"吃完这串我就回去。"二丫从袋子里掏出一串,递给胡唯,"给。"

"我不吃,你吃吧。"

二丫咬着酸甜的山楂,嘴里呼着冷气,美滋滋。

一个红色纸包包递到二丫面前,胡唯对她笑得灿烂:"往左边兜里再揣一个,进屋吧,外头多冷啊。"

二丫的脸腾一下红了:"我我我……我不要你的钱!"

"别人的都行,为什么不要我的?"

"你今年才第一次来家里,再说三伯都给过我了……哎呀,反正就是不能要!"二丫把胡唯的手往回推了推。

二丫收钱也分人,她上学的时候金庸武侠看多了,连这个钱也是要"劫富济贫",二伯是土豪,土豪给多少她都不手软。

可胡唯不一样啊,她跟自己差不多,也是领薪水的人。再说了,他刚来家里就看见她那么闹,她也很难为情。

胡唯把纸包包投进她羽绒服敞开的口袋里,正好有人出门来看,喊了一嗓子:"胡唯啊,找没找着二丫呢?"

"找着了!这儿呢!"

像疼爱妹妹似的,胡唯拍了下她后脑勺儿:"快,拿着东西回家了。"

二丫拎起一大袋糖葫芦,小跑跟上:"小胡哥——等我一会儿呀。"

那是胡唯调到雁城来领的第一个月工资,留了零头,给杜希买了点过年用的东西,剩下的整钱全都给了二丫。

连红包都是他在杜家客厅里坐着无聊,拿果盘上的福字临时叠的。

他边叠,嘴角边噙着淡笑。

想她蹲在厕所哭得惊天动地的样儿,怪好玩的。

这些钱就这么一年一年地攒,不管谁问她,她都不说要干什么用。

其实说到底,就一句话——

给她哥娶媳妇用!

只因她家里有个市侩抠门儿的二伯母,在二丫小时候无意间说了一嘴,让年幼的杜豌记在了心里。

那话是这么说的——

"你说咱爸养这俩孩子,杜豌是女孩儿还好说,将来杜锐长大娶媳妇了,这家里什么东西不都得是他的啊!"

二丫永远忘不了那个画面。二伯母抱着肩膀和大伯母在厨房,说话的时候眉头紧皱,压低了声音,像极了电视里搬弄是非的坏人。

从那以后,二丫把这话牢牢记住,每天忧愁得像个小老太太。

出去跟小朋友玩,她总是捡些破烂回家,今天一块砖头,明天一根木头,堆得小阳台乱七八糟。

她爷爷问:"二丫,你没事总捡这些东西干啥?想搭鸟窝?"

二丫蹲着整理那些破烂,摇摇头,最后捂嘴趴在杜嵇山耳边说:"爷爷,我是要给我哥哥盖房子娶媳妇!"

当时听了只觉得孩子天真可爱,静下来躺在床上琢磨琢磨,老爷子咂摸出滋味来了,指不定是谁说了什么话,让这孩子听了去。

后来长大了,她这个毛病也没改。

杜锐攥着这张卡,烫手啊!

二丫还鬼鬼祟祟地跟他说:"你傻啊。你回家,管爷爷要,管大伯二伯要,那都不仗义,是要让人背后戳脊梁骨的,说你没出息!你用我的,谁也挑不出啥错处来!"

杜锐匪夷所思:"你这些年……是给我攒钱呢?"

二丫点头:"对啊,我看你日子过得太紧巴了,是不是大城市物价高?以后娶了媳妇,用钱的地方更多。"

杜锐头疼,哎哟,他不舍得吃穿这样死命地攒,是为啥?那是给她攒嫁妆呢!

看着二丫天真地望着自己,那样灿烂的笑容,杜锐只觉得眼睛发热,一把搂过妹妹的脖子让她靠着自己。

他嗓音沙哑地说:"哥不要你的钱,哥有。"

二丫也不吭声了,静静地靠在杜锐肩上:"我知道你有钱,可不是还要买房子嘛。别让张馨姐看不起咱们杜家,那房贷不是那么好贷的,背着债的滋味儿可难受了。这里头还有一部分是我给姥姥在养老院交的,可是没等我接她去,人就走了。养老院的护士安慰我说,是姥姥不舍得我破费,这份心意,也有她的。"

兄妹俩静静地陪了彼此一会儿,二丫盯着墙上的钟,着急地把杜锐送走。

杜锐说,我还想跟你一起吃完中饭呢。二丫摆摆手,不吃了,不吃了,我减肥,下午要学习的。

杜锐一步三回头被二丫忽悠走了,还回头不放心地嘱咐二丫:"按时吃饭,别减肥,晚上睡觉把门都锁好……"

送走了杜锐,二丫笑嘻嘻地往回走,秃瓢大爷抱着猫趴在窗口喊她:"二丫,刚才来的是你什么人哪?"

"我哥哥!"

"干什么的?"

"搞科研的。"

"哟,厉害啊。"

"那是,可厉害了,我全家都厉害。"

"看你这着急样儿,一会儿你男朋友来瞧你吧?"

二丫一滞:"你怎么知道?"

大爷是什么人,是在这小院里看了虹城五六十年变迁的人:"哎哟,我知道的还多着呢,我还知道你跟你男朋友在一块,你家里不同意。"

二丫凑过去,挂着腮帮子揪秃瓢大爷的花:"那你说咋办?"

"咋办?呵呵,你过来点,我跟你说。"二丫耳朵凑过去,秃瓢大爷刚要给她出主意,"你得生米——"

还没说完,胡唯进来了。

二丫做了贼似的在秃瓢大爷家的房檐下打立正,大爷还跟胡唯打了声招呼:"来了嘿?"

胡唯笑容可掬,他今天换了便装:"来了!"

"今儿不忙?"

"学校放假。"

"快屋里去吧……"大爷缩回身体,要关窗。

二丫伸手挡住:"你还没跟我说完呢!"

大爷撇小鸡儿似的:"这事儿说啥说,全靠自己领悟!快去!"

二丫琢磨着他没说完的话,跟在胡唯后头进了屋。一进屋,胡唯说了句和杜锐一样的话:"有水吗?"

"热的凉的?"

"凉的。"

二丫去冰箱拿了瓶水给他,胡唯拧开,仰头干了半瓶。

二丫盯着他咕咚咕咚咽水的喉结,舔了舔嘴唇:"你上午去哪儿了?"

胡唯拿着矿泉水瓶的手一顿,接着,继续把剩下的半瓶喝完:"没去哪儿,串了个门。"

来了又不能两个人一起窝在这小屋里,二丫想出去转转。

胡唯答应,二丫想去里屋换身衣服。

进去站在门口,二丫握着门把手和胡唯干瞪眼,心里做斗争。

胡唯有点茫然:"干什么?拿东西?"

二丫瞅了瞅他,不吭声地把里屋的门关上,奈何那门年头太长,合页都歪了,掩不住。

怎么关,都有一道缝。

二丫背对着门窸窸窣窣地脱掉衣服,午后明灿灿的光线打在她纤细细腻的背上。

屋里屋外一阵沉默。

两人心照不宣,都想起了一件事。

2010年的春节,也是那一眼!

就是那一眼!

一眼是情,一眼是欲。

一眼招灾,一眼招祸,一眼沉沦。

第六章
Chang Yu Zhou Works

地 物 冻

要说两人种下的孽缘,还真就是从无意间那一眼开始的。

三十夜里,守岁的钟声敲响了,《难忘今宵》也唱完了,众人懒怠起身,各自回家。

寒冬天气,车停在外头都冻透了,几个男孩儿穿好外套提前去车里打火,开暖风,排气管冒着白烟,凛风吹得人缩手缩脚。

杜希和胡唯在车里坐着等升温。坐着坐着,杜希手往棉衣内袋一放,"啧"了一下:"你看我这记性,怎么把这个忘了……"

"什么?"胡唯侧头看了一眼。

"给你爷爷买的心脏监测仪,他前一阵说心跳得快,我想这段时间让他戴着观察观察,这东西就得睡觉的时候用。"

"小事儿,我回去送一趟。"胡唯拿过不大的四四方方小盒子,"就这一个?"

"对,你爷爷之前戴过,他知道怎么用。"

胡唯开门下车,刚迈出条腿,杜希说:"要不算了,过两天我再带来吧,他可能已经躺下了。"

"不会吧。"胡唯抬头看了眼二楼。

"行,那你快去吧,趁他还没睡。"

谁知道老爷子的腿脚那么快,家里孩子们刚走,他就上楼说要歇下。胡唯一进屋,一楼的灯都关了。

保姆赵姨在厨房亮着灯洗抹布,看见胡唯,她声音放轻:"怎么啦,落东西了?"

胡唯也轻手轻脚:"给爷爷送个检测仪,他睡了?"

保姆仰头往楼梯上看了看:"没睡呢,刚上楼,你给他送上去吧。"

于是胡唯又单手抄兜,不急不缓地上了二楼。

拐进楼梯角,路过二丫的屋子,对面最靠里侧就是杜嵇山的房间,敲敲门,胡唯拧开把手进去。

听见楼上脚步声,二丫还以为家里赵姨上楼来了,衣服刚脱一半,迅速小跑到门边探出脑袋看,走廊空空如也。可能是去爷爷那屋里给他送药了。

二丫虚掩上门,背对着门口,解开绿夹袄最后两个扣儿将衣服褪下来。

她得洗个澡再睡,要不总觉得不舒坦。

她听见楼下人都走了,这时,家里应该只有赵姨和她两个女人,心里没防备,她解了衣裳,又解背上的扣子,轻飘飘往墙角的洗衣筐一丢。

胡唯关上老爷子的房门,从里头出来,走过二丫的屋子,见门开着一道缝,下意识扭头往里看了一眼。

这一眼。

细颈,削肩,腻背,娇臀。

这一眼。

夜深雪重,寒露无声。

听见再次传来由远及近的脚步声,二丫抓起翠绿棉夹袄披在身上,匆忙推门,"赵"字还未出口,与站在门口的胡唯撞了个正着。

四目相对,掀起千翻波浪,又犹如一夜雪停,万籁无声。

这件夹袄穿得巧。

翠绿的褂子,藏蓝的里子,裹着皮儿嫩,肤娇。

这件夹袄穿得妙。

对开的衣襟分两侧,被吉祥团扣遮住胸前,只留中间一片白。

二丫见了他,不躲。

胡唯见了她,不避。

两人就那么直勾勾望着彼此,望得二丫脸皮滚烫,望得胡唯嗓子发紧。

一个站在门外,衣裳穿得好好的,头茬精短,窄腰长腿。

一个站在门内,衣衫随意敞着的,头发缱绻,眼梢妩媚。

两个人眼神里有交缠,有欲望,有渴望,有欣赏,有与白天不一样的,露出最原始面貌的毫不遮掩。

如果时间再长一些,只再长那么几十秒。

这屋里的门一准儿被人用脚尖轻轻踢上,搞出一番惊天动地的大事来。

可,一声打断,有人扶着栏杆走上楼梯——

"胡唯,老爷子睡了吗?"

胡唯回头,还没等说话,门"砰"地被二丫从里头死死关上了。

"我出来的时候刚要睡,仪器已经给他戴上了。"

"行,我上楼给二丫送一块香皂。"保姆赵姨微笑着上楼,手里拿着一块还没开封的婴儿皂。

胡唯跟赵姨点头:"您也早点休息,我回去了。"

接着,那道身影像刚上来时那样,镇定自若地抄兜下楼。

"你想,对不对?"二丫眼里赤诚天真,脑中牢记秃瓢大爷教给她的办法,"我知道的,那天在爷爷家,我就知道。"

小胡哥坦坦荡荡,无声即为默认。

她拉起他的手,放在自己肩上。她抱着他,把脸贴在他胸口,轻喃:"我愿意……我愿意,什么时候我都愿意。"

连着三个我愿意!

二丫想着他以前待在那出了宿舍就是操场,奔向大门就是荒地的日子,他得多孤独,多寂寞啊。

她想陪伴他,抚慰他。

他每次亲自己,都像要人命似的。

看着无欲无求清心寡欲的随意样儿,只有真真切切地接触他,才知一副铁骨下流淌着的汩汩热血。

是人情,是人欲,是人味。

小胡哥宠爱地一下一下摸着她的头发,用手环着她,怕她冷。

"怎么忽然想起说这个了呢?"

"秃瓢大爷说了,有些事还是落到实处好,夜长梦多。"

胡唯轻啐:"老东西一天也不教你点儿好。"

二丫咯咯笑:"那他到底说得对不对?"

"倒是对。"

二丫惊喜仰头:"那就……"

胡唯低头,配合地亲了亲她的嘴唇。

趴在窗台上的懒猫张大嘴打了个呵欠,将自己毛茸茸的身体蜷成一团儿取暖,满脸怅然。

秃瓢大爷在屋里吆喝:"六宝哎,你别急,还没到时候,等开春儿,我也给你踅摸个好的。"

屋里,胡唯拾起二丫那件原本要换还没换的衣裳,给她穿好。

二丫发愣,有点委屈地坐起来:"这也违反条令?"

小胡哥抬起她下巴,怕拉链夹着她,拍了拍她后脑勺儿。

"起来,出去逛逛。大白天在屋里,容易憋出病。"

二丫倔强,扭过头不理他。

他耐心地哄她:"现在还不是时候,再说,也不能让你在这地方……"

二丫的脸贴在他怀里,她坐着,他站着。

小胡哥捡起床头的皮筋,给她绑头发。

他抓起茂密乌黑的一把,动作不太熟练地给扎上,然后领着二丫出门。

二丫一会儿下雨一会儿天晴,很快就又嬉皮笑脸了。

两个人拉着手,在小胡同里走,没走两步,让回来找钥匙的杜锐抓了个正着。

杜锐走到地铁站才想起来抓裤子,一抓,发现钥匙没了。钥匙很重要,不仅有宿舍的,还有他办公室的,丢了就是大麻烦。

他一想,也没去别的地方,有可能是脱外衣时从兜里掉出来,落在了二丫的沙发上。

他急赤白脸,脚步匆匆,一抬头,正好撞上从里头拐出来的小鸳鸯。

胡唯最先发现的,可他没紧张,还大大方方地牵着二丫的手,笑得纯净灿烂:"大哥!"

胡唯这么一喊,杜锐一愣,瞅瞅二丫,瞅瞅胡唯,"哎"了一声:"你……你也来看二丫?"

"对。"

"你俩这是,要出去?"

"啊,出去逛逛。"

杜锐哪能想那么多,只当也是小兄妹,一起做伴出去吃饭。

杜锐没当回事,二丫可给吓坏了。

她不作声地憋足劲儿从胡唯手里往外拽自己的手。她哪是他的对手,越拽,攥得越紧。

"怎么样,学校忙不忙?"杜锐问。

胡唯拉着亲戚话家常似的:"不忙,今天放假。"

"不忙就好,不忙就好,不能累着。"杜锐打着哈哈敷衍了两句,扭脸着急对二丫讲,"快把你屋里门打开,我钥匙是不是落你这儿了。"

好不容易找到机会把手拽出来,二丫忐忑去给杜锐开屋里的门。

果然,钥匙掉在沙发上。

杜锐擦了擦头上的汗:"找着了就行,吓我一跳,以为丢了呢。"

"那就赶紧回去吧,别耽误事儿。"二丫转过身再度给门上锁,不敢看杜锐。

杜锐完全沉浸在东西失而复得的喜悦里,跟她一起从小院里走出来:"你跟胡唯要去哪儿啊?"

"不去哪儿,就随便逛逛,我俩都没在虬城混熟,瞎走呗。"

"行,有胡唯跟着你我还放心。"杜锐关切地朝胡唯道,"你和二丫在外头注意安全,大哥走了,有时间去你学校看你,离我单位近!"

胡唯笑得眼角褶子都出来了,跟对待自己亲哥似的:"行,回去慢点,什么时候你来我学校提前打招呼,我接你!"

杜锐背着包走远了,还跟他招手:"好,好!"

待走出这条胡同,杜锐心里忽然"咯噔"一下,脸色渐渐不对了。

地铁"呜呜"开着,杜锐开始缜密地回忆起二丫来到虬城的一举一动。

将种种线索串联,杜锐兀自肯定地点点头。

只等十一放假回了雁城,杜家又彻底翻了一次天!

杜家老爷子捂着心脏,哀天号地,捶胸顿足。

他这是造了什么孽哟。

儿子才闹了一出没平静下来。

这孙子又跟着裹乱!

没太平日子喽。

学校放假了,裴顺顺也就跟着放假了。得到了假期的裴顺顺第一件事就是想约和小春出去玩。

小春姑娘正在值班写病历,接到裴顺顺的电话,爱搭不理地转笔:"玩?去哪儿玩?"

裴顺顺笑嘻嘻:"你想去哪里?大连?三亚?找个有水的地方呗,能游泳,还能吃海鲜。"

一听游泳,小春抵触情绪上来,粗声粗气:"不去,放假哪儿我也不去!"

裴顺顺吃了瘪,可怜巴巴地蹲在台阶上纳闷儿。

他给卫蕤打电话,卫蕤听了前后始末,笑呵呵:"你活该,上哪儿不好啊非要去海边。"

"小春儿不喜欢海?"

卫蕤哼着小曲停了停,随口瞎编:"小春儿是个旱鸭子,不会游泳,小时候去水库差点淹死,恨着呢。"

裴顺顺怅然若失。

裴顺顺是现在社会中典型的"三好市民"。

所谓"三好",就是有个好家境、受过好教育、有好修养的人。

裴顺顺的爸爸九十年代辞了公务员和同学下海做生意,现在为人家打理一家房地产公司,是领年薪的经理人。

裴顺顺的妈妈也是个大家闺秀,是被父子两个捧在手心里的女人。

顺顺妈也从小就教育他：儿啊，将来妈也不求别的，你要是能穿上军装，或者当个拿刀的医生，妈得高兴死。

为啥顺顺妈对这两个职业情有独钟呢？

还得从她即将临盆的时候说起。

话说顺顺妈还有一个星期预产期时，她和她的小姐妹们约了去烫头发。那个年代时髦爆炸头，热烫的杠子卷到头发上，拆下来，就是弹簧似的卷。

顺顺妈顶着一脑袋摩丝拎着零钱袋喜滋滋地回家，谁知天降乌云，一场暴雨浇得她措手不及。

雷鸣电闪，吓坏了在顺顺妈肚里的顺顺，他懒洋洋伸个懒腰。这一伸懒腰不要紧，直接把顺顺妈的羊水伸破了。

顺顺妈一边心疼头上刚烫的小卷，一边惊恐地看着自己的裙摆，"哇"地吓哭了。

她躲雨的地方很巧，正好有解放军站岗，她扶着大肚子左右看看，去岗亭求救。

小战士哪里见过这个，赶紧进屋去找排长，接着呼啦啦从屋里出来四五个战士。排长是见过大场面的人，手握拳，沉着用力："阿姨，别着急，别着急，我们这就送你去医院！"又吩咐，"小李，去搞一辆车来！"

"排长！连长不在，用车得他批准。"

"人命关天的事情，想想办法！"

"要不，这里离市二院没多远，用三驴子？"

顺顺妈的羊水越淌越多，她哭得越来越凶。

战士们心急如焚，当即下决定："去，把食堂三驴子推出来！让阿姨先上。"

顺顺妈含着眼泪被人安置到食堂推菜的三轮车上，不忘顶嘴："叫什么阿姨，我才二十五岁！"

"那……"几个人互相看看，齐齐改口，"大姐，请稳住！"

就这么着，三个小战士，一个骑着三驴子，两个为顺顺妈打雨伞、披雨衣，一路急行军给送到了市二院的妇产科。

躺在产床上，医生一检查，抬头问："宫口开了，想不想自己生啊？"

原本将孩子出生的日子都算好了的，谁知道临时变卦，顺顺妈英勇得很："生！早生早卸货！"

早生，早点穿广州那边流行过来的喇叭裤。她同事王姐就穿了一条，她每天羡慕得要死要活。

外面乌云漫天，雷声滚滚，产房内有说有笑，气氛轻松。

顺顺妈生这个孩子出乎意料的痛快。

医生一边给她接生一边问："想没想好给孩子取什么名字？"

顺顺妈握着护士的手使劲儿，肚子骤然瘪下去，她长长呼气，产房响起嘹亮的啼哭。

"想好了，男孩儿女孩儿都叫顺顺！"

医生笑眯眯地拎着新生儿，给她看："瞧好了啊，男孩儿！"

顺顺妈摸摸儿子的小脸小手，心想，儿子哎，咱娘俩经历一场虚惊，以后你可得顺顺利利的，别让妈再为你操心。

裴顺顺被医生裹着小被子抱出来，等在门口的三个小战士还凑上去瞧。

一帮大小伙子小心摸摸顺顺的脸，呵呵傻笑，又冒雨骑着三驴子走了。

从此，顺顺妈念着这些小战士的好，时不时就要和顺顺讲："要是没他们，可就没咱娘俩了……"

时间长了，裴顺顺耳朵都听出茧子了。他敷衍他妈妈："将来我去当兵，再给您找个医生当儿媳妇，您说行不行？"

像是生下来时就被定好了命运似的。

裴顺顺真就应了这句话，一路考上大学，特招入伍，如愿穿上他妈妈希望的那身衣裳。

入伍的第三年，裴顺顺战友的老婆产房传喜，裴顺顺去医院随礼，遇见了和小春。

小春姑娘当时在病房里，穿着一身白大褂，笑声爽朗，明艳笑容的她不经意地一回头，直接撞进了裴顺顺心里去。

恰巧裴顺顺战友的父母和小春的父母都是老同事，关系一层搭着一层，加上小春姑娘性格爽朗，裴顺顺热情靠近，很快，小春儿就和裴顺顺成了好朋友。

晚上，裴顺顺回家躺在床上愉悦地想，都是天意啊。

接触一段时间后，小春儿把裴顺顺介绍给了卫蕤，之后在虬城，这仨人就抱了团。

三个人中，总要有个主心骨，这个主心骨就是卫蕤。

卫蕤不讨厌裴顺顺，十分欣赏。

这个欣赏的原因，除了裴顺顺有个绝顶聪明的大脑，还因为裴顺顺很有教养，他不过分讨好任何人，和你亲，和你玩，但始终又与你保持适当距离。

当裴顺顺得知卫蕤与小春儿并非男女朋友关系之后，他才对卫蕤说出心里话。

"我喜欢小春儿。"

卫蕤毫不意外："我知道。"他重重拍着裴顺顺的肩，意味深长，"可小春儿野得很，一般人降不住她，她不是什么善良人。"

"她是——"裴顺顺很笃定。

一个在病房里对着新生命笑靥如花的人，怎么可能不善良。

裴顺顺从卫蕤嘴里得知小春儿年幼遭受过火灾，又从小春儿那里知道了她心里记挂着一个人。

一个什么人？一个救过她，但又无声无息消失了的人。

恰逢那时裴顺顺要和领导出差去雁城，临走前，领导嘱咐他，到了雁城以后你去帮我打听一下，这里有没有叫一个胡唯的人？如果有，想办法约出来聊聊，看看他家里几口人，和什么人在生活，有没有兄弟姐妹。

裴顺顺吃惊，胡唯？这名听着耳熟。

领导呵呵笑，我一个老朋友托我帮忙，你把这件事情记在心里就是。

裴顺顺心潮澎湃，终于想起来这个人名在哪里听过。就是小春儿嘴里说过很多次的，她心心念念救过她的人！

可裴顺顺想不通，为什么小春儿总是执着于一个很多年没见过，都已经把她忘了的胡唯。

裴顺顺对胡唯，也是态度复杂啊……

欣赏：胡唯头脑聪明、智商过人，自己教的那门离散数学，结业考试时他考了第二。只和第一名的专业生邱阳差了几分。

裴顺顺翻来覆去看那张试卷，将成绩优秀的戳重重盖进胡唯的档案里。

不忿：胡唯出身平常，一个小地方的机关干事，那样复杂的家庭，学历又没有自己高，怎么能比。

裴顺顺就在这样的纠结中，一路寂寞地往前走。

忽然耳边呼啸，疾速飞过一辆超级跑车，引擎轰鸣器张，引得裴顺顺不悦皱眉，心里暗骂：这么猖狂，早晚出事。

刚这么想完，"砰"的一声巨响——

蓝色跑车就那么躲闪不及撞了个骑自行车的年轻人。

年轻人被撞飞老远，"咚"地飞进敞开的垃圾箱里。

二丫走在前头心脏都要跳出来了，猛地捂住嘴。

她这是亲眼看见了一场车祸啊！

街边的行人都纷纷凑过去看伤者，原本安静的街口开始发生骚乱，有人聚集。

裴顺顺出于职业责任感，也下意识地跟过去，还在旁边发号施令："快，你们谁打个报警电话。哥们儿，哥们儿，看我的手，现在还清醒吗？能听见我说话吗？"

好在落在了垃圾箱里，虽然味儿大了点，但是捡回条命。

又有人联系救护车，在一旁怒骂："现在这车也忒猖狂了，撞了人就跑，停都不停一下！"

"眼瞅着从旁边飞过去的，你们谁看见车牌号了，赶紧抓这孙子。"

"开太快了，谁能记住，让交警查监控吧……"

忽然，一道男声，一道女声，同时报出了个号牌。

众人惊奇。

裴顺顺与二丫对望,满眼好奇,心里想的都是——咦?

裴顺顺微笑:"你记住了?"

二丫反问:"你也记住了?"

裴顺顺骄傲:"我记性好。"

二丫嘿嘿笑:"咱俩一样,一样。"

等交警来处理事故,裴顺顺和二丫俨然一副好市民的样儿,十分配合地说出经过,说出号牌。

伤者被安排着送往医院,众人热闹看完,作鸟兽散。

裴顺顺背着手:"你去哪儿啊?"

"找饭辙。"

胡唯回了雁城,二丫落单,连个饭搭子也没有,自己晚上出来闲逛。

"真巧,我也是去吃饭的,前头一排都是好馆子。你想吃什么,我给你介绍介绍。"

二丫认真想着:"吃肉,有烤肉吗?火锅也行。"

"一个人吃这样的东西多没意思,前头有家面馆,你去不去?"

两人站在路边说话,一辆黑色宾利停在对面,降下车窗喊话:"顺顺,你跟谁说话呢?"

裴顺顺是应了卫蕤的约,说要假期聚一聚,还找来了之前在电话里拒绝了裴顺顺的小春儿,就在眼前这家饭店。

二丫一眯眼,只觉得这辆车眼熟,等她再瞄车牌,后背汗毛都要竖起来。

卫蕤穿着正装,衬衫西裤人模狗样地从驾驶座下来,隔着一条马路和裴顺顺打招呼。

紧接着,副驾驶又下来一个人。

小春姑娘披着漂亮的卷发,笑意盈盈。

裴顺顺站在这头解释道:"刚才那边出车祸了,我俩都是目击者,刚从交警那边出来。"

卫蕤锁了车,这时已经领着小春儿走过半条马路,嘴上还抱怨:"我就说怎么堵得那么厉害,这帮人都吃饱了撑的,有四个轮儿了不起呀?"

待他和小春儿齐齐迈上台阶,与裴顺顺对面的二丫迎了个正着时,卫蕤大喊一声,惊恐指着二丫——

"你你你!"

二丫"啪"地打掉他的手,理直气壮:"说脏话没礼貌!"

这是得罪了哪位神仙哟!

卫总监这几天刚刚在深闱里休养完毕,壮着胆子迈进夜生活的大门,谁能想到又撞上命里这颗天煞星。

画面十分奇妙。

卫蕤惊恐，小春儿疑惑，裴顺顺茫然。

只有二丫镇定地背着手，像个老干部，就这样一派懵懵懂懂中被包围了。

胡唯是下午五点回的雁城，他回来时谁也没说，直接去了杜嵇山家里。保姆来开门，吓了一跳。

胡唯微笑着：“赵姨！”

"哎呀，回来怎么也没打声招呼！"赵姨大惊小怪地拉着胡唯，扬声喊，"老爷子，胡唯回来了！"

杜嵇山在屋里正戴着眼镜看老影集，听见人喊，摘了老花镜站起来，腿脚不太灵便。

"谁……谁回来了？"

"胡唯！"

"哟……这孩子，回来怎么不打个招呼。"杜嵇山穿着灰色秋裤，衬衣外面套着圆领的毛衫，趿着拖鞋往外迎。

胡唯见到杜嵇山第一眼就感觉人明显老了很多，精神不似往常。以前这家里什么时候都是热热闹闹的，再不济，他身边还有个二丫时常回来咋呼添乱，现在老爷子孤孤单单地在屋里，眼神不清亮了，眼袋也垂得严重了。

"爷爷，就您自己在家？"这倒出乎预料，按照往常，家里这时该是热热闹闹的。

见到胡唯回来，杜嵇山很高兴，拉着他往屋里走："你爸、你二伯他们在路上呢。白天都有事，学校放假啦？"

"放假了。"

"你在虬城好不好？上学还能跟上？住得怎么样？"

"都挺好，还有几个月就结业了，快的话年底就能回来。"

"哎哟，可盼着你回来。"杜嵇山扶着双腿慢慢坐下，叹气，"老了，腿脚不太利索了。"

坐在一起，关心了一下胡唯在虬城的生活和学习情况，问他什么时候回，得知他能在雁城待上两三天，杜嵇山把老花镜收进盒里，才引出正题。

"你爸……"

胡唯抬头，认真听着。

老爷子觉出自己用词不对，咳嗽了一声："我是说二丫她三伯，这话不该瞒你，他跟小苏医生打算过完这个节就去领证，也不知道跟你说了没有，你有想法，就告诉爷爷。"

胡唯能有什么想法。

这事儿，是他一直希望的。

胡唯仔细地用小茶巾擦着茶盘上的水渍，擦干净，将小茶巾对折扔到一边，十分坦诚:"爷爷,我爸这样,我挺高兴的。"

"说的是真话?"

胡唯轻笑:"是真话。"

"好!"杜嵇山重拍胡唯的手背,"男子汉说句话就是一个钉儿,爷爷相信你。"又问,"你将来,还有没有回到你亲生父亲那里的打算?"

"我——"

话还没开盘,杜家老二大嗓门就传进来了:"爸,您看我给您拿什么来了?"

胡唯往门口看去,下意识地站起来:"二伯。"

杜甘愣住,看看老爹,又看看胡唯,立刻爽朗地打破僵局:"哟嗬,你小子回来了!怎么样?虹城过得还舒坦吧?上回二伯打你那一下,还记恨我不?"

"多大的事儿,压根儿也没记在心里。"

杜甘开玩笑似的用力在胡唯脸上呼噜了一把,终于有了长辈的宽容态度:"我就知道我这侄儿心眼儿没那么窄,今天你回来我高兴,晚上喝两盅?"

小胡爷不卑不亢地往那里一站,浅淡答应。

紧跟在杜甘身后进来的是杜希,今天苏燃在医院值班,他自己一个人过来的,在玄关挂外套就听着屋里的声音像胡唯,换了鞋一看,果然。

这时,胡唯彻底灿烂笑开了:"爸!"

上一秒还冷冷清清的屋子,下一秒就热闹了起来。

还是人多好啊。

杜嵇山已经很长时间心里没这么畅快过了。

围坐在一起,老爷子不吭声,笑呵呵抄手打量打量这个,打量打量那个,忽然讶然发现原来这家里的气氛竟然一直是胡唯这个小子影响的。

他在时,和气一团;他不在,死气沉沉,任是谁来了,家里都像笼罩着一层阴郁。

"爸,来,喝一杯。"

有人举起酒盅要和老爷子碰杯,杜嵇山回神,默叹长气。

也不知道自己还能再有几年活头,有生之年能这样被人围着,平和终老,也是幸事。

晚饭开到一半,杜锐带着张馨上门了。

孙媳妇第一次上门,重点自然全都落在他们身上。

两个人是坐火车回来的,提着大包小裹的上门礼物,洗了手落座,杜锐看见对面坐着的胡唯,朝他点点头:"胡唯回来了?"

杜嵇山问:"你俩还没见过面?杜锐你当大哥的,我得说你,弟弟妹妹都在虹城,你怎么也得去看看。"

"见过,上次去二丫那里,胡唯也正好在,说了两句话,这不就过节都往家里奔了嘛。"杜锐往前拉了拉椅子,语气淡漠。可他一直待人就是这样,谁也没觉出不对。

在桌上仔细过问了杜锐和张馨的事情。张馨比年轻小姑娘不同，受过的教育和工作性质摆在那里，说话办事很稳重，端庄往那里一坐，气质颇有些像杜敬的妻子。

至少，杜嵇山是相当满意。

见到杜锐和张馨，就仿佛见到了自己早逝的小满和儿媳。

既然带到家里来了，婚事就该提到日程上。杜锐将以前同二丫说过的想法又当着家里人说了一遍，家人纷纷表示赞同。

"婚房最晚十一月份就能批下来，算上装修，开春肯定能搬进去。二丫也在虬城，她要是想——"杜锐与张馨相视一笑，"就让她跟着我俩过。张馨也说了，她喜欢二丫，家里多个人也热闹。"

杜嵇山在这一点上不同意，摇头："还是你们自己过自己的。二丫我对她有打算，我孙女我了解，什么东西都是一时新鲜，等在虬城玩够了，早晚得回到我这儿来。再说她一个大姑娘，跟着你们过日子很多不方便，她不自在。"

老爷子岁数虽大，可心明眼亮，早就将这两个没娘的孩子安排得妥妥当当。

杜锐是男孩儿，早晚要闯出去的，给他留一份，让他娶媳妇。

二丫是闺女，结婚不怕晚，一个人吃饱全家不饿，给她留个房子让她有个窝，风吹不着雨淋不着的，放心哪。

杜锐盯着胡唯，抬手轻推眼镜，话里有话："爷爷，就怕您孙女在外头玩野了，不想回来了。"

胡唯波澜不惊不卑不亢地回视，还挂着笑。

杜锐闷葫芦一个，脸皮薄，哪里是小胡爷的对手，看了几眼，倒像是他拐了人家妹妹似的心虚地转移了视线。

杜嵇山不明状况地摆摆手："不可能，你妹妹你不知道？过两天口袋穷得叮当响就该鬼哭狼嚎给我打电话，搞不好回来的路费都要让我报销。她说想考学你就信，都是糊弄人。"

一家人哈哈笑。

二伯母边剥海鲜壳边问："杜锐，虬城的房价怎么样？还合算不？我想给你弟弟也买一套。"

"不太合算，热门地段还是很贵的，我和张馨的房子在单位内部有优惠购置政策，在三环外。"

说起这个房价，二伯母忽然懊悔地咬住嘴，恨自己挖坑自己埋。

这家孙子要娶媳妇，不管是老爷子还是几个伯伯，总得表示吧？按照她家那个傻大憨的性格，不得拍胸脯又瞎许诺？

果真！杜甘都没让媳妇的话掉在地上："杜锐，买房子挑大户型买，别省着，二伯给你出！"

二伯母暗地狠踩了杜甘一脚。

杜甘一愣:"你踩我干什么?"

二伯母脸色红一阵白一阵,只能讪笑遮掩:"爸还在呢,哪有你说话的份!"

全家谁都知道这老二媳妇是个什么人,杜嵇山不动声色地听着,没表态。

杜锐却坐不住了:"不用了,这次结婚不想太铺张,我和张馨现在手头足够,贷款也不是很多,二伯的心意我领,但是男人,养家糊口还是得自己来。"

杜甘朝他比了个大拇指:"比你弟弟有出息!"

饭后,杜希在家里找了个人少的地方,和胡唯招招手。父子俩三个多月没见,杜希实在想他。

胡唯清越地走过去,手里端着一杯泡了丹参的水:"您身体好点了吗?"

杜希接过来,指着对面的藤椅让他坐:"好多了,现在和以前没啥不一样。"又问,"我看你怎么比以前黑一点儿了?"

"嗨,七八月在山里晒的,还没白回来呢。"

杜希呵笑:"黑点好,看着健康。"又问,"你……去虬城,看过你爸爸了?"

胡唯顿了顿,他不想和杜希说这些,可不说,杜希心思敏感,更难受。他干脆坦白:"见过两次,去他家里坐了一会儿。"

"哦哦,他现在怎么样?身体也挺好?"

"都好。"

起初,杜希很难说服自己接受岳小鹏的存在,更无法接受胡唯去虬城的事实,可生过一场大病,他就把很多事情都看开了。

尤其是胡唯这次不声不响地回了雁城来,杜希像心里一块石头落了地。

算了,算了。

管他到底认哪一个呢,一个给了生命,一个给了陪伴。胡唯是重情重义的人,何苦让自己每天活在痛苦里,折磨这个可怜的孩子。

只要他开心能高高兴兴的,比什么都强。

"我听爷爷说,您和苏医生要办事了?"

杜希老脸一红:"你爷爷嘴也忒快了……"

"有什么害臊的,您这岁数不算夕阳红,顶多是个晚婚。"

胡唯甚少和杜希开玩笑,两人相处始终都是严肃沉默的,像小辈尊敬长辈那样。

听见这样的调侃,杜希一僵,随即开怀:"去虬城三个月,敢跟你爸开玩笑了。胡唯,你是不是早就知道我和小苏的事情了?"

胡唯轻挑眉角:"啊,知道一点儿。"

难怪,难怪!

杜希早就应该想到,他已经二十七岁了,什么事情看不明白,什么事情心里没数,自己不该把他还当成孩子。

"爸——"

一声敞开心扉的、痛痛快快的"爸"。

"哎!"

一声如释重负的、真心真意的应答。

"晚上跟我回家住?"

"不了,跟爷爷说好了,住在这儿陪他。"

杜希有些失望,可,苏燃下了夜班回他那里,也确实不方便了。

"那行吧……二丫不在,你爷爷也寂寞。"

现在,杜稔山可不寂寞。他如今满心欢喜,儿子守得云开见月明,孙子又要办喜事,满脑子都是如何安排的计划。

他把杜锐叫到书房,跟杜锐说对待女方要如何,将来买房怎么还款,经济上怎么做打算。

讲了一大堆,老爷子揉揉眼睛,也累了。

"行了,儿孙自有儿孙福,你们选什么样的人做伴侣,那是你们自己的决定,早就盼着你有这一天。"老爷子拿出一个存折,递给孙子,"这里头是提前给你留好的,该怎么用、怎么安排,爷爷不管。"

杜锐低头看一眼存折上记录的数字,只有每个月定期的存入,从来没有取出。他又还回去:"爷爷,我不要,这些钱您自己养老,或者……您把我结婚这份留着,将来都给二丫吧。"

杜稔山无措地攥着存折,目光不解:"这是怎么?"

杜锐想着妹妹的一颦一笑:"二丫也给我凑了一些。您也知道她脾气,我不要,她过不去心里那坎儿。"

杜稔山醒悟,坐了半晌。他什么也没说,只又把存折收到抽屉里,让杜锐出去了。

杜炜的儿子禾禾明天一早要做幼儿体检,医院离老爷子这里很近,又得起早。可孩子爹妈去应酬了,也不知道什么时候能回来。大伯和大伯母一商量,决定把孙子留在这儿,跟着老爷子住,明天让杜炜再来接走。

杜稔山很疼爱小禾禾,捏捏他的小手小脚,跟儿子保证:"放心吧,在我这儿什么事都没有。"

偌大的房子里就剩下杜稔山、胡唯,还有一个周岁宝宝。

杜稔山怅然地咂嘴:"以前家里就是一大帮小子,好不容易得了个二丫,现在老了老了,她还跑了。"

老爷子想孙女想得紧,背着手孤孤单单又上楼了。

杜锐和未婚妻张馨订了酒店,两人搭着二伯的车去了市里交通方便的公交车站,在路上边走边聊。

"你家里人很热情啊,尤其是你二伯。"

杜锐淡笑调侃:"这么多人,吓了一跳吧。"

"确实有点。"张馨不好意思地笑了一下,"你三个伯伯,性格都不一样。"

张馨一直以为杜锐的家庭和自己差不多,相对拮据,要不在单位也不会那样省吃俭用。谁知来了才知道这家里除了他,每个人都生活得不错,经济条件谈不上优渥,可也不差。

张馨对在饭桌上放话要承包婚房的二伯印象尤为深刻:"你二伯是做生意的?"

杜锐牵着张馨的手,两人走得慢悠悠。

"是,做进口家具生意,我几个伯伯里,他生活条件最好。没什么大文化,可心眼儿不坏,说话直了点。"

走着走着,杜锐停下来,觉得胸口发堵,他是个藏不住事情的人。

"张馨,我知道你想说什么。你也知道,我父母早亡,我只有一个妹妹,家里人拉扯我和妹妹长大已经很不容易了。从我上学开始就是他们供我,我研究生和博士的学费几乎都是我二伯出的,我工作之后人家也没要我一分钱回报。我们杜家讲的是亲情不假,我几个伯伯看在我死去的父母面上也好,可怜我和我妹妹也罢,但说到底还是人情。我不能现在连娶个媳妇都要他们帮衬。何况我的现有条件,还是够咱俩过日子的。"

张馨没想到杜锐看出了自己的心思,十分尴尬:"我我……我不是这个意思。你知道我不是冲你的条件来的,咱俩同事这么多年,我就是看重你节俭,对自己未来有规划才跟你好的。"她语气焦急,"我要是为你条件,比你好的多了去了,我干吗跟你呀……"

杜锐歉疚地点点头:"我知道,你也别多想,我知道你是真心真意想跟我在一起,但是我得把我家的情况给你说清楚。"

张馨憋着表情严肃地看杜锐,杜锐一派紧张,看着看着,张馨扑哧一下笑了,用手推着杜锐的头:"傻样儿。"

两人牵着手再度往前走,张馨叹气:"我看你们杜家呀,除了你傻,剩下的都是聪明人。"

"你这是夸我还是损我?"

"夸你呗。"

"我怎么觉得你回家这一路都不大高兴呢?"

杜锐握着张馨的手不由得用力了些:"怎么高兴得起来啊,你看见今天坐在我对面那个人了吗?"

"胡唯，我记得呀，你三伯的继子，上次你和二丫吃饭还说起他来着。好像是个当兵的？"

张馨对胡唯很有印象。

吃饭时他话很少，但非常受杜家爷爷的关照。

"唉……"杜锐长长忧郁叹息，"二丫和他在一起了。"

"啊？"

胡唯独自在客厅坐了一会儿，打定主意，双手撑住沙发站起来，起身上二楼。

杜嵇山正在书房整理这些年自己攒的存折，心里想着到底该怎么分，正想得出神，胡唯敲门，老爷子下意识地把存折关进抽屉里。

"怎么？"

"爷爷，有空吗，跟您聊聊？"

这可难得，杜嵇山很高兴，一招手："进来，来，坐着说。"

他以为胡唯是工作上遇了什么难处，或者和杜希之间的事情，摆好长谈倾听的姿势，十分欢迎。

谁知，胡唯压根儿就不是来找杜嵇山谈心的。

他是气吞山河以掩耳不及盗铃之势来跟这个家的大家长要人的。

祖孙俩面对面。

胡唯说："爷爷，我交女朋友了。"

"啊？"杜嵇山正襟危坐，有些意外，但也很欣慰，"是……是在虬城认识的？"

"不是，在雁城就认识了。"

那能是谁？

杜嵇山微皱眉，猜测："是你在机关的同事，还是同学？"

"不是。"胡唯轻笑，"是我自己认识的。"

杜嵇山"哦"了一声，继续了解："多大了，搞什么工作的？"

"比我小一点儿，现在还没找到合适工作。"

"没工作倒是不要紧，现在社会就业难，慢慢找，不能心急。"杜嵇山很理解现在的年轻人，"现在发展得怎样？是想带家里来，让爷爷看看？"

"看，倒是不着急，我就是担心她家里不同意。"一肚子鬼心眼儿的小胡爷跷着二郎腿，当着人家爷爷的面摆事实讲道理，满脸担忧怅然差点活生生把老人家带进了坑里。

"这女孩儿呢，父母不在身边，家里就一个长辈说了算，我呢，一个当兵的，条件也不算太好……"

"哎，不能这么讲，谁说你的条件不好。"杜嵇山不满意地反驳，"你继承了你母亲的优点,长得堂堂正正,在部队锻炼过,又念了不错的大学,受过高等教育,工作收入都稳定。爷爷要是有闺女都想她嫁给你,她家里为什么不同意?"杜嵇山是真的把这件事放在心上,蛮紧张,"难不成还和上回那个姑娘一样,嫌弃咱?"

没有道理啊。

他家这情况是复杂了些,可也不是拿不出手。

论长辈,杜嵇山是工程师,大学教授;论这一代,虽说他有两个爸爸,可哪个也没给孩子丢脸。

何况他那亲爹还是虬城赫赫有名的人物。

"她是跟你要东西了,还是提什么条件了?你要是真认可了,喜欢了,爷爷跟你爸商量着办,肯定能为你做到。"

杜锐是孙子,胡唯也是。

杜嵇山以为他是看见杜锐要结婚,也按捺不住了。

好好好,结了一个是一个,回头把这些秃小子都"嫁"出去,只留他家一个宝贝二丫在身边,那得多省心。

"倒是没提什么条件。这样吧,改天您替我出个头,跟她家里人见见面,帮我多说两句好话。"

"没问题啊,爷爷还能帮你把事办砸了不成?"杜嵇山打开茶杯盖子,呷了口茶叶,从茶杯里抬眼问,"姑娘叫什么?家里几口人?"

"叫杜豌。"

"哦……"老爷子细细品味起这个姑娘的名字,跟他还是本家,杜豌,听着很秀气,只是有点耳熟。

杜豌。

杜——豌——

一口茶叶喷出来,土绿土绿的茶叶片子沾到杜嵇山嘴唇上,老爷子"呸呸"两声吐掉,站起来揪着心口。

"她叫啥?"

"滚!滚出去!"

小胡爷被连人带鞋地撵出来,还在门口扯着脖子商量:"爷爷,您刚才不说了嘛,我给您当女婿您都同意!我也没别的要求,您没女儿,孙女我也能将就,实在不行,我倒插门啊!"

杜嵇山在屋里气吞山河地跺脚:"胡唯,我告诉你小子,今天你不许睡二丫的屋子!去楼下,睡沙发!"八十多岁的人了,气得在屋里直打转转,嘴里念叨。

一不留神还养了个小王八羔子,敢打二丫的主意,晚上吃了我家的饭扭脸就要来娶我的孙女!这是什么行为,这是引狼入室啊!老爷子越骂越远,连带着自己那个没出息的三儿子也骂了个遍。

当初非要娶胡小枫,娶来娶去,搞出一段孽缘,还留了个浑小子在身边。什么时候这浑小子对二丫存了这样的心,他竟然都不知道。

想起胡小枫,老爷子抬头看了看墙上的全家福,忽然像霜打了的茄子,蔫了。

照片里的胡小枫穿着淡蓝色连衣裙,笑意盈盈地挨着杜希。老爷子想起她刚嫁到杜家来时,她对自己无微不至的照顾。

她带着刚从县城回来的二丫去逛商场,给二丫买好吃的、好穿的,二丫甜甜地叫她三娘。那时老爷子就含着眼泪想,什么时候我家丫丫真有这么个妈,他死了也闭上眼了。

看着看着,杜稽山颤颤巍巍地蹲下,去柜子里取了一个东西出来。

一个四四方方的相框,罩着块素布,将布拿开,是一张老式黑白的结婚照。照片里是对年轻夫妇,细细看去,男人一表人才,相貌英俊,女人眉眼柔婉,娇俏生动。

正是杜锐和二丫的父母。

杜稽山搂着相框,贴着自己的胸口长长吐气,压抑着自己激动的情绪,轻念:

"小满啊……小满……"

胡唯被撵出来,在走廊听见有异响,他循声走到杜稽山卧室一看,发现本来已经睡着的禾禾醒了,正虎头虎脑地站在小床里,迈着小短腿想爬出去。

小孩子睡醒了脸蛋红红的,穿着棉线衣,稀薄的奶毛睡得乱七八糟。胡唯笑着走过去顺了顺禾禾的头发,俯下身看他的眼睛:"你想干吗啊?"

禾禾见到胡唯并不陌生,他认识胡唯。

他一咧嘴,伸手让胡唯抱。

胡唯给他从小床里抱起来。

禾禾扒着胡唯的脖子又拼了命地蹬腿,胡唯偏头就试探着问了一句:"想撒尿啊?"

禾禾不蹬了。

胡唯扛着小禾禾迅速往楼下跑,嘴里威胁他:"憋住,千万憋住。"

禾禾脸往胡唯脖子里埋了埋,有点害羞。

小胡爷活了这么大还没被童子尿浇过呢,边往厕所走,他边给还是个宝宝的侄子上关于男子汉的课。

"尿,你也得分时候,分场合;找合适的时机,对准合适的地方;你要连自己这玩意儿都控制不住,将来还能干大事吗?"

禾禾听得云里雾里，稚嫩的小人儿茫然地看着胡唯。

胡唯冲他一挑眉毛："听懂了？"

禾禾配合着点头，似懂非懂。

小胡爷给他抱到马桶上，脱裤子，扶着禾禾的两只手。禾禾征求他意见似的仰头，好像在问：小叔叔，这个地方行吗？

小胡爷郑重地点头，给他个眼神，还配合着吹了几声口哨。

小孩子夜里醒来，一般都需要妈妈安抚。禾禾醒来没看见妈妈，撒了尿回来有点想哭。

小胡爷哪里哄过孩子，只能耐心地给他裹个厚衣服，抱着在屋里一圈圈地走，走得他都困了，禾禾还没有想睡觉的意思。

走到厨房的阳台上，望着几扇映着两人身影的玻璃，小胡爷问他："你想你姑姑吗？咱俩给她打个电话？"

禾禾眨眨眼，一听小姑姑，有些兴奋的样儿。

小胡爷单手抱着孩子，另一只手去裤兜摸手机，按下号码。

二丫从人声鼎沸的火锅店里出来，找了个僻静的地方接电话。

"小胡哥？"

她将信将疑。

电话一接通，禾禾立刻清脆叫了一声："猪猪——"

二丫把电话离远了点重新看了一眼号码，霎时心里软得一塌糊涂。

她放轻了声音："禾禾，是你吗？"

听见小姑姑叫自己，禾禾立刻眉开眼笑，又大声喊："猪猪！"

把"姑姑"叫成"猪猪"的人，只有禾禾。

才在桌上把卫蕤放倒，二丫站在车水马龙的街头，身后是红火热闹的一家家饭馆，她接着来自雁城的电话，不禁有点想家。

禾禾捧着胡唯的手机猪猪长猪猪短地嚷了半天，才被抢回去。

玩累了也闹够了，禾禾趴在胡唯的肩头，想睡觉了。

四下重归寂静，一阵呼吸相闻。

二丫像刚喝了杯碳酸饮料地舒爽，在心里感慨。

"小胡哥，我好想你啊。"

话刚说完，小春姑娘站在火锅店里，隔着玻璃狂敲，站在椅子上对二丫喜气洋洋地招手。

"二丫，你快来呀！我好喜欢你哦！"

微醺的小春姑娘面颊酡红，笑得更加媚意横生。

胡唯只听得二丫上一秒还掏心掏肺地说想自己，下一秒就在那头跟道女声亲切表白。

"小春儿等我！马上就来！我也喜欢你呀！"

卫蕤蹲在厕所，目光涣散。手机响了好几遍，他才接起来，结果劈头盖脸就是一顿骂。

小胡爷抱着已经睡着的禾禾，压低声音咬牙切齿："你有病啊，让她俩凑一起！"

卫蕤忍着胃里翻江倒海的恶心，扶墙站起来："天地良心哪！今天我们是碰到一起的，她自己撞上门来的！我没想带着她！"

"没想带着她，你让她跟你坐到一个桌上吃饭？"

"那都碰上了你总不能让她自己吃吧，不看别人我也得看你啊，姑娘家家怪可怜的，你怨我，那你回雁城的时候怎么不把她一起带回去？"

带回去？带了她回家她就再出不来了。

二丫本来就记着上回他送和小春回家的事情，这回遇上真人，指不定要怎么想。

卫蕤打着嗝儿，信誓旦旦："你放心吧，俩人好着呢，没准你一回来，人家都过到一块去了。"

女孩子的友谊总是从一件很微妙的小事上开始的。

和小春在饭桌上看着吃五喝六的，其实没多大酒量，都是虚架子。

服务员来问需要喝点什么的时候，卫蕤从裤兜里掏出一把枸杞，颤颤巍巍地塞进茶壶里："今天……今天养生吧，都别喝酒了，大过节的。"

茶壶里泡着贡菊和冰糖，他还给自己找补："吃火锅太腻，清清心火，清清心火。"

服务员拿来一本厚菜谱，递给主座的卫蕤："先生，那看一下您想吃什么？"

卫蕤接过来，双手捧给二丫，满脸热乎微笑："你点，想吃什么点什么。"

二丫客随主便，她一个蹭饭的，这点礼貌还是有的。

她不耐烦地一挥手："你点你点，点什么吃什么。"

卫蕤讨好："行，行，那就先来盘和牛？"余光瞄着二丫，看她换了姿势拄着腮帮子，又追了一句，"两盘！"

和小春和装顺顺对视，小春姑娘有点不开心。

卫蕤什么时候这样小心谨慎地对待过一个人，她还没这个待遇呢。于是，她直愣愣地问卫蕤："她是谁呀？"

卫蕤清了清嗓子，没敢提二丫和胡唯的关系，只说了个无关紧要的："她叫杜豌，我在翻译公司认识的，帮过我忙。杜豌，这是小春儿，我好朋友。他叫顺顺，你俩刚才见过了。"

女孩子和女孩子见面，总是要互相端着拿捏一下对方，点点头说句你好，就谁都不讲话了。

这场面让卫蕤与裴顺顺如坐针毡,不断用眼神互相暗示对方。

"你说话啊。"

"你先说。"

"说什么啊,你哪儿认识这么个人啊?"

"你快点,别冷场。"

裴顺顺咳嗽两声,张了张嘴,什么也没说出来,卫蕤给他个大白眼。

二丫始终微垂眼睛,瞄着小春姑娘。

她身材可真好哇……

小春儿今天还穿得十分淑女,哪儿也没露,本本分分的毛衣和牛仔裤。

看见二丫偷瞄自己,小春姑娘骄傲地挺了挺胸,二丫迅速把目光移到别处。

直到火锅端上来,四个人都没作声。

端调料的时候,两只拿葱油的手碰到一起,小春姑娘"哎"了一声:"你也喜欢在沙茶酱里加葱油?"

二丫找到知音一样:"你也喜欢?"

"对啊,再放点醋,还要什么麻酱呀,土老帽儿才这么吃。"

裴顺顺和卫蕤自觉地把自己的碗往边上挪了挪。

小春姑娘十分热心:"来,把你的碗给我,我帮你兑。"

两个在吃上有共鸣的人,还愁没话题?小春爱吃肉,二丫也爱吃肉,肉还得是手切的,不要机器卷的。

吃得欢时,二丫忽然叹了一声气。

小春儿从碗里抬起头,烫得呼气:"想喝酒不?"

二丫眼睛一亮:"好哇!"

卫总监一看,形势明朗,俩人非但没看不顺眼,还成了好朋友,当即拍桌子让服务员拣最好的酒上。

裴顺顺轻易不喝酒,始终捧着一盏贡菊花茶,淡淡地笑看小春儿和二丫吃东西。看着看着,他凑上前些,问二丫:"你记什么东西都记得这么快?"

二丫把嘴里的东西咽下去才说话:"不是,只是记车牌号、手机号什么的。"

"就是数字?"

"对。"

裴顺顺找到知音,又往前坐了坐:"从什么时候开始的?"

"具体什么时候我记不住了,反正不大,还在上学的时候就这么干了。"

"那你记这些东西,烦恼不?"裴顺顺以前就有这样的苦恼,他刻意不去记一样东西,可越回避,就越忍不住去想,强迫症似的。

"有。"二丫擦了擦小花猫似的嘴,跟裴顺顺交流心得,"有时候我也不想,可走在大马路上就忍不住,越不想看就越去看,看了回家又忘不掉。后来有一次我撞在树上了,就想明白了,反正脑袋和电脑不一样,又没有特定的内存,它爱记就记,反正装满了该忘的时候自然就忘了。"

裴顺顺打量着二丫,问:"你小时候遇到过什么特别难忘的事情?"

一般这种强迫性行为,多为童年自闭导致的,只不过表现出来的征兆不同,裴顺顺问得不是很直接,但二丫听懂了。

"我父母没了之后,被送到姥姥家,就是从那段时间开始的。"

小二丫蹲在晖春县城里,刚开始没有伙伴玩耍,就天天跑到县城的江边数鸭子。

"哦——"裴顺顺望着二丫,不禁有点怜惜她。

二丫反问裴顺顺:"你是为啥?"

裴顺顺笑了一下,炫耀似的瞥向小春儿,意味深长:"我啊……智商太高了,从小没人愿意跟我玩儿。"

"吹牛不上税。"小春儿默默瞪了裴顺顺一眼,不理睬他,反而往长条凳的左边挪了挪,对二丫招手,"过来,来我这儿坐,咱俩挨着。"

她有点同情二丫。

小春姑娘身上香喷喷的,二丫悄悄吸了吸鼻子,又挨得近了些。

之前说了,和小春喝酒是个纸老虎,沾不了两口就晕乎乎的,头一歪靠在了二丫肩膀上。

面颊酡红的小春姑娘歪着头,扇子样的浓密睫毛忽闪着,软了声音问:"你叫什么来着?杜晚?"

"杜豌——豌豆的豌。"

小春儿咯咯笑起来:"我知道,豌豆公主嘛。唉……"

提起公主,二丫又伤感起来,公主多幸福啊,哪像她没父没母这么可怜。

小春儿搂着二丫的腰,头在她肩膀上蹭了蹭,认真看看二丫的侧脸。

长得很有灵气,小鼻子小嘴儿,尤其那双眼睛,会说话似的。

二丫的女性朋友很少,在雁城只有姚辉要好,来了虬城以后更是孤单,小春姑娘冷不丁这样亲近她,二丫也笑眯眯地愿意和小春儿做朋友。

"你是卫蕤的朋友?"

小春儿单纯以为二丫喜欢卫蕤,要不就是两人有什么猫腻,要不卫蕤怎么会对她那样言听计从。于是,她软软"嗯"了一声,故意逗二丫:"不止呢,我俩认识都二十多年了,我连他身上有几颗痣都知道。"

这话一出,二丫也误会了。

她以为小春姑娘和卫蕤那个狗东西是一对,心里还很惋惜。

卫蕤那样的花心大萝卜,可惜了这个姑娘。

两个姑娘喝得脸红扑扑,被火锅的热气蒸着脸,彼此惺惺相惜,都觉得卫蕤捡了个宝。

只有裴顺顺是个明白人,他静静地观察了二丫一会儿,低头用手机给卫蕤发短信。

"她是谁?"

卫蕤捂着头,这顿养生局吃得他如鲠在喉,一个键一个键地用力按。

"胡唯的相好。"

裴顺顺倒抽一口凉气,顿时心花怒放。

原来,胡唯是有了人的!他身边有了人,小春儿就安全了啊!

于是,裴顺顺立刻嚷着让服务员再拿两瓶酒,表示卫总监说十一国庆节,要为祖国母亲贺生日。

那卫蕤是个连自己亲妈生日都忘了的人,就这么硬着头皮坐到小春儿和二丫中间,舍命做伴。

越喝越酣,喝得卫总监刚大保健了没两天的小身板又跑进洗手间,只剩下裴顺顺、小春儿、二丫仨人勾肩搭背。

小春儿拍胸脯:"以后在虬城卫蕤敢欺负你,跟我说!我就是你姐姐!"

二丫也拍胸脯:"以后卫蕤要是欺负你,你也告诉我,我教你整他。"

一阵咯咯笑声,小春儿趴在二丫的耳边呼气:"我告诉你一个丰胸的秘方哦……"

一直闹到人家餐馆都要打烊了,卫总监捂着胃弱风扶柳地去前台买单,回来给裴顺顺递了个眼神,把自己的车钥匙给他。

"你没喝酒,开我的车送小春儿回家,我跟二丫顺路,正好送她。"

裴顺顺疑惑:"我开车直接把你们都送回去就得了呗?"

卫蕤恨裴顺顺不懂风情,把和小春儿往裴顺顺怀里推:"给你创造机会怎么不珍惜呢!"

小春儿喝得迷迷糊糊,还笑着跟二丫招手:"杜豌,杜豌,你去哪里呀?我要跟你回家!"

二丫也不舍地回头:"我家就在红星胡同,前头不远,你来找我玩啊!"

"您可够好客的,那屋子屁大点地方,还总是邀请这个邀请那个的。"卫蕤拉着二丫往相反方向走,"家在这边呢!以后有你俩见面的时候!"

小春姑娘被裴顺顺塞进车里,扣好安全带,让人拉走了。二丫被卫蕤连拉带扯,也往家里走。

卫总监今天人模狗样地穿了件深灰色立领的夹克,他这只手牵着二丫的袖子,那只手从兜里摸出个火机,点烟抽。

走进胡同口,晚上和胡唯通过电话的缘故,二丫晕乎乎错把卫蕤当成了他,感觉胡唯就像在自己身边似的,结果犯了个大错误——

"小胡哥,你给我买个冰激凌,我烧得慌。"

这一声"小胡哥"带着女孩儿特有的娇憨和依赖,叫得人心情激荡!

卫蕤一顿,停下脚步,慢条斯理地拔下嘴里烟头,用脚跐灭了。

"你叫我什么?"

二丫一个激灵,迅速清醒了:"你听错了,我刚才没说话。"

卫蕤冷笑:"那是小狗叫。"

二丫冷静点点头:"对,我也听见了。"

说完,二丫觉得不对,眉头一皱:"怎么是你送我回家?小春儿姐才是你女朋友,你应该送她回去呀!"

那一声"小胡哥"叫得卫蕤心里十分不畅快,看着二丫不知道是真傻还是装傻的样儿,卫总监气不打一处来,口不择言。

"小春儿才不是我女朋友,小春儿是你小胡哥的女朋友,她是你小胡哥还没过门的媳妇!"

二丫震惊:"你胡说!"

像小孩子吵嘴似的,卫蕤恼怒:"我胡说?我和胡唯是邻居,小春儿跟我也是邻居,你用脚趾想也该知道她既然认识我,也能认识胡唯!胡唯以前豁出命去救过小春儿,结果被砸坏了脑袋,现在还有后遗症,不信你去问他,他见了小春儿是不是头疼?小春儿还打算以身相许呢!过了这个节,胡唯他爸爸就要给他安排婚事,你算啥?"

二丫气得手脚冰凉,觉得卫蕤在胡说八道,跺脚辩解:"小胡哥的爸爸是我三伯!"

卫蕤极为不屑地哼了一声:"你那三伯算什么?真正说了算的还是他虬城这位亲爹!你知道他亲爸爸是谁吗?不知道自己去网上查,胡唯也就在你们雁城那小地方蹲着委屈了几年,要是跟着我们在虬城一块长大,还轮得着你一口一个小胡哥地叫?搞不好现在跟小春儿连孩子都有了!"

二丫感觉自己有点上不来气儿,胸口憋得慌,她静静地盯着卫蕤,哭也哭不出来,喊又喊不出声。

卫蕤看她不说话,以为被打击了,心里畅快:"再说了,就是你三伯真说了算,能让你跟他在一块?这叫什么?这叫乱——"

"你闭嘴!"二丫崩溃捂住耳朵一声怒喊,喝得卫蕤住了口。

不知不觉,一双生动会说话的眼睛里蓄满了泪。

二丫委屈啊。

"他跟我没有一点儿血缘关系,我们俩连个远房亲戚都算不上,他是三娘和别人的孩子……"小可怜嘴里喃喃说着,一遍遍地重复。

她越重复,说明她越怕。

卫莨看着她哭，也有点懊悔，想伸手帮她去擦眼泪。

"你别哭啊……"

手还没碰到二丫的脸，二丫扭头就跑，边跑眼泪边往下掉。

卫莨的话就在耳边——

他豁出命去救小春儿。

他见了她就头疼。

他要不是不在雁城委屈那几年，轮得上你叫他小胡哥？

二丫呜呜哭，像在外面挨了欺负的孩子。

卫莨心惊，跟在后面疾步追。

跑进小院，秃瓢大爷担忧地披着衣服站在门口："二丫，怎么才回来？"

看见和自己亲孙女没两样的孩子哭得委屈，大爷着急了："怎么哭成这样，谁欺负你了？"

二丫嘴里囫囵不清往后一指："有流氓追我——"

秃瓢大爷抄起扫院子的笤帚就冲了出去——大胆！敢在我们红星厂的地盘耍流氓？老子十年保卫处长不是白干的！

大爷一声"六宝"！

得了令的大肥猫身段妖娆矫健，噌地跟随大爷跑出院门。

刚追到门口的卫莨气都没喘匀就结结实实挨了一笤帚。

"哪家院儿里不争气的王八羔子，大半夜不睡觉跑出来骚扰小姑娘！等我抓着你回去告诉你妈！"

卫莨抱头鼠窜，哎了两声，刚躲开几米远。紧跟着，秃瓢大爷的六宝噌地几步蹿到卫莨肩头，牙尖嘴利地"喵"了一声。

卫莨对花花草草还有动物毛发过敏严重，是最怕这些的。

他只感觉肩膀沉了下，再回头，看见六宝的眼睛，吓得"妈呀"一声，魂都没了，使出大学运动会的百米冲刺速度转身就跑。

登徒浪子渐渐跑远了，大爷把笤帚往肩上一扛，拍拍手。

"六宝，回家喽！"

卫莨自食恶果，当晚入夜急诊，发病原因：吸入过敏源。

原本一张白白净净的脸肿得像猪头，戴着口罩从医院出来，和小春都没认出来。

小春儿走过去，抱着病历，狐疑地回头："前头那人——"

卫总监低头快步走，假装没听见。

和小春踩着矮高跟快步追上去，一把摘掉卫莨的口罩，眼睛顿时瞪圆了："你又拈花惹草了？"

卫莨抢过小春儿手里的口罩，重新戴好："看看看，有什么好看的！"

"这才几天哪……"小春儿讶异,"前两天不还是好好的?"

"我家楼下不知道谁养的猫,前几天蹿到我肩膀上。"卫蕤眼睛肿得就剩下两条缝,没精打采的,"别烦我了,刚打完针困着呢,回去睡觉了。"

和小春将他取的一大袋子药仔细看看,从白大褂的口袋里摘下一支笔,给他写好哪些药什么时候吃,写好了,把笔尖按回去和他告别。

"我楼上还有事呢,你走吧。"

小春儿看上去憔悴了很多,卫蕤捞住她的胳膊:"哎,那天……你跟顺顺怎么回事啊?"

小春儿不愿意多谈,挣开卫蕤:"没怎么,反正我跟顺顺说清楚了,以后还是好朋友呗。"

和小春最近就是因为裴顺顺的事情心烦,卫蕤提起,她更低落,独自按了电梯上楼。

那天喝得迷迷糊糊的小春姑娘是在酒店醒来的,醒来时发现自己穿着酒店浴室的白袍子,衣服都叠得整整齐齐放在枕边。

和小春当时脑子一片空白,想,这下可坏了。

裴顺顺开门提着早餐,还对她笑眯眯地说早。

和小春以为是裴顺顺给她换的衣服,恐自己后背伤疤让裴顺顺看见,恼羞成怒,对裴顺顺连推带打。

裴顺顺委屈,小春儿坐在酒店窗下的沙发里吸了一根烟:"顺顺,你要是不把我送到这儿来,咱俩或许还能一直这样,你不说破,我也装傻。既然你看见了,咱俩今天就把话挑明了——"才吸了两口的细长烟卷被和小春用力按在烟灰缸里,"咱俩没戏。我心里有胡唯你应该知道,就算胡唯对我没那心思,我和小春这辈子也没想找男人恋爱结婚生孩子。我今年多大了?二十九岁了,再过一年就三张了,你多大?我没记错你比我小两三岁吧?咱俩在一起,你爸妈能同意你找个比你年龄还大的?"

裴顺顺听得不动声色,坐在小春姑娘对面,淡淡微笑。

和小春说完这些话,顿一顿,似乎在等裴顺顺的反应。

裴顺顺风度十足地抬了抬手:"你接着说,我在听。"

小春姑娘不自然地拢了拢浴袍领子:"我说完了。"

裴顺顺一摊手:"说完了换衣服走吧。"

"走?"

"不想走愿意在这儿待也行。"裴顺顺放下二郎腿,拿起茶几上的手机,"我还得上班呢,不能陪你了。"

"拜拜。"

酒店房门轻轻关上,裴顺顺靠着门板,眼中全都是黯然伤感。

小春儿啊小春儿,你不就是怕我瞧见了你那一身伤疤,自卑吗……

裴顺顺是个正人君子,小春儿的衣服不是他脱的,是女服务员帮着换下来的,小春儿睡觉的时候不喜欢有东西箍着自己。

女服务员帮她换下衣服,看见小春儿姑娘的背起了一身鸡皮疙瘩,感觉头皮都要炸了。可小春儿呼呼大睡,一翻身,睡相不太好地骑了个枕头。

女服务员出来,裴顺顺递过两张钱,她还问他:"哥,里头那姐姐,身上怎么弄的?"

裴顺顺茫然:"她身上怎么了?"

女服务员没想到他不知道这事儿,连忙说没怎么,抱着枕巾被套低头走了。

裴顺顺越想越好奇,干脆进去把小春儿翻过来看,他想他就看看,万一她身上有什么伤呢。

谁知道这一翻,小春儿酷爱趴着睡觉,正好让裴顺顺一览无遗。

裴顺顺震惊,轻轻触摸小春姑娘的背部,手指微微发抖。

原来,她那样抗拒去海边,是有原因的。原来,卫蕤每次看着自己欲言又止,也是有原因的。

裴顺顺一夜无眠,心情激荡,甚至都把第二天她醒来时要对她说的话都想好了,可小春姑娘寥寥数语,绝了他的念头,让他无从张口。

他们男人有自尊,女孩儿又何尝不是?

好好的一个国庆假期,让卫蕤那个狗东西给毁了。二丫哭得头疼眼肿,整整在屋里趴了两天。

谁给她打电话她都不想接,连带着她最亲最爱的小胡哥都讨厌起来了。

胡唯在雁城,日子也没过得多舒坦。

把球踢给杜嵇山,他自以为自己玩得多高明,哪里知道老爷子八十多岁的年纪可不是白长的,小贼,你以为你聪明?跟你爷爷搞这一套,想当初你爹娘都还是孩子的时候,老爷子就已经蹲在甘肃搞铁路建设了,啥人没见过,啥事没经历过。

杜嵇山只当这件事情自己不知道,没听说,装聋作哑让胡唯干着急。

爷孙俩同处一个屋檐下,气氛是从来没有过的严肃紧张,仿佛二丫高考那年,家里大气儿都听不见一声。

老爷子天天用屋里座机往楼下保姆房间打电话。

"胡唯走没走?"

保姆赵姨往外看了一眼,汇报:"走了,他说今天要去看看他妈。"

杜嵇山放下电话,这才拄着拐杖下楼吃饭。

雁城公益性的墓园只有一个,胡小枫下葬那年墓地环境还不错,现在这几年位置紧俏,价格高涨,扩建了两次,密密麻麻的。

小胡爷站在上头往下看,双手抄兜,直犯愁。

这一排挨着一排,挤得不像样,找个人都费劲。他记着是哪排的十八号,裹着衣还找了两次,才找对。

墓碑上放着胡小枫生前最漂亮的一张照片,刻着她的生卒日期,结尾写着:夫携子敬立。

胡唯伸手轻轻摘掉入秋刮到墓碑上的枯叶,呼唤了一声:"妈哎……"

照片中的胡小枫静静微笑,慈爱温柔地望着儿子。

"您这一走,给我添了多大麻烦。"用墓园提供的小水桶打了点干净的水,小胡爷用手绢仔仔细细地擦着母亲的"家"。

一擦上去,就是一层厚灰。

想以前,胡小枫是个多爱干净的人。

小胡爷撅着屁股弯着腰,把这墓碑上上下下清理得干干净净,擦得脑门儿出汗。把小手绢空投进桶里,他点一根烟,寻了个干净地方坐。

"我前一阵子,看见我爸,你前夫了。"

仿佛胡小枫的声音还在耳边似的,她听见这个,一准儿叉腰说,呸,你搭理他干什么!

"他……过得还算凑合吧。"小胡爷掸了掸烟灰,和母亲聊着天,"没了半条腿,也没再找……一个人。

"您还别说,没了半条腿,也是个稀罕物。我听人给我说,之前他给哪个领导的小姨子做手术,人家也是个单身,知道岳小鹏是死了老婆的,一门心思想嫁,都不嫌弃他腿脚不灵光。这人格魅力大吧?

"妈,我想娶媳妇了。

"你认识,爷爷早没了的那个小儿子的闺女,以前你中午总给她做饭吃的二丫。

"你躺在屋里自杀,杜叔心里怕是落了一辈子的阴影,但是您也别惦记,他和医院同事就要领证了。你不能坑了人家上半辈子,下半辈子也没找落不是?"

小胡爷温柔地抹去母亲照片上的灰尘,他马上又要回虬城了,再来不知道是什么时候。

小胡爷将一束鲜艳欲滴的红玫瑰放在碑前。

这地方来看人的,带的除了菊花就是绿草,胡小枫不爱那么素净的颜色。他那为了爱情生又为爱情死的母亲哪,活了四十多年也没收到丈夫送的玫瑰。

儿子给你补上了。

今天为你尽尽孝,这一回头,他又得投入祖国母亲的怀抱。

杜嵇山算着时间,胡唯一回家,赵姨连行李都给他收拾好了。胡唯低头弯了弯嘴角,直起身。

这是撵他走呢。

赵姨笑盈盈地端着两盘饺子从厨房出来："胡唯，快来吃饭，老爷子说上车饺子下车面，特意给你包新鲜的。"又说，"你爸来过电话，说等一会儿他送你去机场。"

洗了手，小胡爷什么也没说，独自在桌前吃饺子。年轻小爷们儿胃口大，吃了整整两盘才饱。

杜希开着车在门口按了按喇叭，胡唯隔着玻璃和他一招手，示意他等自己一会儿，转身上楼敲杜稔山的房门。

"爷爷，我走了啊，过年有假再回来看您。"

杜稔山站在门里，想开门，又不想开门，最后从鼻子里出气儿，哼了一下。

胡唯不死心："我跟您说的那事儿……"

"滚滚滚！耳朵聋了，听不见！"

胡唯咧嘴笑了："得，我走了！"

在窗台上趴着眼见着杜希的车走远了，杜稔山鬼鬼祟祟赶紧让保姆给二丫打电话。

"快，快把她叫回来，就说我不行了。"

"老爷子，你自己打吧，我可不敢打这个电话，回头二丫发现骗她，不得把房盖掀了？"

"反了她还！"杜稔山一背手，站在楼梯口，"不怕，你就说我突发心脏病，点名儿让她回来。"

说完，杜稔山一看墙上的钟表，老谋深算："再等一会儿，等胡唯的飞机起飞了，别让他俩有串供的时间，给我搞露馅儿可不行。"

只等下午一点四十分，从雁城去虬城的飞机起飞，赵姨准时拿起电话打给了正坐在小板凳上晒太阳的二丫。

赵姨也没敢说老爷子生命垂危这样的瞎话，只说："你爷爷刚才不舒服，犯病了，现在在屋里躺着呢，嘴里念叨你好几遍，我看着实在可怜，要不……你回来一趟？"

二丫这时候正跟胡唯生闷气呢，听见家里召唤，二话没说，马上就答应回去。答应了，她还得问问："小胡哥在家吗？"

这把赵姨问住了，老爷子也没教她啊……

想了半天，赵姨实话实说："刚走，他说六号学校要点名报到的。"

胡唯走了，正合二丫的意，她打定主意要不理他，立刻哼哧哼哧打着包回家了。

她也想爷爷了。

虬城回雁城，飞机还不到两个小时，二丫一出机场，伸手打了个车，脑子跟糨糊一样的。

她哪里知道回了家有三堂会审等着她!

杜嵇山带着几个儿子正在餐桌上喝茶水,他急得直用拐杖敲地:"你们倒是说两句话啊!"

"说啥啊,这事有什么说的。"杜甘嗑着瓜子儿,没事人似的,"他说跟二丫好上了,也得知道好成什么样、好到哪一步了、是从什么时候开始的。您拦着,那么大个闺女拦得住吗,长两条腿想去哪儿去哪儿。"

杜嵇山瞪了二儿子一眼,回头看自己的大儿子:"老大,这事儿你说。"

杜敬是家里说话最有分寸的,他斟酌着语气:"爸,您也别心急,我看二丫跟胡唯也不是一天两天了。您把她叫回来,别她倔驴脾气上来给您气个好歹,慢慢说,慢慢说。"

杜嵇山纳闷儿,怎么这几个孩子听见这事都不吃惊呢?

他又面向杜希:"老三,你说。我听你怎么说。"

杜甘呵呵一乐,吐了口瓜子皮儿:"爸,您问他?他心里高兴着呢。本来就怕胡唯在虬城跟亲爹跑了,这下搞个二丫拴住他,老三怎么着都不吃亏!这事成了,胡唯改口叫三伯,跟咱家一辈子脱不了关系;没成,他儿子也没啥损失。"

这话说到杜希心坎里去了,难得他转开头望着窗外掩饰笑容。

杜甘一摊手:"您看看,我说对了吧,偷着笑呢。"

杜嵇山气急败坏,这家里怎么就没有一个人是跟他站在一条战线上的?他又看着二丫的亲哥哥,杜锐。

杜锐倒是态度、立场都很坚定,绝对不行!

"是吧,还是杜锐想得明白。且不说咱家二丫年纪还小,就两个人是一个家门走出去的这一条,这让外人怎么看?我是这么想的,把她弄回来,先关在我身边待一段,没准俩人见不着面,也就淡了。"

"哎呀……不可能。"杜甘拍拍手上的灰,"爸,我就实话告诉您吧,他俩早在老三住院那时候我就看出苗头了。"

杜嵇山咋舌:"你看出来了?"

"您以为哪?胡唯要走那时候,二丫整天不爱说话,她父母走时她都没那样,霜打的茄子似的。她去虬城走得多乐呵,要不为啥大过节的不回来,就怕两人凑到一起当着咱们的面心虚,她哪有胡唯那小子会装模作样。"

杜敬环顾家里众人,看各怀心思,主动站出来说了话:"爸,要我说,是好事,也是坏事。好事呢,是胡唯咱们看着长大的,什么样的孩子咱们了解,二丫喜欢他,不吃亏,总比社会上摸不着底细的小青年要靠谱;另一层呢,胡唯在部队,干什么事都有分寸有保障。我在消防队这么多年,了解这样的孩子,前一阵我和舒萍还商量把我支队的科长介绍给二丫。"

杜稽山是搞学术的，什么事都要辩证去看："那，你说说不好的地方。"

"这不好呢，就是您说的，两个孩子都是咱们杜家人，就算这胡唯是小枫从外头带来的吧，外人眼里不好看。"

杜稽山沉思着，连连点头。

"可——"杜敬话锋一转，"您也不能光图面子。说句我不该说的，您都这个岁数了，哪有那么大的排场让外人看，孩子在一块高兴，真心实意，不比什么都强。二丫幸亏喜欢的是胡唯，这要是我家杜炜，或者杜锐，那才是真炸开锅了。"

众人思考时间，一时安静。

"不行！我不同意！"杜锐激动地站起来，"爷爷，二丫是我妹妹，您不能就这么草率……"

还没说完，二丫扛着包站在门口，清脆地问："老远就听见你喊，你不同意什么？"

完喽，小祖宗回来喽。

谁都不吭声了。

只有杜锐涨红着脸和二丫面对面。

二丫换了鞋，见杜稽山好好地坐着，心里大喊一声"不好"，知道自己落圈套了。

这三堂会审的架势！

杜稽山慈爱地朝孙女招手："你来，坐这儿，爷爷有话问你。"

二丫扔了包，小媳妇似的坐在桌头，嘴里嘀咕："您怎么骗人呢。"

"呵呵，我不骗你，你在虬城干什么事情都不告诉爷爷了。"

"我也没干什么，我在虬城可乖了，天天看书学习……"

杜锐一拍桌子："满嘴撒谎！"

二丫怒目："你嚣张啥？"

杜稽山摆一摆手，示意杜锐少安毋躁："对啊，你怎么跟爷爷撒谎呢？你说去虬城看你哥哥，你哥哥都回来了，你也不回来，是不是在虬城还有别的事情？"

二丫眼珠骨碌碌一转，心里知道是什么事了。

她嘴闭得紧紧的，就是不吭声。

"爷爷问你，你是不是喜欢胡唯了？"

憋了半天，二丫受气包似的："是……"

杜锐心头火烧得噌噌旺："你还有脸说？"

"我为什么没脸说？也不是见不得人的事，小胡哥一个单身，没偷没抢，我俩是自由恋爱！"

二丫可拎得清哩！这时候是一致对外的时候，她和胡唯闹别扭归闹别扭，眼下是要守好这道防线。

"不是见不得人？你要是光明正大，我那天去你住处你怎么吓成那样？你自己心里清楚着呢，在这儿跟我们装傻——"

杜锐疾步走过来，要和二丫讲道理。二丫以为他要打自己，噌地跳上桌子："你干啥？还想打我？我告诉你，爷爷在这儿呢！"

杜锐气得脸都白了，冷静地站在一旁："你下来，我不打你。我就问你喜不喜欢胡唯。"

二丫一路奔波，回来还饿着肚子就遭受了这个，烈性上来，大有英勇就义的样儿。她站在桌子上嚷着："喜欢！我就是喜欢！你们所有人反对我还是喜欢！"

"你喜欢人家，人家是不是也喜欢你啊？"不知道是谁插了这么句嘴。

二丫更激六："他喜欢我！他要是愿意娶我，我还嫁给他呢！他不喜欢我，我就单方面喜欢他！谁也拦不住我！"

二丫心里对杜锐有气，还是自己亲哥哥呢，自己前脚刚把私房钱给了他让他娶媳妇，他扭脸就跟别人一起来欺负自己，忘恩负义。

那边撒泼喊完，杜嵇山拄着拐杖站起来，叹气："唉……"

谁也不敢说话，全都看着老爷子。

老爷子一摆手，让众人都散开，谁也别理二丫，就让她自己这么"晒"着。

二丫站在桌子上怪瘆得慌，看看这个，看看那个："哎……大伯，别走啊。"

"哥？"

谁也不理二丫。

二丫撇了撇嘴，跳下桌子，自己去了阳台蹲着。

赵姨给她煮了一碗面条，煎了香喷喷的荷包蛋，她也不吃，就放在脚边。

从下午五点蹲到晚上八点，二丫有点扛不住了，揪下荷包蛋煎得香香脆脆的边边偷放在嘴里嚼。

嚼着嚼着，杜锐站在门口，递给她一杯热水，还是冷着脸。

"都凉了，别吃了。"

二丫仰头看见哥哥，鼻子一酸，迅速泪眼汪汪："哥——"

杜锐叹息，拉过一张椅子坐着："你不该为了别人和家里人发脾气。"

二丫抽了抽鼻子，瓮声瓮气："不是我想和你们发脾气，是你们都不支持我，不想我过得好。"

"这话说得不对。"杜锐摸了摸妹妹的额发，温厚认真地看着她，"我们是你最亲最爱的人，我怎么会希望你过得不好，我怎么会希望你喜欢的人不喜欢你。我巴不得他比我对你更好。"

他们之所以反对，是因为他家里这么好的二丫，他这么好的妹妹，嫁给谁都委屈。

二丫低下头,抠着砖缝儿,很笃定:"小胡哥会的。"

"那你想清楚了吗?"

"想清楚了,小胡哥喜欢我,我俩就在一起,如果将来厌烦了,有矛盾了,觉得不合适了,那就分开呗。我还当他是我小胡哥。"

"你不觉得自己吃亏?"

"那吃啥亏,普通人恋爱谈对象不都这样吗?"

"嗯……"杜锐点点头,"那你一会儿出去给爷爷道个歉,给伯伯们道个歉,你刚才不该那样喊。"

二丫眼里燃起希望:"你同意了?"

杜锐无奈地叹息。

不同意能怎么办?

他是她的亲哥哥啊,他怎么想看她不开心。

高呼万岁,二丫搂着杜锐狠撞了下他的头,兴冲冲地去客厅里和爷爷道歉。

杜嵇山被儿子们围着,正在沙发上看电视。

二丫出声:"爷爷,我错了。我不该跟您嚷,我没礼貌。"

杜嵇山面无表情:"躲开,挡着我看电视了。"

二丫往边上挪了挪,站在墙角。

大伯笑给她让了个座,让她坐在自己身边:"别可怜巴巴站那儿,过来。"

一直到这集电视剧看完,杜嵇山也没说话,几个儿子也要回家,二丫站在门口送,大伯慈爱地拍拍她的头,给她鼓励。

二伯给她比了个大拇指:"真牛。"

三伯穿好衣服,二丫朝他偷偷摸摸高兴地笑,伸出一只手。杜希也偷偷摸摸跟她击了个掌:"你小胡哥的事儿,咱俩改天说。"

杜嵇山一声咳嗽,人全都走了。

二丫又蹭到杜嵇山旁边,叫了一声:"爷爷。"

杜嵇山嘴唇抖了抖,胸口憋闷,含着老泪说:"我家二丫长大了……"

二丫眼圈也红了,死死地抱住爷爷:"爷爷,我不管喜欢谁我都是您的二丫,我都是小杜豌,您别不高兴,也别不喜欢我,哥哥娶了媳妇,我就剩下您一个亲人了……"

杜嵇山终于哭出声音,悲怆:"爷爷舍不得你啊!去吧——去吧——"

你长大了,小豆苗长成了一棵树,找着自己的太阳了。

只要她高兴。

只要她开心。

夜深人静。

二丫没精打采地趴在自己的小闺房里,想着爷爷和伯伯们对她说的话,心里特别难过。

她对卫蕤的话也还耿耿于怀。

她自己都没想清楚以后该怎么办,就和家里人夸下了海口。

万一胡唯真的像卫蕤所说,不想再回到杜家了,他亲爸爸给他安排了结婚对象怎么办?

自己是不是真的配不上他?

她天南海北地想,想小春儿的样貌,想胡唯在虬城的样子,在学校的样子,越想越低落。

忽然,有颗小石子儿砸她的窗户。

二丫眨眨眼,以为自己幻听了。

过一会儿,又一颗石子儿。

二丫穿鞋下地,一把拉开窗帘。

小胡哥站在夜色里,一身朴素,正对她灿烂地笑。

胡唯算准了杜嵇山会搞调虎离山,所以问他几点航班的时候,他故意提早说了几个小时,殊不知真正回虬城的飞机是最晚的那一班,十点半才走哪。

他在机场待着怪没意思,恰巧遇上了去四川老家探亲回来的孟得,他带了一大箱的特产,有他妈妈最拿手的牛肉干。

俩人找个能说话聊天的地方,孟得喝了一大口啤酒:"你在虬城还好吧?老蔡对你的表现很高兴,说是学校那边发了公文过来,专门表扬你呢。"

以前这些公文都是胡唯过手的,单是表扬,不该这么正式。

"还说别的了?"

孟得撕开牛肉干的包装,递给他一条:"说没说别的我不知道,你走以后这些东西都是宋勤在搞,我也是听别人讲的。"

"但是我听说……"孟得看看左右,声音压低,"这回咱们这儿出去的三个人,只能回来一个,年轻干部要参加个什么计划,重新分配。"

这倒让胡唯眉头拧起来:"什么意思?只能回来一个?"

"都是谎信儿,咱这地方你还不知道,天天一个楼里早见晚又见的,外面一有点风吹草动,跟自己家里事似的,聊得欢。哎,你在学校打听这些消息更方便啊,你可以问问顺顺。要我说啊,能回来就回来,回不来,想想办法,留在虬城不是更好?"

胡唯从来没想过留在虬城,他一心想回的是雁城。

"你和你那小情人怎么样了?"

他一记眼风丢过去。

孟得"啧"了一声:"就知道我问得多余,还能怎么着啊,都追到你跟前了。那时候我那么求你把她介绍给我,你都不肯,现在想想啊,都是有原因的。"

两人已经很长时间没在一起喝酒了,以前值班,始终碰不到一起,这回有机会,一直聊到天黑。

看看时间,小胡爷穿上外套,走着回杜家。

酒烧得心口热乎乎的,也没觉着冷,他挑了棵小树在那儿蹲着等,等啊等,一直等到二丫那屋的灯亮了。他捡了几颗小石子儿站起来,像旧时的纨绔子弟,敲富贵人家娇羞姑娘的窗棂。

杜嵇山也没想到千算万算还是没算过这个小王八蛋,背着手披着衣服咂咂嘴,大意了,大意了。

二丫裹个包,鬼鬼祟祟地溜出家门,老爷子心痛一声呼唤:"杜豌,你不要爷爷啦?"

二丫站在中间,那头是她最亲最爱的小胡哥,这头是她舍不得放不下的老爷爷。

看看这头,看看那头,她双手攥拳,出了个主意:"爷爷,要不您跟我一起走吧!"

胡唯倒吸冷气。

"我在虬城住的地方有个小院子,院子里还有棵大梨树呢,您跟我去,我带您去长城,听京剧,吃神仙居的绿豆糕。"

原本心里还有点舍不得,听见二丫这话,杜嵇山笑得合不拢嘴:"爷爷岁数大了,坐不动飞机了,等过了这个冬,暖和了,爷爷再去看你。"

"爷爷——"

杜嵇山站在门口的照明灯下,背影佝偻:"别喊啦,走吧,跟他走吧。"

"我考完试,过年就回来,回来再也不走了!"

"好好,爷爷在家等你,哪儿也不去。"

二丫和胡唯手拉手走了,杜嵇山上前追了两步:"胡唯!"

小胡哥回头。

杜嵇山一只手隔空点了点他:"照顾好她,你俩在虬城搭伴儿。"

胡唯在夜色中露出一口白牙,信誓旦旦:"我保证!"

"保证个屁你保证……"当然,这句话老爷子没敢大声说,只是小声嘀咕,嘀咕完了,立在昏黄的灯下目送着两人渐渐走远。

内敌协商一致达成和平,现在是对外的时候,二丫才没忘了卫蕤跟她说的那些话。

小胡哥拉她的手,她不让。

他揪着她过马路,她也不许。

甩开他的手独自往前走,他还在后头不放心地嚷:"看点儿车啊,谁追你了跑那么快。"

"你别跟着我!"

"我没跟着你,顺路。"

"脸皮真厚。"

小胡哥给二丫惹毛了,大拇指和食指捏住二丫的脸,虎口卡住她下巴,二丫被捏得嘴嘟起来。

"你好好说话,别阴阳怪气的。"

"我说什么呀!"二丫掰着胡唯的手,口水都要被捏出来了,"你找到你亲爸爸,都要跟别人结婚了,我跟你有什么可说的,你拿我当傻子糊弄我玩呗。"

胡唯莫名其妙:"谁跟你说的这话?"

"卫蕤跟我说的!"几乎毫不犹豫,二丫把卫蕤出卖了,她揉着自己被掐红的脸,"他说你豁出命救过小春儿,落下后遗症,现在看见她就头疼。小春儿要以身相许,都要去你家提亲了,你爸爸也同意了。"

二丫想着和小春那么漂亮的样子,打心眼儿里自卑了。

"卫蕤跟你说的?"

二丫重重点头。

胡唯没作声,卫蕤说这话不奇怪,奇怪的是卫蕤为什么要和她说这话。

他没想到卫蕤对二丫竟然还有这歪心!

胡唯静静深呼吸,微侧身朝着二丫:"我是救过小春儿,上次就跟你说过。"

二丫闷闷不乐:"可是你没说过你为了救她被砸过头。"

"那事儿我自己都不记得了。"

"当时——"胡唯蹙眉,认真回忆了一下当初的细节,可再回忆,还是一片模糊。"我就住她对门,她家烧着了对我有什么好处啊?我不去救她,也不能眼睁睁看着她就被那么烧死了吧?"

这倒是,见死不救不是大丈夫。

"我真忘了到底是怎么回事了,只是他们说,我从窗户跳下来被烧断的电线砸了头,其实说白了,就是触电了。"

二丫微张着嘴:"那你……是给电傻了?"

胡唯闷笑:"差不多吧,反正挺长一段时间谁都记不住,学校在哪儿都忘了。"

"那你一看见小春儿就头疼?"这才是二丫最关心的问题。

俩人这缘分得纠缠得多深啊,十年前的事情,十年后还记得,他脑子不记得了,身体为他记着。

胡唯短暂沉默。

"你听卫蕤跟你胡说八道,他骗你呢。"

"真的?"

243

"真的。"

至于她芥蒂的另一件事——

胡唯温声低问:"你想见我亲生父亲吗?"

二丫不说话。

她不说话,就是想。

她想看看是哪个男人这么狠心,能舍得不要他;她也想跟人家说,你别把你儿子许配给别人家。

"那等我回去报到,找一天带你去看他?"

"可以吗?"二丫认真地问,"你愿意带我去?"

"这有什么不愿意的。"

再说,他还指着让岳小鹏替他提亲呢。

总不能让杜希提着聘礼去跟杜稽山说"爸,把您孙女嫁到我家来"吧,这事胡唯思来想去,还是岳小鹏最合适。

可岳小鹏才刚刚吃了和家的菜,跟小春儿爸爸把酒言欢。

小春儿爸爸一杯又一杯地给他倒酒:"老岳,今天高兴,一个是你儿子回来了,我们都为你开心;另一个,是我有事要求你。"

小春儿爸爸接着说:"小春儿你也是看着长大的,她脸皮薄,不好意思说,我当爹的,替孩子开个口。胡唯来了虬城以后,卫家小子带着她跟胡唯见过几次,两个孩子相处得还行,小春儿很喜欢胡唯,胡唯现在也是单身,要是他乐意,能不能让他俩接触接触,咱俩结个亲。"

"哦——"岳小鹏愣了一下,随即尴尬地笑了笑,"原来是这件事情啊……"

和小春在一旁伺候饭桌,她爸爸递给她一个眼色。小春儿伶俐地给岳小鹏夹菜:"岳叔,来,这是我做的,您尝尝。"

吃了人家的饭,喝了人家的酒,总不能没个准信,岳小鹏慎重地措辞:"等我见了胡唯,和他说说。但是,孩子们的事情,具体怎么着,还是看他们。"

飞机落到虬城,二丫欢天喜地,为啥?因为都快下半夜了,胡唯不可能再回到学校去了,他没地方住,就得跟自己一个被窝。

铺好被子,二丫还往旁边放个枕头,盘腿坐在床上,问胡唯:"你洗个澡不?"

胡唯看一眼她那转个身都没多余空地方的小洗手间,不太想洗,可一看她那大花被子和干干净净的床单,只能无声地拿了件换洗衣服钻进去了。

一进去,头差点挨到顶棚。

水哗啦啦地响,二丫还在门外大喊:"你把水龙头向左拧,左边是热水。"

脱了上衣的胡唯把水龙头往左一掰,把手应声而掉,冰凉的水浇了他一头一脸。

手在脸上抹了一把,胡唯骂了句脏话。

架得住身体好,要不谁能经得住这么折腾。

他转身寻了个扳手,又将把手安装回去。胡唯背对着门口,水顺着他精短的头茬往下浇,肌肉分明的后背,紧实的腰身,再往下……二丫唰地捂住眼睛,直挺挺地在被窝里躺好。

迷迷糊糊都要睡着了,左边的床吱嘎一声,趴在窗台的六宝耳朵极灵地竖起来。

二丫闭着眼睛翻了身,笨狗熊似的往胡唯怀里钻,胡唯顺势搂住她。

他才洗过澡,头发还没干透,身上穿着换洗的作训半袖、藏蓝的大裤衩。

她傻笑:"你用的是我的洗发水。"

他斥她:"你哪那么多话。"

二丫又往他怀里拱:"我的洗发水跟别人的不一样,我的有香味儿。"

她这一说,胡唯想起来了,他那时住过她的屋子,她枕头上就是这股味儿。一时心中涌入万般柔情。

黑暗中,一只带着浅浅伤疤和薄茧的手插入二丫散着的乌发中,温柔顺着她的毛。

摸着,哄着,疼爱着。

她抱着他的腰身,睡得脸不红心不跳,面容酣畅,呼吸清浅,像是抱着童年最爱的大娃娃。

二丫对他好,好到不管不顾不惜一切地无原则相信他。

胡唯也对二丫好,好成什么样呢,他把自己最好的东西都给她,不管那东西多名贵、多稀罕,只要她想要,他都给。

给得不皱眉头,给得一声不响。

对她疼惜到了极致。

二丫在梦里,耳边响起了尚在襁褓时妈妈给她唱的童谣,她甚至都不知道到底是不是妈妈给她唱的。

因为她对妈妈的印象太淡了,淡到音容笑貌都只是一个轮廓。

睡觉吧,睡觉吧

狼来了,狗来了

老和尚背着鼓来了

东边藏,西边藏

一藏藏个小儿郎

啦啦啦,啦啦啦

……

第二天一早,二丫在被窝里揉着眼睛,还没精神呢,看胡唯正在往身上套衣服。

她问:"你去哪儿啊?"

他闻声回头,目光怔怔,看到二丫才笑了一下:"我出去一趟,自己起来找饭吃。"

胡唯穿便装的样子跟他穿军装不一样。他穿军装是挺拔的、严肃的,站在他身边,二丫都不敢碰他的手,生怕亵渎了一样。

可他穿便装,就不同了,看着年轻,像个大男孩儿。

他衣品很好,从不乱搭配,每件的质感都不像便宜货。比如今天,他就破天荒地穿了件黑色薄毛衫、一条牛仔裤。

与现在市面上卖烂了的CK不同,小胡哥身上的这条,是个小众意大利品牌。

牛仔裤也挑人,太瘦的穿着贴身,看着流里流气;太胖的穿着窝囊,让人没了欣赏的心情。

只有这不胖不瘦,身高腿长的人穿着才好。

二丫躲在被子里痴痴地盯着,他换好衣服朝她吹了声口哨:"老实看家,我走了。"

"你到底去哪儿呀?"

小胡哥狡黠一笑:"去报仇。"

手指在遥控器上漫不经心地一按,停车场里的奥迪大灯亮了两下,似乎迫不及待地等着主人归来。

变了装的胡唯拉开车门,一个漂亮转向,车直直朝着城中某个繁华地区冲去——

明媚的清晨阳光从车窗上透进来。

那一双纯粹的眼,那一双漂亮的手,那沉默抿着的唇,如果他没在雁城留过,如果他父母健在,如果他还在虬城拥有一大帮狐朋狗友,仿佛就是这个样子!

当真是潇洒至极,快活无边哪。

卫蕤最近有点病态,通常一觉睡到十一二点才起。以前他妈妈带他看过中医,医生说这孩子肤色白,嘴唇白,典型的气血不足,需要养。

怎么养,吃好的穿好的睡好的,休息足了,精气神自然就上来了。

于是,卫总监硬是从个泥球球给伺候成了泡在珍珠中搂着玉的金疙瘩。

就连睡觉的床垫,都是他让人领着,一张一张去躺的,整整花了他二十万呢。

卫蕤的脸在真丝的枕巾上蹭啊蹭,仿佛置身温柔乡,久久不愿意睁眼,敲门声没完没了,他烦得把头压在枕头下,打定主意不开门。

他得治治和小春有事没事不打招呼就往他家跑的坏毛病。

敲门声还在持续,那人极有耐心地等着。

默数三个数,卫蕤掀开被子站起来,光脚去拧门锁:"和小春我警——"

胡唯站在门口,神清气爽。

眼睛立刻睁开了,卫蕤揉揉眼角,很惊喜:"这么早你怎么来了,进屋坐。"

小胡爷被请进来,环顾他家:"地方不错啊。"

"你喜欢?回头我给你搞一套,咱俩当邻居。"卫蕤赤脚去冰箱里拿两瓶水,一瓶给胡唯,一瓶自己拧开喝。

胡唯接过来,没动,轻轻放在茶几上。

"你从雁城回来了?"卫蕤歪在沙发里,二郎腿自然而然地跷了起来。

不怪卫蕤当着朋友的面也端着,实在是平日里被人捧着习惯了,不管坐在哪里,总是自然而然地,那股傲慢气势就摆在了脸上。

小胡爷轻描淡写地扫一眼他的腿。

卫蕤尴尬咳嗽一声,又放下了。

人精心也精的卫总监这才反应过来,他来自己家,是有事要说的。

可胡唯没跟他聊正题,都是些无关痛痒的:"这两天累着了,眼睛通红?"

"没,昨儿跟他们出去玩了。"

前头就说过,卫蕤从小身体就不好,他家从他爷爷那辈就有癌症基因,然后是他姑姑,别人都说这东西隔代传,传来传去,传得卫蕤心里也犯嘀咕。

他免疫力低,遇上换季刮大风或者飘柳絮的日子就要在家里窝着。别人劝他出去运动,发发汗兴许体质就能好,结果卫总监搞了全套的运动装备,还带了两个陪跑,跑了没五百米,眼皮一翻,厥过去了。

被送回家,他还盘腿在床上边吃水果边琢磨,他这身体也就这样了,说不准哪天老天爷一个不高兴就把他这条命给收了,去跟他那爷爷和姑姑做伴。罢了罢了,还是能快活一天算一天吧。

一面吃药保养,一面作践身体,就这么矛盾着活了小三十年,自己也没个着落。

他妈妈以前就放出话来,谁要不嫌弃我们家卫蕤身体不好,甭管姑娘长得是丑是孬,嫁进来我把她当女儿待。

那时候卫蕤不知道他妈妈放过这话,身边桃花一朵接一朵,烧得卫总监迷迷糊糊,云里雾里,终于有一天听见了真相。

城中某个富家小姐和闺密做美甲,刚与卫蕤通过话的手机忘了关。

"哎,你和卫蕤谈得怎么样?"

"就那样呗。"美丽小姐欣赏着自己一双葱葱玉手,挑着瑕疵,"这根再给我补补色,都掉了。"

美甲服务生立刻戴上口罩重新涂抹,耳朵里听着八卦。

"谁说他身体不好,其实好得很。"

"你还很满意?"

美丽小姐的脸上浮起两团红晕:"反正那事儿还行,但是真的很喜欢过敏,上次我喷了点儿新香水,那一路他打喷嚏都没停过。"

"你爸想不想让你俩结婚啊?"

"结呗,领个证算什么大事,回头他要真像外头传的那样,快不行了,死了我再找谁不一样?"

卫蕤拿着手机不动声色地按了挂断,委屈巴巴地抱住自己,心里痛骂:女人都是吃人的老虎哇,一个都不可信!

从那以后,他也不谈恋爱,也不认真交往姑娘,身边能待得住的,只有一个和小春。

有时候他也劝自己,实在不行,就跟小春儿凑一起得了,小春儿没啥大缺点,至少信得过,万一他死了,她不至于前脚送他走,后脚就找别人。这些财产哪,给小春儿他也不可惜。哪怕意思意思呢,也能为他守个把月的寡。可这事哪是勉强来的,怎么看和小春,卫蕤都能想到她小时候瘦巴巴像个柴火鸡的样子。

直到他碰上了二丫。

从她不怯场地当着外人面往自己手里塞简历,卫蕤就开始上心了。她坐在他车里,拘谨地不讲话,那一肚子鬼心眼儿全从她那双骨碌碌的眼睛里体现了出来。

她坐在他身后,把他说过的话用英文从自己嘴里说出来,那两片饱满俏唇,肉鼓鼓的、粉嘟嘟的。

卫蕤开始神游天外,腥腥地想:要是接吻,那滋味得多美妙。

谁能想到,那么大的虬城,她偏偏就和胡唯沾上了关系。

卫蕤挣扎啊,挖朋友墙脚,太不讲究了。可假装没这个人,她时不时偏要跳进你脑子里,让你想着她的一举一动。

也不知道自己是怎么了,送她回家,听她拉着自己说"小胡哥,你给我买个冰激凌去"的时候,就疯魔了。

他看着她说"小胡哥"三个字气就不打一处来,如果她说她想吃冰激凌,他能带她吃最好的、最贵的,买一大桶让她可劲儿吃,偏偏非要前头加一句。

他想打击她,拣着最难听的话说,可看她真难受地跑了,卫蕤发现自己心里也不舒服。

她那么依赖胡唯,八成,也把自己那天作的恶一字不落地告诉了胡唯。

胡唯今天就是来找他算账的。

只是要看看这话题该怎么挑。

可小胡爷就是不说，就是吊着他。这要杀不杀的样子，让卫蕤心里不痛快。

"身体是本钱，别回头把自己搞死了。"

卫蕤皮笑肉不笑："死就死了，吃也吃了，喝也喝了，该享受的我也享受了，回头俩眼一闭，没烦恼哪。"

小胡爷眉头忽然皱起来："你说的是人话吗？"

不知为什么，胡唯特别反感卫蕤这样，或者说，每个轻视生命的人。

大概与母亲自杀有关，算是留下了阴影，小胡爷总觉得人不该这么不惜命，双眼一闭，你是痛快了，但那些活着的人得多痛苦。

男子汉大丈夫，生来肩膀就是扛东西的，扛国，扛家，扛山河辽阔天地宽，扛柴米油盐酱醋茶，真有你扛不动的那一天，就是跪下了，也不枉活这一遭。而不是卫蕤现在这样，还没怎么着呢，就把自己死的那天都安排好了。

卫蕤深深盯着他，心情激荡。

他终于找回了点儿熟悉的感觉。

在卫蕤还是小卫蕤的时候，就总是多灾多难的，他被送到医务室打吊瓶，胡唯晚上在家里吃完了饭，一抹嘴，就跳下椅子去看卫蕤。

当时卫蕤也是现在这样，高烧烧得迷迷糊糊，躺在医务室掉了漆的铁躺椅上，问："胡唯，你说我能不能死了？"

孩子对死能有什么概念，小卫蕤说得轻飘飘，小胡唯却很坚定地摇头，拉着小卫蕤的手："你不会，我爸说了，你就是发烧了，退了就好了。卫蕤，你不会死的。"

两个男孩黑乎乎脏兮兮的手拉在一起，还要拉钩钩。

这才是他！

自胡唯从雁城回来以后，卫蕤只能凭着过去对他样貌的印象来确认，这个人真的是我小时候恨不得和他桃园三结义的好玩伴吗？这个人真的是当年救过小春儿，无形中给我挂上懦夫标签的胡唯吗？

卫蕤也是一半相信一半疑。

毕竟中间隔着那么多年，彼此的脾气秉性都大不相同了。

卫蕤打量着胡唯今天这一身穿着，脱了那身死板的衣裳，轻薄但质感绝对细腻上乘的黑色套头毛衫，随意又无比舒适的牛仔裤，在腰线边缘，是一排意大利字母，这个牌子是他常穿的。

他越看，嘴角噙着的笑意越深。

他凑上前，手沿着胡唯的腰线往下。小胡爷下意识地向后躲，目光透着浓浓疑惑："你干什么？"

卫蕤手指钩住那诱人腹肌往下的裤腰边缘，拉开他的拉链，接着，手钩住挂皮带的地方，作势要向下拽！

卫蒗这一摸，摸得小胡爷脑子"嗡"一声，以为卫蒗对他有那方面的意思，下意识地站起来躲开，用了一招擒拿术冲着卫蒗膝盖就是一脚。

咣！

卫总监被反钳着跪到沙发里，脸死死贴着扶手，压出一道红印子。他也不在乎，只是不管不顾地闷乐。

乐得小胡爷心生烦躁，下狠手掰住卫蒗的胳膊："你再——"

卫蒗口齿不清："别别别，我看见了。"

胡唯有些迟疑地问："看见什么了？"

"你腰后头那块胎记。"

小胡爷松了一口气，直起身把裤子系好，又不解恨地踢了卫蒗一脚。

卫蒗缩在一角，晃着自己被扭疼的脖子，龇牙咧嘴："你以为我要把你怎么着？十多年没见了，我替岳叔看看这儿子是不是冒牌货怎么了？"

这回，轮到胡唯冷笑："你当谁都愿意瞎认爹？"

一句话戳到胡唯痛处，毕竟，这亲生父亲活着十几年不认儿子，不是什么光荣事。

卫蒗正色起来，他差点忘了。

"我一直想问你，胡阿姨当年是怎么没的？"

"自杀。"

卫蒗吃惊："自杀？"

"对，自杀。"小胡爷重重仰回靠座，无限惆怅，"我还在寄宿学校，忽然雁城那边的家里来人找我，说让我回去看看我妈。去医院的时候，她让白布蒙着，一点儿体温都没了。"

卫蒗受了打击似的，良久没言语。

他摸了一根烟来吸。

烟吸到一半，他忽然没头没脑地问："我想知道你喜欢她什么？"

一句一模一样的反问："我也想知道你喜欢她什么？"

卫蒗垂下眼，磕了半截烟灰："我……"

话一出口，自觉沙哑。

"我不知道。"

喜欢一个人是没有道理的，有时就是那一眼、一句话、一个眼神，甚至你看得顺眼，她脸上的一颗细小的泪痣都能成为你喜欢她的理由。

卫蒗不知道该怎么说，他眼里含着深深的愧疚："我知道不可能。"继而自嘲地微笑，"你放心，我永远也不会这么干。"

在朋友和女人之间，卫蒗不想失去的，始终都只有朋友。

那个仰头看着他吊瓶，和他拉手打钩说别死的朋友。

晚上有集合,临近五点钟,有外出回家探亲的纷纷赶回学校,整理床铺,换衣服。

杜星星低头系着裤腰带:"排长,过节你去哪儿了?"

胡唯稍抬着下巴扣领子的纽扣:"回家办了一件大事,你呢?"

杜星星眯起眼睛,笑得开心:"我也是,回老家办了一件大事。"

胡唯侧了侧头:"看女朋友去了?"

"你咋知道?"杜星星穿好裤子,又拉出小马扎换皮鞋,"去批发市场看了看,帮她干了些活儿。排长,等明年三月,她就能上学了。"

杜星星穿常服的机会很少,领带都是系好一次,反复套在脖子上的。他对着镜子整理了几次都弄不好,胡唯接过来,把领带全都打开,给他重新系。

他边系边说:"星星,你今年到底多大了?"

"二十二岁。"

"入伍也四年了。"

"嗯,马上就第五年了,我这回还去看了我们连长,连长说让我好好学,回去了让我给他们上课。"

一个十分整齐漂亮的领带结系好,胡唯往上一推,给他紧了紧:"那就好好学,别给你们连长丢人。"

当初他离开沈阳时,他的指导员也是这么对他说的。

走了,别忘了你是我们九连出去的兵;走了,好好学,别放松,去哪儿你都错不了。

走廊吹集合哨,众人穿起常服外套,拿起公文包,去外头列队。

因为之前放假匆忙,半个学期的总结和成绩考核都没来得及说,这次放假归来,要抓住这个时间好好讲评一下这批学员的学习情况,和未来下半个学期的课程安排。

离教室不远的教工休息室里,几个人围成一圈,正在商讨下一步的教学任务和分组名单。

因为学员在原部队的分工不同、军衔不同,接下来要有针对性地进行授课培训。大体来说,就要分成两队。

一队务实,注重实操,多练多战,在岗位上出经验。

一队务全局,培养大局观念意识,注重深层理论学习。

电脑上是这批学员上半学期的各门考核成绩,综合排名从第一到第四十二,上头是每个人的一寸照,下头写着原单位,职务。

分队完毕,名单递给宋参谋长看,他端着名单问了一句:"这个胡唯怎么给划到这边了?"

有人解释:"之前征求过原单位意见,他们的意思是想请我们注重实战化培养,对这个人有安排。"

"什么安排?"名单卷成一卷,宋参谋长站起来,"是哪个侦察连的连长有空缺了?哼,想跟我们抢人呢,都是老套路。"

"您和蔡主任认识?"

"认识,怎么不认识,说起来还是我的领导,我当兵那年他是我的排长——"提起往事,不胜唏嘘。当年,他可是被老蔡排长治得够呛。

"把他换过来,参加下一阶段的机关战术培训,我对他另有安排。"

不是老宋同志徇私,因为岳小鹏给他看过病,就对岳小鹏儿子多加照顾。老宋谁不知道,多铁面无私的一个人,又是多爱惜人才的一个人。

四十二个人里,只有胡唯的成绩和邱阳不相上下,不是你压着我,就是我压着你,老宋喜欢年轻人这种互相较劲的样儿。

另外——

这个从雁城来的孩子,是有点真东西的。

他观察过很长一段时间。

这个小中尉的逻辑思维非常强,不懒惰,善于思考和运算,本来以为能有多大神通,结果调出他在雁城的档案一看,嚯,竟然给放到了机关收公文。

蔡喜不给当成宝贝,送来了他这里,老宋同志可是要好好打磨一番,收起来藏好的。

知道胡唯从雁城回来以后,岳小鹏犹豫了好几天,想着和小春爸爸交代给自己的事该怎么说。想了两天,他在医院给胡唯拨了一个电话,想让胡唯有时间来家里吃顿饭。

正好胡唯之前承诺过二丫,要带她去见岳小鹏,于是很爽快地就答应了。

岳小鹏激动:"那是什么时候来,我好准备。"

"您也不用特地准备,明天吧,明天晚上我过去。"

岳小鹏准备了一大堆话想和儿子说,第二天还特地和同事换了个班。同事笑问:"岳主任,您家里有事啊?"

岳小鹏在手术室外的休息间换衣服,锁门,春风满面:"今天胡唯来家里吃饭。"

医院的老人都知道岳小鹏当年的事情,小胡唯也都认得。

"啊,孩子回来啦?"同事声音压低八度,也配合着蛮吃惊的样子,"喜事啊。"

岳小鹏提好公文包:"来虬城学习,今天有时间,正好能回家。小赵,我走了。"

"哎,主任慢走。"

岳小鹏回家路上,买了一大兜子菜给胡唯准备晚饭,大勺翻得酣畅,听见门铃,他连连答应,穿着围裙去开门。

门打开,胡唯身后还跟着个年轻姑娘,岳小鹏微微一愣。

岳小鹏家里没有女人穿的拖鞋,也不常来客,只有两三双为了偶尔招待来人的方便拖鞋,递给二丫的时候,他朝她抱歉地笑了笑:"孩子,实在匆忙,你凑合着穿穿,等下回叔叔给你准备一双合适的。"

二丫是个窝里横,在杜家光着脚丫子都有人操心来给她穿袜子,在外人面前,尤其还是胡唯的亲爹,她也老实起来,像个小媳妇。

"没关系,叔叔,我穿这个可以的。"

三十六码的脚套进四十二号的拖鞋里,让人哭笑不得。

胡唯还低头跟她比了比:"要不你穿我这个,看着好像小点儿?"

"哎呀,不用,不用,就这样吧。"二丫攥着胡唯的袖子小声说,她可不想第一面就给岳小鹏留个娇生惯养的坏印象。

三个人面面相觑,场面有点尴尬。

岳小鹏伸手推了推茶杯:"孩子,喝水。"

二丫立刻半起身:"叔叔别忙,我自己来。"

他又拿过一盘干果:"吃,你吃。"

二丫抱过来,也不敢剥皮,只是嘿嘿笑。

油锅里刺啦刺啦冒着烟,胡唯一皱眉:"什么味儿?"

岳小鹏"哎哟"一声,迅速站起来:"坏了,煎着鱼呢!"

"我去吧。"胡唯看岳小鹏腿别在茶几和沙发座中间,先一步站起来去厨房关火。

胡唯以前也是在炊事班帮过厨的人,对锅碗瓢盆并不陌生,用铲子将煎煳的鱼翻个身,把煤气关小。

客厅里只留二丫和岳小鹏在坐着,互相干笑了半天,岳小鹏主动问:"孩子,我怎么叫你?"

"叔叔。"二丫放下茶杯,"我叫杜豌,豌豆的豌。"

姓杜?难怪看着有点眼熟,又想不起来在哪儿见过。

"多大啦?"

"二十四岁了,今年本命年。"

"属虎?"

"对!"

"那你是胡唯的……"

二丫抠着手指头,扭头看了一眼那道在厨房弄菜的背影,又坚定地转过来。

"我是小胡哥的女朋友。"

"哦——"岳小鹏恍然大悟,半天没缓过神来。

这可怎么说,他本来是想借着今天父子二人单独见面的机会,和胡唯提一提和小春的事情。胡唯带了女朋友回家也没提前说,岳小鹏猝不及防,他甚至不能像寻常人家的爸爸一样,站在父亲的立场对儿子的伴侣给出任何意见。

没立场啊。

那边传来一声淡淡的"吃饭了"。

岳小鹏应下,对二丫说:"孩子,先吃饭。"

有什么话也等吃完饭再说。

岳小鹏拿了一瓶酒出来,征求胡唯的意见:"喝一点儿不?"

"不了,晚上我得回学校。"胡唯给二丫拉开椅子,自己才坐下。

"哦,那还是别喝了。"岳小鹏理解地点点头,继而端着酒瓶看二丫,就是一句礼貌客套,"孩子,你喝吗?"

二丫看见那瓶陈酿的茅台,眼珠子都直了。胡唯心惊地扣住她的杯子,先她一步打消了她的念头:"她不喝,给她弄一杯水就行。"

"呵呵,好。"

一餐饭,吃得不声不响,不言不语。二丫是初来乍到,不敢讲话,胡唯和岳小鹏则是没什么可说的。岳小鹏只能尽量拣着能聊的话题聊,问起胡唯在虬城的培训。

得知再有三个月就结束了,岳小鹏关切道:"那你是什么想法?"

"没什么想法,结束以后回原单位,或是在雁城。"

"想过留在虬城吗?"

胡唯微怔:"什么?"

"我是说……"岳小鹏轻轻搁下筷子,看了一眼二丫,"你要是想留在虬城,我能给你想想办法,应该没问题。"

想吗,也想过。

二丫如果真的打算继续念书,那以后未来几年都是要留在虬城的,可胡唯不愿意为了这事让岳小鹏替自己张这个口。

他模棱两可:"再说吧。"

吃完饭,要收拾碗筷,二丫想去洗碗,岳小鹏拦下:"你别管,放在那儿明天我收拾。"

在杜家,她是老幺,是娇娇女,什么活儿都不让她干。

在岳家,她是客,偏偏这对父子都疼人,常年在部队养成了自理能力,什么家务都不让女人过手的习惯。

正巧邻居来敲门,对门和岳小鹏年纪相仿的中年人带着自己的小孙子来了:"老岳,托你帮我看会儿孩子,他奶奶去超市一个多小时也没回来,我心里惦记,没人看他。"

似乎这样的事情总发生,岳小鹏已经习惯了,和蔼地朝小男孩儿一招手:"进来吧。"

他这一侧身，邻居才发现家里有客："家里有人？是不是不方便？"

"没什么不方便的！"岳小鹏热情地介绍，"我儿子带着女朋友今天来家里吃饭，正好人多热闹。"

"哦！儿子回来啦？"街坊四邻都知道岳小鹏是个光棍，早年丧偶，谁也没想到他竟然还有孩子。

胡唯站在屋里，和那人客气地点点头，打了声招呼："您好。"

"哎哟，这儿子，长得可比你俊。"

听了这话，岳小鹏打心眼儿里自豪："那是，像他妈妈。"

"多大了？也在当兵哪？继承了你的老本行？"

"没有，在机关工作，现在……"

老哥俩在走廊低声嘀咕了半天，最后爽朗大笑。

"得了，我去找我老伴了，一会儿就接他回去。乖乖，在你岳爷爷家可听话啊！"

小男孩儿不大，三四岁，和岳小鹏很熟悉，叉腰站在楼梯口还跟自己的亲爷爷大声喊话："爷爷，你快点回来接我啊！"

"得，找着你奶奶就回来！她肯定又跟广场那帮人跳舞去了。"

岳小鹏领着小男孩儿进屋，小男孩儿拉着岳小鹏的手怯怯地看胡唯和二丫。

岳小鹏碰了碰小男孩儿的脑瓜："越越，这是爷爷的儿子，你叫叔叔。"

名叫越越的小男孩儿有些害羞，把头往岳小鹏怀里一埋，小声叫了声"叔叔"。

胡唯笑着蹲下来，和他平视："小名叫越越，大名叫什么啊？"

"叔叔问你话呢，告诉他你叫什么名字。"

小男孩儿还是有点腼腆，挺着小肚子蹭到胡唯面前，一咧嘴："我叫江越，越越就是大名，小名叫勇敢。"

胡唯笑意更深，摸了把他的小虎头。

"叔叔……我想打游戏机。"眼睛瞄着二楼，小孩子满脸期待。

越越是这里的常客，对岳小鹏家里的构造比胡唯还清楚呢。他之所以喜欢来这里，是因为岳爷爷家里的二楼有个宝藏屋。

那屋子里都是玩具和卡通海报，还有一台老式游戏机，能打《超级玛丽》。

胡唯有些茫然："游戏机？"

岳小鹏连忙答应下来："去吧，去玩吧。"

得到了允许，越越兴高采烈迈着小短腿往楼上跑，路过二丫，他还停下来望了她一眼。

二丫长了一张很讨孩子喜欢的脸，不凶，奶里奶气的，很有宝宝缘。看着小家伙仰头看自己，她一皱鼻子，朝他做了个鬼脸："你看我干啥？"

越越低头捂嘴笑,一溜烟跑上楼了。

岳小鹏见状,和胡唯对视一眼,冲她道:"孩子,要不你上楼帮我看他一会儿?"

这是想把她支上楼,他有话想和胡唯单独说。

二丫多有眼力见儿的一个人,马上就答应了,扭头上楼,上到一半,她透过楼梯缝隙看胡唯。

胡唯也在看她。

他站在楼下,双眼平静,始终淡淡微笑着,像给她鼓励似的。

二丫开心得眼睛眯成两道月牙,踏着楼梯追着越越上楼去了。

"她是那边的……"

"对。"胡唯就这么自然坦荡地承认了,从裤兜里摸出一根烟,"老爷子的孙女儿。"

岳小鹏揪心:"她家里能同意吗?"

这样的反应胡唯早就见怪不怪了。

他自顾自按动打火机,四处看了看,桌上没烟灰缸,岳小鹏在印象里也是不吸烟的。

知道他在找什么,岳小鹏从下层的一个小筐里拿出个崭新的玻璃缸递过去。

"过节的时候回去说了,她爷爷同意。"

岳小鹏骇然,没想到那样一个家庭,竟然能答应!怎么能答应!

"我只是听说她父母在她很小的时候就不在了?"

"是。"

他喷出一口淡淡的烟雾:"挺可怜的,不记事儿的时候就不在了,只有个哥哥。"

"她哥哥是什么情况?"

"也在这头,一个工程师,搞涂料研究的,快结婚了。"

那倒确实是可怜,没了父母,哥哥要再成了家,就剩她一个人了。

"你带她回来是想……"

小胡爷把烟头揉在小玻璃缸里:"对。但这事……"小胡爷第一回当着岳小鹏的面笑了下,挠挠眉角,"总得有个人去说吧。"

岳小鹏听明白了,他是想让自己去说,这是不是在变相地承认,他认了自己这个父亲?

他心情复杂难辨。

胡唯观察着岳小鹏的神色,给了他致命一击——

"我妈也很喜欢她。"

岳小鹏眼神立刻变了,变得愁思,变得温柔,变得悔恨。

他斟酌良久,郑重地给了胡唯承诺:"这件事我记在心里了,最晚不会超过明年春节。"

"好。"

"那,总得有些准备吧?我能为你做点什么?"

结婚可不是一纸报告打上去就完事了,现在时代不同了,总要有些物质基础。

"我手里有点积蓄,你们如果想在虬城安家,为你置办套房子还是没问题的。或者……你想回到雁城,那更好说,地段、环境,全都挑你顺心的。钱的事情你不要操心。"

胡唯刚要说些什么,楼上传来一阵争吵声:

"你太笨了!我说了你要吃那个蘑菇的……姐姐,你看见食人花来了怎么不打呀!"

"我打了!子弹不够了!你看——"二丫憨头憨脑地又按了几下攻击键,向小孩子证明,"真的不够了。"

楼下的两人相对无言地一笑。

岳小鹏无奈默认地说:"性格不错,一看就还是个孩子,没长大。酒量不小吧?"

刚才她瞄着那瓶酒的时候,岳小鹏就知道。

胡唯也羞于启齿:"以前家里吃饭的时候,能把她俩伯伯都喝桌子底下去。"

"那倒是对你妈妈的脾气。"

"我去楼上看一眼。"

二楼比一楼冷,应该不常住人,只有两扇门。一扇推开,是洗手间;另一扇,是个很整洁的卧室。

二丫和越越玩得正欢,胡唯用脚踢了踢越越的屁股:"挪挪,给我让个地儿。"

越越目不转睛地拿着游戏手柄往左坐了坐,没了大人教,开始瞎叫人:"哥哥,你会玩儿吗?"

胡唯把二丫手里的游戏手柄抢过来,也学着越越盘腿坐在地板上,眼盯屏幕:"我玩这个的时候,你还没出生呢。"

这机器是他十二岁那年岳小鹏给他买的,连着一个小寸电视机,线接得乱七八糟。

没想到,岳小鹏还留着。

胡唯手速极快地操纵着马里奥上蹿下跳。

越越吃了瘪,有点委屈:"你抱着我一起打呗?"

胡唯一侧头，越越伸着手要往他怀里钻。

胡唯顺势抱起他，小孩子耍赖："你用一只手打，让让我。"

胡唯和他讨价还价："那就再玩一把。"

"行！"

于是胡唯怀里坐着越越，右手操控游戏手柄，左手揽住二丫，把小东西杀了个片甲不留。

游戏输了，心里不痛快，越越躺在地板上不起来，耍赖。胡唯一提裤腿，蹲下给他讲道理："怎么输不起呢？输一次就耍赖，指着谁能给你放水啊？"

越越不高兴，气鼓鼓地抱着肩："不行，你让它判我赢。"

"判不了，结果都出了，你得反思过程。"

"咋反思？"

"多想多练呗，以后我不在家，你吃了饭就可以过来玩，等下次我再来的时候跟你比赛。"

"不行，总来岳爷爷会不高兴的。"

"不会，你就和他说是我让你来的。"

还是说服不了越越，小孩子钻牛角尖，输了觉得脸上十分没面子："那⋯⋯那你再跟我玩一次，就一次！"

"啧，刚才怎么说的，是不是我让你一只手，再陪你打最后一局。"胡唯敲了敲他的脑门儿，"你跟别人在做之前说好的事情，就得按照之前说好的做。不能谈了条件又反悔，一点儿契约精神都没有。"

越越噘嘴，胡唯很有耐心地等着他："自己好好想想，不着急。"

他还蛮有心情地把这屋里乱七八糟的电线给接顺了。

哼唧了半天，看大哥哥也没有松口的意思，自知认输，越越乖巧地伸出两只胳膊让胡唯抱着他下楼。

岳小鹏一抬头，就看见胡唯抱着越越，二丫跟在身后，三人从楼梯上下来。

这一幕他等了多久，又盼了多久！

送走二丫和胡唯，二丫还和岳小鹏惜别："叔叔再见，有空我会常来看您的！"

"好好好，有空你和胡唯一起回来，叔叔欢迎你。"

两人一起走出岳小鹏家的小区外，二丫大大呼气，肚子咕噜一声。

胡唯已经猜到了："没吃饱。"

二丫嘿嘿笑："你看出来了？"

哼，给她盛饭为了端着，非说自己不吃主食，一顿恨不得吃三碗的主儿，就夹了几根青菜，肉都没舍得吃一块，能不饿？

"走。"

"干吗去？"

"带你吃大饼。"

回家的路上有个煎饼摊,老头儿一到晚上六点就出来卖煎饼。二丫立在不大的三轮车前指点江山:"不要葱花和香菜,加两个鸡蛋!"

"好嘞,两个鸡蛋!"老头儿笑呵呵收了钱,开始给她做煎饼。

深秋的傍晚,风吹得人冷飕飕,二丫问胡唯:"你爸爸是不是腿不好呀?风湿吗?"

胡唯颇为诧异:"你看出来了?"

他第一次见岳小鹏的时候都没发现,她竟然能察觉。

"唔……"咬了一口热乎乎的煎饼,二丫被胡唯牵着手跟在他后头,"左腿好像不太灵光,他站起来的时候总要用手拄一下。"

"左边腿,是假肢。"

"假肢?"

"对,当年去医疗援建的时候碰上地震,砸断了半条,被救出来组织坏死,只能截肢。"

二丫万万没想到岳小鹏安的是假肢,一想到好好的人没了半条腿,她也跟着难受,不由得自言自语:"那得多疼啊……"

胡唯微微用力牵紧了她的手,她小跑着追上去跟他并排:"那他是因为丢了半条腿,才不认你?"

只有她才敢毫无顾忌地问出这话。

"可能是吧。"

这件事,胡唯倒是能理解。

毕竟没有哪个父亲愿意让儿子看见自己狼狈的一面。就连在医院时,他给杜希擦身体,杜希都在极力遮掩。

一个从青壮年时期发展到中年阶段的男人,经历了身体上的力不从心,接受衰老,身体渐渐发福,有了褶子,掉了头发,谁还没个自尊心呢。

胡唯不禁想象着自己老的那一天,心里坚定了回去以后每天跑步再多加一千米的想法,这要是老了,她得什么样?

仿佛想到了那画面似的,自己瘫在床上,她往他领子里塞一张纸巾,边喂他吃饭边唠叨:"你看看,我都不嫌弃你……"

想着想着,他脸上不禁带了坏笑。

二丫歪着头奇怪地看他:"你笑啥呢?"

胡唯咳嗽一声:"没笑。"

"你就是笑了。"二丫狐疑地咕哝着。

吃饱喝足,她心情也爽朗了起来。两个人走在大街上,他今天没穿军装,就是个普普通通的人,二丫不用在意形象,可以肆无忌惮地拉着他。

她开始唱歌。

从一条大河波浪宽唱到洪湖水浪打浪,又从凤凰传奇唱到王菲,唱得自我陶醉,摇头晃脑,胡唯忽然一只大手捂住她的嘴。

他牢牢地压住她半张脸,二丫闷声闷气一动不动:"你干吗啊?"

胡唯心惊肉跳:"你唱歌跑调啊?"

刚才她唱的那几句没一句在调上!

要不是他想听歌词,知道她唱的到底是什么,早把她嘴堵住了。

二丫垂头丧气地打掉胡唯的手,有点心虚:"谁还没点儿缺点呢……"

她五音不全,从小就这样。

但是五音不全的人通常都有个毛病,就是自己不知道,还以为唱得多好听呢!

小时候班级大合唱,选的歌曲是《让我们荡起双桨》,排练几次,老师就招招手说:"杜豌,你愿不愿意戴着小花的头饰在下头伴舞啊?"

那时二丫还以为是老师看重她,特殊对待,答应得欢天喜地的。

上场前老师反反复复地嘱咐她:"同学们和声的时候,你千万不要情绪上来了就跟着一起张嘴,你就卖力地当小河里最漂亮的一朵花,笑得好看就行了!"

杜豌还认真地跟老师保证:"我绝对不张嘴!"

后来初中高中也没啥演出的机会,直到上大学,系里出节目迎新表演,带他们的辅导员说:"动不动就排练耽误时间,找个人上去唱首歌得了。"

找谁呢?

辅导员在班里挑了一圈,选中了这个班里发音最正的杜豌同学。

英文讲得那么地道,这唱歌肯定也错不了啊,还给她选了一首经典的电影插曲,学生会排练的时候,架子鼓、钢琴都为她准备好了,一张嘴,乐队四个人唱跑了仨。

从此,英语系杜豌唱歌跑调的事情全校闻名。

二丫不信邪,拿着一大篇英文原词在宿舍清嗓子对着镜子练,前半段念词堪比播报员,后半段一唱,宿舍几个小姐妹全都戴上耳机。

二丫愁眉苦脸:"真的很严重吗?"

"杜豌,你要相信上天给你关上一扇门,就一定给你打开另外一扇窗。"

从此,二丫就彻底放弃了音乐这条路。

"老师说,这可能跟我发音有关系,我把声带全都用在了我热爱的翻译事业上,注定是要做出牺牲的。"

"别胡说八道了,五音不全就说五音不全。"

"我五音不全你嫌弃?"

"不嫌弃,我连你剩饭都吃,还能嫌弃你这个?"

"你啥时候吃我剩饭了?"二丫敢拍胸脯打包票,她就没剩过粮食!

和小春坐在车里远远地看着二丫从胡同口越走越近,刚要下车和她打招呼,忽然瞥见二丫旁边的人,傻愣了。

她手忙脚乱地在副驾驶的储物箱里翻出望远镜,调准焦距,屏息看着。

看清了那个人是谁,小春儿慌张地扔了望远镜,忽然大口大口地呼吸。

她今天下班早,很无聊,想起那天吃饭结识的二丫,想来找二丫玩。她车停到这儿还没一分钟,本来想给二丫打电话问问到底住在哪里,谁知道,碰上了胡唯送二丫回家。

经过小春儿的车,小春儿用手拢了拢头发遮住自己半张脸,怕被发现,然后她眼睁睁地看着胡唯进了一个院子。

和小春满眼疑惑,狠狠地揪了揪自己的头发,忽然理顺了一些事情。

她就知道卫蕤对自己有隐瞒,她就知道,二丫绝对不是只给卫蕤做过翻译那么简单!

待胡唯送了二丫进屋,从小院子里出来,和小春从容地开门下车,不紧不慢地叫了他一声。

"胡唯!"

胡唯乘着黄昏天色茫然回头,漆黑的发,漆黑的眼,挺直的鼻梁,性感的唇。

和小春穿着高跟鞋,齐膝的风衣,优雅朝他走来。

待胡唯刚看清了这个人是和小春,还未来得及打招呼时,小春姑娘情绪失控了似的,一把搂住男人的腰钻进了胡唯的怀里!

"怎么能烧成这样呢?"

胡唯仔仔细细认认真真地研究着和小春背上的疤,眼里没有嫌弃,没有厌恶,只是很纯粹的不解。

像是研究一件刚从土里刨出来的艺术品,为它原有的模样无限惋惜。

小春姑娘脱了风衣,里面是件斗篷式样的薄衫,只在后颈有一粒珍珠纽扣,解开了,一览无遗。

她放开胡唯,什么都不辩解,就恳求了一句话:"你跟我上车,我给你看一样东西,看了听我说完,你再走好不好?"

她都这样讲了,胡唯能怎么办?只能依着她,跟她上车。

车门一关,小春姑娘还怕他跑了,落了门锁。

系好颈后那粒纽扣,和小春重重呼出一口浊气,手搭在方向盘上。

"你看了,恶心吗?"

胡唯兀自摇头,沉思。

他更多的是震惊。

和小春神伤,骤然攥紧了方向盘,漂亮的手骨节握得泛白。

"我一直都很想知道,从你第一次回虬城时我见你就想问,你和你妈妈到底去哪儿了,为什么找不到你?可是卫蕤告诉我,你已经不记得我了。"

外人都说和家薄情寡义——对门胡小枫的儿子玩命去救你家的闺女,把自己救进了医院,孤儿寡母的,你们怎么也不去问一问。

其实是去过的,当时因为烧毁了住宅楼,还有部分管线设施,需要赔钱,家里存款用了大半,剩下的,和小春妈妈用信封包好了,去了第五防疫医院探望。谁知道人家说胡唯的伤属于脑专科,和防疫不挨边,院里领导已经帮忙联系转去了另一家医院。

胡小枫都没有让和小春的父母进病房,就在门口说了几句话。和妈妈把信封塞进胡小枫手里,恳求她收下。胡小枫说什么也不要,一路追到外头把信封扔进和妈妈的自行车筐里,穿着白裙子站在路边挥手。

"快回吧,家里着了那么大的火,用钱的地方多,胡唯你们别担心。"

小春儿那时候也在医院治病呢,和家乱成一锅粥,就把他们娘俩暂时放到了脑后。

等小春姑娘清醒过来,趴在床上不依不饶地哭着要看胡唯,和家父母这才想起来,再去医院,胡小枫就带着儿子搬走了。

"你走的这些年,有没有偶尔想起我的时候?"

胡唯还是摇头,只不过这次多了些歉意:"小春儿,我说了,这事你别再放心上。"

"我知道!我知道!"小春姑娘打断他,语气急促,"谁都让我不要放在心上,卫蕤这么告诉我,顺顺也这么跟我说,他们说如果不是我,哪怕是任何一个人你都会这么做,可那是你,不是我啊。你救了我——"

"我救了你,不代表我对你有什么想法。小春儿,那时候咱们才多大啊。"胡唯说话很轻,很有耐心,始终不愠不火地引导她,"你就是因为这才对我?"

"这还不够吗?"小春儿双眼放空,喃喃着,"你帮我拍掉辫子上的火苗,后来我再也不想留长头发了,可不留,背上又遮不住……"

"你想起来我了,对不对?"

小春儿冰雪聪明的一个人,人的眼神是不会撒谎的。

胡唯也确实是想起来了,早在上次山里搭救了杜星星那一把,在山林里滚了十几圈,被人扶着站起来的时候就想起来了。

他刻意和她保持着距离,不像和卫蕤那样熟稔,都是别有用心的。如果她知道他不是单身,她也不会这么热脸贴冷屁股地往上凑。

和小春懊恼地抓了抓头发,觉得自己这样很没有尊严:"我想谢谢你,但是我找不到别的办法。"

胡唯看她,像待自己的姐姐,可又很宠:"那就留着,别谢。等什么时候有机会了,我让你还。"

小春姑娘黯然:"我一个妇科医生,能帮你什么忙……除非,你老婆生孩子,我还不敢保证会不会像对待别的产妇一样去对待她,搞不好啊,我嫉妒心上来,在她肚子里落个剪子、纱布,也说不定。"

一阵低笑。

和小春烦躁地砸了下方向盘:"怎么就是她呢!"

"是啊,怎么就是她呢。"胡唯也想不清楚,手支在副驾驶的窗框上,悠悠望着那个院门。

小春姑娘转头:"你打算和她结婚,还是谈着玩玩?"

"结婚。"

她一撇嘴:"没出息,男人三十岁之前结婚都是没出息,胸无大志,鼠目寸光。"

"你这就属于玩着玩着就掀桌子了啊,不带上升到人身攻击层面的。"

小春姑娘傲娇一扭头,假意望着窗外,指尖不动声色地按下中控锁,"咔嗒"一声,把门锁打开。

玻璃上映着她明艳的面孔。

两行泪水缓缓淌下。

被吸引过吗,确实吸引过,从第一次在"应园春"她堵了他的车时,就有短暂的惊艳;然后,就是在虬城时,她邀他喝茶,说的那一番话。

小胡爷喜欢性格大气的女孩儿,可那只是性格上的相互吸引,无法达到精神上的高度共鸣。

一个在精神上达不到一致的人,是没法谈未来的。

他看见那些伤疤,除了惊愕和同情,没任何怜惜。

她该找一个真正怜惜她的人。

他的手迟疑地在她肩头上方悬着,最终重重拍了两下:"代我问你爸爸妈妈好,这些年,也谢谢你愿意去看老岳。"

小春姑娘用手胡乱擦了把鼻子:"别谢我,我去看岳叔也没怀好意,想多打听你的消息。"

"那以后你要是想知道什么,不用这样周折,可以直接问我。"

"谁要问你,你快走吧,别坐我车里,再被人看见。"她直接下了逐客令。

让他上来的是她,赶他走的也是她。这就是女人哪。

小胡爷认命地开门下车,极有风度地帮她关好车门。在路上走着走着,忽然拨了一个电话。

"喂?"

"有时间带小春儿去看看心理医生吧,她这样,把自己下半辈子都给毁了。"

和小春蹲在胡同里一垛大墙下哭得稀里哗啦,旁边有人给她递纸巾,她接

263

过来胡乱攥在手里,也不擦脸。

哭了半天,她奇怪一回头,才发现是二丫蹲在她旁边,怀里抱着整整一盒面巾纸。

"干吗?同情我?"小春姑娘粗声粗气,也没了那天和二丫搂着脖子抱着腰的亲昵感。

二丫低头抠着石头缝里的沙土,闷声闷气:"我不喜欢你了。"

和小春冷笑,用面巾纸擦了擦泪水和鼻涕:"正好,我也不喜欢你了。"

二丫郁闷地抠啊抠,忽然唉声叹气,打商量的样子:"你别喜欢他行不行啊?"

小春姑娘一屁股坐在地上:"那我让你别喜欢他了,你能做到吗?"

"不能。"二丫坚定地摇摇头,"这件事是不能让的,得有个先来后到!"

"先来后到?要论顺序,我比你早好几年呢!"和小春自知和胡唯没什么可能,干脆逗他这个小相好解闷。

二丫耷拉着脸烦恼,想想小春姑娘也说得对,随即鬼头鬼脑地一笑:"小胡哥不会,他不喜欢你。"

"嘁——"小春儿杏眼怒睁,"谁说的?他刚才抱我你没看见?我俩还在车里温存了好一会儿呢!"

"吹牛不上税。"二丫恹恹地奉眼,"他才没抱你呢,是你非要抱着他。你俩在车里就说了一会儿话,连手都没拉。"

和小春要气死了,隔空蹬腿。

二丫偷笑。

发泄够了,小春姑娘干脆双手往后一撑,大大咧咧倚着墙垛坐稳:"咦,你要是那么相信他,感情那么好,你偷窥我俩干什么?"

"谁偷窥你俩了,我……我出来倒垃圾!"

和小春恣意看着二丫的长相、穿着,问她:"你今年多大了?"

二丫不吭声,和小春瞥见她脖子上戴的细细红绳,和她的袜子边边,狡黠一笑:"本命年吧。"

比自己小了整整五岁,那么年轻,那么鲜活,难怪人见人爱。

"你喜欢他哪里啊?"

"那你喜欢他哪里啊?"

和小春语出惊人:"喜欢他帅呗。"

装顺顺有句话说得没错,和小春是个十成十的外貌主义者,狗屁念着小时候的救命之情!胡唯要是长得歪瓜裂枣、邋遢不堪,她能死命地惦记着?早给发面锦旗拍拍屁股跑了。人哪,都是视觉动物,只不过刚刚好,俩人有了那么点儿旧交集。

小春儿把这个交集无限放大,给自己找一个冠冕堂皇的借口,然后肆无忌惮任情感疯长。

二丫很佩服小春姑娘的坦诚,她低着头哼哼。

和小春撇撇嘴:"最烦你们这种人了,名义上打着爱情至高无上,精神第一,物质第二,其实说白了,没那张好皮相加印象分,谁能坚持下去。他这天天上学不在你身边,哪像正常恋爱的样子,你不也图他那一身军装?回头谁问你,男朋友是干什么的呀,军官说出去不比社会青年好听多了。"

"你胡说!我才不是因为这个!"

小春儿拍了拍靴子上的灰:"反正嘴长在你身上,怎么说怎么是呗。"

"不是!不是!就是不是!"这回换二丫急了,她抱着面巾纸站起来,俯视和小春,"我不是因为他是军人才喜欢他,而是我喜欢小胡哥而他恰好是个军人。你把逻辑搞错了。"

跟什么人学什么人,二丫以前说话就没什么条理性,加上她是英语专业出身,什么话都得倒着在脑子里过一遍,总是说话绕着绕着就被套进去了。

经过和杜锐、胡唯在一起斗智斗勇之后,她的这个毛病大为改观。

"我不是因为他的长相、他的身高,当然你说的这些可能也是一部分原因,但我绝对不是因为他的条件,将来他就是转业了,不做军人了,哪怕出去蹬三轮车,我也喜欢他。"

和小春嫌弃地皱眉:"人家部队那么培养他就为了让他转业蹬三轮?反正什么便宜你都占到了,你给我坐下说话。"

小春儿不喜欢仰视别人。

二丫牛哄哄叉腰:"我不。"

嘿——

和小春一米七的身高加上七八厘米的高跟鞋还真没在气势上怕过谁,于是也抓着包从地上爬起来,瞪着二丫。

两个人瞪来瞪去,和小春"扑哧"一声笑了,伸手掐了下二丫的脸蛋。

妹妹样儿的一个人,像刚上大学那会儿的自己,你和她说点儿什么她都当真,并且掏心掏肺地告诉你自己的心意。

其实她的想法哪里那么重要呢,别人质问你、嘲讽你,不过是嫉妒而已。

"算了,算了,跟你较什么劲呢,是我自讨没趣。"小春姑娘意兴阑珊,开门上车。

"喂。"她扶着车门,叫住垂头丧气回家的二丫。

二丫回头:"干吗?"

小春姑娘朝她扬起一个漂亮的笑容,挥了挥手里那团面巾纸:"谢谢你。下回还能找你一起喝酒吗?"

二丫也朝她绽开一朵向日葵似的笑:"我就住这儿,你什么时候想来就来!"

哎呀呀。

行不更名坐不改姓,她就住在这儿。

住得不光鲜,住得不宽敞,可就是有人气儿,一个两个的都往这儿奔,她守着这个小院,目标坚定,斗志昂扬……

最近胡唯的学习任务非常重,每周不停地训练和测验,搞得人精神压力大,最直观的反应就是,他不太喜欢说话了。

虬城挨过了这个深秋,逐渐向冬天靠拢,人说话时都带了白色雾气。

二丫找了一份幼教老师的工作,教小孩子们练习英语口语,一周三节课,既不耽误她考试,又有一份稳定收入。

幼儿园里的小朋友们都亲切地称呼她为"小杜老师"。

胡唯很忙,腾不出时间来看二丫,二丫就会下了课坐地铁去他学校找他,有时躲在对面的肯德基里,等他出来,有时两人就在学校后头家属楼的小区里见面。

初冬开始换装,胡唯在衬衫外面套了松枝绿的圆领毛衣,显得挺拔中又有些温润气质,二丫依偎在他的肩头上,玩着他的手指。

因为跟小朋友在一块的关系,二丫身上总是粘着各种各样奇奇怪怪的卡通贴纸。小朋友们不听话,她就得一遍遍重复,一遍遍地组织纪律,没过两周,她嗓子就发炎了。

胡唯很心疼她,劝她别再干了:"你别想着挣钱,是不够花了?"

"够。"她一根一根掰着他的手指头,"我不想每天都待在家里,人会憋坏的。"

信息学院家属楼的小区院里,两个人坐在长椅上,二丫裹得像个企鹅,就这样乖巧静静地靠着他。看了胡唯一会儿,她笑眯眯:"小胡哥,你穿毛衣真好看。"

她总是这样时不时蹦出几句夸他或者表白的话,起初胡唯听了不太适应,还咳嗽两声掩饰一下,再后来,就听得面不改色心不跳了。

"就要下雪了,你在这儿冷不?你要冷,我下回把棉衣给你带来。"

"什么棉衣?"

"就是那件,你留在雁城的。"

胡唯没想到她竟然还留着:"你还把它带到这儿来了?"

"我以为你能用得着。"

那棉袄是他当年在沈阳跨寒区训练时发的,内里是毛的,很沉,他派上场的时候少,始终扔在雁城的小屋里。上次她睡着了,又下雨,夜间寒气重,他就拿来给她保暖了。

胡唯反捏着她的手,又把她往怀里紧了紧。

二丫问:"你不怕纠察来抓你了?"

胡唯无所谓地舒展着两条腿:"不怕,抓呗。"

反正他现在也是劣迹斑斑,别人都说你小子会享福,来虬城接受知识的再教育也不闲着,还要谈个女朋友,动不动就出去。

都知道他不在的时候去干什么了,也没什么可掩饰的。

坐了一会儿,有人给胡唯打电话。听不清那头说什么,胡唯"嗯嗯"了两声,答应:"回去重装一遍系统吧,我在西楼,马上回去。"

等他挂了电话,二丫就懂事地站起来了:"你回去吧。"

他摸一摸她软软的头发,再多的不舍和心疼全都化为无声的眼神,最后掐一掐她的后脖颈。

"走了啊。"

胡唯潇洒转身,裹紧训练服,大步流星地离开。

现在,二丫才能有点理解他说的"前路艰难"是什么意思了。

那人就在你跟前,可是又不能时时见面,他又不像别的男孩子一样喜欢发短信,事无巨细地过问她的生活,可越是这样,二丫就喜欢他。

她也不喜欢恋人之间太过亲密,保持着适当距离是好的,如果一个男人每天宝贝长宝贝短地问她吃了吗睡了吗,她大概会厌恶死。

男人嘛,就该像这样,儿女情长藏在心里,胸口时刻揣的是挥斥方遒的大气,手里握的是术业专攻的霸气,吃得了苦,不轻易抱怨,这才是她最喜欢胡唯的地方。

持续不断的培训任务在加码,晚上一回宿舍休息,气氛不像之前有人在走廊吵闹,挨屋串门说个闲话,都死气沉沉的。

胡唯被编入高级课程理论培训班,杜星星在另外一队做模拟实操,两人回宿舍的时间也都不同,往往杜星星一身是土回来了,小胡爷正蹲在地上,地上铺满大张的地图,一声不吭。

"排长!"

"嘘。"小胡爷魔怔了似的走到一张地图的边缘,飞快地写着什么——"火力密度,火力密度……155炮,在这儿……"

杜星星尴尬挠头,转身去水房洗漱。

晚上两人躺在床上,才抽空聊几句话。

"排长,你学习累不?"

"累。"

"坚持坚持,再有两个月,一批学员就结课了。"

"你累吗?"

"累,窝在战车里一待十几个小时,憋得都不会撒尿了。"

这日,在虬城一百公里外的会议中心有个活动,是针对所有营职干部以上的专业讲座,信息学院这批高级培训班的学员也要参加。

大客车拉着二十来个人赶到会议中心,讲座一听就是三个小时。散场的时候夕阳将至,众人退场,有人站在还没冻上的湖边双手抄着裤袋闲聊。

都是一群年轻军官,前景光明,穿着统一制式常服,个个风姿绰约。

"哎,你们这班还得再上多长时间?"

"快了,元旦前考试,元旦后总结,第一期就结束了。你是哪里的?"

"我啊,总部后勤科的,这不要改系统吗,过来听听。"

有个士官牵了一只军犬过来,一时众人被吸引,全都围过去看。

这只军犬毛色乌黑油亮,一看就是个厉害货。

"赵保儿,怎么把它带出来了?"

"冯干事,我们连长说它这几天发蔫,带出来遛遛。"

"遛啥啊,媳妇走了,闹脾气呢。"

"哟,军犬也兴谈恋爱啊?"

一只手摸了摸军犬的头,很宠爱:"兴,怎么不兴,家里这个还是个痴情种呢。前两天来了只犬分给警备区的,放我们这儿暂存,它跟人家当邻居没几天搞出感情来了,走的那天一直追到路口,有小情绪了,是不是啊?二黑?"

军犬被说中心事,呜咽了两声。

一群年轻军官哈哈大笑。

胡唯轻轻蹲下,朝二黑吹了一声口哨。

二黑看看胡唯,迈着步子往前走,走到他身边。胡唯做了个手势,二黑很听话,竟然吐着舌头乖巧地蹲在了胡唯腿边。

"嘿——"一直跟这只犬很熟的冯明明看了眼胡唯,抱肩,"你以前驯过?"

胡唯摸着二黑的爪子,熟稔地和它玩儿:"以前我们那儿也有一只,跟它差不多大。"

"难怪,二黑性儿烈着呢,一般人说不听它。"

"哥们儿,你是哪里人啊?也是信息学院来的?"

小胡爷拍拍腿上的狗毛,让士官牵着二黑走了,站起来轻描淡写道:"我是雁城军区机关的。"

他这话一出,旁边三个正在说小话的人愣了一下。

有个为首的轻推了下眼镜,问:"邱阳,他就是你说的胡唯?"

邱阳越过人头看了一眼:"对,就是他。"

三个人不约而同地回身看,又面带微笑不露痕迹地转过来。

"我还以为多大的本事,等他来够他受的,看哥们儿怎么收拾他。"

邱阳谁不知道,军区作战部的小诸葛,能让他不痛快的人,倒是激起了这帮平日在虬城脚下被惯坏了的军师强烈的好胜心。

毕竟,哪里都抱团。

二丫把自己未来几年的打算都想得很清楚,她想报考虹城的交大,如果录取,她每年有寒暑假,回雁城的时间很多,和胡唯虽然异地,但是也不影响什么;如果没考上,服从调剂,就回雁城大学,她爷爷恰好能帮她在学校说得上话,搞个轻松的专业,啥事也不耽误。

何况她听卫蕤说过:胡唯毕了业,也是要留在虹城的。

"消息来源可靠吗?"临考试的前一天晚上,她在家里剥着花生壳鬼鬼祟祟地与卫蕤核对情报。

"绝对可靠。"卫蕤半躺在哪个夜店的包厢沙发里,身边一个人都没有,正捧着杯鲜榨的胡萝卜汁嘬。他最近很爱惜身体,把酒戒了,上哪里都揣着一个保温瓶。

他胸有成竹地跟她保证:"我也是从别人那儿听说的,已经找他谈话了,就等结业下调令了。"

"那他怎么不跟我说呢?"

"胡唯你不了解,啥事不到最后一刻拍板他是不会告诉你的,吃秤砣似的那么稳,这好事不见他高兴,坏事呢,嘿,更像没反应。"

"嘿嘿,好,好。"管它是好是坏,俩人能在一起就是万岁。

抓起一大捧剥了壳的花生在手里搓搓,二丫鼓起腮帮子一吹,呼——

红红的花生皮吹得四处飞溅,露出白生生的仁儿,二丫仰头全都倒进嘴里。

听着她在那头嘎嘣嘎嘣嚼东西,卫蕤换了个姿势:"都这么晚了,你吃什么呢?"

她吃东西的时候不说话,卫蕤就极为耐心地等她咽下去,插吸管喝了口牛奶,她才心满意足。

"吃花生。"

"少吃吧,那玩意儿吃多了容易得胆囊炎。"看了眼腕表,卫蕤把腿放到包厢的小矮桌上,舒适地交叠,"你明天是不是要考试?几点,我和小春儿送你去。"

"不用你送我,坐地铁就三站,不堵车还方便。"二丫拿起纸巾把花生壳拢到垃圾筐里,不忘威胁卫蕤,"你别来啊,千万别来。"

她怕他搞出什么幺蛾子,在学校门口给她拉横幅的事他都能干得出来。二丫对卫蕤是十分之不放心,十分之不信任。

"不让去拉倒,我还不稀罕呢。"

二丫这研究生考得就像闹着玩似的,胡唯这几天恰好也在学校考试,出不来,只有杜锐和杜嵇山两个人给她打电话慰问了一下。

她爷爷嘱咐她那些话,她都听得耳朵磨出茧子了。

"不要慌,不要心急,写好名字再答题。你像这个政治啊、写作啊,多看看新闻,了解时事,一定要说得有依据,有情感。爷爷记得当年高考的时候,让我们写给越南人民的一封信,这个时候要怎么办呢,首先就得……"

又来了又来了,二丫躺在床上翻个身,裹紧大棉被。

"爷爷,现在考试跟您那时候不一样了,不兴写信了,我考的是英语,也不是俄文。"

"哦,对对。"这中间差着四五十年呢,杜嵇山给忘了,"那你早点休息,爷爷在家里等着你胜利的好消息!"

"好!"

"你……你是跟胡唯在一起呢?"

二丫困得揉眼睛:"没有,小胡哥最近也要考试,在学校出不来。"

杜嵇山听了心花怒放:"对,主要还是忙学习,你别打扰他。"

踏踏实实睡了一觉,第二天一大早,二丫收拾好文具,背个小书兜就去考试了。

秃瓢大爷抱着六宝给她送行:"好好考,旗开得胜哎!"

二丫穿个小红袄,豪迈挥手:"请放心,等我凯旋!"

连考了两天,最后一科结束的时候二丫意外地没有在校园门口等到胡唯,她有点失落。

如果他忙完了,这个时候是一定会来接自己的。给他打了个电话,他没接,二丫心想或许真的有事,就在半路上买了串糖葫芦自己回去了。

同时,远在西山学校里的胡唯——

最后一门课程考试完毕,这批结业的学员吹着口哨心情愉悦地整理行装背囊,不是回家探亲,就是回原部队报到。

也有几个人出现了岗位变动,大多都是平级或者去了更好的单位。

胡唯独自站在宿舍走廊的窗台前,双眼静静地注视着操场。

按理说,他应该是这里头最该高兴的一个。

整个培训班只有一个名额,调到虬城的直属参谋部任作战参谋,提为正连。别人在走廊看见他,都笑着撞他胸口。

"行啊你,上尉同志,一朝进宫选上驸马了,全家光荣啊。"

胡唯淡淡的,既不高兴也不谦虚,任人撞他,和对方碰拳:"什么时候走?"

"二号的车票,我们团长在家里等我呢,媳妇也要生了,归心似箭哪。"

"路上注意安全,有空再回来,给我打电话。"

"放心,跑不了你的。"提着拖布往地下一放,挂着拖布杆,对方眼里看着别人笑眯眯,说话不动嘴,"我跟你说啊,在这边多留个心眼儿,尤其是邱阳,看着话少,实际阴着呢。你俩以后一个屋里待着,别让他往你身上扣水盆子。"

小胡爷不动声色："我知道。"

"行，知道就成。"话毕，咳嗽一声，那人拎着拖布回宿舍打扫卫生去了。

哪知道造化弄人。

在另一栋教学楼里，吉普车气哄哄开到楼下，立刻有人过来拉门，一位上校从车上下来，步伐虎虎生风，不管不问地就往楼上闯。

宋参谋长的公务兵紧跟在他身后，求爷爷告奶奶："首长，首长，我们领导不在！"

"别跟我说什么在不在，往三十年前说，他见我还得打报告。"

说话这人有双鹰眼，个头不高，很瘦，骨骼精干突出，上了年岁头发稀薄，但丝毫不影响他说话办事的利落。

"是是是，我知道您是他的老领导，可现在他也是我领导，您就这么闯进去，我没法交代啊。他人真的不在！"

说话间，这位中年人已经速度极快地走上了三楼，教工楼里进进出出的人看见他脚步匆匆，面容严肃，都奇怪地向公务兵打听，用眼神无声问道——

"是谁？"

公务兵急得满头是汗，大气都不敢出，连忙快步跟上，心里暗叫不好。

一口气上了六楼，"鹰眼"气不喘脸不红，站在门口还正了正常服领带，问公务兵："是这屋吧？"

公务兵认栽，垂头丧气："得，您进去吧，反正横竖我是躲不过这顿火儿。"

"鹰眼"气势汹汹欲敲门，忽然里头传来宋参谋长一声怒吼。

"你别跟我说这个！"

"鹰眼"的手忽然停在半空中。

老宋常服扣子全开，一只手叉腰，一只手愤怒敲桌子："你们人少，你们人少也不能这个时候来摘瓜，我们辛辛苦苦栽种出来的果实，好嘛，你们跟上头打一个报告说要人就要人？我不管你找哪个领导，不管谁跟你打了这个包票！人，一个都没有。"

对方是个四五十岁的男人，头发剃得精短，面相朴实，脸上不知是冻的还是天生的，两团高原红。他局促地搓着手，手上的皮肤黝黑，还有大大小小的冻疮，不管老宋同志怎么跟他发脾气，他就是不生气，始终哈哈笑着。

"我那儿地方远，你们当时组织培训也没给咱划进去，老哥哥看看眼馋哪。你也为我考虑考虑，知道这头也缺人手，可我们那儿更缺。设备更新换代，这作战方式也与时俱进，眼看着那些东西没个会使的人，心里着急。"

"赵老憨，你别跟我搞这一套，你知道我在气什么。"

"知道，知道，不就是没跟你打招呼直接带了命令来嘛。不是要你儿子，又不讨你老婆，你气个啥。"

一听这话，老宋怒火更往脑门儿蹿，手不住地往桌上敲："老哥哥，你要的不是别人,是我的两张王牌啊,我宁愿你要我的亲儿子!一个是跟了我三年的参谋,一个是这批学员里各样第一的尖子!"

赵老憨护犊子样,把手里两份档案又往怀里塞了塞。

谈判谈不拢,老宋泄气,稍有让步:"这样吧,你换一个,二队有个搞机械的精兵,你那里用得——"

话都没说完,赵老憨就给顶回去了:"不不不,我不要。我们那里最不缺的就是好兵,你们虬城还时不时搞一批人去我们那里挑,那也是我苦心栽培训练出来的,你们一车皮一车皮拉走的时候怎么不考虑我的感受?哦,现在拿了你两个瓜,就心疼啦?"

"这冬天的瓜,不见得就那么甜。"

"哎,那你也别要!"

"话不是这么说的,这冬天能长出来的瓜,虽然不甜,但是一定比别的瓜稀罕。"

这个赵老憨是出了名的憨,也是出了名的鬼,讨价还价他要论第二,谁也不敢说第一。

他看准的人,想要的东西,就没有弄不到手的。这些年各个单位让他搜罗了多少好东西去,别人不给,他就愁眉苦脸地拉过椅子往你对面一坐,跟领导说他这些年的委屈。

仗着自己占了块放牛的地界,什么地形上不占优势啊,战士们日子过得苦哇,嫌自己这儿穷要不来人类似种种,道尽心酸,听得领导眉头紧锁,神情冷峻。

"老哥哥,这俩孩子一个三十岁,一个才二十七岁,连媳妇都没说上,这个——"老宋翻出一张贴着照片的成绩单,在那张寸照上敲了敲,"没了妈妈,爸爸是军医大的医生,当年医疗援建的时候丢了半条腿是残疾,全家就剩他一个。"

"噢?"这倒让赵老憨犹豫起来,他捧着那照片左看右看,眉头拧成"川"字,"那倒是蛮苦……"

看着照片上的小伙子剑眉星目、器宇轩昂,赵老憨不禁想了下,这要是给放到师部作战室,端端正正地往那里一坐,哎呀,以后咱老赵也有门面了!

他大手搓一搓。

"这个这个,回头我和他老父亲当面请罪。你刚才不是说了嘛,是个军医,既然是军人那就能理解,没媳妇,那正好,我们那儿的姑娘能歌善舞,个顶个漂亮有把子力气,回头成了家,我多批他几回探亲假,什么都有了!"

老宋同志阴郁地望着窗外,没了争辩的心气儿,无力地叹息:"他是我老领导的兵,我老领导对我有救命之恩,当初他把人送过来,说好了怎么来的怎么回去。我把他留在虬城,已经伤了他的心。"

顿了顿,老宋同志接着说:"我的排长大我十岁,吃了没上学的亏,到现在都还是个团职主任，一开大会见面他还要给我敬礼，他最大的心愿就是让手底下的兵多受教育，用知识武装头脑。雁城那地方你也知道，不像你我这边的条件，眼看着他快退休了，你让我怎么跟他交代……"

"鹰眼"蔡喜站在门外，听着里面的对话，然后慢慢将敲门的手放下，转身沉默离开。

公务兵背着包追上去："首长。"

"鹰眼"没了之前的犀利，脊背也不像刚才那样挺直，有的，只是英雄垂暮的无奈。

"我想去你们学生宿舍看看……看看我的兵。"

"哦，好！好！我带您去。"

"不用了，你就告诉我怎么走，我自己去。"

"就对面这栋楼，您要找的人在四楼。"

胡唯正立在窗前发呆，身后一只手重拍在他肩膀，他以为又是谁跟他闹着玩，反应极快地擒住那只手转身回击。

蔡喜宝刀不老，向后退了一大步，拳头直冲胡唯腹部。

看清来人是谁，胡唯没躲，迅速立正，严肃敬礼："蔡主任。"

蔡喜整了整衣领，眼神赞赏："好小子，送你来这半年多没白练，力气够大的。"

"您怎么来了？"

眼神落在胡唯肩头上的三颗星星，蔡喜示意胡唯边走边说："有人挖我墙脚，再不来，我怕你忘了回去的路。"

"忘不了，走到哪儿都忘不了。"

"这我相信。"

两人沿着学校操场慢慢走，一个穿着迷彩棉袄，一个穿着自己的旧羽绒服，像老师在领着自己的门生饭后散步。

"知道自己留在虬城，高兴吗？"

"高兴，也不高兴。"

"哦？那让我猜猜，高兴是因为在虬城有更多的锻炼机会，前途无限，能和自己家里人在一块；这不高兴嘛，就是觉得离开了自己的老部队，心理上、情感上，都过意不去。"

"是。"

"那要是我强把你要回去，会恨我吗？或者我们换个说法，如果忽然要把你调到更远更苦的地方去，你甚至下半辈子都要扎根在那里了，没有亲人，没有朋友，身边只是和你同甘共苦的战友，日复一日的枯燥，你还愿意吗？"

"还是走的时候那句话，"小胡爷微笑，目光坚定，"我服从命令。"

服从命令,服从命令……

就这四个字,饱含了多少军人的心酸无奈,又饱含了多少至高无上的光荣!

"是心甘情愿地服从?"

胡唯:"不是。"

蔡喜笑了笑:"所以啊,不要跟你的连长、团长,甚至是司令讲什么大话、空话,没人喜欢听虚情假意的泛泛之言。军人也是人,也有情感,也有自己的选择,只不过在这个选择之间,要看你怎么做。

"不管到哪里,能被需要,至少说明自己有价值。人一旦有价值,那么就应了那句话:是金子到哪里都会发光。你在这一刻做出的选择,将来会以各种形式呈现结果给你,以历史,以时间。"

蔡喜站定,一双鹰眼注视着胡唯:"你懂我的意思吗?"

这话说得意味深长。

胡唯认真地思考着……

忽然,老宋的公务兵小跑着赶来:"胡唯,参谋长让你去他办公室一趟!"

"知道了,马上。"

胡唯转头看着老领导:"蔡主任——"

蔡喜摆手:"去吧,现在他是你的领导。"

胡唯欲言又止,但最后什么都没有说,转身裹紧棉衣走了。走两步,他忽然转过身。

蔡喜原地一动不动地看着他,像看着自己儿子般伤怀。

这一刻,胡唯就什么都明白了。

一个半生奉献给了部队的人,身上背负着想要让官兵进步的决心,却又不得不在时代中沉浮、认老,他甚至连自己送出来的孩子都不能带回家。

就这么眼睁睁地看着他走远。

步入教工楼,走楼梯,上六层,敲门,动作一气呵成,毫不拖沓。

一声"进来",胡唯推门,反手将门关上,敬礼报告。

老宋同志始终背对着胡唯,似乎在吸烟。

"见过你的老领导了?"

"见过了。"

从椅子背后不断地飘出淡淡烟雾,屋子里味道呛人。

"胡唯,我很抱歉。作为你的长辈,叔叔很抱歉;作为你的培训主官、你的领导,我也很抱歉。"椅子转过来,老宋把烟蒂熄灭,"可是军人就是这样……"

胡唯心里已经做好了一切准备。

他看着宋京生,不卑不亢:"您说吧,我有准备。"

"西南林省的二十四师,你应该知道,那个常年驻防在布西贡高原线上的英雄部队,因为高原战区特有地形,不断改进各种作战能力和研究新的训练方案,他们成立了专门的电子对抗团,直属师参谋部,眼下正是缺人的时候。"

一纸调令递到胡唯眼前。

白纸红字,写得清清楚楚。

第七章
Chang Yu Zhou Works
元 鸟 归

  离校之前，意外遇到了来学校处理事情的裴顺顺，胡唯和他有段时间没见了，两人停下来聊了几句。

  裴顺顺最近也是一脑门子烦恼，他家里逼着他转业哪。

  他爸爸和他恳谈过几次，希望他能来自己身边工作，又问他愿不愿意。裴顺顺说，我一个学计算机的，离了部队，回家能干啥，总不能去你们财务给你干会计吧。

  他爸爸"哎"了一声，说只要你想，凭你这个脑子没什么不可能的。

  每个人在自己的职场生涯，都会经历一个倦怠期，裴顺顺就正处于这个阶段。

  他爸爸和他谈完之后，他失眠了好几天，躺在床上就想自己转业之后的样子。

  也和卫蓁似的，搞一辆跑车开开，得比卫蓁还拉风，至少得是保时捷。

  以后就脱下这身军装，再也不用穿了。想着，裴顺顺从床上爬起来，打开自己的柜子，翻便装。

  裴顺顺不太注重打扮，也不懂名牌，他的便装都是商场购物车里打折的那种，以前穿在身上不觉得如何，总想出门在外越低调越好，现在看着镜子里的自己，怎么都觉得别扭。

  他去他老爸的衣帽间鬼鬼祟祟翻了点东西，高级定制的衬衣、名牌的皮带，又偷了一块劳力士扣在手腕，正一正衣领，他满意地看着自己。

他家保姆不知道什么时候趴在门口,看见裴顺顺这样,"妈哟"一声,转身小跑着叫顺顺妈过来看。

顺顺妈和顺顺爸连跑带颠地跑上楼,以为裴顺顺睡着撒癔症了,这一推门,看见儿子穿得整整齐齐面带微笑地站在自己跟前,顺顺爸心情激动。

"嗯,嗯,好,其实……我儿子也是蛮帅的嘛!怎么样,这表喜欢不?喜欢的话等你转了业,爸送你一块新的。"

裴顺顺转着手腕,没说话。

只有顺顺妈拉着他问:"儿子,你真想好了?这衣服脱下来容易,再穿上——可就难了。"

裴顺顺又躺回床上,抱着自己的军装盯着月亮发呆,鼻子凑过去闻闻,一股汗味儿,他嫌弃地把衣服扔过去,蒙被睡觉。

转业报告打上去,裴顺顺的领导不批,把他叫到办公室劈头盖脸一通骂,让他滚回去想清楚。

他低头伏在案前写什么东西,头也不抬。

"当年我去学校招你,你忘了自己扒着我车门说想跟我走的时候了?我跟没跟你说这当了兵的好处,我又跟没跟你说过当了兵的坏处,现在知道外头好了?你干吗当时跟我走啊,你当我这儿是什么地方,游乐园哪?哦,玩够了,拍拍屁股想走了?"领导慢条斯理地把钢笔旋进笔帽,大手重叩桌子,双眼威严怒瞪,"我告诉你,裴顺顺,别以为自己是个特招进来的就把自己当根葱,我们部队比你能耐的人有的是,不是非你不可!"

被骂出去的裴顺顺垂头丧气地从大楼里出来,望一望操场上列队的战友,看一看这周遭的草树,又有点后悔。

进退两难。

这几天正是他的低谷期,临时被派到学校来公干。遇上胡唯,裴顺顺难得有了些好心情,笑着跟他打招呼:"小胡哥!"

"顺顺,好长时间没见了,忙什么呢?"

胡唯刚从教工楼里出来,手里拿着调令,一如往常的神色。

"嗨,没忙什么,临时过来送个文件。怎么样,要结业了吧,我都听说了,以后咱俩可就是同事了,你们在五楼,我在三楼。"

胡唯笑了笑,低头没讲话。

裴顺顺一顿,察觉出他的情绪:"怎么?是有变动了?"

眼睛再一看胡唯手里拿的调令,裴顺顺疑惑地抽过来,旋开档案袋,霎时倒抽冷气:"怎么能这样?不是说好的……"

"往往说好的事情才容易变卦,对吧?"将档案袋拿回来,小胡爷轻轻背手,把调令别在身后。

裴顺顺不知道说些什么,这个打击别说对胡唯,对他一个旁观者来说都觉得无法接受。

布西贡高原，距离虬城四千公里，海拔高3400米，高原山地气候，终年长日照低气温，出了大山还是大山，望过云层又是云层。

这和发配边疆有什么两样！

"这你也答应？是不是有人在暗中搞鬼顶了你的缺？你没去找岳叔说说这事，他在医院认识的人也不少。"

"不了。"打成人以后，干什么事都是自己，久而久之胡唯就习惯了，走一步是个坑儿，横竖都是自己的脚印，要是别人帮衬一把，这条路就变了意思。

何况这事，调令没下来之前怎么都好说，一旦定下来了，找谁都没用。

本来以为来了虬城，虽然不能像平常的亲生父子一样和岳小鹏生活，好歹能时常去看他，冬天不方便的时候帮他洗个澡，这下倒好，虬城、雁城两个爹，全都得抛下了。

寒冬下过两场大雪，有学生兵在抡着笤帚扫路，年纪轻轻的小伙子们，热得脱了棉衣卷着袖子，脸和手红红的。

裴顺顺低头看着自己的脚尖："小胡哥，你想过转业吗？"

"转业？"胡唯怔了一下，"没想过。"

"哪怕现在这样，也没想过不干了？"

胡唯真的在思考裴顺顺说的话，可还是坚定地摇头："没想过。"

裴顺顺自惭形秽，如今面临这样的境遇他都没想过走，自己怎么就为了那一块表、一辆车，就舍得呢。

胡唯回了宿舍整理最后的行装背囊，心里想着事，杜星星风风火火地从外头赶回来，跑得呼哧带喘："排长！"

胡唯收紧背囊的抽带，茫然地回头："怎么了？"

杜星星站在门口用袖子抹了把鼻涕，快哭了："他们怎么能这么对你！外面都传开啦，我听说了！"

他是南方人，第一次在北方过冬，前几天下雪跟着人出去看热闹，有点感冒。

胡唯走过去把宿舍门关上，递给他一张纸巾："擦擦。"

杜星星不接，很执着地问："为什么是你？"

胡唯走回自己的床铺，接着收拾行装，动作不停："谁不都一样吗，革命工作还分你我？只能怪你排长太聪明，一不留神考了个第一，树大招风呗。"

杜星星一根筋，打心眼儿里为他抱不平："可可……可不是这个事！"

"不是这个事是哪个事？"他双手用力把鼓鼓囊囊的背包从上铺举下来，拍拍手上的灰，"那地方也挺好，宽敞，抬手都能碰着天。"

"那你女朋友怎么办？你家里怎么办？"

终于戳了胡唯的心窝子,他停下来,一言不发地看着某处发呆。

是啊,那棵豌豆苗苗该怎么办?

跟着他从雁城追来了虬城,总不能再从虬城追到高原去吧。

那地方氧气稀薄,土地贫瘠,不适宜生根发芽。

他从包里拿出一个信封,递给杜星星:"里头有你几张照片,记得给家里寄回去,让他们看看你。"

杜星星之前一直有个心愿,就是能在学校门口和那块牌子拍张照片,回去给父母看看,给自己的女朋友看看。

可他不好意思管学生处搞宣传的干事借相机,一个小士官,这个心愿憋在心里,让胡唯看出来了。

胡唯抽空去了学生处一趟,把相机搞来给他在学校里很多地方留了影。胡唯能为自己借相机,杜星星已经很感激了,后来他也没好意思催着胡唯要照片,以为胡唯把这件事情忘了,谁能想到胡唯始终记着,还给他洗了出来。

一张一张,有杜星星在学校大门前的,还有在教学楼下的,还胡唯和他的合照。

"留个念想吧。"

杜星星看着那个信封,眼泪啪嗒啪嗒地往下掉。

"排长……不对,连长。"他用袖子抹眼泪,低头像个委屈的孩子,"我会想你的,以后我一定去喀城看你,你是我这辈子遇到过的最好的排长,不对,连长。"

"男子汉大丈夫,以后的离别多着呢,你总这样哭哭啼啼的像什么话?"胡唯像搂着弟弟一样抱住杜星星,拍他的背。

"星星哎,人这一辈子会去很多很多地方,在这些地方你也会遇到很多很多人,有的是暂时落脚,有的是安家立业,但是你去过的这些地方,遇到的这些人,不是让你用来伤心的,是用来让你放在这儿的。"

他揣着杜星星的胸口。

"当兵就是这样,跟你的战友、排长、连长,谁都没有一辈子,你别忘了他们,记在心里,不管将来去哪儿,都能堂堂正正不给他们丢人地说,我是广州摩步旅三十六团出去的兵,这就是他们存在的意义。包括我们相处的这半年,将来你对人说起,咱也是去大学校进修过的人,你和他们说起的这些经历,想起的这些事,让你觉得光荣有底气,就是我存在的意义。"

杜星星脸埋在胡唯肩膀上,瓮声瓮气:"排长……可我还是不想让你走。"

胡唯眼眶也红了,故作严肃地骂他:"怎么娘们儿唧唧的,立正!"

杜星星不情愿地放开他,抽着鼻子立正。

"向后转。目标,食堂,跑步——走!"

杜星星向后转,又回头:"排长……"

胡唯冷言冷语地转过身,双手抄兜:"走!别让外人听见,我嫌丢人。"

杜星星双手攥拳,憋红了脸,鼻涕眼泪淌在脸上,也不敢出声,在胡唯的逼迫下,不得已做了个起跑姿势,一股脑儿冲出门去。

跑啊!

跑了,累了,胸口堵着的气就撒出来了;哭了,忘了,和这儿的感情就暂时散了。

他要牢记排长教给他的话,把排长放在心里。

男子汉大丈夫,今后的离别还很多,战斗的日子还很长。

小小的宿舍重归平静,胡唯拿起自己留的那张和杜星星拍过的合照,收进包里,拎起行囊在外头关上了宿舍的门。

有和他关系交好的人出来送他,也有始终看他不顺眼的,在背后议论纷纷。

"风水轮流转,这人哪,最怕乐极生悲。"

"怎么了,怎么了?"

"你还不知道哪,都传疯了。"那人努一努嘴,示意胡唯的背影,"总部没去成,被发到喀城了。"

有人惊愕捂住嘴:"真的假的?是犯错了?临时下的处分?"

"谁知道怎么回事,命令刚来。"

"啧啧啧,这可真是。"

教工楼六楼的办公室里,蔡喜和宋京生并肩站在窗前,看着那个孩子穿着迷彩棉衣,背着行囊,独自走出宿舍楼,走过"热烈欢送结业战友"的红色横幅,走过操场,渐渐消失不见。

蔡喜从鼻子里出气:"现在这样,你很满意?"

宋京生满眼愧疚,可再愧疚,腰板也挺得很直:"老排长。走出去,不见得是坏事,真正有能力的人,在哪里都会有作为。你把他在雁城关了三年,该飞出去看看了。"

又是一个深夜。

卫蕤自己开车,来到虬城南园位于右街上的一个后门,这里以前是个荷花公园,现在上了冻,十分萧条。

路边已经停了一辆黑色轿车,似乎正在等他,车窗降着,胡唯衬衫领子敞着,棉袄脱了叠在后头,正在吸烟。

他不知道在这儿等了多久,车里烟味很重。

卫蕤从自己车上下来,甩上车门,坐进胡唯车里,一上来就焦急地问:"到底是怎么回事?"

他来得匆忙,连大衣都没穿。

胡唯没说话,把烟头含在唇间,倾身从风挡玻璃前拿了个信封给卫蕤:"这个,我走之后你再给她。"

"什么时候走?"

"后天。"

"这事……没缓?"

"没有。"

"那她怎么办?"

"不知道。"

"那就分手吧。"卫蕤鼓足勇气说出这番话,没有任何私心地站在公平的角度,"她才二十多岁,刚考完研究生,将来的路长着呢!谁会知道她未来遇见什么人、发展成什么样,你没道理这么捆着她,让她看不见人,摸不着你影,还这么等,跟守活寡有什么区别?"

小胡爷淡淡咧嘴笑了笑,下定了决心似的,眼神透着坏,透着破釜沉舟,透着谁也无法撼动的坚定。

他薄唇轻启:"我不。"

卫蕤不解:"为什么不?难道你就想这么拖着她?你十年八年回不来,就让她等你十年八年?或者,让她跟你到那地方去?也把她晒得皮肤皱了,黑了,没个合适她的工作,天天守在周转房里给你洗衣做饭带孩子?偶尔站在山头看家乡?"

头重重靠在座椅上,卫蕤眼中冷漠:"胡唯,你不能这么自私。"

小胡爷轻轻闭上眼。

他不听。

"如果在虬城,考上个好学校,或者——"卫蕤咽了下口水,慎重地说,"我送她出国,无论哪一种,你心里都比我清楚,她的人生一定会比现在丰富多彩。你想过没有,也许就是她接触的人和事太少了,才会局限于你,非你不可。等你走了,她不再等着你,守着你,有了自己的生活重心,那时她的选择才是最公平的。"

"长痛不如短痛。"

道理谁都懂,做起来,太难。

把那么一个人硬生生从自己身边推开,让她走得远远的,让她别等别守别盼,她盈盈无措地望着你,天真地问,小胡哥,你到底怎么了呀?

心如刀绞。

胡唯始终闭着眼。

卫蕤也开始沉默地望着窗外。

他低声咒骂:"这叫什么事啊……"

太阳渐渐升起来,普照寒冬大地。

今天是元旦,2011年的1月1号。

二丫揉着眼睛起床,看见外面积雪,打着呵欠洗脸刷牙。她想今天要去学校找胡唯,总不能两天联系不上,这人就没影了吧。

他要是忙出不来,她就陪他吃顿肯德基再回来。

上次他说把腮帮子咬破了,食堂伙食不好,吃不上肉。

点了原味鸡腿,二丫吃外面的脆皮,把里头没滋味的肉给他。

想得好好的,用毛巾擦了脸出来,二丫想把屋门打开串一串新鲜空气,手刚摸到门把上,隔着玻璃,她看见了正在房檐下蹲着的胡唯。

他背对着她,裹得严实,正打着电话百无聊赖地望着一院子的雪。

二丫惊喜,蹑手蹑脚地打开房门,想从他身后扑过去搞个突袭,怕有声响惊动了他,还把鞋脱了。

看他挂了电话,揣进羽绒服兜里,二丫瞅准时机,铆足了劲儿蹿到他背上。

"嘿——"

她的手死死扒着他的脖子,热乎乎的小脸贴着他冰凉的脸,他顺势托着她屁股站起来。

"你怎么不进屋哇?"

他身上特别凉,应该在外头冻了很长时间。

他背着她转了个圈,笑嘻嘻:"你睡得太死了,我敲门你没听见。"

"进屋,进屋说。"

二丫趴在他背上指挥方向:"我给你打电话你怎么不接呢?学校的事都忙完了?"

把人放到沙发上站着,胡唯回身去捡她的棉拖鞋。

"考试时手机都交上去了,又要验宿舍收拾行李,就忘了。"

"你考得好吗?"

他反问她:"你考得好吗?"

二丫胸有成竹:"交大没问题!那你就算结业了?以后再也不用回去上学了?"

胡唯笑了:"对!"

二丫抓着他不放,糯糯地问:"我听卫蕤说,你要调到虬城来了,结业就去上班,是真的吗?"

胡唯沉默了一瞬,忽然转移话题:"你今天有事吗?"

二丫老实地摇头:"没有,本来想去学校看你的。"

"那我带你玩去吧?"

"玩啥?"

"跟你过节,去我小时候玩的地方看看,带你滑冰去。"

二丫想去爬长城，还想去爬野长城。她说景点有啥意思，一颗颗脑袋都是人，要去，就去人少的地方，看别人看不见的东西。

"那你再多穿点，外头冷，回头一待就是一天，该冻透了。"

二丫往脚上又套了一双棉袜子，塞进厚实的登山靴里，在地上跺跺："够厚了，再多要出汗的。"

胡唯带着她出城去了旺泉峪，那是一段在野长城中保存历史相对完好的，也是落差最大的一段，站在高处往下看，整段长城像一只蝴蝶的翅膀，苍茫壮观。

因为出发的时间很早，到达时才上午九点。

今天的虹城又是个大晴天，湛蓝蓝的天空飘着几朵云，很适合户外活动。

二丫用她爷爷的话讲，家里油瓶倒了都不伸手扶一下的小懒驴，冷不防需要爬上爬下，刚走了不到一个小时就气喘吁吁了。

胡唯始终不紧不慢地跟在她后头，二丫回头说他："你快点走啊。"

胡唯捡根小树枝搁在手里："我怕你脚滑仰下来。"

背着小水壶缓了口气，二丫又往上爬："滑不下来，我底盘稳着呢。"

胡唯老神在在："一般底盘稳的，小时候都胖过。"

二丫停下来双手叉腰："你怎么知道？"

"电视没看过吗，扔铅球那运动员，下盘多结实。"

提起铅球，二丫心虚地低下了头。

上高中那段时期，因为有晚自习，怕外面东西不干净，家里保姆天天给二丫带饭盒。杜稽山一天能吃多少粮食，往往都是煮一大锅饭，带三分之二给二丫，剩下的老爷子再吃。

每次装饭盒，赵姨都怕二丫不够吃，往饭桶里装一勺，低头看看，嘴里嘀咕着"再来点吧"，又往里头装半勺。

二丫又是个不喜欢剩饭的人，高三学习压力也大，每天最快乐的时间就是下午课结束之后，晚自习之前的那三十分钟。

她美美地打开小饭盒，用勺子捞饭，就像打开魔盒似的每天都有惊喜，赵姨给她装多少她就吃多少。

赵姨晚上回来给她刷碗的时候，看见光秃秃的饭盒就想：啊，这可能是不够吃，要不能吃这么干净吗，明天再多带点吧！

就这么喂猪似的饲养了二丫整整半年哪！给她饲养得是白白胖胖、结结实实，体重直接从九十二斤飘到了一百二十斤，最明显粗的就是腿。

家里人跟她朝夕相处谁也没觉出她胖，直到过完暑假，打算装箱子去上大学，二丫掏出衣服往身上试的时候才惊恐地发现，牛仔裤套到膝盖往上，再也系不上扣了。

她跑到镜子前看自己，捏捏大腿内侧，掐掐肚子上的肉，"哇"的一声倒在床上开始打滚。

她爷爷坐在床尾哄劝她:"胖点怕什么的,慢慢就瘦下来了,你哭这么大声,把爷爷吓一跳。"

"哪那么好瘦!过几天去上大学,怎么有脸见新同学啊!"

哭得像个小泪人,二丫打定主意要减肥。

什么扎马步、深蹲、夜跑、节食,怎么累怎么来,好在那时她有个特别好心的室友,知道她在减肥也不说风凉话,还指导她:"你跑步时可以穿一件运动内衣。"

"啥是运动内衣?"

室友的爸爸是个运动员教练,对这些事情十分精通,她爬上二丫的床铺,细心地给二丫讲,你穿对了合适的内衣,可以让你的胸保持良好的形状,不会缩水那么快。

别的室友听了都觉得不好意思,互相递着眼神。那时二丫就对自己的身材有着高标准严要求,胸部对女孩子来说多重要啊。于是,她蹙眉认真一想,拉起室友的手:"我不知道长什么样,你能不能周六陪我去买一件呀!"

就这么练了半年,二丫的体重总算是又变了回来。现在想想,毕了业就没怎么联系了,其实当初应该好好谢谢那个室友的。

"不爬了,不爬了,我累了。"二丫一屁股坐在地上,指着不远处问胡唯,"那是啥?"

胡唯说:"敌楼呗,观察敌人用的。"

她又一指:"那这墙上为啥有洞?"

胡唯又说:"防山上泄洪排水用的,怕冲垮了。"

二丫累得揉腿:"你怎么知道得这么多?"

小胡哥也拢着衣襟坐在她旁边,懒洋洋望着长城脚下风光,目光悠悠。

"没事多看书呗。"

一时两人无话,都发呆看着风景。

这一刻。

阳光灿烂,北风号啕,山河辽阔,满眼苍茫。

大片大片进入寒冬的树木凋零了颜色,只剩下漫天遍野的灰,枯枝叠着枯枝,岩石漫着岩石。

二丫低头用小石子儿在蒙着沙土的地上轻轻划拉,嘴里感慨:"可真大呀……"

"什么大?"

什么大,她也词穷,心里大,宽得能装下万物。世界大,大到感觉自己都渺小。

小石子儿勾勒了几笔画,画了两个小人儿,二丫用手又囫囵抹掉,拍拍手上的灰站起来:"我歇够了,你带我回去吧。"

小胡哥微笑着,朝她一抬胳膊。二丫立刻知道他的意思,两只手拉住他,"哎哟"一声把他拽起来。

下午,两个人又去了护城河。

二丫一直都想滑冰。

河水上冻,冰面上有很多踩冰刀或者玩游戏的小孩子。

二丫裹着小红袄混迹其中,被几个孩子拉着在冰上穿梭。她学什么都快,一开始,胡唯带着她,一个在护栏里,一个在护栏外,她走得小心翼翼,溜了两圈,她胆大起来,不要胡唯拉着她,开始自己滑。

几个四五岁大小的男孩儿戴着卡通绒线帽,跟在她屁股后头嘲笑她。二丫皱鼻子猛地回头朝他们做了个鬼脸,脚下一滑,"咣当"摔在冰面上。

胡唯心里一紧,站起来。

几个小男孩儿哈哈大笑,递出稚嫩小手,让二丫拉着他们站起来。

"阿姨,你太笨了,我们教你吧。"

二丫冻得鼻尖发红,还在纠正:"叫姐姐!"

有个胖乎乎的男孩儿说:"姐姐,你跟着我们滑吧,我们拉着你。"

"好哇!"

于是三个小男孩儿排排站,幼儿园站队似的,二丫在最后,为首的小男孩儿鼓起腮帮吹了声口哨:"快让开,发车喽!"

一大三小,有条不紊地在冰面上穿梭,一开始速度很慢,后来几个小子收不住,开始加快速度。二丫跟他们玩疯了,越滑越快,时不时从冰面上传来她的尖叫。

后来,加入的小孩儿越来越多,队伍逐渐壮大。二丫像个孩子王,被他们围着,拉着,欢笑着,打闹着。

从天亮玩到天黑,最后都累得仰在冰面上,脚也麻了,脸也木了,几个孩子的爷爷奶奶要带他们回家了。

他们依依不舍地跟二丫说再见。

二丫被胡唯领着,手里拿着一串糖葫芦也和他们高高挥手。

回家路上她还拍拍小红袄,对胡唯说:"今天是我来到虬城以后最开心的一天!"

为啥,因为她考完试了,没有烦恼了,她最亲最爱的小胡哥也终于毕业了,俩人能在虬城为非作歹、欢天喜地了。

可这喜悦没持续多长时间,一盆冷水兜头浇下,浇灭了二丫的笑容,浇灭了她心里始终燃烧的小火苗,浇得这棵豌豆苗苗蔫头耷脑,险些没挨过这个冬。

她听见胡唯说"我要走了"的时候,正脱掉袜子用热水袋暖着脚丫,还接了一句:"你干啥去?"

胡唯站在窗前,没转身:"去西南,去喀城。"

二丫没转过来这个弯儿,愣头愣脑地问:"去旅游啊?"

她以为他在学校结业了,压力太大,想去放松一下。

一句话把小胡哥都逗笑了,他低了低眼,那几个字怎么也不忍心说出来。

默了一瞬,他说:"去工作。临时发生变动,需要去林省的一个师驻地,在高原边防线上。"

热水袋敷着冰凉的脚丫,在外头玩的时间太长,都没知觉了。

她问:"去多长时间呢?"

"不知道。"胡唯转过身来,镇定地注视着她,"时间很长,有可能是三年五年,也可能是十年八年,或者——"下半辈子都在那儿了,直到他四十岁,五十岁,转业了,退休了,都在那儿了。

二丫的眉毛倏地竖起来,像是忽然受惊了的小动物,浑身的毛都奓起来。

她一动不动地看着他,没恼怒,没悲伤,就那么直勾勾地盯着他。

那是一个十分抗拒的表情。

"为什么……不是,不是说好了在虬城吗,卫蕤都跟我说了,说你调到虬城来,毕业了就去的。"

"是,之前是这样。"胡唯走过来。二丫的表情让他有点慌张,他尽力稳着声音,安抚她,"但是喀城缺人,临时抽调决定的。"

"为什么是你?为什么不是别人?"

"也有别人,不是我自己一个人,还有人和我一起。"

二丫又犯了老毛病,不知道是冷的还是害怕,像她姥姥走的那天,开始发抖,浑身抽搐。

胡唯吓得后脊梁一下冒了汗,手用力扳住她的脸不让她哆嗦,提高了声音叫她:"杜豌?杜豌?"

二丫挣开他的手,她是不觉得自己在抖的。

"你别碰我。"

小胡哥倏地松了劲儿,那只粗粝、有着浅淡伤疤的手,就那么僵在空中。

良久,他镇定地把手垂在膝上。

二丫渐渐止住了抖。

"那我怎么办呢?"

那她怎么办呢?他去虬城,她也跟着来了,她以为能就此安稳下来,她才考了研究生,打算在虬城念书的。

他又要走了。

她仰头赤诚地问他:"我能跟你一起去吗?"

她连喀城在哪儿都不知道！这是胡唯最怕的事。

他毫不犹豫地掐断她的念头："不能。"

"为啥？我可以跟你一起去，喀城在哪儿？"她没头没脑地想去找地图，"喀城有没有大学，我可以在那儿念书，等你。"

"杜豌——"他温声制止她。

可二丫不依，光着脚还是要去找地图。

小胡哥终于暴怒，扯小鸡儿似的拽着她胳膊给她拉回来，一把推进沙发里。

"喀城很小，在海拔将近四千米的地方，没有学校让你念书，除了高原就是雪山，老百姓住的地方离我还有几百公里远，你去了也见不到我。喀城没有你的老师同学，你也不能常回去看爷爷，没有大商场，买不了好看的衣服，吃不了爱吃的东西，那地方会引发高原反应，常年日晒，会给你晒得脱皮，发黑，自己照镜子都会哭出来。"

一口气说完，胡唯冷了眉眼："还想去吗？"

二丫瑟缩了一下，诚恳地摇摇头："不想了……"

她怯怯地看他，眼珠子骨碌碌转，又想出了个办法："我可以在虹城等你呀！"

"我念研究生三年，念完了你要还没回来，我就回雁城等，早晚你会回来的。"

"等到三十岁、四十岁？"

"嗯！"

一声短促嘲讽的笑，一双暗中攥紧的拳。

"那要是我不在的时候，你遇上了更喜欢的人，怎么办？"

二丫笃定："不会的，我不会遇到的。"

说完，她又补了一句："遇到了，我也不会喜欢他的。"

我会把你的照片贴在床头，早上看，晚上看，心里牢牢记住，这是我的小胡哥。

"话别说得这么肯定。"小胡哥拉过一张椅子，和二丫面对面坐着，耐心地开导她，"人生无常，你前两年的时候会想到现在和我在一起吗？"

二丫摇头。

"你大学毕业时会想过自己还有再回到学校念书的那天吗？"

二丫还是摇头。

"那你去年喜欢的衣服今年还喜欢吗？"

二丫又摇头。

"所以——"

"那我不在你身边，你会在喀城喜欢上别人吗？"二丫打断他的话，一双澄澈的眼睛写满了认真。

小胡哥平静深吸气,深深地凝望着她。

然后,他说:"这也……有可能啊。"

他咳嗽了一声,又把椅子往前拉了拉,挨近她:"你看,人都是喜新厌旧的,短期内也许咱俩心往一处使,但是架不住咱俩离得远啊,我看不见你,你也看不见我,我每天干什么你不知道,你每天干什么我也不知道,这根本不是打两个电话就能解决的问题。"

二丫的指甲抠进了肉里。

她想了想:"那如果我一直没有喜欢的人,我就等你;如果我有了,发现自己不喜欢你了,我会告诉你。同样,如果你在喀城有了喜欢的人,不喜欢我了,你也告诉我一声。这样行吗?"

小胡哥笑了,他笑起来的时候,眼角有二丫最熟悉的纹路。

"好。"

"那你能让我自己想一会儿吗?"

"行。"

"你别去外面待着,外面冷。"

"那我去厕所,冲热水。"

"嗯。"二丫不看他,目光空洞地点点头。

拿了干净衣服,胡唯反手关上厕所的门,松了一口气。

二丫抱着腿在外面痴痴地想着,无意间一回头,发现胡唯刚才拿东西的背包开着,里面露出档案袋的一角。

二丫讷讷地拿过来,绕开封口的线,她想看看是不是真的,她怕他骗自己。

当扣着红戳戳的纸呈现在眼前,二丫手指轻轻摸着那张一英寸照片,忽然疯了似的闯进厕所。

小胡哥拧开水龙头,热水兜头喷出,他闭着眼,眼里含着热泪,水流顺着他的脊背汩汩而下。

正冥想着,二丫不管不顾闯进来,死死搂住他。

不知道是热水还是眼泪,她哽咽着不依不饶:"不走……不走……"

"你说的那些话都是骗我的,你想跟我分手对不对?你压根儿就不想让我等你,什么有了喜欢的人就告诉我,你前脚走了,过不了几天就会告诉我你有了喜欢的人,为了断我的念想对不对?"

二丫哭得伤心啊。

她能追到虬城来,可她追不到喀城去。

他就要走了,走得那么远,去那么苦的地方。

他为了让她好好上学,编了那么多瞎话来骗她,什么喜新厌旧,拿她当傻子才信了他的邪!

毛衣被热水浇得贴在身上，头发贴在脸上，二丫抽噎着："我让你走，我也不跟你去，我就在虬城，老老实实地上学，我会好好的，你别难过，你别为了我难过——"

高原高，高原苦，高原一望无际，看不见家乡。

他说太阳会把她皮肤晒坏了，买不到新衣服，吃不到好吃的，他又何尝不是呢？

他一个人在那儿，五年，十年，二十年，他的日子多难熬啊。他才找到他爸爸，家里才同意他们在一起。

"你抱抱我，我不后悔，我怕你走了，我才后悔。"

多勾人心魂的恳求！让人疼到极致的呜咽！

我不后悔。

我怕你走了，我才后悔。

再也不管不顾地，脱了她的毛衣扔到地下，解开她背上的扣子，胡唯转身，疼惜地抱着她，一场深入灵魂的拥吻。

瘦弱的背抵着厕所逼仄的瓷砖，痛得仰头。

"你别忘了我。"

"不忘，至死不忘。"

"我等你，等到头发白了，牙齿掉光，我也等你。"

"别等，别等。"

"我会好好的，遵守约定，你也要照顾好自己。"

"好。"

二丫……二丫……

我至死不忘你。

我用不知预期的下半辈子记得你。

在我心里，你是我的妻。

那爬上灯台偷油吃的小老鼠正做着喜庆艳红拜天地的黄粱美梦。

老和尚一场晨钟暮鼓，硬生生将这场梦摔得稀巴烂。

小老鼠胡须上还沾着香油，灰溜溜钻进了自己的洞里。

大梦醒来，白日长河，青山依旧在。

飞机舱门大开。

风吹得裤管作响，吹得赵老憨哈哈大笑。

"快走，快走，赶得及回去吃咱师部的食堂，为你们准备了接风宴哪！"

胡唯与邱阳整装待发，相视无言，被赵老憨赶西瓜似的塞进了飞机。

舱门关闭，发动机轰隆隆地响。

拉货的运输机飞过高原，飞过雪山，飞往一段全新的征程。

窗外是万里层云。

透过那稀薄雾气，胡唯想起了那一幅幅画。

稚嫩的，小孩子涂鸦似的简笔画。

画中的主人公都是一个戴着大檐帽的男孩儿。

过年时，她趴在阳台窗上，画男孩儿蹲在地上放烟花。

惊蛰暴雨，她在他的车窗上，画男孩儿穿夹克衫时的背影。

喜鹊归巢，她躲在他和妈妈住过的屋里，画男孩儿找到了爸爸。

寒冬凛冽，她坐在野长城上，用石头在土堆上画，画男孩儿和头上有个苗苗的女孩儿牵手，再也不分开啦。

张张是他。

一笔一画。

画的都是她守的城池，守的河山，守的家。

寒霜重，积雪厚。

窗棂上又冻起了一层冰碴儿。

二丫披散着头发，呵着白气，开始在玻璃上画画。

一只，两只，三只，春燕栩栩如生。

葱白的指尖被冰得发红，画完，她望着春燕恬静地微笑。

玻璃上映着二丫纯真的眼睛和脸颊，她虔诚地想，挨过这个冬天，就让她的小胡哥快点回来吧。

2014年12月，虬城，二环商贸，广播电视中心。

位于十五楼的纪录片频道节目部正在有条不紊地工作着，十几个人的格子间，气氛轻松，都在低声忙着自己的事。

年轻小伙儿脖子上戴着电视台工作证，趴在工位挡板前小声叫前头的人："杜姐，杜姐？"

"嗯，好，下午三点，B楼西侧会议室。"女人歪头夹着话机，右手飞快地记下时间地点，唰地一撕，粘在电脑屏幕前。

电话挂掉，细细的鞋跟轻抵地板，转椅优雅转了半圈。

女人一套十分通勤职业化的打扮。

黑色高领贴身的羊绒衫，高腰灰色西装裙，裙摆垂至小腿，同色黑打底袜，一双六厘米的高跟鞋。

典型出入高级CBD大楼白领丽人的装扮。

抛开这身穿着——

二丫眉毛蹙起来，热得直拽领子："叫我干啥？"

办公室空调开得太高，回回早上来的时候冻个大红脸，中午午休的时候又热个大红脸。

"这么一冷一热,早晚要感冒。"

二丫十分惜命地还在自己杯里泡了柠檬水。

小伙子用笔挠着下巴:"杜豌姐,中午加班,能不能帮我带个饭回来?"

"吃啥?"

"番茄烤肉饭,加个煎蛋。"

二丫比了个"OK"的手势,细细圆圆的鞋跟转了个圈,又回到自己的位置。

二丫已经在这里工作半年多了。

前半年试用期,最近刚刚转了正。

来电视台工作,完全是个巧合,超出了二丫预料,也顺理成章。

她研究生毕业那年,各大国企事业单位有校园秋招,她混迹在众多求职的同学当中,和她本科毕业那年一样,没什么目标。

别人都急着发简历,和各大单位的人力资源套近乎问待遇,她拎着个小纸兜兜这里看看那里看看,像个逛菜市场的。

正逢虬城电视台来招聘播音主持,跟来的面试官冯亮一眼就挑中了她——身形瘦长,没化妆,穿着普通,五官很有灵气。

"哎,那小孩儿,说你呢!"

二丫茫然地回头看看,指着自己:"叫我?"

"对,就你,来来来,你过来。"

二丫挤开人群站进去,冯亮忙着四处给前来问询求职的学生发简章,头都不抬。

"你是本科还是硕士?"

"硕士。"

"哪个院的?"

"语言传播学院,读英语的。"

"哦——"虽然不是对口专业,还算沾边,"坐,坐这儿说。"

安排好了求职学生,冯亮拽过一张椅子在二丫对面坐下,开始面试:"我是虬城电视台的,把你的简历给我一份。"

二丫从小纸兜兜里递过自己的简历。

冯亮捋了捋自己半秃的发型,重重叹气,翻起二丫的简历看。

"北二外毕业的?哦,本科学的就是英语是吧,翻译方向……那你口语肯定没问题吧,中间还有过两年工作经验?为什么没本科毕业之后直接读研啊?"

二丫总不能说我胸无大志压根儿就没想读,是男朋友来了虬城自己没事干才考的吧。

她双手放在膝盖上,老老实实:"家里条件不允许,工作攒了两年钱才来念的。"

"哎哟,还是个可怜孩子。"

简历翻了两页,冯亮就不看了,直接说出对她的招聘意向:"有兴趣继续从事本专业吗,我们国际新闻频道现在缺人?"

"缺什么岗?"

"播音主持,两档播报节目的主持人。"

二丫抵触地摇摇头:"不行,我坐在镜头前会紧张的。"

"啧,这有啥可紧张的,你做过翻译,不应该啊。"冯亮焦虑地捋了捋自己油得发亮的头发,不停地摇头,"那幕后呢,新闻翻译,给播报员写翻译稿。"

"这行行。"

"那你这样吧,后天早上九点,来电视台再面试一次,到时候通过了会给你打电话,给你定岗定薪。"

就这么稀里糊涂地,二丫迎来了毕业后第一个工作机会。

当时面试她的时候,两个部门的主管还为她吵了一架,新闻频道缺人,有这样硬件达标,工作经验丰富的实习生自然不想错过;可楼下纪录片频道缺个英语配音,听了二丫的现场实录,主任稽青立刻拍板。

眼下两期节目要上网,后期迟迟没做好,特别着急。

吵来吵去没结果,冯亮征求二丫的意见:想去哪个部门,你自己定。

二丫一想,新闻频道,加班的时候肯定多,何况主任还是个看上去有点死板的老太太,日子不好混。纪录片就不一样了,后期配音,戴着耳机像电视剧演员似的,多好玩。

她满脑子都是小时候看《动物世界》赵忠祥老师磁性的声音——

春天来了,又到了万物复苏的季节,随着湿润季节的来临,万物开始骚动……

想着想着,她自己傻笑,笑得几个面试官心里发毛。纪录片频道的主任稽青一拍桌子:"不用争了,她一笑我都知道想什么,肯定跟我走了。"

大家不信邪,非要让稽青说二丫到底笑什么。

"想赵忠祥赵老师呢,对不对?"

二丫眼睛倏地瞪圆了:"你咋知道?"

"他们这年代的孩子提起纪录片全是《动物世界》,没别的!"

众人哈哈大笑。

稽青领着二丫就往楼下走:"快点,快点,早报到早开工,一堆活儿压着等你干呢。"又接着介绍,"平常呢,你活儿也不多,我们电视台不像别的企业,是你的工作就是你的工作,除了专业之外的你也干不来,后期配音这个回头让制作部的人给你培训,好上手。另外就是咱们频道有很多招商,包括跟国外制作团队的沟通啊,英国美国的,这都有,开会的时候你来做翻译,行……行吧?"

稽青说这话的时候也有点含糊,怕二丫听出来是让她一个人干两份活儿。

谁知道二丫初入职场,稀里糊涂混了份工作心里正高兴呢,连讨价还价都没有,立刻乖巧地同意了。

就这样,给她挂到了纪录片频道的制作部,专职配音,业余时间打个行政杂,参与参与外商会议,因为十五楼的同事们普遍都是年轻人,创造力和团队精神都很强,十分照顾二丫这个新来的。

二丫又聪明,什么工作都上手得快,工作的日子对她来说并不无聊,她过得十分快活。

杜嵇山知道孙女有了正经工作之后,情绪激动,保姆赵姨私下里告诉二丫,你爷爷开心得半宿没睡着觉。

他说这不比你在外头挣了多少钱让他高兴,好坏在社会上有了保障,混入大集体工作,见的世面多了,对她是个锻炼。

二丫听了眼睛发酸,想哭。

她念研究生这三年,没少让杜嵇山操心。

二丫的爷爷今年已经八十八岁了,上天福祉,老爷子除了走路不太方便需要人扶一把,身体还算硬朗。只是人越来越老了,没什么劲儿了,许多事看在眼里,但嘴上并不说。

2011年的元旦,老爷子为了孙女大病一场,住院七天,出院之后腿脚就变得拖沓了。

住院的起因是急火攻心。

那是胡唯走了以后,二丫从白天就开始昏睡,睡了两天,谁叫都不醒,一直闭着眼,盖着花被子,安详地睡。

卫蕤搬了个小板凳坐在她床前抽烟,肆无忌惮地往地下弹烟灰。

"起来啊你,装睡美人哪?"

换成以前,她早就要从床上跳起来骂他不讲卫生了,可她始终阖眼睡得沉。

"啧——"卫蕤烦躁地把烟蒂用皮鞋踩灭了,朝外头和小春喊,"你想想办法啊!总这么睡着能行吗,死了怎么办?"

和小春正用二丫的指甲钳修指甲,漫不经心:"没听说过那句话吗,你永远叫不醒一个装睡的人。"

"那也得让她起来,总这么睡觉什么时候是个头。"

"你让她睡,睡个三天五天的。"和小春扔掉指甲钳,拍拍大衣站起来,"别理她。"

卫蕤着急写在脸上:"不行,今天必须让她起来。你不是看心理医生吗,给他打电话问问怎么回事,是不是给催眠了?你包里带药没有,给她吃点。"

"我那药都是治不睡觉的,管不了这个。"和小春抱肩斜倚在门口,"她睡得可真舒服啊……我都想跟她一起躺一会儿了。"

卫蕤看和小春不帮忙，自己撸起袖子做了个抽耳光的动作，在二丫脸上比画了两下，想一想，不太忍心下手，又去找她浇花用的小喷壶往她脸上喷。

"不就是让她起来嘛。"

"你有办法？"

小春姑娘穿着一件火红的大衣，风情万种地走出去，站在卖面食的小摊前递给人家老板十块钱，拿走了代替真人吆喝叫卖的大喇叭。

卫蕤将信将疑："这玩意儿能行吗？"

和小春摆弄着按钮，不知道碰了哪里，大喇叭开始唱《生日快乐歌》，卫蕤双手捂住耳朵。

和小春清了清嗓子，拿着喇叭在二丫耳边开始呼喊。

"杜豌杜豌起床啦，你的小胡哥回来啦！"

二丫还是睡，呼吸均匀起伏，丝毫没有醒来的迹象。

和小春脱了大衣，不信邪，喝了口水又接着喊，喊得嗓子都哑了。邻居全都出来看热闹，和小春摸了摸二丫的脉搏，面色凝重地给卫蕤下命令："快点打电话，这么睡要出人命的。"

救护车"呜哇呜哇"地拉走了二丫，送到市二院，和小春拉着精神科同事给二丫会诊，最后得出结论——

身体啥毛病都没有，就是不愿意接受客观事实从而产生心理性排斥，造成了自我催眠。

表面上是睡着了，其实她自己清楚明白着呢。

和小春穿着白大褂，问同事："那她什么时候能醒啊？"

"想醒的时候自己就醒了。"

和小春郁闷叹气，拉着同事低声说："有没有什么快点儿的办法？给她扎几针呢？"

"她跟你什么关系啊？"

"表妹，真亲戚。失恋了没出息，我大姨都急死了。"

医生也八卦："那门口那男的是谁啊？"

"前男友呗，听说人不醒怕闹出人命，跟来看看。"

"其实好办，刚才给她检查的时候肚子就叫，不给她打营养针，明后天肯定自己就饿醒了。"

和小春笑起来，露出两颗小虎牙，就这么办了！

送医生出来，卫蕤还跟人家点头哈腰地道谢，医生瞪了卫蕤一眼，没给好脸色。

结果当天晚上，二丫躺在医院里的事情就让杜锐知道了。杜锐带着媳妇赶来医院，也不知道听哪个护士说的，搞误会了，以为二丫成了植物人。

一个大老爷们儿硬是搂着妹妹哭得鼻涕一把泪一把,消息传到雁城,说老爷子,你可得稳住,咱家丫丫出事了。

杜嵇山问出啥事了。

保姆学话也没学明白,就说丫丫成植物人了,八成醒不过来了。

杜嵇山捂着心脏"嘎"一下就抽过去了。

二丫做了个好长好长的梦,梦见了一对小老鼠穿红披绿地拜天地,他俩拉着手对着头,吱吱叫着搂着缸香油。

刚要入洞房,庙里敲钟,老和尚来点油灯,看见他俩,大掌挥下来,小老鼠抱头四蹿,就这么走散了。

小老鼠回了洞里,拍着肚皮想,睡一觉吧,睡一觉他就回来了。

就这么睡啊睡,睡到饥肠辘辘,二丫眼睛一睁,醒了。

赶回雁城,她趴在爷爷病榻前饿得一边扒饭一边保证,爷爷啊爷爷,你可千万别有事,你要有事我就成罪人了。

爷爷?爷爷?我是二丫呀。

她揪着杜嵇山的胡须,唉声叹气,把胡唯走了的伤心事也忘了脑后。

听见孙女的呼唤,杜嵇山醒过来,祖孙俩笑呵呵望着对方,从此家里再也没人敢提起胡唯这个人。

经历了这件事,二伯母更加加深了二丫"命不好"的定论。

还私下里跟儿子杜跃讲,以后快离你堂妹远点吧,亲近的人都克死了,人家胡唯那帅小伙前途那么好,都让她克到那么老远的地方去,以后指不定怎么着呢。

转眼就是2011年的春节,杜家人聚齐,杜希看见二丫,眼里除了疼爱,更多了些愧疚。

就连胡唯给自己打来的拜年电话,杜希都是躲在阳台接的,不敢让二丫听见。杜希在电话里嘱咐了胡唯好几次,要照顾好自己,保重身体。最后胡唯问——

"爸,二丫在吗?"

杜希往客厅看了一眼:"在,看《春晚》呢,你要跟她说句话吗?"

喀城的夜晚风寒雪重,那是胡唯第一次在海拔那么高的地方过年。他站在军区总院的病房里,平静地看着窗外。

良久,他才低低开口:"不了。让她看电视吧。"

二丫眼睛盯着电视屏幕,实则耳朵是听着杜希的一举一动的。杜希说点什么,她就抱着靠枕不安地动一动,直到杜希挂了电话,她一颗心才放下。

两个人就像当初约定好了似的。

谁也不跟谁联系,二丫生怕这个电话打过去,他就告诉自己他喜欢了别人。

2014年的通信设备，二丫已经从能砸核桃的诺基亚换成了时下最流行的"苹果5"，聊天软件也从QQ换成了微信。

只不过身边的人都不再叫她二丫了，更多的，是称呼她的名字——

杜豌。

下午两点有一个美国制作团队来开会，是针对今年新推出"全境系列"纪录片高清拍摄技术支持的研讨会。

闹钟提醒还有十五分钟，二丫打了个呵欠，抱着记事本和资料去B栋会议室。

她穿过走廊，穿过阳光大厅，熟稔大方地和同事打招呼，然后刷工作证，端庄地站进电梯。

一个身材好、长相佳、会穿衣的年轻美人，电视台很多未婚男青年都盯住了这个从学校直接招过来的姑娘。

体制内的单位，谈对象看条件，薪酬基本都那样，重点就看家里负担重不重，是否门当户对。

于是，渐渐地，有人来给二丫说对象了。

二十二楼新闻早播间的乔恒文，就是最先对二丫发起攻势的一位。

他请二丫喝咖啡，也不出去约会，就在电视台大楼的休闲厅里。二丫不爱喝这玩意儿，苦了吧唧的不说，喝完一下午嘴里都酸酸的，还要吃很多清新口气的糖。

乔恒文递给她一杯卡布基诺，二丫说了声谢谢接过来，硬着头皮嘬了一口，上嘴唇沾了一圈打发的奶泡。

她不自觉地伸出舌尖舔了舔，被乔恒文看在眼里，心里对她的喜欢又加深几分。

乔恒文人长得不赖，可以用英俊来形容，能做新闻主播的人气质也自然更好，他和二丫一起吃过几次中饭。二丫下午工作时一拍脑门儿，忽然想明白了，他可能是追自己呢。

往B栋走的时候，好巧不巧又遇上了他，他穿着一身黑西装，要去隔壁开栏目策划会。

"去哪儿啊？"他微笑着为她刷门禁，拉开玻璃门。

"和美国佬开碰头会。"二丫抱着记事本，和乔恒文边走边说。

"又要拍新片子了？"

"嗯，拍地貌，'全境系列'一共出五期，五月采风。"

"辛苦，晚上有时间吗，一起吃饭。"

二丫抱着记事本的手紧了紧，紧张地撒谎："开会，晚上得加班，下次吧，下次我请你。"

她心虚地冲乔恒文一笑。

乔恒文绅士风度："好，等你。"

谁知道下班在停车场二丫被乔恒文撞了个正着。

她故意晚了二十分钟，等准点下班的同事们都撤退得差不多了，她才拎包搭着大衣下楼，一路哼着小曲儿走到负一层停车场，按了下车钥匙。

胡唯威风凛凛的黑色坐骑应声而亮，二丫钻进驾驶座，开开心心地回红星胡同的家。

不经意地瞥了眼后视镜，这才发现乔恒文始终跟在她身后，握着方向盘微笑着看她。

二丫的脸腾地红了，她局促正了正身体，开车的间隙望着后视镜。

乔恒文用大灯晃了晃她，忽然加油蹿到她身边，降下车窗。

二丫悲壮地也降下玻璃，英勇就义的样儿。

乔恒文什么都没说，就温柔地叮嘱她一句："回家路上慢点。"

然后白色奔驰加速离去。

二丫在乔恒文心里是个谜。

她身上兼具女人的成熟和少女的天真，她想在你面前表现得一本正经，可总是不经意暴露孩子样的顽劣本性。

她不是虬城人，单位传过她家庭条件不好，研究生的学费都是自己打工挣出来的。

卫蕤知道她编的这瞎话以后骂她没良心。

"你打工挣来的？你怎么不说你要饭要来的？你打工挣的那点钱全都吃里爬外给你娘家了！给你那娶媳妇了，你哪儿来的钱？可怜我那苦命的胡爷哎！"

和小春重重踩了卫蕤一脚。

看着二丫瞬间黯下去的表情，卫蕤又把剩下的话咽了下去。

又有人传，说二丫其实是个富家姑娘，在电视台混个工作打发时间，要不平常总来单位找她，接她下班的，哪个看上去都人模狗样的。

可哪有富人家的孩子住在红星胡同那种地方的？

乔恒文猜不透地摇摇头。

二丫把车停在大墙垛下头，回到小院。

秃瓢大爷这几年秃得更厉害了，正往头皮上蹭着姜，怀里抱着六宝。

二丫猫腰学了几声"喵喵"，有奶白色的小猫崽迅速蹿出来奔进二丫怀里。二丫托起六宝的孙子八宝。

"回来了？"

"回来了！"

"烙韭菜盒子,还吃不吃?"

二丫打了个嗝儿:"这几天胀肚,不吃了。"

"今儿战果如何啊,可有马家军突袭。"

二丫抱着八宝愁得叹气:"敌军已至城关,破我城门之心犹如长虹之势,我等性命堪忧啊。"

秃瓢大爷急了:"嘿——怎么着,不是说好了等人家吗,谁啊,谁这么押不住?"

二丫一屁股坐在地上。

秃瓢大爷瞅瞅她,试探着问:"比他还好?要我说,条件还行就答应了,成不成的先处着。"

二丫一下一下地摸着八宝,兀自摇头。

没他好。

她后来见过很多人,那些人比他好看,比他英俊,比他富有。

可见过这么多,她每每面对他们的时候就想:

我的小胡哥吃饭才不吧唧嘴……

他才不会吃饭让我买单……

他走马路上会把我放到里面……

他会在最冷的时候把棉衣给我盖……

他会把他妈妈价值连城的花儿给我养……

他会放纵我让我拿着镊子拔自己的眉毛……

他把他最信任、最珍惜、最值钱的东西全都给了我,他会叫我二丫。

谁都没他好。

西南,喀城,二十四师师部驻地。

上午九点,胡唯从楼上下来,站在院里,仰了仰脖子。

年后有跨区大规模演习,为展示高原战区训练成果,能拿得出打得过,赵老憨十分重视。

演习前三个月,就开始练兵,在兄弟单位间进行模拟对抗。

在作战室待了六十个小时,待得黑天白天都混了,一晃头,颈椎嘎吱嘎吱直响。

有来师部办事的战友看见他在院里站着,笑着挥一挥手:"胡参谋,干什么呢?"

胡唯一身作战服,戴着帽子,笑眯眯:"乏了,出来站一会儿。"

今天高原上的太阳大,晒得人想伸懒腰,什么也不干,就想找个没人的地方用帽子盖脸,踏踏实实地睡一觉。

摘了帽子扒扒头发,胡唯眯眼看着太阳,做了个深呼吸。

邱阳神出鬼没不知道什么时候也下来了，站在胡唯旁边，和他一起远眺。两个人脸上皆挂着随遇而安的淡然微笑。

"真快啊，一晃都四年了……"

还记得刚来的时候，邱阳水土不服，下了飞机直接让救护车送进了医院。诊断结果严重高反，在病房趴了半个月。

原本师部的接风宴也没吃上，师长从虬城挖来的两个人只剩下胡唯一个人顶上。

办理调动手续，整理宿舍，和同事战友见面，交接工作，乱七八糟的事忙得人脚不沾地，得了空，他还得提着饭盒去医院里给邱阳送饭。

保温桶重重往床头柜上一搁，脚尖钩出探病坐的小板凳，胡唯搭着腿："怎么着，还得我喂你？"

邱阳从病床上挣扎着坐起来，脸色苍白："谢谢，我自己来。"

小胡爷翻了个白眼，心想，看你自己那德行吧。

邱阳吃病号饭，他就站在病房的窗外望着山。

这地方很难一眼就看到头，看过一座山，还是一座山。

好不容易邱阳出了院，胡唯又毫无征兆地倒下了。

晚上师部聚餐，吃了一会儿，发现少了胡唯，大家纳闷儿，有人吱声："不能啊，刚才我去找他的时候他说冲个澡就来，要不我去看看吧。"

敲他的房门也没人应，推开进去，胡唯躺在床上烧得浑身发烫。

赵老憨惆怅啊。

"城里的娃就是娇贵，奶得很。本来以为你是个身体素质好的，哎呀……来了那么长时间也没事，是不是想家了？"

胡唯手上扎着静点针，听了这话翻个身，一声不响地用后背对着赵老憨。

赵老憨哈哈大笑，大掌照着胡唯后腰就是一拍："我就知道你们这一个两个的都是跟我闹脾气呢，怪我老憨把你们从那好地方拉到这荒山野岭，年纪轻轻，这时候不出来锻炼，你还等啥时候？这叫不给你们留遗憾！

"你还是待得时间短，等你再感受感受就知道了，这地方，就怕你将来不愿意走喽——"

直到后来很久，胡唯才真切地感受到赵老憨当初说这话的意思。

这地方的人朴实、单纯，下连队搞系统测试，中午一窝蜂儿去食堂吃饭，胡唯去得晚了，有小战士热情朝他招手，在这儿呢！在这儿呢！

胡唯走过去，他们从桌子底下一人拿出俩包子放进他碗里。

胡唯诧异，小战士们憨笑："每回中午食堂包包子都得抢，你来晚了，就没了！这是我们给你留的，你尝尝。"

那顿饭胡唯一口气吃了七个包子,外加三碗玉米面粥,晚上回到宿舍一动,都能直接从胃里返上来。邱阳躺在床上笑话他:"至于吗你,没吃过好的啊?"

胡唯趴在洗手间的水池上,脸色难看地漱了漱口,擦着嘴出来。

"放到你碗里,都看着你吃,你怎么办?"

你忍心吃两口就放下,说自己饱了?

没过多久,连里组织山地负重越野,赵老憨有命令,凡是高强度体能训练,一律带着虬城那两个崽子,大城市来的人,吃不消咱这地理环境,得赶紧让他们锻炼,提高身体素质。

胡唯和邱阳打着包跟在队尾,胡唯当过几年兵,有底子,邱阳是个出了教室就坐在办公室的人,跑了没多远,就让人架着往上走。

爬到一处地标,卸了背囊,全都坐在山顶休整。胡唯仰头灌了几口水,看着山下发呆。

那一刻,中午灿烂的金色阳光倾泻万丈。

心里想的是窗含西岭千秋雪,看的是一望无际天地宽。

连喊出去的声音都带着回响。

雪山巍峨,云层壮阔。

蔚蓝的湖水和雪白的山峰重叠,万物静谧。

有战士说,那是桑丹康桑雪山,是当地宗教的保护神。

周围的湖泊与环绕她的山峰都是她的侍从。

战士们说,平常心里有啥想不通的,就等着连里组织越野,你只要爬到高的地方看一看,就什么都看开了。

看开了,看开了。

在这样的地方,心里装的那点事就全都变得不值一提了。

也意外地,原本在虬城不对付的两个人,因为命运安排,成了知己。

邱阳和胡唯在一起工作是出乎预料的得心应手、默契十足。

用句俗话讲:俩参谋,一个对内,一个对外。

邱阳对内搞战术研究,胡唯对外搞参会交流。

一旦有个什么会要开,去哪里出差了,老赵就像带女婿似的美滋滋地领着胡唯出门。

碰见认识多少年的老家伙,寒暄两句,赵憨瓜!最近好着哪?怎么样,自己关门训的那些娃能不能拉出来也给咱看看,也算没白拿了老哥哥那些好东西。

老赵招牌大嗓门的笑容,得意扬扬。

看看就看看,也不是没出阁的大姑娘见不得人!

他拉着胡唯介绍一番,扭脸就嘱咐胡唯,长个心眼儿,把他们开会说的那些东西都记下来,回去跟邱阳好好研究。

"你结婚报告批下来了吗?"

"批了,师长的闺女要出嫁,谁敢不批?"邱阳把扣了戳的文件袋在胡唯面前一晃,撞了下他肩膀,"这事真得谢谢你,要不是赵老憨瞎牵线,我也没这个机会。"

胡唯来的第二年,年末军区大礼堂有文艺会演,最后压轴的是一支歌颂边防英雄的红色芭蕾舞,演毕掌声雷动,全体起立送演员谢幕。

正排队有序退场时,赵老憨捅着自己的政委,连连催促:"你快去,快去。"

政委睨了他一眼,不太情愿,背手去了后台。

"胡唯!"

"到!"原本都和邱阳快走到门口了,师部段政委带着一个连妆都没卸完的舞蹈演员站在舞台侧门,向胡唯招手示意。

"你来!"

胡唯和邱阳对视一眼,邱阳笑容十分暧昧:"去吧,我在门口等你。"

他正了正帽子逆向穿过人群,段政委给两人相互介绍。

"雪菲,这是师部作战室的胡唯,从虬城调来的。胡唯啊,这是雪菲,咱们军区文工团的舞蹈演员,你俩认识认识。"

明目张胆地介绍对象,也不好当众让政委下不来台,胡唯伸出手:"你好。"

赵雪菲还是个刚从学校毕业的孩子,见了胡唯,脸通红,唰地给他敬了个礼,才敛眉低眼地和他轻轻握了握手。

"你好。"

胡唯也不知道她姓赵啊,更不知道她是赵老憨的女儿,始终对这事淡淡的,不太上心。

雪菲却对他有了好感,时不时就从团里跑出来,过来看他。

看了几次,胡唯觉得这样不行,就跟她直说了。

赵雪菲回家委屈得像个泪人,她妈埋怨她爸,给孩子介绍对象也不问明白,逮个人就说亲,以后再也没这事了!

赵老憨也委屈,那我去虬城领人的时候他们参谋长明确告诉我了,这孩子还没说上媳妇呢!

没说上媳妇不代表人家没女朋友,小胡跟雪菲说得明明白白的,本来是要结婚的,被你要来之后,这才耽搁了。

赵老憨站在闺女房门口:"是真的?"

雪菲抱着靠枕,生气地一扭头:"是真的,是真的!我在他宿舍里都看见戒指了,那么大一颗钻呢!"

老憨吸气:"你咋随便翻人家东西,没教养!"

"不是我翻的……"雪菲缩了缩脖子,嗫嚅,"是我不小心碰倒了东西自己掉出来的,我向他道过歉了。"

一个丝绒的墨蓝色小盒子,里头的戒指漂亮得让雪菲这个刚出了学校大门的姑娘心神震了又震。

她局促地说对不起,胡唯轻描淡写笑一笑:"这个啊,没关系。"

他很懂得照顾人的感受,没有防贼似的把东西收回去,始终搁在桌上。

唉……倒是自己棒打鸳鸯了。

赵老憨惆怅,心里觉得对不起闺女。

虽然雪菲和胡唯没在一起,却意外成全了邱阳。

以前邱阳是天天盼着能有机会离开这儿,后来有了雪菲,心渐渐安定下来,打了结婚报告,申请住房,打算安家。

邱阳前后左右锻炼着腰:"你今年算算,也三十出头了,怎么,还不找啊?以前都说这地方的姑娘不会说普通话,想象中脸上都是高原红,胳膊比男人还粗,来了看了才知道,哪儿啊,都漂亮着呢。"

那一张张笑脸,那骨子里的热情洋溢,那歌唱起来悠扬嘹亮的声音。

胡唯蹲着一歪头:"你不是也三十好几了才结婚,管那么多呢。"

"对,我多管闲事了。"邱阳叉腰往远处看,"哎,她现在干什么呢,该毕业了吧。"

想起那张脸,小胡爷幸福地咧了咧嘴:"毕业了,毕业之后让电视台招走了,也混上有办公室的日子了。"

"嗯,她长得不错,适合去电视台。"

小胡爷往上掀了掀帽檐,露出眼睛:"你见过?"

"见过,怎么没见过,那时候她总来学校看你,你俩在学校后头那家属区私会,我们偷着看了好几回呢。"

小胡爷刚要骂人,邱阳比了个停战的手势:"不是我们好奇心重啊,她每回来看你蹦蹦跳跳,穿红着绿的,想不发现都难。这么多年,也没见你俩联系,没准……她都不等你了。考虑考虑自己吧。"

不考虑。

胡唯敷衍地"嗯"了一声,暗中出神。

邱阳就知道,他嘴上嗯,其实心里都是反着来的。

有公务兵出来找人,召唤胡唯和邱阳回去开会,演习在即,气氛紧张。

胡唯和邱阳分别站起身,正了正军容,大步返回办公楼。

其实这几年,借着出差或者探亲,胡唯也回去过两次,但始终没见过二丫。

第一次去看岳小鹏,二丫放了暑假,在雁城。

岳小鹏说你走了以后,杜家那小丫头来看过我,基本上都是半个学期来两三回,看见我也什么都不抱怨,帮我干点活儿就走。

你这一走,我心里空落落的,也想好了,不管你俩成不成,我把她当闺女看,有时我也去学校看看她。

她看见我来了还很高兴,带我吃他们食堂,别人问我是谁,我说我是她爸,她高兴得不得了。

你放心,不管在学习还是工作上,我不会让她吃亏。

毕竟在儿子身上,岳小鹏是留有遗憾的。他走了,心里就这么一个牵挂,横竖,岳小鹏得让他安心。

第二次是回雁城,办一些后续的调转手续,胡唯去看了杜希和杜嵇山。

二丫开学了,在虬城。

杜嵇山没有任何责怪,只是惋惜地叹气。

爷爷不怪你,只能说你和二丫没有缘分,去了喀城好好干,心里不要想着这些儿女情长。那边气候干,爷爷年轻的时候在甘肃工作过几年,你二伯的名字就是这么来的,那时候条件还没有现在好呢,苦哇,爷爷给老二取名叫杜甘,也是盼望着苦尽甘来。你要照顾好自己,锻炼身体,对自己和国家负责。

胡唯临走时,去了二丫的屋子。

还是干干净净的陈设,淡绿色描绘着牡丹花的床单,床头放着一本她假期时读的书。

翻过来看一眼书名——

《信息时代参谋方略》。

看着看着,小胡爷沉默了。想着想着,他又宠溺地笑了。

用手指敲了敲封皮,仿佛敲她脑门儿似的,小胡爷提起行李,无声无息地走了。

电台广播大厦十五楼,二丫正在拄腮帮子午睡。

忽然有人转了一圈她的座椅:"杜豌,起床喽!"

二丫吓得心脏扑通扑通跳:"干吗呀你,烦死了,眯十分钟也不行。"

来找她这人是负责成片剪辑的,随意拿起她桌上一块糖剥开放进嘴里。

"哎,刚开完会,他们要去采风,你跟不跟着去玩玩?"

二丫兴致缺缺:"不说五月才走吗?"

"提前了,三月份就出发。拍全境,第一期云南红河,第二期西南那夏。剩下那两期是下半年的。"

"那夏在哪儿?"

"林省啊,挨着喀城,每年开桃花特漂亮那地方。"

看二丫发呆,那人打了个响指:"去不去啊?去赶紧跟主任说,他刚开完会心情挺好。"

"去去去。我去!"

二丫立刻戴上工作牌，像颗小炮弹冲进主任办公室。

稽青以为她跟自己开玩笑，手里点着鼠标眼睛不离屏幕："你还去？一个后期配音你能去干啥啊，老老实实在家待着吧，三月份往后不少事呢。"

"你就让我去呗……"二丫耷拉着眼皮，没精打采，"我不休年假了还不行吗？"

"不行，上回让你去广州差点没给人家饭店吃破产了，还去？门都没有。年假也不给你休，咱们单位的年假就是嘴上说说，从来没给过。"

见这事没得商量，二丫撇了撇嘴，落寞地转身出去。

还没走到门口，冯亮从里屋的资料间笑呵呵地走出来，帮她向稽青讨个人情："想去就去吧。这半年表现不错，跟着出去感受感受纪录片具体拍摄过程，后期也能更好地工作，配音也不是就照着稿子念。"

大主任都批准了，稽青能说啥，拿起电话点了点二丫："今天要不是冯主任给你说话，真不让你去！"

二丫机灵地朝冯亮一鞠躬："谢谢冯主任！"

"呵呵……"冯亮大手一摆，"出去工作吧，下午是不是干活有劲儿了？"

"有了！有了！"

待二丫走了，冯亮和稽青低声说着小话："这孩子挺可怜，没父没母，老家在雁城，谈了个男朋友结果没怎么着呢被搞去戍边，好几年没见过面了。"

"没父母？"稽青不敢相信，"不是说她爸爸是个什么官，有人还见过呢。"

稽青一直认为二丫的家境应该不错。

这孩子也不像从小在缺失父母的环境下长大的，始终乐乐呵呵的，像个开心果。

"哪儿啊，那是男方的爸爸，儿子走了她替人家尽孝呢，对方托人带话来让我照顾照顾，她想去，也不差她这份差旅费……"

2015年3月。

距离喀城一百六十公里外的曲石，海拔四千五百米的训练场。

这里正在开展一场大规模高原环境下的对抗演习，参演单位是驻守在喀城的二十四师，还有跨区从广州来的王牌第六师。

刚一会面的时候，第六师的师长江鹤就说了——

论地形，我们不行；论技术，你们不行。

气得赵老憋憋了半天也没说出一句话来，演习导演组的首长哈哈大笑："各有所长嘛。老赵现在可不是当年到处哭穷的老赵了，他手里头也藏着家伙呢。"

六师师长微微一笑，运筹帷幄："知道，在师直指挥中心搞了个什么电子对抗团嘛，没事拿着自己兄弟练手，整个林省驻扎的这些单位都让他欺负个遍。"

电子对抗，讲的是什么，是信息的传输速度，是战场进行火力攻击后的有效分析,是雷达的灵敏速度,是操纵这些高科技背后,最终人与人的较量。

猜心哪。

你猜得透兄弟单位,还能猜得透一个完全不熟悉的演习对手吗?

何况这位对手是一个拥有先进装备,建制完善的王牌第六师。

六师师长江鹤想让自己的兵能在各种地理环境下快速适应,练综合应变能力;赵老憨则是想一鸣惊人,在这大山里养精蓄锐了几年,打就要打最强的。

要让别人看看,他老憨不光是站得高,他还看得远呢。

演习分为阶段性,一共三个阶段,第一阶段练步兵,以营为单位进行山地进攻。

结果可想而知,赵老憨练兵的本事是出了名的,又是在家门口;第六师大规模投入兵力之后就迅速参演,水土不服,也没休整好。

这一场,赵老憨笑呵呵:"实在胜之不武。"

第二阶段是实弹演习,第六师经过短暂休养,渐渐发起猛烈攻势,如同苏醒的雄狮暴露凶悍霸道的本性,以高密集的火力压制,仅仅用了十一个小时就宣告胜利。

第三阶段才是重头戏。

综合多兵种演练战术,全电子环境下的对抗。

摩托化机动了整整五个半小时,战车爬行全速前进,车厢里摇摇晃晃,坐在里面的人倒是个个稳当,都波澜不惊。

"几点了?"有人问。

胡唯翻一下手腕,说:"八点半。"

"快了,再有半个小时吧,也该到了。"

谁能想到原本该在二十四师指挥帐篷里的参谋团被转移上车,隐藏在随行参加演习的战车里。

车内空间狭小闷热,谁都不想多说话,一时都半仰头假寐。

驾驶舱传来通话音:"五分钟即将进入演习区域。"

众人睁开眼,无声无息地整理着装,坐到属于自己的位置上。

三分钟,两分钟,一分钟。

耳机里传来远在指挥部邱阳的声音:"三号,预判进入演习区域是否遭受攻击,敌方雷达分布图已发送。"

三号,是胡唯在这次演习中的代号。

手指在键盘上飞快运作,年轻少校正了正耳朵上挂着的通话机。

"车队全部放入演习区域可以发射制导雷达。"

邱阳在指挥中心背手,沉默数秒,给出回复:"同意,进入演习区域对空发射制导雷达。"

果然,车队全部放入演习场,六师直升机迅速从隐蔽处爬升,要对这十几辆战车实行火力打击，一次报销。

可他们起飞的时间差给对方留了充足准备，二十四师的人已经算到了他们会突然袭击，先期雷达侦察两颗防空导弹升空，对方反应迅速，立即使用强电磁干扰，同时飞机掉头拉升。

屏幕受电磁烦扰影响图像呈现不清晰，通话器频道开始有剧烈杂音。

接着，有人通报情况："三号，遭遇强电磁干扰。"

一道平静而有力量的声音，毫不拖泥带水："启动抗干扰程序。"

这套抗干扰的程序是胡唯最早提出来研究的，在原有"陷阱式"填充代码的基础操作上，安装重启系统，同时用监视器放射相关干扰波段，相当于同一时间进行两项抗干扰操作，大大缩减了反应时间，还能起到部分压制作用。

起初只是一个想法，他和邱阳探讨了一下，邱阳觉得可行，开始和他一起着手操作，期间遇到技术性难题胡唯还去找过裴顺顺。

裴顺顺是个你什么时候找他，他都笑眯眯的人，拿着电话在办公室里静静地听，听了轻声"嗯"两下，什么都没说地回去打开自己的电脑，实验起来。

后来搞成了，汇报给赵老憨，赵老憨乐得不行。

程序启动，战车高速前进，短短几十秒，抗干扰成功，目标命中，演习导演组裁判给出判定，陆航团指挥系统遭到摧毁，两架飞机退出演习。

江鹤不敢置信地俯身盯住屏幕数据，回头不善地问老憨："你在车里藏了什么鬼东西？"

老憨连拉带拽地让人家回到观察位，还给倒水喝："老哥哥有啥你还不知道，我能藏什么东西。小失误，小失误。"

六师师长才不吃他这一套，气势汹汹地下命令："告诉三营，给我牢牢盯住这个车队，地面火力集中攻击，务必打掉。"

等演习场上传来"战车群丧失战斗力"的报告时，江鹤大步流星地冲过去，抬下巴："告诉他们抓活的，我要看看到底藏了什么家伙。"

"师长，车里没人。"

"没人？不可能！"

"真没人。"

回头狐疑盯着赵老憨，赵老憨还是红扑扑的脸、黑黢黢的皮肤，露出他招牌老实人的笑容。

哪怕已经入了春，高原的黑夜还是十分寒冷的。

月亮悬挂夜空，四下寂静，只有时不时传来几声类似兽鸣的呜咽。

胡唯和几个参谋坐在挖好的壕沟里，这里是临时建立起来的隐蔽所，演习只剩下最后六个小时。

有人冻得擦了擦鼻子："这到底什么玩意儿在叫啊，不能是狼吧？"

"野驴——"胡唯两只手缩进袖筒里,"周围这么多车,它听见这动静兴奋。"

"哎呀,你说这叫什么事,好好的指挥部不待,非要给放出来藏沟里。"

双方都留了后手,最后阶段演习判定是以全摧毁对方电子指挥系统为判定准绳,早在演习前开战术会议的时候就商议好的,邱阳作为电子对抗团副团长,在原地坐镇,另外派出小股参谋深入演习场实地隐蔽,为的就是怕第六师直接攻击指挥部,连人带电脑全都报销。

毕竟系统也是要人操作的,没了人就等于没了大脑,等同于输了。

耳机呼叫了邱阳几次,得不到回复,众人心里隐有预感,保不齐第六师急了,杀到指挥部去抓俘虏了。

"怎么办?"

"等,他们真抓了人,一定会发出返回指挥部的指令。"

发出指令的那一刻就是最好的攻击机会。

时间一分一秒地过,胡唯坐在壕沟里,歪了歪身体,换了个坐姿。

黑漆漆的眼睛望着天空。

他没记错的话,今天是她的生日。

她说她从来不过生日,因为这样的日子是要纪念母亲的。

只要保重身体、珍惜生命,就是对母亲最大的回报,这也才是生日的意义。

小胡爷躺在壕沟里叹息。

高原的夜真黑,高原的夜真冷,它也让人无比寂寞。

指挥部内,邱阳为首的作战指挥官被第六师电子营的人看着,电脑位被占领,一个和邱阳年纪相仿的人负手戳在他面前,微微笑。

"邱副团长,你们这屋里……少了几个人吧?"

邱阳脸色难看:"连轴转身体受不了,上厕所去了。"

一个眼神示意,立刻有战士去对面的休息室和厕所搜人。

果然带出来三个,六师电子营营长踱步到这三个人面前,看一眼为首胸前挂的姓名牌:"胡唯?你就是胡唯?"

对方不吭声,昂着脖,一脸傲慢。

六师营长敛起笑容,一声怒喝:"确认身份!"

立刻有人递过文件夹:"报告,身份已确认,没错。"

保证没有漏网之鱼后,六师营长给出命令,立刻让师部通报演习导演组,二十四师指挥电子系统已经易主,操作员全部被俘。

启动命令代码那一刻——

大屏幕忽然蓝屏,窗口闪烁着巨大黄色英文字符,提示故障。

六师营长脸色一变,厉声问道:"怎么回事?"

小战士茫然地挠头:"不知道啊营长,师部没回应。"

六师营长疾步走过去抄起对讲机:"呼叫指挥部,呼叫指挥部,我是电子营营长何旭东,我是何旭东,二十四师电子系统已被我方控制,请回话。"

呼叫了三遍,迟迟没有回音,气氛一派肃杀之时,作战室的扩音器传来演习导演组裁判的铿锵声音,有二十四师作战分队深入六师侦察腹地,报废了雷达车,同时指挥系统遭到病毒植入,彻底瘫痪。

第三阶段演习二十四师获胜。

整个作战室忽然爆发欢呼,高高抛起帽子,一片雷鸣掌声。

邱阳不急不缓地踱步而来,面带谦逊微笑:"何营长——"

何旭东面容冷峻,不服输的目光在这几个人脸上一一扫过,扫过那个穿着胡唯军装的黝黑面孔,牙根咬碎。

"你这是金蝉脱壳!"

邱阳绅士地颔首:"也是兵不厌诈。"

"导演组"大厅,赵老憨热情洋溢地摇晃着江鹤的手,满面红光:"哎呀哎呀,承让了,实在是承让了。"

贵为一师之长,胜败乃兵家常事,这点心胸还是有的。

两只手重重相握。

"赵老憨!"

"到!"松开六师师长的手,赵老憨立正敬礼。

这次"导演组"的组长是从虬城总部来的,身后跟着一个年轻人,是他的随行秘书。赵老憨看看首长,看看这秘书,心想这小伙子也挺好,搞来在师部凑三个臭皮匠,顶个诸葛亮。

察觉到老憨贼贼的目光,首长严峻地喝了他一声,手指指着身后秘书:"怎么,打他的主意哪?"

年轻的秘书微笑。

"他你可别想,这也是我从别处挖来的,清华大学的博士生,你就是给我十个连长我都不换。"

"那是,那是。"赵老憨尴尬地笑一笑,挠头,"您怎么连这事也知道啊。"

"这就叫好事不出门坏事传千里,你知道有多少人跟我讲,说你赵老憨趁火打劫。"

"咱老憨也不是打劫,那都是实打实同意的,不信您去问问,有没有来了我这里是心不甘情不愿的,要是有,我二话不说,直接放走。"

"哎,你也别拿这话将我。"老将军步伐稳健,"一支好部队不是看你有多少人才,有多少好装备。"

目光在第六师师长脸上停留,对方含臊。

"是你肯不肯钻研,愿不愿意吃苦,能不能狠得下心去练。赵裕发,你这几年干得不错,以后要再接再厉,可不能因为这一次胜利就骄躁。"

赵老憨声音洪亮:"是!"

有人进来通知,关于总结演习开会的场地准备完毕,请双方所有营以上的干部来开会。

"导演组"大楼的停车场一时停了数不清的吉普,纷纷从里头下来人,皆是一身作战服,边往里走边戴着帽。

胡唯两天没睡觉,肚子里也没食儿,他扒着头发拐进楼梯,邱阳在厕所门口给他比了个手势。

胡唯十分自然地走进去,邱阳递过半盒饼干:"快。"

胡唯接过来叠了三四块就往嘴里塞,干巴巴,一说话直往外喷饼干渣。

"水呢,有没有水,给我一口。"

"哪有水啊,一会儿上楼喝吧。"

这种会上准备的水都是摆设,哪有人真敢喝。几口吃完饼干,小胡爷弯腰拧开厕所水龙头洗了把脸,跟邱阳一起上楼。

开完会,二十四师尽地主之谊,组织中午在食堂会餐,众人鱼贯步出大楼,赵老憨陪着"导演组"的领导走在最后,说着这次演习里发现的不足,还有可圈可点的地方。

"还有,你们的抗干扰技术做得非常不错,六师在这方面已经是专家了。你们还能在短时间内进行有效打击,不可小觑。"

赵老憨不揽功:"多亏了我两个参谋,这套系统是他们提出来的,之前做过几次测试。"

"是谁?"

有人哈哈笑:"是谁?是咱们赵师长的女婿!原本是从虹城信息学院骗来的学员,咱们赵师长怕人跑了,把自己的闺女嫁了出去,这下是把人彻彻底底地拴在这儿了。"

中午在食堂吃饭的时候,老将军一挥手,对赵老憨说,去把你女婿叫过来,我要跟他聊聊。

一张小圆桌坐了十来个人,都是来自广州和喀城的部队主官,邱阳给各位首长敬礼,落座。

老将军如常低头吃饭,夹着茄子:"你给我说说,那个反干扰的具体做法,当初做这个的原因。"

邱阳一怔。

老将军抬头:"怎么,不舍得告诉我啊?"

垂在膝盖上的手攥拳,大拇指死死压,都压红了,然后邱阳昂首挺胸,大声汇报:"报告首长,这事儿最初不是我搞的,是我一个战友,他对我说了之后我觉得可行,程序的开发和主干思路都是他想的,我只是参与了后期实验。"

老将军夹菜的手不停,咬了口馒头:"哦,那他是你哪个战友啊?"
邱阳往后一指,指着背对圆桌吃饭的一道身影。
"他叫胡唯。"
三十出头还没说上媳妇的小胡爷正捞着汤里的边角料吃得香哪,囫囵噎了两个馒头下肚。他擦擦嘴,心满意足地给对面广州战友介绍:"这个,这个羊肉是我们食堂最好吃的。"
老将军放下馒头,意味深长地看看邱阳,又看看胡唯。

下午有令,大部分参演单位要集结带队先期返回喀城休整。
为了避免给市区造成交通拥堵,一共划分了三批队伍。
每批队伍又分了三条回喀城的路线。
赵老憨发话,让演习场上隐蔽作战的那批参谋也先跟着回去吧,他们累了,就跟着摩步团的车回。
小胡爷迫不及待地想回去,在外头风吹日晒地折腾了小半个月,人都给饿瘦了。
一支拉着十几辆士兵的卡车队伍轰隆隆从曲石地区返回喀城,走的是山路,途中经过那夏,风景灿烂明媚,远远地,能看见漫天遍野的桃花。

副驾驶的车窗开着,胡唯眯着眼,望着那片山。
"那是哪儿啊,怎么开了那么多花?"他问。
风灌进车里,开着车的士兵大声对他说:"胡参谋,那是那夏。那夏的桃花全国有名,一到这时候全都是来看花的游客,热闹极了。"
小胡爷趴在车窗上,望着那灿烂的桃花,望着那遍山的粉,心想着啥时候休个假,他也要过来看看。
一直在卡车后排假寐的摩步团团长睁开眼,坐起来咳嗽。
"小胡,喜欢这里吗?"
胡唯从前排递过一瓶矿泉水,点点头:"喜欢,以前不喜欢,现在……"
团长笑一笑,喝了口水:"现在舍不得了吧。"
"你今年多大了?"
胡唯侧头:"我啊,都三十二岁了。"
"你是哪儿的人?"
"虬城人,在雁城待过十几年,也算半个家。"
"哦,我听说了,他们说你来这儿之前,是雁城机关的干事?"
胡唯微笑一笑:"对,之前一直在雁城,那也是个好地方。"
长了胡唯几岁的团长看着窗外,忽然在后头重拍胡唯的座椅:"小胡,你要有喜事了。"
喜事?上回有人跟他说这话,还是赵老憨要把自己的闺女介绍给他,在后视镜打量着团长的长相，小胡爷心里打鼓，这岁数……闺女再大也超不过上中学。

"您孩子多大了？"

团长一愣，反应过来胡唯是个啥意思后哈哈大笑，伸手照着他脑袋就是一下。

"想什么呢你！我家是个儿子，才六岁，我是说你工作上有喜事了。"团长看胡唯很合眼缘，不是个张扬脾气，便放心地告诉他，"中午跟'导演组'一起在食堂吃饭，问起你们参谋部搞的那个抗干扰技术，他们听了很满意。估计啊……要把你调走喽。"

还调？往哪儿调？小胡爷一脸不敢置信："咱们驻地还有再往西的地界吗？"

"不是把你往西调，是要调你去虬城。你以为这次演习就是为了演习？名义上是这么说，实际上对各区的情况进行摸底，要抽人去虬城去年底成立的联合预演中心。"

胡唯回头："这事是真的吗？"

团长呵呵一笑："信不信由你。"反正，吃完饭往外走的时候，他在厕所听见有人吩咐首长的年轻秘书，让他管赵老憨要了胡唯的档案，想在车里看呢。

窗外漂亮辽阔的景色，相比之下，车里实在太安静了。

团长拿起车上的对讲机放到嘴边："各单位组织唱两支歌。快回家了，都高兴点。"

这四年，关于人走人留的消息也没少听，起初心情还跟着事情的走向沉浮，后来渐渐习惯了，也稳当了，反而没那么激动了。

这种事，十个有八个是谎信儿，哪是说走就走的。其中关系到的东西错综复杂，胡唯默默地看着窗外远处那夏的风光，耳中听的是几百个战友整齐响亮的歌声，他只想享受现在这难得的放松一刻。

下午两点二十四分，距离那夏六十公里外的落春峰，二丫坐在草地上，正在用野花编花环，她手笨，弄了好几次才编成个圆圈。

她已经出来半个月了，先去了云南红河，后来到林省来拍那夏的桃花节。

这是"全境系列"第二期纪录片的重头戏，足足拍了三天，今天动身从那夏返程，途经喀城，最后到拉萨，然后回家。

人家说在距离那夏几十公里外的地方有个车站去喀城，每天五点发车。剩下的这点时间大家自由活动，在这个地方能远眺那夏山上的桃花，有种别样韵味，负责拍摄的小姜决定在这儿歇脚，取些远景。

二丫很少出来旅游，这次玩得开心，身边有同事也不孤单。

为了这趟旅游，她还跟她哥哥吵了一架。

她哥哥不想让她去,说那地方太远,他不放心。二丫抱着杜锐的儿子玩小家伙的稚嫩手脚,不以为意。

"有啥不放心,又不是我自己去。"

"那也不许去!你去了能干啥?你别以为我不知道你怎么想的,二十八九的人了,满脑子都是不切实际的想法。"

这话以前是二丫骂她哥哥的,现在风水轮流转,杜锐娶妻生子,日子过得风生水起,反倒她落人话柄。

二丫假装没听见,自顾自跟幼侄逗着玩:"宝贝儿,小姑姑教你句话,以后你爸爸再说你,你就跟他念这个,好不好?"

两岁半的侄子眨眨眼,用力点头:"好!"

二丫清了清嗓子,坐正身体:"听好了啊——不听不听,王八念经!"

幼侄一咧嘴,开心学话:"不听不听,王八念经!"

杜锐抄起拖鞋就钻进屋里,二丫身手矫健几步登上窗台,居高临下地威胁杜锐:"你干什么,打人犯法!"

"三天不打,你上房揭瓦!你下来!没规矩!"

"你出去我就下来!"

兄妹俩又吵得鸡飞狗跳,张馨从厨房擦擦手出来拉架,连哄带骗地把杜锐劝到了客厅。

二丫跟嫂子一挤眼,张馨和她比了个OK的手势,把房门关上。

二丫搂着自己胖乎乎的小侄子仰在床上,怔怔地望着某处发呆。

幼侄趴着翻了个身,用小手抓姑姑的脸。二丫亲亲他的手,小家伙似乎察觉到姑姑不开心,忽然乐着搂住姑姑的脖子,在她脸上蹭来蹭去。

二丫走的那天,和小春挺着大肚子来送她。

在虬城学习和生活的这几年,二丫与小春儿成了无话不谈的好朋友。小春儿在2013年年初结了婚,对象不是裴顺顺,而是一个比她大了近十岁的男人。

二丫替她惋惜,觉得对方年纪大。

小春姑娘试着婚纱,在镜子前照来照去:"岁数大怎么了,岁数大会疼人,离过婚更成熟,而且你看他像四十岁吗,保养得多好啊。"

婚姻这东西,如人饮水,冷暖自知。小春儿认准了一个人,谁都是改变不了的。

小春儿也总是在喝大了之后指着二丫的脸说:"幸亏我没和胡唯在一起,要不你的今天,就是我的明天。我可没你那么能坚持,要是结婚了啊,我一定出轨。"

说完,小春姑娘"咣当"一声躺倒。二丫勤勤恳恳地给她脱鞋,给她盖被,然后嘴里嘀咕,到底是哪个男人造了孽,摊上你这样的媳妇。

在机场，和小春张开怀抱想要给二丫一个抱抱，结果二丫被她的肚子一顶顶得老远。

和小春乐不可支，二丫摸着她的肚皮纳闷儿："我一直都想问你，你们妇产科医生怀孕了怎么办？"

"什么怎么办？别人怎么生我们就怎么生呗。"

"自己给自己接生？"

"电视剧看多了吧你，我还自己拿刀自己剖呢，剖完我还一层层缝，缝完里头缝外头——"

二丫嫌弃捂耳朵："快别说了你！"

和小春被她老公拥着肩膀，微笑着和二丫挥手。和小春说，等你回来，记得来医院看我和宝宝，而且我希望你不是一个人来看我。

"你等不到胡唯，总要给别人接近你的机会，对不对？我看那个乔恒文就很好，多帅啊，我每天早上六点起来都看他的直播呢！"

"杜豌，你和乔恒文到底怎么回事？他追你啊？"

五个同事席地而坐，露天享受着那夏的自然风光，畅快地聊天。

二丫腾出一只手挠挠脸，继续编着花环："唔？也不能算追吧……他找我吃过几次饭，我没去。"

"为什么？乔恒文人挺好，台里好几个女主持人都喜欢他，梦思，你知道吗？"

"可是我不喜欢他。"又将两朵小野花小心翼翼插到花环上，二丫戴在头上，像个田螺姑娘。

"那你到底喜欢什么样的？"小姜躺在草地上，歪着身子拄着头，认真地研究二丫，"你吧，也挺奇怪的。条件不差，模样上佳，咋就对谈恋爱提不起来兴趣呢，以前受过伤啊？"

"呸！"

"性冷淡？"

二丫眉毛一皱："和未婚女同事说这样的话等于职场骚扰。"

小姜投降："得，惹不起，不问了还不行吗？"

稳了稳头上的花环，二丫很忧愁的样儿："离喀城还有多远啊？"

"你总问喀城干啥？家里有亲戚在啊？"

"不是，就想去看看。"

"别着急啊，没几个小时了，一会儿就上车。"

忽然刮过一阵风，吹得二丫头上的花环颤抖，几缕草渣粘到她脸上和嘴上，她"呸呸"吐了两口："怎么这么大——"

话还没说完，小姜打了鸡血似的跳起来，远远指着落春峰的环形山路，激动大喊:"看!看!军车!"
几个人同时回头。
浩浩荡荡的绿色卡车,像一条长龙,暴土扬长,气势恢宏地朝着他们开来。
一辆,五辆,九辆。
数了数,整整十二辆!
车里的战士们在齐声唱着歌,带着班师回朝的胜利喜悦。

西边的太阳快要落山了,
微山湖上静悄悄。
弹起我心爱的土琵琶,
唱起那动人的歌谣……

五个人全都从地上拍拍屁股站起来,无声地、充满敬畏地望着那长长的车队。
有人问:"他们这是去哪里?"
小姜出于职业习惯捧着相机,但又牢记规矩不能拍,只是那么憧憬地看着。

"不知道,可能是回部队吧。"
歌声还在嘹亮地唱着,一张张年轻可爱的面孔有着倦色,更多的是微笑。

爬上飞快的火车,
像骑上奔驰的骏马。
车站和铁道线上,
是我们杀敌的好战场。
我们爬飞车那个搞机枪!
闯火车那个炸桥梁!

二丫头上的花环忘了摘,站在距离车队几百米远的地方,站在高原的草地上,静静地看着那长龙响着歌声隆隆前进。
她看傻了,看痴了,看得泪眼汪汪。
卡车掀起黄色的尘土,那夏山上吹过翠绿的春风,雪山上被太阳温暖着的银色祥和,还有湖水如同宝石的湛蓝艳灿。
她忽然跳起来和他们激动地挥手喊话,一蹦三尺高:"喂——"
同事见了也都集体跳起来,欢快地和车队挥手,目光追随着他们,大声呼喊:
"喂——看得见我们吗?"

声音在高原上荡着回响。

车里的小战士们也看见了他们，纷纷探出头和他们挥手示意。

有年轻稚嫩的面孔激动地拉着班长："班长，你看，有老百姓！"

班长打了他帽子一下："瞎说，那是人民，是群众。"

"对！"小战士露出灿烂的笑容，"还有女群众！"

"来来来，把歌唱得大声点，让人听听我们的士气！"

于是，更加响亮的歌声在高原上响起，带着他们对群众最友好、最热烈的示意。

"西边的太阳就要下山了。微山湖上静悄悄……"

可爱的小战士们唱，二丫他们也跟着唱，而且数她唱的声儿大。

车队在环形的山路上拐了方向，他们也转身换个方向。

小时候学校组织的露天电影谁没看过，铁道游击队大家都熟悉。

"弹起我心爱的土琵琶啊——"

"唱起那动人的歌谣……"

摩步团团长把探出去的身体收回来，颇为自豪地在后排宽坐。

"群众没见过这个阵仗，激动得够呛。"

胡唯阖眼，也微笑着："他们也太长时间没见过外人了。"

"这些人是干什么的？"

胡唯睁开眼侧头往外看了一眼，又淡淡收回目光："来旅游的吧，您刚才不是说那夏开桃花了吗？"

车队继续前进着，歌声没停，谁都没停。

听着听着，小战士挠头："班长，这女群众唱歌跑调啊。"

脑袋又挨了一下，班长也憋着笑，故作严肃："不许议论群众。人家这是送我们呢。"

头车的团长听了一会儿，也忍不住讪笑："这小姑娘调也跑得太远了……"

只有胡唯没笑。

他睁开眼，屏着呼吸，静静地听着。

二丫唱得起劲，唱得卖力，她朝着车队的方向跑着，跑到一个小山坡，戴着花环的姑娘像个倔强小儿，不停歇地唱着。

她手放在嘴上，拢成一个大喇叭。

她不怕别人笑话她。

爬上飞快的火车,
像骑上奔驰的骏马。
车站和铁道线上——

人群中已经有战士的哄笑声,他们纷纷簇拥到卡车的边缘,挥舞着帽子。
二丫也高高地挥着手。
她心里想,我这也算是见过小胡哥了吧。
虽然没有见到他,但是这些和他相似的人,总是不会错的。
他们都在高原上,都在闯四方。
她越想,唱得越起劲。

我们爬飞车那个搞机枪!
闯火车那个炸桥梁!

胡唯忽然拔高了声音喊——
"停车!"
开车的林福吓得一脚刹车,卡车突突突地急停下。
头车一停,后面跟着的十几辆车以为发生了什么紧急事件,三辆,五辆,十几辆,全都吱嘎吱嘎地停在高原山路上。

歌声骤停。
"胡参谋,咋啦?"
司机吓得脸色煞白,慌张地看着胡唯。
摩步团团长也向前倾身:"胡唯,怎么了?身体不舒服?"
胡唯没说话,径直开门跳下车。

落春峰上的几个人也停下来了,个个神情紧张地盯着那列急停的车队,窃窃私语:
"怎么了,怎么停了?"
"坏了坏了,肯定是杜豌唱歌太难听,把首长惹急了。"
二丫听了,迅速从小山坡上跑下来,快吓哭了:"我不是故意的!"
"你不是故意的你唱那么大声,杜豌认识你这么长时间我才知道你唱歌跑调!"
"别闹了!小姜,是不是你用摄录器材拍人家了?"
"没有啊主任!这地方我懂规矩,镜头盖都扣着呢!"

各个负责押车的连长们也都从车上跳下来,向头车簇拥,想去看看情况。

胡唯站在公路的边缘,高高地眺望着。

看那个戴着花环,穿着冲锋衣的姑娘。

有人往路边看,忽然指着胡唯:"嘿,嘿!看那人,他看咱们呢!"

高原上的阳光太强了,刺得二丫睁不开眼。

那人逆光站着,只能看清是一道挺拔结实的男人身影。

他穿着一身作战服,很瘦,脊梁很直,脸上的皮肤晒得很黑,让人看不清楚五官。

他领子上的那两道杠,一颗星,格外夺目。

"他到底看谁呢?"

"不知道,看我呢?不是,好像……看杜豌?"

再一回头,只见二丫戴着小野花编的花环,土里土气的,像个乡野姑娘,她也怔怔地凝望着他。

忽然,同一时间。

两人都拔腿朝着对方跑去。

呼啸山风漫天彻地地吹,吹过耳边,吹过草地,吹过二丫天真赤诚的脸颊,吹过小胡爷挂着汗珠黑漆漆的头发。

晴空万里的高原上,有那夏灿烂夺目的桃花。

有载着数百人的绿卡车,还有数不清的纯真的面孔。

他们簇拥在卡车拱形棚边,露出颗颗脑瓜,眼中期盼,露出笑容。

越过草地黄沙,挥斥金戈铁马。

"哇"的一声。

二丫终于撞进了她日思夜想的小胡哥的怀抱。

年轻的少校抱着他最爱的姑娘。

他有着最广阔的胸襟,最容人的气度。

她有着最善良的笑容,最赤诚的热忱。

这一刻。

万物广阔。

你是河山。

后来——

二丫和胡唯在 2015 年 6 月 1 日于虬城小西门民政局结为夫妻。

两人在虬城安了家。

新家离杜豌的单位很近,每天走路十分钟就可以去上班。

再后来,二丫有了女儿,小名"糊涂",爸爸姓胡,妈妈姓杜,谐音糊涂。
糊涂是个很可爱的小姑娘。
她每天会搬小板凳坐在门口,热切盼望她的爸爸下班归来。
她有着最漂亮的妈妈,最爱护她的爸爸。
一个特别特别幸福的家。

番 外
Chang Yu Zhou Works

顺 顺 记

"我深爱着一个人,他叫顺顺,他有着最温柔的女儿心,和气吞山河的男儿气概。"

(一)

小春儿结婚那天是阴历八月十二,她妈妈说是双日子,又是星期六,大吉大利。男方是虮城某科技公司的高层,名叫景仲,今年四十岁,离婚三年,曾经和小春儿有过几面之缘,共同参加过饭局,当初是小春儿朋友介绍给她认识的。

能和小春儿搭上这段缘,全是天意。某次朋友聚会提起景仲离婚也有几年了,打不打算再找。

当时景仲吸着烟,意味深长地笑一笑,不言语。

大家明了,这就是想找。可是找,要找个什么样的,有没有什么要求。景仲说没什么要求,这件事求不得急不得,慢慢等吧。忽然,有人提了一句,哎,小春儿是不是单身呢。

景仲弹烟灰的手一顿,小春儿?上次吃饭时后来的那个女孩儿?

"对呀,就是她,市二院妇产科医生,一直单身也没结婚,你应该见过。说话办事特别爽利,别看平常爱玩爱闹,工作时候认真着呢,靠谱。"

景仲又深深吸了一口烟,松了松衬衫领口,换了一个坐姿:"我听说……她跟卫甍走得挺近。"

一句话，点明了景仲心中所想。

他也认可小春儿，只不过，不确定和小春到底是不是单身，毕竟她与卫蕤两个人像连体婴儿似的交情圈里人都知道。

卫蕤是什么人，城中知名青年风骚才俊，人嚣张，办事更嚣张。

到了景仲这个岁数，车、房、钱，该有的都有了。早就过了意气风发的时候，要的就是个稳妥踏实。另一半可以其貌不扬，但得是个真居家过日子的好女人。他对和小春儿印象不错，可……也得把她打听个清楚不是？

要是传出去他和卫蕤抢人，太跌份。

"卫蕤是她从小到大的邻居，俩人认识二十年都是少说，这个你放心，你要是真想跟小春接触，我去跟她说，给你问个明白。她真和卫蕤有点那方面的关系，咱也不蹚这浑水。"

景仲将烟掐灭在烟灰缸，略一点头，言简意赅："行，你去办吧。"

中间人没去找和小春，直接去找了卫蕤。都是认识了好几年的朋友，小春儿是个脾气上来什么话都敢觑的人，不可信。

卫蕤当时正在办公室看文件，跷着二郎腿，手里转着一支钢笔，听中间人把意思说完了，眼睛盯着文件微弯嘴角笑一笑，轻轻将夹子合上。

"景仲？想跟我们小春？岁数大了点吧。"

中间人挪了挪屁股："是，差了十岁，但是我想岁数大点好，会疼人。看他那意思，也挺喜欢春儿的，就她那脾气，找个比她大的能多包容，以后也不吃亏啊。"又问，"你现在说这些都没用，我就问你，你跟小春儿到底有没有那层关系？知道你俩是发小，是邻居，但是也忒亲近了些，如果你要说一句有，那这事你就当我没提过，小春儿那儿我也不去了。"

钢笔那一头轻敲腿上的文件皮夹，卫蕤沉默良久，低声询问："这也是景仲的意思？"

"是。"

卫蕤从沙发上站起来，系上西装纽扣，明朗灿烂一笑："你让他把心搁到肚子里，这是小春儿的终身大事，我不参与。"

有了卫蕤这句话，中间人便立刻去找和小春说明了来意。当时小春儿刚从医院下班，背着包从医院里窈窕出来，脚下生风。

"景仲——"小春姑娘脚步忽停，似乎很意外，脸上不自觉地挂上两朵红晕，"怎么是他呢……"

小春儿脸一红，中间人就知道，俩人有戏！

那时小春儿已经接受心理治疗整整半年了，整个人脱离了之前的偏执和戾气，变得十分开朗。

答应与景仲交往之后，他们一共见了三次。

第一次，普普通通一顿饭，吃完景仲送了她回家。

第二次，小春儿主动提出要去逛街，景仲送了她一条特别漂亮的裙子。和小春将背上的伤疤坦诚地展示给景仲看，两人说了很长时间的话。

第三次，在小春儿医院门口，景仲去接她下班。在车里，他递给她一枚钻戒，像讨论晚上吃什么一样轻松地对她说，给你时间考虑，我要娶你。

我要娶你，当景太太。

那天晚上小春儿在床上翻来覆去，脸热得发红，第一次觉得自己无从招架。

小春儿结婚那天阵仗搞得很大，景仲为她办了一场非常奢华盛大的婚礼。结婚前一天，小春儿还剥着小龙虾心直口快地问他：你搞这么大的场合，不怕别人背后说你是二婚？

景仲被噎住，半天才讲话："你介不介意我是二婚？"

小春儿吮着手指，大大咧咧地摇头："这有什么可介意的。"

景仲失笑："你不介意就行了，别人怎么看我有什么关系。"

婚礼是以答谢宴的方式设计的，亲朋好友来了数百人，好不热闹。小春儿穿着迎宾礼服站在门口，笑意盈盈地和每一个来祝福的人拥抱握手。

待宾客都坐齐了，婚礼开始的时间也到了，小春儿就是站在门口不进去。

时间过了快二十分钟，有客人站起来询问是不是婚礼环节出了什么岔，想要帮忙协调，得到的答复是都准备好了，新娘子在等一个客人。

父母长辈领导亲友全都列席，到底是什么人需要她这样等？

卫蕤站在门口，静静望着小春儿穿着礼服的背影，上前牵她："别等了，他说了不一定来——"

小春儿用力挣开卫蕤，眼睛发红，有些倔强的样子："我不！"

"我给他打过电话的，他说过他来，他说过他是我的朋友！"

卫蕤使了点力气把小春往典礼大堂拽，不留情面："和小春我警告你，别跟我犯浑啊。景仲惯着你我可不惯着你，你现在这样是干吗呢？老子娘全都坐在里头你搞这一套，当初人家那么追你你不乐意，现在要结婚了在这儿玩依依不舍？真当男人不要面子哪？"

"我不是！"小春儿怒目，"我没依依不舍，我只是想他来参加我的婚礼，真心真意为我祝福。感情的事情是强求不得的，顺顺答应过我，他说他放下了，我们还能当好朋友。"

"你真当裴顺顺傻呢，这场合他——"

话没说完，从旋转门走来一个年轻男人。

准确地说，更像是一个男孩儿。

他有着最挺拔的身姿、最大度的胸怀，和最真挚最灿烂的笑容。他手捧一束玫瑰，朝小春姑娘张开怀抱。

"小春儿，新婚快乐。"

和小春挣开卫蕤的手,兴高采烈地冲上前和他相拥。

"顺顺——"

顺顺哎顺顺,你心里喜欢了三年的小春姑娘,在这一刻终于嫁给了别人。

与小春儿拥抱的那一瞬间,裴顺顺闭上眼,知道这段感情自此告终。

(二)

今天是周六,裴顺顺睡了个大懒觉,醒来时已经上午十点了,摸摸肚子,有点饿。以前他常去吃的那家早点铺已经收摊了,裴顺顺退而求其次,开车去了附近的一家快餐店。

屋里也就两三桌人,他一进去,门口卷进来一阵寒气。

仰头看了看快餐店里的菜单,裴顺顺点了俩包子、一碗粥、一碟咸菜。

服务员在后头厨房开的小窗口里一一将他的东西摆进托盘,裴顺顺等在收银台结账。

他前头只有一个人,是个姑娘。

服务员熟练地在机器上按着:"三块六。"

姑娘双手揣进口袋里,没动。

服务员以为说话她没听清,于是抬头又重复了一遍:"您这个,三块六——"

那姑娘终于动了动,可不是掏钱,只低下头目光落在塑料袋里装好的包子上,紧抿着唇。

裴顺顺在后面排队,正低头回着短信,见前面迟迟没有动静,眉毛一挑,什么情况?聋哑人?

还是服务员每日迎来送往看出些对方的心思,不由得说话有些阴阳怪气:"怎么着,你是没听清楚还是没带钱?没带钱你回去拿一趟,我们这儿一直营业,给你留着。"

屋里吃饭的顾客本来就没几桌,服务员嗓门也不小,引得不少人注目。

那姑娘个子高挑,穿着一件有些发旧的黑色羽绒服,梳着马尾,侧脸白净,看样子像是个学生。被服务员这么奚落,她始终低头不讲话,更没有走的意思,手指在衣兜里抠来抠去,似乎在做心理斗争。

这时,裴顺顺从口袋摸出钱夹,从后头递过去一张一百块的,蛮自然:"我俩一起的,一块结账。"

服务员看了裴顺顺一眼,裴顺顺微笑着,钱没有收回来的意思。

服务员接过来,又在机器上按了两下,声音比刚才提高了些:"一起的啊,三块六加十二块八,一共十六块四。"

待找回零钱,那姑娘连句谢都没对裴顺顺讲,低头拿了包子就往外走。

裴顺顺也没在意。

服务员倒是替他不满起来:"什么人呢,穿得挺好,也不说句谢,蹭吃蹭喝——"

裴顺顺还是那样淡淡微笑着,将零钱揣进裤兜,独自拿起托盘找地方吃饭。

先是低头端碗喝了一大口粥,从小他妈就嘱咐他,儿子,早上先喝口热乎的,把胃捂软了再吃饭。裴顺顺听话啊,始终牢记,这一记,不仅把胃捂软了,把心也给捂软了。

裴顺顺他爸不止一次背着手痛骂,你就宠吧!宠吧!天天像个祖宗似的,没有一点儿爷们儿样子,多大人了,恨不得把饭喂到床头去!

顺顺妈假装听不见,依旧顺顺长顺顺短地疼爱着。

好在裴顺顺没有在过分溺爱中长歪,凡事也有自己的主意,只是留下个弊端,像个女人似的心软,见不得人受苦。

从碗里抬起头,恰巧与那黑色羽绒服的姑娘眼神撞了个正着,裴顺顺一愣。

这叫一眼震惊!

一眼难忘!

那一双饱含无限情绪的凛冽眉眼,那一张柔静清澈的面孔,拂柳消瘦的骨骼,当真惊艳到骨子里。

惊艳到什么程度呢,饶是裴顺顺这样心如止水的人,都在心头泛起涟漪,像一把石子儿扔进湖里,惊起一汪春水。

她静静地站在那里望着你,一身黑衣,眼神有戒备,有感激,又让你感觉不到任何落魄,仿佛只是身置江湖的儿女在坦荡地向你讨一碗水喝。

那桀骜不驯的面孔、细腻质朴的五官,像极了电影中的玉娇龙。

除了玉娇龙,顺顺再也找不出别的来形容。

那姑娘手里紧攥着口袋,另一只手推门,回头深深凝望着他,那双灵动眼神中包含着的寓意,未等裴顺顺咂出滋味儿,她又转身快步离开了。

唉……

大冷的天,又是这么体面干净的女孩儿,要不是真到了山穷水尽那一步,哪能豁出脸为了一顿饭这样。

裴顺顺心里惆怅叹气,又埋首吃起了饭。

二月,冬末,春寒。

裴顺顺又梦见那个画面了。

画面中的女子身穿红袍,站在大漠中,手持宝剑,眼中含恨,遗世独立。

那女孩儿眉目寡淡,一副孱弱身躯,眼中又是那样倔强不肯服输。

抹了一把脸,裴顺顺从床上坐起来,唾骂自己为了场电影着魔。

不知道是第几次了,他总会梦见她,自上次见过之后,那副面孔像梦魇般挥之不去。

过去几个月工作强度很大,上次从会议室出来裴顺顺的领导不经意回头,见他眼中疲倦明显,便提出让他休几天假,调整一下状态,也好更专注地进入下一季度某项任务系统的整体测试。

挨过了当初想要转业的想法,如今的裴顺顺是个非常平和且目标坚定的人。他不爱热闹,休假这些天,做得最多的事情就是窝在家里补觉。当初整日混在一起的伙伴现在物是人非,小春儿结婚嫁为人妇,被丈夫很宝贝着;胡唯如今去戍边,远在千里之外;就连卫蕤也忙碌起来,听说刚刚遭遇了一次荷立银行史上最厉害的商业危机,他独自面对欧洲总部质疑,力排众议,刚刚坐稳分行副总的宝座,常常国内外两地奔波。

好像忽然就剩下他一个人了。

今天是晴天,晨起后的裴顺顺想出去走走。

他有个谁都不知道的好地方,在虬城郊区八十公里处,一座有几百年历史的老城门楼。据说是当年为了守卫皇城在明宫外建立的哨卡。

城楼高三十二米,登上去,能俯瞰半个虬城的郊外风光。因没有长城那么出名,少有人知,倒是个清静锻炼的地方。

今天的城门楼和往常倒不太一样,除了裴顺顺多了一伙年轻人,像是学生,扛着摄影机在拍些什么。

裴顺顺抱肩倚在砖墙上看了一会儿,冻得吸了吸鼻子,凑热闹问道:"哎,哥们儿,你们干吗呢?拍戏呢?"

一个二十出头的男孩儿专心调着摄影机的参数,不抬头:"拍毕业作品。"

"哦——"裴顺顺拉长了声音,"电影学院的?"

"传媒大学。"

怪不得呢,每年这时候都是几大艺术院校的研究生毕业季。裴顺顺又抄手看了一会儿,觉得也没啥意思,就兴致缺缺地往前走,走了没几步,身后有人喊。

"哎,姜遥,三镜开始了,把本儿拿过来。"

不远处一个穿着长长黑色羽绒服的女孩儿闻声转身,不经意撞进裴顺顺的眼里。她手里拿着厚厚一沓装订好的白色纸张,听见人喊她,立刻裹紧衣服跑过来。

还是那样寡淡的眉目,不喜不怒,却又引人注目。

纤细的身姿,凛冽的神情,偏偏生得柔婉的五官。

短暂对视,城墙上风大,吹得女孩儿微低着头跑过裴顺顺身边,裴顺顺脚步没停,他嘲讽微笑,不过见过一面,难道还真上了心?

只是没想到,她还是个学生。

正思忖着,有人小跑着追上来,轻轻拍了拍他的肩膀:"请等一下。"

裴顺顺回头,一双眼,男儿浓眉饱含坦荡,一双眼,女儿冷清噙含焦急。

至此,才是真真正正地遇上。

姜遥追上来,开场直白,直接撞进了裴顺顺的心房。

"那天谢谢你——"

两人并肩倚着城头上的砖石,都眺望着远方。

裴顺顺沉默了良久,终于玩笑似的开口:"那顿包子,就非吃不可?"

"说出来你可能不信,在那天之前,我已经五天没吃饭了。"

姜遥的遭遇充满戏剧性,却又平凡得不能再平凡。

小镇走出来的姑娘,自幼单亲,通过高考一朝走进大城市,一切生活用度靠独自将她带大的父亲供给。父亲不舍女儿受苦,总想满足她所有的要求,让她在同龄人中看上去更体面一些,总是拼命挣钱。

无奈身体透支,家中唯一的经济来源倒下,这对一直在象牙塔生活得十分快乐的姜遥是毁灭性打击。

她也第一次迈出校门,知道对于贫穷家庭来说生存的不易。

一个女孩儿能如此平静地阐述自己的窘迫,裴顺顺震惊:"怎么就能⋯⋯穷成这样呢,你就没想点别的办法?"

他问得也对。一个在虬城这样的大城市念书的人,遍地机遇,只要你肯踏实认真地做一件事,换取劳动报酬似乎不是难事,更不会为了一顿早餐逃单。

姜遥知道他不信自己,笑了笑,卷起棉衣袖子给他看自己胳膊上的针眼,一片乌青。

裴顺顺微蹙起眉。

"也想过出去打工,可是杯水车薪,什么办法我都试过,最着急用钱的时候,去血液中心献过血小板,一次三百块,去了三次,最后一次加速回输的时候全身麻痹,医生就再也不让去了。我爸那病跟烧钱没什么区别,想要维持现状就得每天用药,是个无底洞,班里同学给捐了一笔,老家的亲戚也不好意思再借,去外头找工作他身边又离不开人,后来医院护士帮着介绍,我晚上去做护工。是个挺可怜的奶奶,儿子做生意,可不孝顺,半个月也就来看一次,奶奶大小便不能自理,我给她洗裤子的时候,她儿子站在洗手间门口跟我说,我一个月给你三万,你白天伺候我妈,晚上去我那儿。对,就是我遇见你那天。"

说着,姜遥有些颤抖:"你能想象到那种崩溃吗?"

人格上的不被尊重,洗手间难闻的气味,男人油腻肥胖的手,楼上奄奄一息的父亲,一切的一切都让原本在象牙塔享着青春年华的姜遥感到绝望。

"从医院出来以后,也不知道怎么就走到那家快餐店了,站在门口我就想啊,就进去这一次,吃饱了,不给我我就是抢也得吃,不能当个饿死鬼,吃完,出门奔西走,找个没人的地方跳下去,就彻底解脱了。"

裴顺顺顶瞧不上这些有点事儿就寻死觅活的,生命多可贵啊,一时没忍住嘲讽:"那你怎么没死啊。"

说完,意识到话说重了,他心里又有点难过。

可姜遥没在意,她扭头望着他,认认真真。

"可是我想找你。"

裴顺顺笑了一下,眼中漠然,转头望向别处:"别,咱俩说破大天也就三块六毛钱的情分。"

那天北风苍茫,呼呼作响,寒冷秋风刮过长城的砖,刮过山下的树,刮过林中的小河,眼下大片秋黄混杂着新绿。

裴顺顺听见姜遥对他说——

"但是能记一辈子的。"

裴顺顺躲开她的目光,双手抄在裤兜里,两人很长时间没再说话。

从城门楼上下来,已经是晚上五点了。

裴顺顺发动车子,嘴里呵着冷气:"我送你回学校。"

两人在回城的路上一起吃了顿晚饭,再普通不过的快餐,付钱时,姜遥站在了他前面。

裴顺顺没有和她抢,他知道,她是想还他这个人情。

落座时,裴顺顺站起身拿着手机:"我出去打个电话,你先吃。"

大概过了几分钟,他就回来了。这顿饭两人始终没有说话,他吃饭的样子很有教养,全程微低着头,干净修长的手指拿着筷子,不发出大的声响。

车停到传媒大学侧门的时候,已经是晚上七点。

"是这儿吗?"他问。

"是,就在里面。"

"学什么?"

"编导。"

"快毕业了吧。"

"交了作业,再过一个月就该离校了。"

车窗结了一层薄薄的白霜,裴顺顺扶着方向盘,看着前方:"以后——再别有那想法了。"

他是告诉她,以后再别想轻生,要珍惜生命。

姜遥站在车外欲言又止,小心翼翼:"我……还能再见你吗?"

裴顺顺在车里对她绽开灿烂笑容:"谁知道呢。"

姜遥黯然,还是打起精神和他道别:"那,再见。"

"再见。"

目送着那辆车渐渐开出视线,姜遥将双手揣进口袋取暖往学校里走,手指触碰到什么东西,她站定,就着路灯掏出来一看,是个信封。

里面装着厚厚一沓钱。

姜遥顿了顿,忽然拔腿往学校外面追。

她拼命地跑，拼命地追，嘴边呵出团团冷气，鼻子冻得通红。

她甚至不知道他叫什么，不知道他在哪里工作。

跑着跑着，眼里滚出两行热泪，姜遥捏着那个信封蹲在路边痛哭。

说不出为什么。

为萍水相逢，为他一次次伸出援手将她不着痕迹地拉出窘境，为他的古道热肠，为他的微笑，为他告诉自己珍惜生命，为他临别时那一句再见却又并不期望和她再见的淡然……

再见，希望有机会，我们还能再见。

以我不太狼狈的模样，能够和你再重逢。

（三）

姜遥父亲到底还是去世了。去世那天，刚好是姜遥研究生毕业的那天。那天她穿着硕士服，在学校大门前和同窗合影留言，一群年轻人争先恐后看镜头里的自己，是那样满怀热忱，志得意满。

手机响起的时候，姜遥走出人群，耳边是老师同学们的欢笑，电话那头是医生略显沉重的死亡通知。

姜遥摘下头上的流苏帽，"咣当"一声，手机掉在了地上。

都说父亲走了其实对她来讲是解脱，以后没负担。只有姜遥知道，有个爸爸，尚且还算有家，爸爸没了，家就没了。

两年后，这一年的姜遥二十七岁。

她成了虹城广播电视中心的一名编导，在虹城定居，和这个城市中万千独自打拼的姑娘一样，穿梭在这个城市的地铁各条线路，为生活奔波。

她的记事本上，一条条记载着她每个月薪水扣除房租水电各种支出之后的余额，她办公室的抽屉里，永远在左上角放着一个信封。

她开始生活得体面、独立，脱离学生时期的窘迫莽撞，她渐渐爱笑，明朗，像一个成熟女人模样。

姜遥是一个非常有才华的女孩儿，也是同批来电视台实习转正最快的员工，有同学毕业后想挖她去影视公司工作，参与策划或者编剧，每每听了，姜遥总是拒绝。

这样资本圈空口无凭画大饼的人太多了，听得多了，人都变得虚了。

她喜欢脚踏实地的感觉。

这样的脚踏实地被领导看在眼里，自然会多重视她几分。

过了半年，姜遥就成了电台一档新闻节目的编导负责人，有了一片自己的小天地。

那天，裴顺顺去位于城中某个上级单位送材料，正好午休路过电视台中心，他一拍脑袋，想起二丫就在这里工作，自她毕业以后，一晃也半年多了，他还没见过她呢。

于是开着车，裴顺顺戴着耳机，熟稔地与二丫通话。

"干吗呢你？"

"趴着呢，刚吃完饭。"

"刚吃完就趴着对身体不好，起来活动活动呗。"

二丫聪明地站起来，走到窗边："你在附近？"

裴顺顺嘴角含笑："快到了，再有两分钟吧，过来看看你。"

"好，你等我，马上下楼。"

二丫于裴顺顺来说是个很好的朋友、知己，或许是两人如出一辙奇怪的记忆力，又或许是因为胡唯这层关系，没有卫蕤那么动机不纯，裴顺顺只是很纯粹地把二丫当成自己的小妹妹。

出了电视台大楼，裴顺顺已经在路边等了。

"顺顺！"

一声亲切呼唤，裴顺顺也同样挥手回应："二丫——"

正逢有广告商来送合作议案，是针对晚间新上的一档新闻栏目冠名，姜遥接了电话下楼去取，领了文件和客户说了几句话，不经意抬头，忽然怔在原地。

那张日思夜想的脸，那道无数次渴望再度重逢的身影！

五月，夏天还没来，天气已经热了，裴顺顺的常服外套搭在车里椅背上，只穿着浅绿色的衬衫，挺拔站在车外，抱肩微笑。

他倚靠着车门，认真看着面前的女孩儿，两人似乎关系很亲近，正在热络地说话。

那女孩儿姜遥有印象，是楼上纪录片频道制作部的人，外语能力很强，常常出现在各领导接待外商制作团队的会议上，名叫杜豌。

"你去哪里了？"二丫问。

"去送个材料，堵车耽误了一会儿，要不中午找你在外面吃了。"

"没关系，食堂也挺好的，你是不是还饿着肚子呢？"

"没事，回去单位有饭，怎么样，干得还顺心吗？"

"都挺好的，转正了。"

"一直也没和胡唯联系？"

两人脸色不像刚才那般喜悦，都开始变得凝重起来。二丫低着头，有些失落的模样。

不知道裴顺顺又和她说了什么，她才渐渐再度露出笑容。

短暂几分钟，裴顺顺疼爱地拍了拍二丫的肩："行了，回去吧。改天叫上卫蕤和小春儿，一起出来。"

"小春儿现在是大肚婆像个祖宗,我可不敢惹她。"促狭鬼似的二丫故意提起和小春怀孕的事情,裴顺顺与她心照不宣地一笑。

"嘻嘻,路上要小心啊顺顺,我回去了。"

"回吧,我看你进去。"裴顺顺一直用目光送二丫进大楼,两人还要隔着十几米距离高高挥手道别。

能看出来,他是真的很喜欢这个女孩子。

眼看着二丫人没影了,裴顺顺咳嗽一声,绕过车头拉开门要走,一抬头。

姜遥站在不远处,正在望着他。

裴顺顺手一顿,也愣在原地。

旧人重逢,无声胜有声,惊起千层浪。

姜遥鬼使神差地朝他走过去,在他面前站定。

如今的姜遥没了稚嫩学生气,除了……那双看着裴顺顺始终饱含话语的眼睛。

裴顺顺反手关上已经打开的车门,就那样不疾不徐、不慌不忙地与她聊起来。

"在这儿工作?"

"嗯。"姜遥简短应了一声,点点头,"毕业之后参加了面试,现在在做新闻编导。你呢?"

"我来看一个朋友,她也在这儿工作。"

"杜豌吗?"

"对。"提起杜豌,他又温柔几分,"认识也有几年了,她男朋友是我的战友,去戍边了,偶尔过来看看她。"又问,"你爸爸他……"

"去世了。"

裴顺顺有些讶然:"什么时候?"

"没多久,我毕业的那天。"

裴顺顺眼含抱歉,不再说话。

姜遥低着头,视线一路向下,能看到裴顺顺的衬衫纽扣、腰带和皮鞋,目光再至他的肩膀,原来……他是这么优秀的一个人。

如果一开始相见的位置是处于自卑的,那么未来多少年,当你再面对这个人的时候,心里那种卑微感都会长久不散。

姜遥无法说出现在这一刻自己的感受,高兴,高兴终于见到他了;失落,失落他是这样出色优秀的人,自己无法匹敌;感恩,感恩他在自己生命中最落魄的时候惊鸿一现,自此没了消息。

她鼓起勇气,终于直视顺顺,说了一句话——

"你等等我。"

裴顺顺茫然："怎么？"

她怕他走了，祈求地伸手拉住他的袖口，有些急切，又重复了一遍："你等我一下，我很快就回来。"

裴顺顺微笑着："好，我等你。"

姜遥转身回了办公室，拉开抽屉，取出那个准备已久的信封又小跑回楼下。

裴顺顺果然守诺，依旧站在那里。

姜遥跑得呼吸急促，站在裴顺顺面前平复着自己的情绪，将信封放到他手中。

"这是什么？"

"要还给你的。"她打断裴顺顺未说完的话，不知不觉眼中有泪，"毕业之后我一直想找你，可是……可是和上次一样，我不知道你叫什么名字，不知道你在哪里，后来我去了很多次那个城楼，可就是怎么也找不到你……"

两滴眼泪落下，姜遥无端感到委屈，像个等不到人来接的小孩子。

无论寒冬还是酷暑，她每个周末都会去那个城楼等他，渴望再见到他，从早等到晚。

可她怎么也等不到，好像和这个人的缘分就此断了。

裴顺顺不作声地听着，忽然抬手帮她擦掉眼泪。

"我叫裴顺顺。"

她知道，他胸前的名牌上缝着呢，那端端正正的三个字。一个没有隐晦深意，却有着父母对他深切期盼和疼爱的名字。

"我不说，是不想让你记得我，人总是很容易在自己低谷时刻对那个无意出现的人留下深刻印象，你无法确定这种印象到底对你未来的影响是好是坏，我也不值得你记在心上。"

这话，不知道是说给她听的，还是说给他自己听的。

就见那一面，无数次在心头萦绕不去的又何止她一个。

"你值得，你就是值得。"姜遥倔强用手背揩掉眼泪，直直地看着他。

裴顺顺失笑，将姜遥轻轻环抱住，一个充满礼貌呵护的拥抱。

"以后你想找我，就给我打电话，我来找你。别再去等了。"

想那荒郊野岭的地方，她一个人，等到什么时候是个头啊。

顺顺哎顺顺。

有些事你承认也得承认，不承认也得承认，这缘分来了，割都割不断。